LA COLLEZIONE DI NOVELLE OBSESSED

Libri 1-5

La serie di novelle Obsessed

JEANNE ST. JAMES

Translated by
WELL READ TRANSLATIONS

Per rimanere aggiornati sulle novità di Jeanne, collegatevi al sito www.jeannestjames.com o iscrivetevi alla sua newsletter: http://www.jeannestjames.com/newslettersignup (in inglese)

Link d'autore: Instagram * Facebook * Goodreads Author Page * Newsletter * Jeanne's Review & Book Crew * BookBub * TikTok * YouTube

Una Novella Obsessed

Questa non è solo una storia d'amore:
è un'ossessione...

ETERNAMENTE LUI

USA Today Bestselling Author

JEANNE ST. JAMES

Capitolo uno

Il suo nome è Kane.
Lo amerò per sempre. È solo che lui non lo sa ancora…

L'UNICO MOTIVO per cui conosco il suo nome è perché ogni mattina, quando si ferma al bar per prendere il solito caffè nero lungo, il barista grida: "Kane con la kappa." Ogni. Santo. Giorno.

Presumo che il barista lo faccia di proposito. Forse per farlo sorridere. Ma lui non sorride mai. La sua espressione non cambia mai. Sembra costantemente bloccato in modalità seria. Si limita a prendere il caffè, getta i soldi nel barattolo delle mance, si gira sui tacchi e se ne va.

Forse è un uomo importante. Un uomo impegnato. Un uomo con un sacco di responsabilità sulle spalle. Forse la sua mente è concentrata sugli impegni della giornata. Ma non si discosta mai dalla sua routine. Caffè nero. Senza panna. Senza zucchero. Senza pasticcino.

Neanche una volta, da quando l'ho adocchiato.

Raramente noto le persone che entrano ed escono dal negozio, poiché la mattina c'è sempre molta gente. Mi siedo nel mio angolo con il portatile aperto e il cervello che elabora idee. Non sempre.

A volte ho l'enorme blocco dello scrittore. Quando capita, il mio cervello sembra buio e vuoto. È come se avessi la testa vuota. Mi è successo la prima mattina che l'ho visto. In quei momenti, guardo un punto fisso nel vuoto mentre frugo nella mia testa. Alla ricerca di… qualcosa. Qualsiasi cosa. Pregando anche solo per un paio di parole che stimolino la mia creatività.

La porta d'ingresso, con il suo delicato campanello, di solito non attirava la mia attenzione. Fino a quel giorno. Il giorno in cui mi è capitato di fissare la porta senza pensare, senza prestare attenzione all'afflusso dei clienti.

Fino a che non vedo lui.

È alto. E grosso. Non grasso, no. I muscoli pesanti fanno spessore sotto la camicia che indossa mentre spalanca la porta ed entra. I capelli scuri sono cortissimi sui lati, solo un po' più lunghi sulla parte superiore. Un taglio di capelli senza fronzoli. Come lui. Niente fronzoli.

La camicia perfettamente stirata, color viola scuro, è infilata ordinatamente nei suoi pantaloni neri. La cintura in pelle nera è legata, al centro, su una semplice fibbia dorata. Le sopracciglia appaiono scure e spesse sopra a due occhi che mi fanno sbattere le palpebre. Sono chiarissimi, ma non riesco a capire se sono grigi o blu. In ogni caso, creano un contrasto scioccante con il colore della sua pelle.

L'unico accessorio visibile che indossa è un orologio da polso. Anche da dove sono seduta, riesco a riconoscerne il pregio. Non potrei mai permettermelo, e probabilmente non saprei dire di che marca è. Ma sembra *costoso*.

Ha le gambe lunghe e inconfondibilmente forti, si avvicina al bancone con passo sicuro.

Perché si ferma qui per un caffè nero? Sono sicura che potrebbe permettersi una caffettiera. Non è difficile farsi un caffè. Delle cialde, un filtro e un po' d'acqua. Premi il pulsante, aspetti e voilà…

Ah, forse non gli piace aspettare. Ma è davvero più comodo fermarsi qui ogni mattina?

Forse non gli piace pulire. Anche se, dopo averlo studiato, il mio istinto mi dice che potrebbe permettersi qualcuno che si occupi dei piatti sporchi. Potrebbe persino avere una persona importante al suo fianco pronta a preparargielo. Una moglie, un marito, un *amante*…

Non mi importa il motivo per cui si ferma qui ogni mattina, perché non appena lo vedo, non riesco a togliergli gli occhi di dosso. Non riesco a concentrarmi.

Guardo le sue labbra muoversi mentre ordina. Aspetto che gli angoli delle labbra si alzino mentre parla con il barista, ma non si alzano. Niente occhi arricciati, niente sorrisi, nemmeno un cenno della testa per riconoscere che sta parlando con un altro essere umano.

Niente.

Non tira mai fuori il cellulare mentre aspetta il caffè. Non gliel'ho nemmeno mai visto in mano.

Potrebbe essere il tipo di persona che pensa che sia scortese stare al telefono invece di prestare la massima attenzione alla persona che ti sta servendo. Anche se quell'attenzione è fredda, senza vita.

È coerente, viene sempre da solo.

Un giorno sono passata dal mio normale tavolo nell'angolo a un tavolo dove potevo vedergli la mano sinistra. Il suo anulare era nudo. Tuttavia, questo non mi garantisce che non sia sposato. O che non abbia una relazione seria. Molti uomini non indossano la fede.

Lo osservo ogni giorno. Studio il modo in cui si muove, so che è destrorso e che fa quindici passi verso il bancone. Che controlla sempre il coperchio del caffè per assicurarsi che sia ben stretto prima di voltarsi e andarsene.

È come se mi trasformassi nel cane di Pavlov. Quando il

campanello suona alle otto e zero due ogni mattina, devo alzare lo sguardo. Non riesco a resistere, anche se lo volessi.

Dopo averlo visto uscire dalla porta, le mie fantasie prendono il sopravvento. Penso a com'è nudo. Come si contrae il suo viso quando viene. Cosa proverei nel sentire le sue dita nella mia passera, come mi accarezzerebbero fin dentro, facendomi bagnare.

Quanto sarebbe intenso il suo bacio quando mi schiaccia contro di lui.

Non posso sfuggire ai miei pensieri. Ai miei desideri. Alle mie fantasie bagnate. Credo di dover cambiare caffetteria perché sto diventando ossessionata. Voglio toccarlo. Voglio vederlo sorridere. Voglio farlo ridere. Immagino che manchi qualcosa nella sua vita. Qualcosa come me. Potrei risolvere tutti i suoi problemi. Potrei accarezzargli la fronte quando si acciglia dopo aver lavorato tanto. Potrei baciarlo e sciogliergli la tensione. Potrei sussurrargli parole rassicuranti all'orecchio per distrarlo da tutti i compiti importanti di cui è responsabile.

L'unica cosa buona della mia ossessione è che mi aiuta a scrivere. Una volta che il campanello suona, mentre la porta si chiude dietro di lui, le mie dita corrono sulla tastiera. Non soffro più del blocco dello scrittore. Fantasie su fantasie mi rimbombano in testa e stringo le cosce finché non mi fanno male, mentre le parole si riversano sullo schermo.

Lui è la mia musa.

La mia ispirazione.

Ha la pelle scura, ma non riesco a immaginarlo a prendere il sole a bordo piscina. Sembra una persona troppo importante per un'attività del genere. O troppo impaziente. Probabilmente non ha tempo per divertirsi. La vita per lui consiste nel portare a termine gli affari.

Quindi, non è abbronzatura. No, il colore della sua carnagione sembra naturale. Sono i suoi geni a renderlo scuro. Cupo. Intenso. Nella sua discendenza si nasconde qualcosa che è lontano dall'entroterra americano. Anche *se* la sua patente lo classifica come bianco, il suo albero genealogico direbbe il contrario. Kane con la kappa mi intriga.

Non dormo più a oltranza, ma almeno non devo più mettere la sveglia. I miei occhi si aprono ogni giorno della settimana alla stessa ora, la mia testa già piena di lui. Faccio in modo di essere al bar, nel mio solito posto, con il portatile aperto, il mio chai latte caldo già davanti a me alle sette e cinquanta. Nel caso fosse in anticipo.

Non lo è mai. È come un orologio svizzero. Ha una routine, e la segue rigidamente. Ogni. Santo. Giorno.

Vorrei tanto sapere qual è il suo cognome. Quello che fa per vivere. Che tipo di macchina guida? Viene a piedi? Vive o lavora qui vicino? Quando suona il campanello, alzo lo sguardo. I miei occhi si spostano sull'orario nell'angolo dello schermo, 8:02. Poi ricadono su di lui.

Oggi indossa una giacca sopra la camicia azzurra che sottolinea il colore dei suoi occhi. La cravatta blu scuro è annodata in modo perfetto, precisa, stretta al colletto. I polsini della sua camicia sono visibili sopra le sue mani. La lunghezza giusta per un uomo di tutto punto. I gemelli d'oro brillano mentre il braccio oscilla al ritmo della sua andatura. È così fuori dalla mia portata che non mi guarda mai e poi mai. Nemmeno una volta.

Non capisco come faccia a non sentire il calore del mio sguardo, la sporca natura sessuale dei miei pensieri.

Come fa a non sentire che lo spoglio con gli occhi?

Ogni. Santo. Giorno.

Stamattina deve aspettare. Due persone davanti a lui hanno ordinato molto più del suo solito caffè nero grande. Il locale, oggi, è a corto di personale. Lui scruta con sguardo acuto lo spazio dietro il bancone prima di rendersi conto del problema. Solleva il braccio e controlla l'orologio.

Tocca lo schermo con il dito. Molto probabilmente per

impazienza, non nervosismo. Gira il corpo mentre osserva il negozio. Per una volta, si sta accorgendo che ci sono altri clienti e altre presenze nel bar oltre a lui, il barista e il suo grande caffè nero.

Lo sento, anche se non è nemmeno vicino, non mi tocca nemmeno.

Sento l'aria muoversi ad ogni suo respiro. Noto ogni battito di ciglia. Le sue ciglia lunghe e scure si aprono e si chiudono come due ventagli cinesi.

Poi il suo sguardo incappa su di me. Invece di continuare, si ferma. Indugia. Mi fissa. Forse perché anch'io a mia volta lo sto guardando. Forse perché la mia bocca si spalanca e boccheggio più del solito.

Mi muovo goffamente sulla dura sedia di legno mentre il calore sale sulle mie guance e il non poter distogliere lo sguardo da quello di lui mi mortifica.

Gli si restringono gli occhi e aggrottano le sopracciglia, facendo sembrare il suo sguardo più scuro del normale. Adesso mi ricordano un mare in tempesta piuttosto che il tranquillo Oceano Caraibico.

Il cuore mi batte furiosamente mentre i suoi occhi vagano sui miei capelli. Mi sforzo di non passarci una mano e spero che sia tutto a posto… perché di solito non lo è. Impreco sottovoce quando con lo sguardo scende più in basso, sulla mia bocca. Mi lecco le labbra prima di serrare di scatto la mascella, schiacciandomi per poco la lingua. Mi ispeziona lentamente, in maniera approfondita. Giù per il collo e poi più in basso.

Sono contenta di aver messo un maglione di cashmere con scollo a V, stamattina, e non una vecchia felpa. Mai nelle mie fantasie più sfrenate ho pensato che mi avrebbe notato. Mai.

I suoi occhi vagano dolcemente sulla mia scollatura e si fermano di nuovo. Un secondo, due secondi, tre secondi… Il sangue mi fluisce dritto nella testa e mi agito.

Pulsazioni di calore nel profondo mi fanno agitare sulla sedia.

Dio, solo il suo sguardo mi fa venire voglia di venire. La mia passera pulsa e ho voglia di toccarmi.

Tutte quelle fantasie.

Se solo sapesse.

Probabilmente riderebbe e penserebbe che sono sciocca. Che è fuori dalla mia portata. Non starebbe mai con una come me.

Ma voglio che mi tocchi. Voglio che mi passi le dita tra i capelli e mi tiri la testa all'indietro. Voglio sentire le sue labbra, i suoi denti, lungo il battito del mio collo. Voglio che mi sfiori i capezzoli turgidi con i pollici.

Mi ritrovo con la testa leggera e mi rendo conto di aver smesso di respirare. Sto aspettando. Sono ferma, attendo una sua mossa. Aspetto che mi prenda la mano, che mi trascini fuori dalla porta, a casa sua, nella sua macchina, nel suo ufficio, dove potrebbe scoparmi a fondo e con forza fino a ridurmi in mille pezzi.

Voglio mettermi a cavallo sul suo grembo e lanciarmi sul suo uccello, cavalcandolo forte fino a diventare bagnata e sudata, fino ad aggrapparmi alla sua pelle con le unghie. Voglio sentirgli i denti lungo le curve sensibili del mio seno.

Voglio.

Voglio.

Voglio che mi tocchi.

Ho bisogno che mi tocchi.

Ho bisogno delle sue dita, del suo cazzo duro, dentro di me.

E sono impaziente tanto quanto lui.

Ne ho bisogno ora.

Lo voglio ora.

Ora!

Grido in silenzio. Una voce che non riconosco come mia urla: "Toccami, dannazione! Toccami!"

Poi mi rendo conto che gli occhi di tutti i clienti sono

puntati su di me. Quelle parole, quella richiesta, non erano solo nella mia testa.

No.

L'avevo urlato ad alta voce. La secchezza nella mia gola ne era la prova inequivocabile. La sedia stride mentre la spingo indietro e cade in un frastuono dietro di me. Prendo il portatile, chiudendolo di scatto. Me lo infilo sotto il braccio e corro fuori dalla caffetteria.

Mi lascio alle spalle la dignità, proprio come il chai latte.

Mi si accaldano le guance, il cuore mi batte forte, sento lo stomaco in subbuglio. Sto per evacuare il contenuto del mio stomaco.

Spingo la porta d'ingresso e inspiro aria fresca, desiderosa di respirare. Dentro, attraverso le narici, fuori, attraverso la bocca. Piano, con calma. Mantengo il ritmo finché la nausea non diminuisce.

Do le spalle alla vetrina della caffetteria, vedo le auto con i conducenti dentro. Non hanno idea del recente *exploit* che mi ha cambiato la vita, vanno di qua e di là. Non sanno quanto sia stata matta a gridare a un uomo, a uno sconosciuto, nel bar dietro di me.

Ma io lo so.

E lui lo sa.

Devo andarmene prima che la porta si apra, che il campanello suoni e che lui esca sul marciapiede. Un marciapiede che dovremmo condividere.

Perché, in questo momento, il pensiero di condividere qualcosa con lui è troppo. Mi costringo a muovere i piedi, a far funzionare le gambe. Mi muovo in avanti alla cieca. Passo dopo passo.

Poi sento il suono di un clacson, mi spaventa a morte. E tutto il mio corpo diventa uno straccio.

Capitolo due

DITA forti e lunghe mi afferrano saldamente la parte superiore del braccio, costringendomi a tornare sul marciapiede. Il mio collo si muove avanti e indietro, come una di quelle statuette da auto che viene violentemente scossa. Una scarica di adrenalina mi scombussola lo stomaco e il cuore per poco non mi arriva in gola.

"Stai attenta!" La sua voce sembra bassa, liscia, come il miele caldo. Ma è anche dura, come quella di un uomo che prende il comando.

Non mi sono ancora girata.

Non ancora.

Non riesco ad affrontarlo. Anche se invade il mio spazio personale. "Stai bene?" Sento che mi sta ispezionando per assicurarsi che sia tutta intera.

Dato che non rispondo, lui continua: "Ascolta, posso offrirti un caffè? Ho notato che hai lasciato il tuo sul tavolo."

Un altro promemoria della mia sbadataggine.

Non riesco a rispondergli, quindi annuisco. Raccolgo rapidamente il mio ingegno, inclino la testa verso il negozio dietro di noi e finalmente trovo la voce per parlare. "Non lì dentro."

Sono troppo umiliata, dubito che tornerò mai nel mio bar preferito. "No. Non lì dentro," concorda, e poi ride.

La sua risata risuona bassa e profonda come la sua voce e mi fa venire i brividi lungo la spina dorsale. Sono sicura che quella voce da sola potrebbe sciogliermi in una pozzanghera ai suoi piedi. I suoni divertiti che gli sfuggono dalla bocca mi colpiscono più di quanto potrei mai immaginare.

Chi immaginava che potesse anche solo sorridere? Figuriamoci ridere.

Stranamente, non lo sto ancora guardando in faccia. Sembro congelata in piedi sul posto. "Grazie per avermi fermato…" Esito, e lui risponde alla mia tacita domanda.

"Kane."

Conosco quel nome con tutto il mio essere. Lo sento ogni mattina quando il barista lo urla. Annuisco e mi giro lentamente, sottraendo il braccio alla sua presa. "Kane." Mi scivola via dalla lingua mentre lo ripeto. Mi rendo conto di non aver mai detto il suo nome ad alta voce prima di quel momento. Anche dopo tutte le settimane in cui l'ho scrutato mentre aspettava il suo caffè nero. Quel nome gli sta bene.

Mi guarda, vedo una domanda nei suoi occhi. Ma non mi chiede nulla.

"Lila," gli dico. Un nome delicato per una persona che non lo è.

"Piacere di conoscerti, Lila."

Quando lo pronuncia, sembra che stia succhiando una caramella. Dolce, appiccicosa. Mi fa arricciare le dita dei piedi e tendere quelle delle mani.

"Allora, caffè?"

"Sì."

"Conosco il posto perfetto."

Anch'io… Il suo letto.

Scuoto la testa e stringo gli occhi, cercando di scacciare quei pensieri corrotti dalla mia mente.

"Sei sicura di stare bene?" Quest'uomo, che non ha mai mostrato un briciolo di emozione in tutto quel tempo in cui l'ho guardato, improvvisamente mostra preoccupazione per una sconosciuta?

E poi l'illuminazione. Anche Kane con la kappa è uno sconosciuto. Non dovrei andare da nessuna parte con lui, vero?

Si schiarisce la gola mentre lo guardo. "Se non vuoi andare…" Certo che andrò con lui. Perché non c'è altro posto in cui preferirei stare se non con Kane con la kappa.

Se si rivelerà un pazzo serial killer, spero di imparare dai miei errori. Sbuffo sonoramente.

Lui alza le sopracciglia e mi fissa profondamente, fin dentro l'anima.

"A-a-andiamo," balbetto alla fine e poi mi maledico in silenzio.

Le sue sopracciglia si distendono e le pieghe agli angoli dei suoi incredibili occhi si increspano. Se non sapessi che non è così, penserei che è una specie di sorriso. O uno sguardo di soddisfazione. Mi prende il gomito e passiamo davanti a tre auto, fermandoci davanti a una berlina Mercedes parcheggiata sul marciapiede, completamente oscurata. La vernice, i finestrini, le ruote. Spacca. E sembra super costosa.

Lui tira fuori la chiave dalla tasca e mi apre la portiera come un perfetto gentiluomo. Immagino di non dovermi aspettare niente di meno da lui. Scivolo sul sedile del passeggero in pelle grigio scuro e, prima che io possa aprire bocca, lui chiude la portiera. Il silenzio in macchina per il lasso di tempo che gli ci vuole per arrivare al lato del guidatore mi fa sentire come se fossi in una sorta di lussuoso bozzolo chiuso ermeticamente. Smetto di accarezzare il morbido sedile in pelle quando lui apre la portiera del guidatore.

Diamine, non posso nemmeno permettermi una macchina. Da quando ho lasciato il mio lavoro per scrivere a tempo pieno, posso affidarmi solo ai piedi e approfittare dei mezzi pubblici.

Ma sono più felice, in generale. Il rovescio della medaglia è che ultimamente mi sento sola, dato che scrivere può essere una professione solitaria.

Do un'occhiata furtiva all'uomo che guida l'auto; probabilmente lui non si sente mai solo. Anzi, molto probabilmente è un tipo che si gode la solitudine.

Guardo fuori dal parabrezza per vedere in che direzione stiamo andando. Mentre i cartelli sfrecciano veloci, mi rendo conto che si sta dirigendo a ovest. In una parte migliore della città. La cosa non mi stupisce.

"Allora, a chi stavi gridando prima?"

Non sa niente. O forse è educato e finge di non saperlo. Ma comunque…

"Sono una scrittrice. I miei personaggi fanno continuamente conversazioni nella mia testa." Alza un sopracciglio ma tiene lo sguardo sulla strada. È l'ora di punta del mattino e le strade sono affollate.

"Di solito, però, tengo la cosa sotto controllo," gli assicuro.

Un sorriso gli si insinua sul viso. Mi lancia una rapida occhiata di traverso, mi fa capire che non mi crede.

Quindi, lui sa.

Il calore torna a farmi visita sul volto e cerco di cambiare argomento. "Dove stiamo andando?"

"Non ci vorrà molto."

Non è una vera risposta, ma mi giro per guardare fuori dal finestrino. Le imprese si sono trasformate in residenze. Alcune grandi e maestose, altre più piccole e ben tenute. Le strade sono alberate e prive di rifiuti. L'area è più raffinata di quella in cui si trova il mio appartamento. Solo un po'.

"Non dovresti essere da nessuna parte, al momento?" gli chiedo. Probabilmente non è mai in ritardo al lavoro.

"Sì."

"E dove?" Studio il suo profilo.

Poiché il traffico è meno intenso qui, nella parte residenziale della città, lui si volta per guardarmi.

No. Non è uno sguardo, è un esame accurato del mio viso. Tengo l'espressione fissa davanti a me; non voglio fargli capire quanto mi influenza.

Eppure mi influenza. I capezzoli si mettono sull'attenti sotto il suo sguardo e stringo le cosce man mano che la tensione aumenta.

Temo che possa farmi venire solo con uno sguardo.

Riporta la sua attenzione davanti a sé e, nel giro di pochi secondi, porta la grande Mercedes in un vialetto e poi in un garage con dentro tre auto. Mentre la porta del garage si chiude dietro di noi, non so bene cosa fare. Ora sono nella macchina di uno sconosciuto, nel garage di uno sconosciuto, a casa di uno sconosciuto. E nessuno… *nessuno* sa dove sono.

Bella mossa, Lila. Potresti finire in pentola, o essere scuoiata viva. Ma, ehi, è pur sempre un gran figo, non è vero?

"Io… Ehm…"

Non aspetta che io finisca di balbettare per la preoccupazione. Piuttosto, scende dalla macchina e si avvicina al mio lato, apre la portiera e mi porge la mano.

Visto? È un vero gentiluomo. Quale serial killer avrebbe certe buone maniere? Dannazione. Probabilmente la maggior parte.

Stringo ancora di più le dita attorno al portatile che tengo saldo al mio fianco mentre fisso quella mano tesa.

Le dita sembrano lunghe, scure e ben curate. Perfette per strangolarmi. Come mi è venuto in mente che prendere un caffè con lui fosse una buona idea? "Lascia che ti aiuti, Lila. Prendi la mia mano." Una richiesta.

Beh, se la mette così… Va bene.

Stacco una mano indolenzita dal mio computer e lascio che la prenda per aiutarmi a uscire dall'auto. Mentre chiude la portiera del passeggero dietro di me, mi giro e vedo altri due veicoli nel garage. Uno sembra una vecchia auto sportiva degli anni '60. E l'altra non è affatto una macchina. La moto, tutta oscurata come la Benz, sembra veloce, e lo stemma sul fianco appartiene alla BMW.

A quest'uomo piace la velocità. La precisione. Il lusso.

Tutto quello che io non sono.

Sono un'autrice in difficoltà che fa del suo meglio per sbarcare il lunario e che ha difficoltà anche a pagare l'affitto. Non posso permettermi manicure, vestiti costosi, appuntamenti regolari dal parrucchiere, e nemmeno una Ford Escort del 1988.

Ma sono una donna determinata. E sono sempre stata disposta a lavorare sodo. Mentre mi accompagna attraverso una porta in quella che posso solo supporre sia casa sua, mi sento determinata a non diventare la vittima di un omicidio per oggi.

La sua mano è calda, liscia e molto grande; quasi sovrasta la mia. Ora che sono accanto a lui, mi rendo conto di quanto sia davvero alto. Al contrario, io non lo sono affatto. Un metro e sessanta e qualche centimetro in più. Dev'essere trenta centimetri più alto di me. Forse non trenta, ma quasi. Forse è uno e ottanta, uno e ottantacinque.

Abbasso lo sguardo mentre camminiamo. Le scarpe eleganti che indossa brillano, i pantaloni sono della lunghezza perfetta. Quest'uomo non compra vestiti in un negozio qualunque. Nossignore.

Percorriamo un lungo corridoio piastrellato e finiamo in una grande cucina aperta. Altre piastrelle, colori tenui, perfettamente pulita.

E... chi l'avrebbe detto? In un angolo sotto un armadietto, su un piccolo bancone, c'è una macchina per il caffè. Mi viene l'impulso improvviso di passarci sopra un dito per controllare se c'è polvere. Non lo faccio perché lui mi lascia andare e mi mette una mano sulla schiena.

Il maglione che indosso è sottile e riesco a sentire il

calore del suo palmo sulla mia pelle. Cerco di respingere i brividi perché i miei capezzoli sono già abbastanza duri.

Mi guida verso uno sgabello sull'isola centrale e mi ordina di "sedermi".

Obbedisco e lo guardo mentre si toglie la giacca. È come guardare un porno, mentre la sfila lungo le spalle e le braccia. Non riesco a distogliere lo sguardo, mentre la piega delicatamente a metà e la posa su una sedia del tavolo della cucina.

"Immagino che tu viva qui."

Passa una mano sulla giacca messa da parte prima di voltarsi, con un sorriso storto sul viso. "No, non ho idea di chi viva qui. Ho pensato di prendere in prestito la loro macchina per il caffè."

Oh, ha un ottimo senso dell'umorismo. Mi piace.

Lui mi piace.

A vederlo al bar, non avrei mai pensato che quel tipo avesse quella personalità. "Sei un ladro piuttosto bravo allora, dato che hai memorizzato il codice dell'allarme."

"Io non dimentico nulla."

Strano commento. Ma… Va bene…

"Proprio come te."

I miei occhi fissano i suoi. Quegli incredibili occhi azzurri sono davvero bizzarri su quell'incarnato. "Che significa?"

Ignora la mia domanda e si muove per la cucina tirando fuori un pacchetto di caffè dal congelatore. Mentre prepara la caffettiera, mi dà le spalle e mi chiede: "Hai fame? Vuoi qualcosa da mangiare con il caffè?"

"Cucini?"

"Solo quel tanto che basta per non morire di fame. Cosa ti piacerebbe mangiare?"

Scuoto la testa, ma mi rendo conto che non mi sta guardando. "Niente. Non ho fame, ma grazie."

Si guarda alle spalle. "Sei sicura?"

"Sì, grazie." Non ho fame, ma sono curiosa. "Perché ti fermi al bar ogni giorno, se hai una macchina per il caffè?"

Spinge il pulsante di accensione dell'elettrodomestico di alta qualità e si gira verso di me, appoggiandosi all'indietro contro il mobile. I suoi occhi mi analizzano di nuovo, istigandomi a rabbrividire sotto il suo sguardo. "Per te."

Aggrotto la fronte perché ancora non capisco come il fermarsi a prendere un caffè ogni giorno abbia a che fare con me. "Io cosa?"

Si allontana dal mobile e si avvicina. Lo guardo come se fosse un leone che insegue la sua preda. Questa volta non riesco a fermare il brivido che mi corre lungo la schiena.

Si sporge in avanti e io trattengo il respiro pensando che mi afferrerà, invece si allunga per afferrare lo schienale dello sgabello e farlo girare finché non siamo faccia a faccia. Quando si avvicina, le mie gambe finiscono intrappolate tra le sue.

Mi fissa con quegli occhi ipnotizzanti e io non riesco a liberarmi dal suo sguardo. Sono bloccata. Immobile. Come un cervo davanti ai fari, incapace di evitare l'auto in arrivo. "Lila. Entro lì ogni giorno per vederti."

Sta mentendo. Ne sono sicura. Da quando l'ho notato, in tutti quei giorni in cui è venuto, non mi ha mai guardato. Si starà inventando tutto su due piedi.

"Non ti credo," sussurro.

Il mio sguardo si fissa sulle sue labbra splendidamente sagomate mentre dice: "È vero." Faccio scorrere la lingua sulle labbra perché all'improvviso ho sete. Il movimento non gli sfugge e mi fissa la bocca.

"Un giorno ero in ritardo e ho pensato di fare un salto lì per prendere il caffè, e ti ho notato seduta in un angolo, nascosta dietro il tuo portatile. Avevi le guance colorite e negli occhi uno sguardo morbido e sfocato. Ti mordevi il labbro inferiore. Eri molto sexy in quel momento. Sapevo che avrei dovuto rivederti."

Quando parla, le sue parole suonano belle, non importa che parole siano, non importa quale sia il contesto. Proprio in quel momento, vorrei sentirgli dire qualcosa di offensivo. Una parola bruciante e oscena. Come "cazzo". La parola cazzo, se uscisse dalla sua bocca, probabilmente suonerebbe come il più poetico dei componimenti danteschi.

Che strano... La mia linea di pensiero non è affatto una linea, ma uno scarabocchio. Uno scarabocchio disordinato su una brutta copia stropicciata.

"Ti stavo aspettando."

"Aspettando?" gli chiedo, ora ancora più confusa.

"Mi osservi da settimane," dice Kane muovendosi dietro di me. Non mi tocca. È semplicemente lì. Una presenza che sento ma non vedo. "Perché?" mi chiede. "Perché..." Le mie parole svaniscono. Non voglio dirgli perché, non voglio sembrare un'anima depravata. Una stalker ossessionata.

Ma lui sa perché. Mi sconvolge che per lui possa essere un gioco. Si metteva davanti a me, ogni giorno, affinché io lo notassi. Poi, una volta accortami di lui, sono caduta dritta nella sua trappola. Il suo approccio era forse uno strano preliminare?

Scuoto lentamente la testa. La mia voce è bassa, senza fiato. "Era quello che volevi, giusto? Che io ti notassi? Se è così, perché non mi hai mai parlato?" Perché quell'uomo di certo non può essere timido, o introverso come me.

Finalmente mi tocca, con un dito mi toglie i lunghi capelli dalla spalla destra, allontanandoli dal collo. La mia pelle esposta diventa fredda. Il suo calore corporeo mi lambisce la schiena mentre si avvicina. Sempre più vicino. Poi mi preme le labbra contro la curva della gola. Il bacio è morbido e delicato, come una farfalla che atterra al centro di un fiore appena sbocciato. "Ero impaziente di farlo."

Ancora non capisco perché abbia aspettato così tanto. Perché non approcciare una donna che ti interessa? "Non mi hai mai guardato, nemmeno una volta, ma eri impaziente di baciarmi il collo?" Mormoro, non nascondendo l'incredulità nella mia domanda.

"Sì," bisbiglia contro la mia pelle. "Ogni giorno vedevo la reazione del tuo corpo quando entravo. Diventavi più distesa, mi guardavi con un calore che non potevo non notare." Scuoto leggermente la testa, stando attenta a non allontanarmi dalle labbra di lui, le quali sono come di seta mentre mi sfiorano il collo. Poi, con la punta della lingua traccia una linea lungo la mia spina dorsale.

"Quindi, erano dei preliminari."

"Volevo assicurarmi che fossi interessata."

"E il mio sfogo ha chiuso il cerchio."

Mi poggia le mani sulle spalle e le stringe delicatamente mentre mi avvicina la bocca all'orecchio. "Sì. Hai chiesto che ti toccassi."

È vero, lo avevo chiesto.

"Dimmi… Quanto vuoi che ti tocchi?"

"Quanto intensamente? O quanto frequentemente?" chiedo.

Mi lascia le spalle e si muove per mettersi di fronte a me, abbassando di nuovo lo sguardo. Quell'uomo saprebbe intimidirmi senza nemmeno provarci. "Entrambe." Il calore si insinua sulle mie guance. Non per imbarazzo, questa volta. Piuttosto, è il mio desiderio ardente che alimenta le fiamme.

Lo voglio disperatamente.

Lo voglio tantissimo.

Il mio corpo è in fiamme.

"Non farmi indovinare, Lila. Dimmelo. Dimmi cosa vuoi che faccia con te. Cosa vuoi che ti faccia."

Una risposta semplice sarebbe "tutto", ma dubito che la accetterà. Sembra essere molto più attento ai dettagli.

Le cose semplici sono le migliori, stupida.

"Baciami." Faccio fatica a non alzare la voce, alla fine.

Non voglio che sembri una domanda, voglio fargli capire che so cosa voglio.

"Tutto qui?"

Quasi rido alla sua domanda, perché sappiamo entrambi che un bacio non basterà. "No."

Il sorriso si allarga, gli angoli degli occhi si increspano. È divertito. "Prima il caffè?" "Oh, diamine, certo che n..." Prima che io possa finire, la sua bocca preme contro la mia, le labbra si muovono, la sua lingua separa le mie labbra, esplorandomi con potenza e determinazione.

MI AFFONDA le dita fra i capelli mentre preme ancora di più. Inclinando la testa, sigilla le nostre bocche. Un gemito mi si accumula in gola. Chiudo gli occhi perché non riesco a pensare ad altro che a quello che sta facendo.

Il suo bacio mi domina. Prende il controllo del mio corpo dalla testa ai piedi. Mi fa rizzare tutta la peluria sulla nuca.

Con un solo bacio, ora mi possiede.

Mi prende il viso con le mani e nel frattempo interrompe il contatto, tirandosi indietro solo quanto basta per farmi parlare. Ma a un soffio di distanza.

Solo un respiro. Non mi muovo. Non posso, apro gli occhi e incontro i suoi. Quegli occhi azzurri mi fanno venire la pelle d'oca; sono ombreggiati, illeggibili, quasi spaventosi. "Di nuovo," sussurro.

Con un leggero arricciamento sulle labbra, le preme ancora una volta contro le mie, questa volta più delicatamente. Le nostre lingue si aggrovigliano e io gli metto le mani sul petto. Gliene appoggio una direttamente sul cuore, in modo da poterlo sentire battere sotto il mio palmo. I battiti sono veloci, come i miei. Non un ritmo costante, ma una macchinetta martellante.

Mentre si muove lungo la mia mascella, inclino la testa per offrirgli il collo. La sua lingua, calda e umida, mi scivola lungo un lato della gola, facendomi quasi fare le fusa. I capezzoli mi si trasformano in punte dolorose, e voglio che li tocchi, che li succhi. Non so nemmeno il cognome di questo tizio.

Mentre abbassa le mani sulle mie spalle, mi rendo conto che non me ne può fregare di meno. Il suo nome all'anagrafe potrebbe essere Kane con la kappa, e non me ne importerebbe davvero nulla. "Cos'altro vuoi, Lila?"

Di nuovo con le domande. Non voglio dirglielo. Voglio che conosca i miei bisogni. Mi sta costringendo a pensare, a riconoscere che voglio questo estraneo più di quanto abbia mai desiderato prima.

Questa connessione, questo disegno non ha senso. Mi dà alla testa, è quasi inebriante. Ha un odore così buono. Di spezie scure, pungenti. In quel momento, so che ho bisogno di assaggiarlo. Il suo sapore sarà uguale al suo odore? Come un piatto esotico che mi stuzzica i sensi? Lo inspiro profondamente e dico: "Voglio prenderti in bocca." Senza una parola, si mette in posizione eretta e si allontana da me. Se prima pensavo che i suoi occhi fossero scuri, ora lo sono ancora di più. Pericolosi e tempestosi. Non sembra più un gattino soddisfatto che ha bevuto una scodella di latte. È tornato ad essere quel leone che insegue la sua preda, mentre mi osserva con attenzione, con cautela. La maggior parte degli uomini che conosco si sarebbe tolta i pantaloni e avrebbe cacciato l'uccello prima ancora che finissi di pronunciare l'offerta. Lui no. Rimane fermo e mi studia, facendomi venire voglia di agitarmi.

Poi, improvvisamente, solleva un angolo della bocca e mi offre la mano. "Saltiamo la parte del caffè."

Io, però, ignoro la mano: mi spingo giù dallo sgabello e mi inginocchio davanti a lui. Proprio lì, sul pavimento della cucina. Prendo la fibbia della sua cintura mentre lui abbassa le mani sui fianchi e allarga un po' le gambe. Alzo lo sguardo e lo vedo che mi osserva in silenzio. Ha un'espressione indecifrabile.

Vedrò cosa posso fare per cambiargliela. Mi tremano le dita, quindi tentenno un po' finché non riesco a sganciare la fibbia e a slacciargli i pantaloni. Faccio scivolare lentamente la cerniera verso il basso e fisso con impazienza la giuntura dei suoi pantaloni aperti. È come se fosse la mattina di Natale.

Sono pronta a scartare il mio regalo.

Poiché ha le gambe leggermente divaricate e le cosce sono muscolose e forti, i pantaloni si fermano sotto i fianchi. Indossa dei boxer blu come i suoi occhi e, da quello che vedo, mi farà sicuramente un regalo molto, molto bello.

Deglutisco a fatica e cerco di controllare il respiro mentre faccio scorrere le dita lungo il cotone che copre il rigonfiamento. Voglio vederlo. Voglio abbracciarlo, ma mi sto godendo l'attesa dell'ignoto.

Non si muove né emette alcun suono, mentre lo prendo tra le mani e sento il peso e il calore dei testicoli infilati negli slip. Alzo di nuovo lo sguardo. Ancora nessuna reazione. Scorro con le dita l'interno dell'elastico sulla vita e rivelo lentamente quello che stavo aspettando.

Quasi sbavo alla vista di una goccia di preseminale sulla cappella del suo membro. Tiro fuori la lingua per catturarla. Quella bontà salata sa di paradiso, chiudo le palpebre. La mia figa è bagnata e stretta, disperatamente desiderosa di avere dentro di me la dura lunghezza e la spessa circonferenza.

Mi infila un dito sotto il mento e mi solleva il viso verso di lui. "Guardami mentre lo prendi in bocca."

È quello che faccio. Il mio sguardo non vacilla mai, mentre gli avvolgo le labbra intorno alla cappella. L'unico segno sul suo viso è un leggero movimento, una piccola contrazione vicino all'occhio destro. Non è esattamente la reazione che sto cercando. Ma ho appena iniziato.

Gli avvolgo le dita intorno alla base dell'uccello e stringo. Non posso continuare a guardarlo. Devo concentrarmi per farlo crollare.

Lo prendo il più possibile, sempre più in profondità. Tendo le labbra, la lingua scivola, con la bocca succhio. Sento un rumore e sposto lo sguardo verso l'alto. Non me lo sarei mai immaginato, ma lui non mostra ancora alcuna reazione. Resta tutto d'un pezzo, ha il controllo della situazione.

Più determinata che mai, faccio scorrere la lingua lungo la vena spessa, prendo la cappella in bocca, succhio più forte, prima di utilizzare leggermente i denti sulla zona più sensibile. Le mie azioni mi fanno irrigidire e bagnare per lui. Invece che stendere le labbra, voglio che sia lui a stendersi dentro di me e a riempirmi completamente.

Faccio un altro passaggio dalla base alla punta e percepisco i suoi fianchi sobbalzare. No, non un vero salto, solo un leggero tic. Quell'uomo sembra fatto d'acciaio. Immune al caldo umido della mia bocca, alla morbidezza della mia lingua.

Un altro tic, un altro suono. La sua facciata sta per cadere. Mi affonda le mani nei capelli, tirandoli forte, facendomi male al cuoio capelluto. Alzo lo sguardo abbastanza da vedere i suoi occhi, sono socchiusi, le labbra leggermente aperte. Mi stringe le dita tra i capelli seguendo lo stesso ritmo del mio movimento.

Faccio scorrere la bocca su e giù, più velocemente, e finalmente sento il suo respiro diventare irregolare, affaticato. Vorrei sorridere al mio trionfo, ma non ci riesco perché lui rimane duro, lungo e spesso dentro la mia bocca.

Inizia a spingere leggermente, con movimenti piccoli e superficiali, mentre mi tira la testa verso di lui. Combatto il panico mentre sbatte sulla parte posteriore della gola più e più volte. Deglutisco e respiro attraverso il naso, gli occhi mi lacrimano. Rilasso la gola e ancora non riesco a prenderlo tutto. È difficile, ma voglio vederlo crollare. Voglio essere io a dargli uno sguardo di puro piacere. Voglio sentirlo gridare il mio nome.

All'angolo dell'occhio mi cade una lacrima e lo guardo di nuovo. Ha gli occhi completamente chiusi, la mascella è serrata, le labbra strette. Gli sfugge un gemito e in quell'istante apre gli occhi e mi sorprende a guardarlo. Il suo sguardo si offusca mentre mantiene il contatto visivo, solleva il petto e il mio nome gli sfugge dalle labbra.

E man mano che si irrigidisce, noto che sta per cadere a pezzi. Sta per disfarsi.

"Lila?… Lila… Lila," cantilena ad ogni respiro. Emette un suono primordiale, poi stringe i denti e mi rilascia in gola lo sperma caldo e salato. La presa sulla mia testa è ancora violenta, me la stringe forte mentre l'uccello gli pulsa sulla mia lingua. E io accetto tutto di lui.

Perché è mio!

Solo che ancora non se ne rende conto.

Capitolo tre

Kane mi accompagna in casa, nella camera da letto principale, come se mi stesse accompagnando a un ballo… una mano sulla schiena e l'altra che tiene la mia davanti a lui. Mi sento come se dovessimo danzare lungo il corridoio, invece di camminare.

La sua è l'unica camera con doppie porte in cui sia mai stata. Ma al di là di queste c'è il suo dominio.

È una camera grande, più come una suite, arredata con gusto in colori tenui, dal caramello al marrone. I mobili neri brillano, e sono sicura che un granello di polvere non duri neanche mezzo secondo sulle superfici di questa casa. Nessun mucchio di vestiti, nessun flacone di colonia o lozioni in vista, non si vedono nemmeno un calzino vagante o un paio di scarpe. La camera da letto è impeccabile come Kane con la kappa.

Potrebbe essere un po' scioccato se vedesse il mio appartamento. Ma ora non è il momento di preoccuparsene. No. In questo momento, mi fa andare al centro della stanza e mi fa girare su me stessa mentre mi ispeziona su e giù, come un *filet mignon* che sta per essere divorato di nascosto da un vegetariano che fa uno strappo alla regola.

La mia voce si spezza mentre chiedo: "Vuoi che mi spogli?" Perché, insomma, per quali altri motivi mi avrebbe portato nella sua camera da letto? Per la tazza di caffè che non ho mai ricevuto? "No." Si ferma e la sua voce profonda dietro di me è come un afrodisiaco. Sono già bagnata per il pompino che gli ho fatto. Sono già pronta e vogliosa per farmi scopare forte, in profondità e velocemente.

Ma non sembra il classico uomo. Sembra che voglia prendersi il suo tempo, senza andare di fretta. Un uomo che fa caso ai piccoli dettagli.

"Sei squisita," mormora. Mi passa le dita tra i lunghi capelli; poi, improvvisamente, afferra un po' di ciocche e mi tira la testa all'indietro con forza. Preme la bocca sul punto morbido in cui il collo incontra la mia spalla. Chi immaginava che quel punto avesse il potere di farmi sciogliere?

Forse non è il punto che è giusto, ma l'uomo. È possibile che ovunque metta la bocca mi faccia sbrogliare come ha fatto in cucina. Anche se temo che cadrò a pezzi molto più in fretta di lui. Non ho il suo controllo... né sono sicura di volerlo.

Incrocia le braccia davanti a me mentre mi afferra l'orlo del maglione e lo tira su lentamente. Sopra la pancia, sopra la cassa toracica, sopra il reggiseno dove con le mani sfiora i miei capezzoli appuntiti. Chiudo gli occhi a quella sensazione. Si muove come miele, mi sta facendo impazzire. Continua, tirando il tessuto morbido sopra la mia testa, i capelli liberati ricadono giù. Lascia le mie braccia nel maglione. Capisco il perché mentre mi fa scivolare il maglione lungo le braccia, lungo la schiena. Lo lascia aggrovigliato intorno ai miei polsi. Le mie mani finiscono troppo facilmente legate dietro di me. Solo con il maglione. Apro le labbra e mi sfugge un respiro tremante.

Lo sento duro a contatto con il mio sedere, ma ci separano troppi strati di vestiti. Gemo di impazienza e sento una risatina in tutta risposta.

"Lila, abbiamo tutto il tempo del mondo."

No, non è vero. Io ho una scadenza e lui deve andare da qualche parte. Anche se non ho ancora capito dove. È un uomo che deve fare qualcosa da qualche parte.

Anche se, forse, non risponde a nessuno se non a se stesso.

Emetto un respiro forte e giro la testa per guardarlo.

"Guarda avanti," mi ordina.

Il mio primo istinto è di ribattere. La mia reazione naturale sarebbe dire che nessun uomo mi dice cosa fare.

Ma sappiamo che non è questo il caso. Non qui. Non adesso. Non con lui.

Quindi obbedisco.

Fisso il lettone e mi chiedo quando saremo sotto le lenzuola. Tra quanto sarà completamente nudo. E, cosa più importante, tra quanto verrò… Mentre ho le braccia legate dietro la schiena, mi morde leggermente le spalle, alla base del collo, lungo la spina dorsale, fermandosi solo perché i miei polsi sono di intralcio. Con la lingua mi lecca la spina dorsale fino in cima. Mi slaccia il reggiseno con disinvoltura, ma questo cade solo in avanti e le spalline si fermano sui gomiti.

Mi prende a coppa il seno, sollevandone il peso, sfiorando con i pollici i capezzoli turgidi. Avanti e indietro, avanti e indietro, finché i miei seni sono colmi di desiderio. Desidero la sua lingua, le sue labbra, la sua bocca.

"Bellissima," mi sussurra all'orecchio prima di leccarne la cartilagine esterna con la punta della lingua. Si prende il lobo in bocca e io ansimo al pensiero che qualcosa di così semplice possa essere così erotico. Chiudo gli occhi mentre lui succhia e con le dita stringe entrambi i capezzoli, torcendo, tirando, facendo cambiare le protuberanze fino a quando le mie ginocchia cedono.

Mi rilascia rapidamente l'orecchio e mi afferra stringendomi un braccio intorno al busto. "Ah, ti piace."

Mi piace non è abbastanza. "Sì," gemo.

Mi distende la larga mano lungo la pancia, con l'altra mi stringe e mi massaggia il seno mentre il suo respiro caldo gioca con il mio orecchio. "Perfetto."

Non sono squisita, né bella, né quasi perfetta. Ma indosserò i suoi complimenti come una specie di muta perché nessuno, nemmeno uno degli uomini con cui sono stata, mi ha mai chiamata così. Anche se sarà per poco tempo, accetterò le sue lodi. Non ha bisogno di pronunciare quelle parole per spogliarmi, e so che ne è consapevole. Quindi mi fa pensare che forse crede davvero a quello che dice.

Mi sento bene, desiderata. E lo voglio ancora di più, sempre che sia possibile. Kane mi afferra i polsi legati e mi gira verso di lui. Sembra un po' sfatto. La camicia da sera è rimasta fuori dai pantaloni dopo l'episodio in cucina, la fibbia della cintura ciondola, i pantaloni aderiscono a malapena ai fianchi. La sua erezione rimane forte, la cappella liscia e bulbosa fa capolino sopra l'elastico dei suoi boxer, come a ricordarci di non dimenticarla.

Non credo che succederà. Ho l'impulso di leccarlo di nuovo, di buttarmi in ginocchio. Ma sono sul punto di aver bisogno di qualcosa di più. Anch'io ho bisogno di un po' di soddisfazione. E la mia pazienza è scomparsa da tempo. "Spogliati," gli ordino.

Lui solleva leggermente un sopracciglio e le sue labbra si stringono per un momento prima di dire: "Non penso che tu sia nella posizione di chiedere nulla."

"Posso togliermi il maglione dalle mani."

"So che puoi, ma non lo farai finché non te lo dirò io."

Cavolo. Ha ragione.

Mi piace il potere che ha su di me. Mi eccita fino alla punta dei piedi. È qualcosa di più del sesso. Perché se fosse stato solo sesso, a quest'ora avrebbe potuto scoparmi e farmi tornare a casa.

"Finora hai chiesto solo un bacio. E volevo che mi dicessi cosa vuoi."

Ancora una volta, la parola "tutto" mi risuona nell'anima. "Ti voglio dentro di me."

Scuote la testa lentamente, fluidamente. "No." Non è un *no* per dire che non mi scoperà mai, anzi… quell'unica sillaba dice un sacco di cose. Vuole che gli dica di farmi qualcosa per arrivare a quello che voglio davvero.

"Voglio la tua bocca su di me," gli dico.

"L'ho già usata sulle tue labbra, sulle tue orecchie."

"Ancora."

"Dove?"

Deglutisco a fatica. La mia fica si stringe. Lo voglio lì. Mi fanno male i seni. Voglio che mi baci anche lì.

Apro la bocca, ma non ne esce nulla.

Fa scorrere le mani lungo le curve esterne del mio seno. "Qui?"

Annuisco.

Le fa scivolare lungo la pancia e sui jeans fino alla V delle mie gambe. "Che ne dici di questo punto?"

Tremo al suo tocco. "Sì. Anche lì."

Le sue mani continuano, viaggiando intorno ai miei fianchi, fino al sedere. Prende entrambe le natiche e le stringe. "E qui?"

Non ho mai avuto la bocca di nessuno su quel punto. L'idea mi sorprende. Sembra un posto più intimo della mia passera.

"No," sussurro, la mia voce è affannata.

"Chi ha detto che hai scelta?" Il mio sguardo si fissa sul suo, e so che i miei occhi sono spalancati, sorpresi. Mi rivolge un sorriso rassicurante. "Non faremo mai nulla che tu non voglia fare," dice, e sono immediatamente sopraffatta dal senso di sollievo.

Insomma, sì, ho una mente aperta. Non sono contro la sperimentazione. Ma non conosco quest'uomo. *Non ancora.*

Sento le sue braccia scivolarmi attorno, quasi in un abbraccio, e spinge via dalle mie mani il maglione attorcigliato e le spalline del reggiseno, lasciandoli cadere entrambi a terra dietro di me. "Ho un modo migliore per legarti."

"Non sono mai stata…"

"Mai?" Solleva un sopracciglio come se fosse sorpreso che non tutti siano stati legati durante il sesso.

Scuoto la testa. "No. Mai."

"Ti piacerebbe?"

"Non lo so…" La possibilità mi eccita ma mi spaventa allo stesso tempo. Il pensiero di non riuscire a fuggire, se necessario, mi fa paura. Il sangue mi scorre nelle vene e i nervi si tendono. "Se mi leghi, non potrò toccarti."

"Vuoi toccarmi, Lila?"

Oh, cazzo sì. "Sì, Kane, lo voglio." Trovo con le dita la parte superiore dei miei jeans e armeggio con il bottone.

Mi ferma immediatamente con un acuto: "Non farlo." Mi toglie le mani di dosso. "Sarò sempre io a spogliarti. Sarò io a pensare a te, a prendermi cura di te." La parte del "sempre" mi fa girare la testa. Questo, insieme al fatto che non ho mai avuto nessuno che si prendesse cura di me o che mi viziasse, e ho paura che possa essere fuori dalla mia zona di comfort. Sgancia il bottone dei jeans dall'asola e fa scorrere la cerniera. Gli afferro le spalle per non perdere l'equilibrio mentre mi fa scivolare i pantaloni lungo le gambe. Sollevo un piede e poi l'altro mentre lui li tira via, togliendomi contemporaneamente scarpe e calzini. È ancora tutto vestito mentre io sono in mutandine, in piedi nel mezzo della sua camera da letto. Non sono imbarazzata perché mi ha già detto che sono squisita, bella e perfetta. E non c'è niente di meglio di quelle parole per dare una bella carica al mio ego.

"Togliti le mutandine, poi siediti sul letto, allarga le

gambe e mostrami dove vuoi la mia bocca mentre mi spoglio."

Mi prendo il mio tempo per farmi scivolare dalle cosce gli slip rosa in stile bikini, finché non mi cadono ai piedi e ne esco prima di appoggiarmi al bordo del letto. Mi siedo e apro le ginocchia, senza nascondergli nulla. Rimane in posizione, senza muovere un muscolo, e voglio urlargli di spogliarsi. Voglio vedere il suo corpo, voglio sentirlo contro di me, voglio avere il suo peso sopra di me.

Alla fine si sposta in modo da trovarsi di fronte a me senza che nulla gli blocchi la vista, e si muove per sbottonarsi la camicia, facendo scivolare un bottone via dall'asola, poi il successivo. Si prende il suo tempo, non ha fretta. Sembra che si stia godendo la vista che gli sto offrendo. I suoi occhi fissano il mio sesso e faccio scivolare le dita lungo la pancia finché non sono lì, a separare le mie pieghe, facendogli vedere quanto sono liscia e pronta per lui.

Giro in tondo sul clitoride e premo, e come reazione i miei fianchi sobbalzano. Il mio obiettivo di farlo spogliare più velocemente sembra fallire. Non importa in che modo io giochi con me stessa, quante dita scivolino dentro e fuori di me. Lui continua a sbottonarsi la camicia allo stesso ritmo. È esasperante.

Devo trovare un modo per fargli perdere il controllo.

"Fammi vedere come vieni," dice, mentre finalmente si toglie la camicia dalle spalle. La appoggia sullo schienale di una sedia che giace in un angolo, anche se in tutto ciò i suoi occhi non mi lasciano mai, non lasciano mai il mio nucleo infuocato. Si sfila la canottiera dalla testa e la ripiega ordinatamente per appoggiarla sulla spalliera della sedia. Si siede sul bordo e si slaccia le scarpe eleganti. Prima una, poi l'altra, per farle scivolare via e infilarle, insieme alle calze, sotto la sedia.

Il suo sguardo non ha mai vacillato. Osserva le mie dita

che si strusciano lungo la passera e il clitoride, la mia eccitazione aumenta a ogni passaggio.

"Voglio vederti venire, Lila," ripete. Si alza in piedi, ora indossa solo i pantaloni eleganti. Tira fuori la cintura e, invece di lasciarla sulla sedia, la piega a metà e la fa schioccare forte. Il rumore acuto mi fa sobbalzare, il cuore mi batte forte. Me lo immagino a colpirmi il culo, a farlo diventare rosa e sensibile, caldo al tatto. Chiudo gli occhi e spingo due dita dentro di me più forte, più velocemente. Mi strofino il clitoride con l'altra mano altrettanto forte e veloce.

Io sto per venire e lui non si è ancora tolto i pantaloni. Apro gli occhi di scatto. "Ho bisogno di vederti."

Dopo un cenno del capo, si abbassa i pantaloni e i boxer in un solo scatto. Piegandoli ordinatamente, li posiziona con il resto dei vestiti.

Si avvicina al letto, ma non si muove per toccarmi. Soffoco un gemito di frustrazione, ma so cosa sta aspettando.

Vuole vedermi venire.

Non ho nemmeno il tempo di apprezzare la sua nudità, la sua mascolinità, perché sono proprio lì. In equilibrio precario su quel filo stretto. A pochi secondi dal fare quello che mi ha chiesto, quello che mi ha ordinato.

Questo suo guardarmi mi fa perdere l'equilibrio, e cedo. Chiudo gli occhi, sollevo i fianchi e le viscere mi si increspano intorno alle dita. Grido, ansimando. Non avevo un orgasmo così intenso da una vita.

Ora il mio *per sempre* lo include.

Il mio orgasmo ha soddisfatto solo leggermente il mio desiderio, ma ora ho il fatto reale di fronte a me.

È scolpito come un'oscura divinità. Un angelo nell'ombra. Riesco a vedere pochissima morbidezza, lungo quelle linee e superfici. La sua erezione sporge dal bacino, lunga e spessa. I fianchi sono stretti, le cosce pesanti per tutti i muscoli. E una volta che il mio sguardo raggiunge le dita dei piedi, torno su, più lentamente questa volta. Sopra i muscoli distinti del suo stomaco, la curva dei pettorali sodi, i piccoli capezzoli scuri, le spalle larghe, le vene visibili su quei bicipiti duri, l'incavo dei gomiti, i potenti avambracci e poi le lunghe dita eleganti. Mi rendo conto in questo momento che… Quelle dita possono distruggermi.

Sarebbero capaci di fare di tutto per trasformarmi in un burattino. Un giocattolino. Possono controllarmi.

Quando finalmente il mio sguardo si ferma sul suo viso, sorride. È un sorriso consapevole. Sa che mi piace quello che vedo.

Come potrebbe non piacermi? Ha detto che sono perfetta. Ma non è vero.

È lui che è perfetto.

Ed è tutto mio.

Si sistema tra le mie cosce e solleva la mia mano ormai fiacca sulla sua bocca. Fa scivolare tra le labbra le due dita che mi avevano penetrato profondamente e le succhia fino a renderle pulite. La sua lingua vortica intorno alle mie dita e giuro che sto quasi per venire di nuovo. È uno dei gesti più erotici a cui abbia mai assistito.

"L'antipasto era delizioso, ma sono pronto per il primo." Mi lascia la mano e si inginocchia tra le mie gambe. Avvolgendo le braccia intorno alle cosce aperte, mi tira fino al bordo del materasso. Mi piego sui gomiti, guardo la sua testa abbassarsi e il suo viso scomparire.

Come per tutto il resto, Kane si prende il suo tempo, accarezzando lentamente le mie pieghe con la lingua. Mi apro al suo tocco come i petali di un fiore. Una scarica di piacere mi travolge mentre mi stuzzica il clitoride, lo lecca, lo accarezza, lo succhia forte. La testa mi cade all'indietro tra le spalle e i gli occhi roteano a quelle sensazioni inebrianti che la sua bocca evoca. Un gemito strozzato mi sfugge mentre separa le mie labbra gonfie con le lunghe dita, in modo che la sua lingua possa scivolare dentro e fuori. Il calore si accumula nelle mie profondità mentre fa scivolare due dita nel mio sesso liscio, ora la lingua vortica intorno al mio clitoride. *Cazzo*. Non ce la faccio più. Sono bagnata, calda e al limite. Rimango a bocca aperta e senza fiato, alzo la testa e guardo quello che mi sta facendo, come se il solo sentirlo non fosse abbastanza. È uno spettacolo inebriante, vedere la parte superiore della sua testa muoversi allo stesso ritmo delle dita. E mentre succhia forte il clitoride, il battito cardiaco mi batte veloce nelle orecchie, il corpo si irrigidisce e poi si arrende quando un orgasmo si abbatte su di me. Grido il suo nome, questo Kane con la kappa. E lui si ferma mentre l'ultima delle onde si placa. Appoggia un dolce bacio sulla mia sporgenza ora sensibile prima di allontanarsi e rimettersi in piedi, studiandomi. "Questo è lo sguardo che ho notato quando ti ho vista per la prima volta, seduta nell'angolo del bar."

Le sue parole calme mi tirano fuori dallo stupore indotto dalla passione. Sembra davvero che abbia appena avuto un orgasmo, quando scrivo? Forse succede mentre scrivo una scena eccitante. Mi chiedo quanti altri clienti lo abbiano notato. Dovrei sentirmi in imbarazzo, ma c'è tempo per farlo più tardi. In questo momento, non mi interessa.

Non mi interessa di niente se non di Kane con la kappa e di cosa farà dopo. Mentre si alza in piedi e indugia su di me, i suoi occhi sembrano intensi, le labbra brillano per la mia eccitazione e il suo cazzo appare pericolosamente duro. Quando si contrae sotto il mio sguardo, mi lascio scivolare un sorriso sul viso.

"Ora dove vuoi la mia bocca, Lila?"

Continua a includere il mio nome, e mi piace sentirglielo dire. È come se facessi parte di un gioco a cui sono disposta a giocare. E voglio anche stare al gioco.

Indico la mia bocca. "Qui, Kane." Poi mi prendo i seni a coppa, spingendoli l'uno contro l'altro. "E poi qui."

Fa strusciare la punta delle dita dalle ginocchia lungo la parte superiore delle mie cosce, le sue mani si incontrano al centro della mia vita, i suoi ampi palmi mi scivolano lungo la cassa toracica, ma non sale sul letto. Non ancora. Abbassa la testa per baciare, leccare e tracciare una scia dal mio monte di venere, sopra e intorno all'ombelico, dritto tra i miei seni, fin sul mio petto. Mi posa un leggero bacio sul mento mentre le mani mi afferrano le guance, tenendomi immobile, poi si ferma proprio sopra le labbra.

Inspiro il suo odore. È inebriante, e quando abbassa la bocca sulla mia, assaporo tutto ciò che ha assaggiato, il mio sapore femminile. Dolce ed emozionante. Fa scorrere la lingua lungo le mie labbra aperte e nella mia bocca, tuffandosi dentro e fuori, assicurandosi che io mi assaggi completamente. Cattura il mio gemito e lo ingoia, facendolo riecheggiare con uno dei suoi.

Quando si allontana, preme la fronte sulla mia. "Lila," sussurra, quasi come se stesse soffrendo.

Anch'io sto soffrendo, sono quasi dolorante di bisogno per lui. Ho bisogno di sentirlo dentro di me. Voglio sentirmi completa e la cosa non è possibile se lui non è parte di me.

Si mette a cavalcioni sui miei fianchi e il suo cazzo si posa caldo e pesante sul mio ventre. Sposta la sua attenzione sui miei seni, accarezzandoli entrambi, i suoi pollici sfiorano le gemme strette facendo avanti e indietro. Inarco la schiena mentre mi massaggia la carne e abbassa la testa. Mentre i suoi denti si chiudono intorno alla punta delicata del mio capezzolo, mi fermo e trattengo il respiro. Non voglio fare mosse improvvise perché il modo in cui mi ha preso è pericoloso.

La punta della sua lingua sfreccia su quelle vette, scorrendo rapidamente avanti e indietro. Una scarica di tensione mi attraversa. Una sola mossa sbagliata. Un lapsus. Questo è tutto ciò che servirebbe per essere ferita, forse cambiata per sempre.

Allarga la bocca sull'areola, succhiando la mia carne rosa scuro in profondità. Mi rilasso e mi godo il movimento delle sue labbra mentre giocano con la mia pelle. Ne tira uno con le dita, l'altro con la bocca. Più e più volte finché non mi abbandono di nuovo, gli occhi si chiudono, concentrandosi solo su come manipola il mio corpo. Su come ha il comando della mia carne, del mio essere.

Come per tutto il resto, fa con calma; è scrupoloso e preciso. Agisce come se la mia carne fosse qualcosa di prezioso, qualcosa da apprezzare, da adorare. Ancora una volta, sono sopraffatta dalla sensazione di non essere mai stata tanto bramata, tanto desiderata prima d'ora.

Passandogli la punta delle dita sulla testa, mi meraviglio della consistenza dei capelli corti, della pelle liscia lungo la fronte, della curva delle orecchie. Il collo è spesso e muscoloso; il battito è forte e costante sulla gola. Gli stringo le dita intorno al collo, ma lui scivola via, la sua lingua arde lungo il mio sterno fino alla pancia. Si alza per un momento, solo il tempo di farmi girare, e sistema di nuovo il suo peso: ora si trova a cavallo della parte superiore delle mie cosce. Con un movimento della mano, i capelli mi cadono di lato, esponendo la parte posteriore del mio collo, e lui ricomincia. Il respiro caldo, la lingua bagnata, le labbra ferme, si fanno strada dal bordo dei miei capelli, lungo la mia spina dorsale, lungo la valle della mia schiena, fermandosi solo quando raggiunge la piega tra le natiche.

Il respiro mi si blocca mentre aspetto la sua prossima mossa. Respira lungo la mia pelle, facendomi venire la pelle d'oca. Mentre mi fa scivolare un dito nel sedere, mi chiede: "E qui, Lila? Vuoi la mia bocca qui?"

La passera mi si stringe all'idea che gli piaccia il mio punto più segreto. Un misto di desiderio e shock mi attraversa la mente. Sono combattuta nel pensare a quanto sarebbe bello, ma non posso dire di sì. Non ancora.

"No," gemo sul cuscino. "Non puoi."

"Oh, certo che posso. Ma non lo farò. Non finché non sarai pronta. Quando mi implorerai, ti introdurrò a quest'incredibile esperienza." Fa una pausa mentre fa scorrere il dito su e giù per la fessura del mio sedere. "Ma non finché non lo vorrai."

Annuisco, il mio viso nascosto tra le braccia piegate sotto la testa.

"Credimi, Lila. Lascerò stare, per oggi, ma solo per oggi."

Mi aveva detto…

"Solo per oggi," ripete, il timbro della sua voce scende come se sapesse dove si trovano i miei pensieri. "Non ti farò mai del male, ma non voglio che tu sia intimidita da nuove esperienze."

Stringo le palpebre per un secondo, poi rispondo: "Va bene."

Capitolo quattro

Mɪ ᴄʜɪᴇᴅᴏ in cosa mi sia cacciata mentre distendo le braccia sopra la testa, ho i polsi uniti e legati a una stecca sulla testiera. Due cuscini mi sostengono i fianchi mentre mi sdraio sulla pancia. La corda è morbida come la seta e non trovo nulla di fastidioso. Non mi trattiene in nessun altro modo. Le gambe rimangono libere, così come la bocca, come se lui sapesse che tutto è nuovo per me e non vuole che io abbia paura.

Lo rispetto per questo, ma mi incuriosisce capire quanto quest'uomo possa diventare perverso. È gentile, ma deciso in tutto quello che fa. Quasi gli dico che non mi dispiacerebbe se diventasse un po' più violento.

Insieme alla corda, prende una manciata di preservativi e un flacone di lubrificante, il che mi porta a domandarmi di quanti preservativi avremo bisogno. Se tutto va bene, abbastanza da lasciarmi senza fiato e soddisfatta.

"Lila." A volte dice solo il mio nome, senza alcuna logica. Credo gli piaccia pronunciarlo. Ma posso pensare a cose ancor più belle che la lingua di Kane con la kappa potrebbe creare.

Mi sorprende vedere l'ora sull'orologio vicino al letto.

Sono qui già da un paio d'ore e non abbiamo ancora fatto sesso.

Cioè, puntualizzo fra me e me, abbiamo fatto sesso, anche se non non mi ha penetrata. Non ancora, in ogni caso. So che ci arriveremo. E sto cercando di avere pazienza perché sono sicura che varrà la pena aspettare.

Essere appoggiata sui cuscini con le gambe allargate mi lascia il sesso liscio esposto e le natiche aperte. Potrei non essere pronta per avere la sua bocca lì, ma ho la sensazione che mi introdurrà a qualcosa di cui scrivo solo nei miei romanzi, ma che non ho mai sperimentato.

Mi fa fermare e riflettere, chiedermi se sa davvero chi sono e se ha letto qualche mio libro, o anche tutti. Il calore mi lambisce il corpo, sia per il desiderio che per un po' di imbarazzo. Se ne ha letto anche solo uno, potrebbe pensare che io abbia più esperienza di quella che in realtà ho. E se così fosse, beh… si sbaglia di grosso.

L'immaginazione è il mio ultimo strumento di scrittura, uomini come Kane sono la mia musa. Diventano i semi dei miei pensieri e dei miei desideri sporchi. Sono le mie fantasie insoddisfatte. Se gli dessi carta bianca, sono sicura che sarebbe disposto a soddisfarli tutti. Il pensiero mi fa soffocare un sorriso sul materasso. L'unica cosa che mi tratterrebbe sarei io stessa. Il materasso si muove, sento di nuovo il suo peso sul letto. So che è in ginocchio tra le mie gambe perché sento il suo calore. Il corpo gli brucia come un forno. Giro la testa quanto basta per vedere cosa sta facendo.

Mi si blocca il respiro, il cuore si ferma per un secondo, poi batte più forte e il corpo mi trema.

"Non ti farò del male, Lila. Non lo farò mai."

Anche se cerca di rassicurarmi, non riesco a distogliere lo sguardo dalla cintura che ha in mano. Non sono mai stata colpita, né sculacciata prima d'ora. Non per piacere, e certamente non per punizione.

"Farò solo quello che ti fa stare bene. Farò solo quello che il tuo corpo mi implora di fare. Mi dici basta e io la smetto. Va bene?"

"Sì," sussurro, mentre la pelle fresca della cintura mi scivola lungo le chiappe e la fessura.

Struscia delicatamente la parte senza fibbia sulla mia pelle, e sento il suo respiro accelerare e diventare leggermente irregolare. I colpetti diventano un po' più decisi e mi mordo il labbro inferiore, in attesa della parte più pungente. Dato che non arriva, lascio andare il respiro e mi rilasso, mentre lui si china per baciare le aree che ha toccato con la cinghia liscia. Poi il suo corpo si alza e il braccio cade, la cintura sottile colpisce bruscamente la mia carne. Sobbalzo, più per la sorpresa che per il dolore, e un gemito mi sfugge.

"Vuoi che mi fermi?"

Il cuore mi batte nelle orecchie e sento i brividi. La sorpresa iniziale svanisce velocemente e, a parte un leggero pizzicotto, non sento un forte dolore. Ma l'aria fresca è piacevole contro la pelle bollente.

"Dimmi di fermarmi," esige.

Scuoto la testa a destra e a sinistra sul letto, poi gemo: "No."

Sobbalzo appena mi colpisce di nuovo. Questa volta il suono acuto che riempie la stanza corrisponde alla frustata. Sento una chiazza rossa spuntarmi sulla natica. Lui soffia sulla pelle scaldata e stuzzicata. Io gemo.

Sbam.

Sbam.

Sbam.

Evita lo stesso punto, trovandone sempre uno nuovo. Grido, ma non voglio che si fermi. No. Perché è qualcosa che non avevo mai capito di volere, di bramare. Una volta allontanata la paura, mi piace il potere che ha su di me, il fatto che riesca a causarmi dolore per poi lenirlo con i baci, con la lingua, con le labbra serrate mentre soffia sulla mia carne.

"Hai il culo rosso, Lila. Dimmi di fermarmi," mi esorta, e riesco a immaginarlo sopra di me, con il braccio in bilico, con la cintura in mano, pronto a colpirmi di nuovo.

Mi sorprende sentire la tensione nella sua voce, nelle sue parole. Ora sono consapevole che usare la cintura come gioco gli fa perdere il controllo. Sarei curiosa di sapere cos'altro potrebbe farglielo perdere.

La pelle ora mi brucia leggermente, e non so se dirgli di fermarsi o andare avanti. Se lo faccio continuare, potrei pentirmene domani. O forse il giorno dopo. Ma voglio esplorare di nuovo questo gioco, forse non oggi, o neanche la prossima volta che Kane con la kappa mi avrà sotto il suo controllo, ma presto…

"Basta."

Il letto si sposta leggermente quando lui abbassa il braccio. Non riesco a vedere la sua faccia per capire se sia deluso o sollevato. Dopo aver sentito la cintura cadere a terra, giro la testa abbastanza da poterlo controllare. È ancora in ginocchio, tutto concentrato sul mio culo. Poi cattura il mio sguardo e i nostri occhi si fermano. Nessuna delusione, nessun sollievo, niente di niente. La sua espressione appare come una tabula rasa.

Ma i suoi occhi. Oh, quei suoi occhi incredibili sono scuri, dilatati, e suggeriscono cose che potrei non voler sapere.

Senza rompere il nostro sguardo, afferra il flacone di lubrificante che giace vicino al mio fianco e ne apre il tappo. Tiro un sospiro di sollievo, perché finalmente lo avrò dentro di me. Anche se non ho idea del perché gli serva del lubrificante per scoparmi, visto che sono già talmente bagnata che nemmeno un uomo della sua taglia dovrebbe avere problemi a penetrarmi.

Mentre il fresco lubrificante mi gocciola lungo la piega

del culo, mi rendo conto che non immaginavo sarebbe andata così. Guidata dall'istinto, tiro le corde. Kane mi passa un dito sul sedere.

"Shh."

"Kane, non credo che…"

"Non è come pensi. Non preoccuparti."

Facile a dirsi per lui. Non è lui quello con il culo per aria.

"Voglio apprezzarti ovunque."

"Lo capisco, ma…"

Tiene la voce bassa, rassicurante. "Lila, puoi sempre dirmi di fermarmi." È vero, ma…

Quando il pollice mi preme contro l'ano, mi irrigidisco. Quante prime volte, oggi. Non so come sentirmi di fronte a questa nuova sensazione. Passa il pollice avanti e indietro sul mio buco increspato, facendolo scivolare con il lubrificante.

"L'hai mai preso…" La voce s'intoppa.

Ah. Altra perdita di controllo per Kane con la kappa. "No," gemo, spingendo la faccia sul materasso. "No."

"Mi stai dicendo di fermarmi, Lila?"

"No." E, dannazione, non lo sto dicendo. Con la leggera pressione che sta esercitando, sto scoprendo quanto sia sensibile e stimolante quell'area. Improvvisamente, voglio che spinga più forte, forse anche che mi inserisca completamente un dito dentro. Sono disposta a provare qualcosa di nuovo.

Esplora il mio buco vergine, spingendo gradualmente e inserendo il suo dito dentro di me. Solo la punta, all'inizio. Più lubrificante, più pressione. E dentro non infila il pollice, ma un dito più lungo. È una sensazione strana, ma non spiacevole. Inserisce solo la falangetta, allungandomi. Poi la falangina. Si ritrae.

"Tutto bene?" chiede.

Non lo so. Non va bene, ma non va neanche male… Insomma, sono solo curiosa. E sorprendentemente disposta a lasciare che quest'uomo faccia di me tutto ciò che vuole. Solo questo dovrebbe spaventarmi, ma non è così. Finora, Kane non ha fatto nulla per farsi temere, ma mi ha solo procurato piacere. Eppure è chiaro che questo è solo l'inizio di ciò che vuole farmi vedere. E sono pronta ad aprire gli occhi su ciò che può offrire.

"Sì. Continua, per favore."

La sua risatina morbida scuote il letto e il suono basso mi fa sorridere fra le lenzuola. "Mi piace sentirti dire 'per favore'," risponde, mentre questa volta fa scivolare non solo una, ma ben due dita dentro di me. Ancora una volta, è attento e ponderato, si insinua nelle mie profondità.

"Allora lo dirò più e più volte."

"Preferirei che non lo usassi per essere gentile, ma per implorare." Quando le sue dita sono ben posizionate, le fa entrare e uscire dal mio canale stretto, e gli sfugge un suono gutturale che non riconosco. Gemo per i suoi movimenti senza fretta; è troppo cauto con me.

"Più veloce," ordino.

"Implorami," risponde, in modo molto più esigente di me.

Inspiro in profondità, fin nei polmoni, il suo profumo che permea la biancheria da letto. "Più veloce… *per favore.*"

"*Ah.* Questo, Lila? È questo che vuoi? Dimmelo."

Mentre il suo ritmo cambia, cambiano anche alcune delle premure. Mi scopa con le dita lunghe e spesse più, più volte, e la mia figa piange per lui. Non è stata toccata e ha bisogno della sua attenzione. Ha bisogno di *lui.*

Mi sembra di gocciolare, anche se non sono sicura. "Sono bagnata per te, Kane."

Il profondo rombo della sua voce mi travolge. "Capisco, Lila. Vedo quanto sei bagnata, scivolosa. Oh, quanto sei deliziosa. È tutto per me?"

"È tutto per te. Solo per te."

"Vuoi che ti scopi?"

"*Sì, per favore, scopami,*" lo supplico. La figa si stringe forte mentre lui continua a fare dentro e fuori dall'ano con le dita, facendomi completamente impazzire.

Quest'uomo distruggerà la mia sanità mentale e la intrappolerà per sempre. Mi ruberà, un pezzo alla volta, finché non sarò di sua proprietà.

Non vorrò nessuno tranne lui. Mi rovinerà per chiunque altro.

Ma non mi interessa. Mi importa solo del qui e ora, e di quello che sta facendo… Di cosa è capace.

Grido per lo shock e il sollievo quando un orgasmo mi attraversa. Mai nei miei sogni più sfrenati avrei potuto credere di poter raggiungere l'orgasmo solo con quel tipo di stimolazione.

"Lila… Lila. Sei così bella quando vieni. Come un fiore che sboccia sotto la pioggia."

La mia mente confusa registra solo parte di ciò che sta mormorando, e il pensiero distante che potrebbe scrivere poesie d'amore mi sfiora la mente. Ma è ridicolo, e non voglio qualcuno che scriva sonetti. Voglio un uomo che mi faccia urlare cose senza senso. E che possa rivoltarmi come una calzetta per il bisogno e il desiderio.

Non deve essere per forza bello. Deve solo essere crudo e reale. E presto… "*Kane, per favore.*"

Il suo respiro vacilla alla mia supplica.

"*Per favore. Per favore. Per favore,*" gemo assecondando ogni scossa della testa che oscilla avanti e indietro. Si allontana, e improvvisamente sono vuota, sola, perché scende dal letto e scompare. Ma ritorna rapidamente, sento il suo peso sul letto.

Lo strappo dell'involucro di plastica mi fa correre una scossa lungo la spina dorsale, e la schiena si mette in attesa. Il suo calore mi colpisce prima ancora che mi tocchi. Le sue cosce potenti premono contro di me, i peli leggeri e sottili mi solleticano la pelle. Mi afferra una manciata di capelli e mi tira indietro la testa, costringendomi a guardare il soffitto. Un palmo caldo e largo mi scivola lungo la schiena, sulle scapole, lungo le costole, intorno alle curve della vita e, di nuovo, dietro di me. Mentre si posiziona contro di me, la corona rotonda del suo membro spinge contro le mie pieghe lisce e gonfie. Fa scivolare la cappella ricoperta di lattice su e giù, dalla cima della mia passera stretta fino alla mia protuberanza sensibile.

Non posso fare a meno di provare un po' di delusione per il fatto che non potrò vederlo entrare per la prima volta. Voglio scrutare il suo volto, il suo corpo, la sua risposta, e allo stesso tempo bagnarmi nel suo piacere.

I secondi sembrano minuti, ore, eternità, mentre aspetto, il mio respiro si blocca mentre mi scorre dentro e stringo nei pugni le dita legate. Tutto il respiro mi sfugge mentre si sposta in avanti, rendendomi più umida, più calda, più selvaggia, mentre mi allarga, mi conquista.

Finalmente, mi sussurra sopra la testa. Schiudo le labbra e mi dico di *respirare* mentre mi riempie con una lentezza straziante. Scorre lento come il miele, una dolce tortura. Devo immaginare il leggero tremore delle dita che mi afferrano il fianco.

Regola la presa sui miei capelli mentre finalmente si posiziona completamente dentro di me. Emetto un gemito che è un misto fra un sospiro e un grido di sollievo. Mi tira la testa più indietro, allungando la parte anteriore del mio collo mentre si sporge in avanti per sussurrarmi all'orecchio: "Sei mia."

No, si sbaglia. Non lo sa ancora, ma è lui che è mio. Appoggio i fianchi contro di lui al pensiero che sia mio per sempre. Sarà lui, *eternamente lui*. Con un leggero scatto della testa, premo la guancia contro le sue labbra sensuali. Il respiro caldo e umido di lui ondeggia sulla mia pelle, il petto batte contro la mia schiena, i fianchi oscillano su di me.

Eppure non si è mosso dentro. Mi sta rubando un altro

pezzo. Dovrebbe essere il contrario. Dovrebbe essere lui ad appartenere a me. Non io a lui.

Allora, decido di portarlo a conoscenza della mia frustrazione gemendo forte, spingendo attivamente contro di lui. Faccio qualsiasi cosa, di tutto per farlo muovere, farlo spingere, farmi colpire forte, in profondità. Tutti i miei sforzi hanno l'effetto opposto su di lui. Tuttavia, vengo di nuovo. La mia figa gli pulsa intorno, le increspature lo stringono forte.

E lui si fa una risatina.

È divertito da come i miei capricci mi si siano ritorti contro. "Sii paziente, Lila. Ti darò tutto ciò di cui hai bisogno. Fidati di me."

Fidati di me.

"Devo implorare ancora un po'?" chiedo. Prima ancora di aspettare che risponda, gli urlo di scoparmi, di scoparmi subito, di scoparmi duramente, di scoparmi fino a farmi dimenticare il mio nome.

Per favore, per favore, per favore.

"Kane," ansimo mentre inclina leggermente i fianchi. E poi ancora. E ancora una volta mentre espira e si raddrizza, liberandomi i capelli. Ora, entrambe le mani mi afferrano saldamente i fianchi, bloccandomi sui cuscini.

"Sei pronta, Lila?"

"Sì," gemo, buttando gli occhi all'indietro. Vorrei ucciderlo per avermi fatto aspettare così a lungo, per avermi torturata e presa in giro.

Mentre i polpastrelli scavano nella carne intorno ai miei fianchi, lui si prepara e si muove. Grido quando mi dà esattamente quello che stavo aspettando. Mi scopa forte, senza pietà, in maniera cruda. Gemo a ogni spinta mentre spinge il mio corpo sul letto con la forza.

"Sì… Così. Proprio così… Sì," cantileno senza pensare. La stanza si riempie del suono delle mie grida insignificanti, dei miei gemiti, dei miei versi, della nostra carne schiaffeggiata, del suo respiro pesante e affannoso. Poi ripete il mio nome più e più volte al ritmo del suo corpo. *Ho bisogno di guardarti. Ho bisogno di guardarti. Ho bisogno di...*

Devo averlo urlato ad alta voce, perché lui esita, il suo corpo si gonfia. Fa respiri profondissimi.

"Ti prego, devo vederti, Kane. Per favore, lascia che ti guardi."

Le sue dita si ammorbidiscono, allenta la presa e poi se ne va. Mi strappa via i cuscini bruscamente da sotto i fianchi, e mi ribalta, lasciandomi sul letto, ancora legata alla testiera. Ma ora riesco a vederlo. Vedo tutto. Ed è glorioso perché la sua pelle ora ha una lucentezza che enfatizza... ogni... singolo... muscolo. La luce gioca sul suo corpo, facendomi seccare la bocca al pensiero di quanto sia bello quest'uomo.

E non ho idea del perché sia qui con me.

Eppure c'è. E mi sforzo di non sentirmi a disagio. Respingo quei pensieri. Non lascerò che mi incasinino la testa, per rovinare questo momento e i momenti a venire. Voglio apprezzare ciò che mi offre e goderne, crogiolarmi nel suo desiderio. Ora non è il momento di metterlo in discussione, di mettere in discussione le sue motivazioni, il suo pensiero.

Un angolo della bocca gli si arriccia. "Non pensare troppo, Lila. Rimani qui, concentrata su di me."

Ha ragione. In questo momento, la cosa più importante del mondo è qui davanti a me. La persona che più conta è qui a guardarmi dall'alto verso il basso con un sorriso che mi ruba il respiro.

E forse anche il cuore.

Kane si sistema tra le mie cosce, in qualche modo la sua grande silhouette si adatta perfettamente alla mia. Nessuna attesa, questa volta, siamo di nuovo una cosa sola. Emetto un sospiro e lo guardo negli occhi. "Il tuo corpo è stato creato per me," mormora mentre si muove a un ritmo lento e costante. Gentile. Premuroso.

Mi tira uno dei capezzoli con le labbra e ne succhia la punta con violenza, con la lingua che sfiora quel punto. Mi contorco sotto di lui, inclino i fianchi verso l'alto e inarco la schiena nel tentativo di spingere la mia carne più in profondità nella sua bocca. Cattura l'altro capezzolo tra il dito e il pollice e lo torce avanti e indietro. Stringo gli occhi mentre delle scosse di piacere mi attraversano, giù per gli arti, atterrandomi nelle viscere.

"No," mormora, a un soffio dal mio seno umido. "Volevi guardami, e allora guardami."

La mia testa oscilla da un lato all'altro mentre balbetto: "Io… Io…"

La sua voce si fa più rigida. "Lila, guardami."

E lo guardo. Apro gli occhi, e lui è a pochi centimetri da me, a fissare la mia anima con i suoi occhi scuri.

"Così va meglio," dice prima di affondarmi delicatamente i denti nella clavicola.

I suoi movimenti lenti e fluidi accelerano, fa scivolare le mani sotto i miei fianchi, sollevandomi leggermente. L'angolazione è perfetta per incastrarci al meglio, per farmi cavalcare l'onda del piacere.

Man mano che il suo ritmo aumenta, non mi importa se vede la mia faccia contorta, le mie reazioni. Voglio che veda tutto. Il mio piacere, il mio dolore. Voglio che veda tutto quello che mi sta facendo. Non voglio nascondermi. Ho bisogno che sappia l'effetto che ha su di me.

Tutto ciò che mi si legge in faccia è grazie a lui.

E mi martella fino a farmi cavalcare la cresta di quell'onda. Respiro affannosamente mentre vengo travolta.

Capitolo cinque

Le istruzioni rigorose di Kane erano di non lasciare la camera da letto fino al suo ritorno. Appena se n'è andato, mi sono avvolta con la sua camicia e ho infilato un paio di bottoni inspirando il profumo speziato ormai familiare di cui è intriso tutto il tessuto. Quando la manopola della porta della camera da letto gira, il mio respiro si blocca. Il piacere e il sollievo per il suo ritorno mi spaventano. Come ho potuto innamorarmi così in fretta di un uomo che ho guardato solo da lontano e su cui ho fantasticato?

Ora conosco intimamente il suo corpo, ma nient'altro. Ho sempre avuto la testa sulle spalle, quindi perché quest'uomo mi fa perdere la testa?

Entra nella stanza e sono attratta ancora una volta dal magnetismo che gli sprizza e filtra dai pori. Ma sono delusa dal fatto che sia vestito. Anche se a questo problema si può rimediare facilmente.

Mi viene l'acquolina in bocca, molto probabilmente perché ho visto i due sacchetti di cibo che porta, ma potrebbe anche essere causata dalla sua vista. Il mio stomaco segue quella sensazione e ringhia forte non appena l'odore del cibo da asporto si fa strada attraverso la stanza e mi colpisce i sensi. Il profumo è delizioso, proprio come quello di Kane.

"Mangiamo a letto?" Chiedo con sorpresa. Posa gli occhi su di me, osservando la camicia oversize che indosso con *nonchalance*. Spero non gli dispiaccia che l'ho presa in prestito.

"Tu non mangerai."

Aggrotto le sopracciglia, confusa. Quindi me ne starò qui a guardarlo mangiare? "Sarò io a darti da mangiare," continua, con un accenno di divertimento sul viso.

Ah. Suona ancora meglio dell'odore del cibo. Tuttavia, ora penso che dovrei tenere una lista con tutte le prime volte che Kane mi ha fatto scoprire in queste ultime ore.

Accarezzo il letto e metto i cuscini contro la testiera accanto a me. "La prego, si unisca pure al mio tavolo, caro signore!"

Il profondo rombo della sua voce mi travolge. "Preferisci vestito o nudo?" "Oh, nudo, ovviamente. Non vorrei macchiarle i vestiti nel caso in cui il cibo le cada, ad esempio… in grembo?" Alzo le sopracciglia verso di lui, soffocando un sorriso. Lui invece non si trattiene e posiziona i due sacchetti di carta marrone su uno sgabello vicino, sfilandosi la tuta casual che ha messo per andare a ritirare l'ordine. Mentre da vestito sembra delizioso, nudo lo è ancora di più.

Gli occhi blu gli brillano mentre solleva le braccia e gira lentamente su se stesso come se fosse una fetta di torta al cioccolato che gira nella vetrinetta dei dolci.

Porca puttana. Quest'uomo…

Potrebbe facilmente diventare una dipendenza. Temo che ogni minuto in più che resterò mi renderà più difficile andarmene alla fine della giornata.

Apre le buste e rimuove due piatti coperti. Dei veri e propri piatti, non contenitori economici da asporto, di plastica. "Questo posto è il migliore della zona. Conosco personalmente lo chef."

Alzo le sopracciglia, anche se non dovrebbe sorprendermi. "Allora, sei anche un tipo influente?"

"Puoi dirlo forte," risponde, poi ride mentre si avvicina al letto.

Inclino la testa e lo guardo incuriosito. "Sei *tu* lo chef?"

Ride di nuovo, i denti bianchi gli brillano contro le labbra scure. "No, di sicuro non sono un grande cuoco. Ti ricordi? Ti ho detto che ero passabile."

"Mi dica, signor…" Mi lascia un po' di stucco il fatto che non sappia ancora il suo cognome. Ma, del resto, neanche lui non conosce il mio.

Dopo aver appoggiato i piatti sul comodino vicino, finge di asciugarsi le mani sui pantaloni invisibili e, con un tocco di fierezza, mi tende la mano. Quando gli stringo le dita calde, si inchina, anche se i suoi occhi non lasciano mai i miei, e dice: "McGovern."

"Oh, irlandese! È esattamente quello che mi aspettavo," esclamo con un tocco di umorismo. Si alza senza lasciarmi la mano, e io non ho fretta di tirarla via. "Piacere di conoscerla, signor McGovern. Da quale parte della piccola isola irlandese proviene?" gli chiedo con una risata.

Ridacchia e ignora la mia domanda, facendomene una a sua volta: "E tu?" "Non dall'Irlanda."

Scuote la testa verso di me come se fossi una bambina cattiva. "Sai cosa ti sto chiedendo." "Flowers."

"Lila Flowers?" Alza un sopracciglio.

Non lo biasimo. Di solito ottengo sempre quella reazione, normalmente seguita da: "Allora perché non ti chiami Lillà?"

Ma lui non è un uomo come gli altri, e mi solleva la mano per sfregarmi le nocche con le labbra. "Bel nome, per una donna altrettanto bella. È un piacere conoscerla, signorina Flowers."

"Il piacere è tutto mio," ribatto. Sicuramente tutto mio. "Ora che abbiamo sbrigato le formalità, possiamo occuparci del nostro pasto?"

China la testa. "Naturalmente." Quando mi lascia la mano, comincio a togliermi la camicia, ma mi ferma. "Lasciala stare. Mi piace vederti indossare i miei vestiti."

"Ma potrebbe macchiarsi."

"Ne ho altre," mi rassicura mentre raccoglie i piatti e si sistema con cura accanto a me, mettendoli sul duro materasso tra di noi.

Mentre li scopre, ho difficoltà a distogliere lo sguardo dalla deliziosa vista di ciò che ha tra le gambe e a dirigerlo verso il buon cibo. Ma quando lo faccio, sono scioccata. È tutto finger food, ma non del tipo da pranzo al sacco improvvisato. Oh, no. Gamberetti giganti, un po' di formaggio Brie fuso con cracker, fragole, pezzettini di pane tostato, conditi con quello che sembra salmone affumicato e caviale rosso, e ancora tortine di granchio e appetitosi prodotti da forno.

"*Questo sì* che è un picnic," mormoro, guardando tutta quella varietà.

Mi porta un antipasto al caviale sulle labbra. "Hai mai assaggiato il caviale?" Fisso le uova di pesce sul piccolo pezzo di pane tostato. "No."

"Vorresti provarlo?"

Per te, proverò qualsiasi cosa, vorrei dire. Invece, apro semplicemente la bocca e lui mi mette l'antipasto tra le labbra. Schiaccio il toast croccante tra i denti, mordendolo a metà. La morbidezza affumicata del salmone insieme alla cremosità salata del caviale, combinate con la croccantezza del pane tostato, mi assalgono la bocca. Ma in senso positivo. Chiudo gli occhi e mastico, e quando finalmente ingoio quel boccone celestiale, li apro per fissarlo. Sembra soddisfatto. Probabilmente perché non ho arricciato il naso e non ho sputato il boccone sulla mano che mi ha messo sotto il mento per raccogliere le briciole. "Wow," dico alla fine. Mi offre il resto dello stuzzichino, e lo prendo avidamente. Mentre mastico, e molto probabilmente alzo gli occhi al cielo in estasi, lui se ne serve uno, mettendolo in bocca tutto intero. Poi, solleva un gambero delle dimensioni di un gommone, e lo accetto volentieri. Non ho mai assaggiato gamberetti così dolci, succulenti, e quasi grugnisco. "Potrebbe diventare il mio cibo preferito."

Questo non è il solito antipasto con gamberetti rinsecchiti che circondano una massa di salsa rosa in vasetto. No. Quello che lui mi offre è lussuoso, e mentre mi nutre un po' alla volta, pulendomi le labbra con un tovagliolo tra un morso e l'altro, mi sento come una regina. Una regina straviziata, per di più.

Un'altra prima volta.

Fa a turno tra me e lui. Fino a quando, finalmente, il primo piatto è vuoto, e nel secondo rimangono solo due piccoli quadrati di dessert e una mezza dozzina di fragole paffute.

Anche se il cibo non sembrava molto, all'inizio, mi sento sorprendentemente piena, ma tengo comunque d'occhio uno dei dolcetti.

Kane me ne porge uno e io apro la bocca come un uccellino in attesa di essere nutrito dalla sua mamma. Invece di mettermelo in bocca come il gentiluomo che è, mi spalma il centro cremoso sulle labbra. Scatto all'indietro per la sorpresa, e lui si avvicina, pulendomi con la lingua.

Questo sì che è un dolce. "Buono?" Gli chiedo sorridendo, anche se c'è ancora un piccolo residuo di crema.

"Mmm. Dolce. Succulento. Molto commestibile," sussurra, e lo fa di nuovo. Questa volta sono pronta e muovo la lingua per assaggiare il delicato ripieno cremoso prima che me lo rubi tutto. Con un bacio lo spazza via e finalmente mi offre il dessert. Lo afferro con i denti, mordicchiandogli di proposito le dita.

"Monella," mi rimprovera in tono scherzoso. "Se mi stacchi le dita a morsi, come potrò mai toccarti?

"Hai altre parti con cui puoi toccarmi," gli ricordo, inclinando la testa verso il suo grembo. Pare che i miei morsi gli abbiano suscitato qualcosa, la prova è il suo membro che si gonfia davanti ai miei occhi. "Ma ti è piaciuto."

"Già," mi rassicura prima di godersi l'ultimo quadratino di dessert. Solleva una fragolina. "Le fragole sono un ottimo modo per terminare il nostro brunch. Vieni. Dai un morso," dice, e si mette una fragola in bocca, tenendola tra le labbra.

Penso che mi piaccia questa sua idea, mentre mi chino e do un morsetto alla punta. È dolce e succosa, e una goccia rossa gli rotola lungo il mento. Comincia a pulirla, ma io lo fermo. "No, no." E gliela lecco dal fondo della mascella fino all'angolo della bocca. La sua erezione è inconfondibile, ora si protende prepotente tra di noi.

Afferra un'altra fragola dal piatto. "Un'altra?"

Annuisco, e invece di offrirmela, ne stacca la punta a morsi, poi si china per premere le labbra sulle mie. Alla fine del bacio, mi passa il pezzo di frutta sulla lingua, ed è il modo migliore in cui abbia mai mangiato frutta. A mani basse. Che sia per la qualità delle fragole o per il fatto che me le dia da mangiare in quel modo, non importa. In ogni caso, le fragole sono ufficialmente il mio frutto preferito.

Toglie i piatti tra di noi e li mette sul comodino prima di voltarsi indietro, tenendo un'altra fragola tra le lunghe dita scure. "Mettiti di schiena." Non è una richiesta, ma un ordine.

Mi allontano dalla testiera e scivolo verso il basso, finché non sono sdraiata sulla schiena, con la sua camicia arrotolata intorno ai miei fianchi. Con una mossa disinvolta si mette a cavalcioni su di me, e non vedo l'ora di scoprire come mi darà da mangiare questa fragola.

Partendo dalla parte superiore della mia testa, fa scivolare l'estremità appuntita della fragola sulla mia fronte, sulla linea del naso, sulle labbra e lungo il mento. La fa passare lungo il collo, attraverso le clavicole e tra i miei seni finché non viene fermato dal primo bottone allacciato. Spingendo la camicia da un lato, mi scopre il seno destro, e ci disegna dei cerchi intorno, partendo largo alla base, sollevando e restringendo la rotazione fino a raggiungere la punta. Non riesco a credere quanto sia erotico lui che mi strofina la bacca sulla punta dura del capezzolo. La mia passera pulsa, pronta per lui ancora una volta.

Spinge la camicia dall'altra parte ed espone il mio seno sinistro trascurato, creando le stesse sensazioni meravigliose anche su quel lato. Non ho mai amato tanto le fragole come in questo momento.

Con una mano, allenta sapientemente i bottoni della camicia, rivelando a poco a poco la mia pancia. Tenendola tra le dita, trascina la fragola verso il basso, la immerge nel mio ombelico, e poi disegna dei cerchi. Spalanca la camicia, e con la punta della lingua traccia tutti i sentieri dove la fragola aveva vagato. La sua lingua calda, umida e abile mi suscita un gemito profondo. Gli accarezzo le guance mentre si avvicina alla mia bocca, premendola contro la sua. Il suo bacio è talmente intenso che mi toglie il fiato.

Un altro pezzo di me scompare. Un altro pezzo che ora possiede lui, quando in realtà dovrebbe essere il contrario. È lui che è destinato a essere mio.

Mentre si allontana leggermente, ci inspiriamo a vicenda. Lui è il mio ossigeno, e io sono il suo. I suoi occhi azzurri penetrano i miei e il mio respiro si blocca, mentre un sorriso si diffonde lentamente sul suo viso straordinariamente bello, ma mascolino.

Mi meraviglio di quanto io sia fortunata. Non mi sembra vero. Quindi, senza riuscire a trattenermi, gli chiedo: "Sii sincero, sei davvero venuto al bar ogni giorno per vedermi?" Perché faccio ancora fatica a crederci. Perché mai *quest'*uomo avrebbe dovuto farlo? E perché proprio io? Kane si acciglia, si stringe intorno a me. "Io non mento mai, Lila."

È chiaro che non è felice della domanda, e mi mordo il labbro inferiore. Ho appena commesso un errore fatale accusandolo di essere falso, quando non è stato altro che buono con me? Vorrei poter tornare indietro a pochi secondi fa, a quando mi ha mostrato il suo ampio sorriso invece che un'amara delusione.

"Mi dispiace," sussurro. "È solo che…"

"Credi davvero che non ti trovi affascinante? O ipnotizzante? Mi attiri come una luce che attira una falena, Lila. Non c'è motivo di metterlo in discussione, devi prendere queste parole per buone."

Che sciocca che sono, non accetto mai le cose come stanno. Non è nella mia natura. Mi devo sempre chiedere perché, cosa fa scattare le persone, cosa attrae l'uno all'altra nelle coppie. È la scrittrice che è in me, la romantica senza speranza, l'anima curiosa.

Controllo i pensieri e i sentimenti dei miei personaggi, così come i miei, ma quelli di Kane non li conosco, e non posso fare a meno di punzecchiarlo. Ma ricordo a me stessa che ho il resto dell'eternità per conoscerlo. Non ho bisogno di scrutarlo dentro e fuori in questo preciso momento. Posso imparare passo dopo passo, godendomi il percorso.

Ora, però, devo sistemare questo pasticcio.

"Kane." Inizio a dire, e faccio un respiro profondo prima di continuare. "Non sono mai stata una ragazza popolare, o una tipa bella, e nemmeno estroversa. Sono sempre rimasta sulle mie e uso l'immaginazione per crearmi una vita eccitante. Non mi sono mai sentita a mio agio ad avvicinarmi agli uomini ed è raro che vada a qualche appuntamento romantico, ma quando lo faccio… Diciamo solo che non ho avuto molte occasioni. Sinceramente, temo che mi trasformerò in una di quelle gattare sole e pazze." Trovo strano che gli stia confessando certe cose, visto che non mi sono confidata mai, con nessuno. Nemmeno in famiglia. "Quanti gatti hai?" mi chiede Kane.

"Nessuno."

Butta la testa all'indietro e si fa una risata. Quando finalmente si calma, mi guarda negli occhi. "Lila, ti sottovaluti troppo. Quando sono entrato in quel bar e ti ho vista per la prima volta, ho capito subito che c'era qualcosa di speciale in te. Non so come o perché, ma lo sapevo. E che tu ci creda o no, tu mi hai notato solo dopo tre mattine. E quando è successo…" Si allontana e sorride. "Ero spacciato."

Un po' d'incredulità mi tormenta ancora, ma la spingo via. Non continuerò a mettere in discussione me stessa né lui, sul perché mi desidera. Voglio solo, come ha detto lui, accettarlo così com'è. E divertirmi. E voglio lui. Di sicuro voglio lui.

Gli scorro le dita sulla fronte e sulla guancia. Le afferra e preme le labbra sulle punte, baciandole, poi mi succhia il dito medio con la bocca. Mentre la sua lingua vortica intorno al mio dito, socchiudo gli occhi e glie guardo il viso, e un brivido mi scorre lungo la schiena. Me lo sta succhiando come se fosse un dolce succulento o una fragola matura da assaporare.

Pronuncio il suo nome esalando. "Kane…"

"Sei deliziosa e voglio assaggiarti di nuovo," mormora contro la punta del mio dito.

So cosa intende, ma…

Scivola giù dal letto e scompare nel bagno principale. In pochi secondi sento l'acqua scorrere. Sta preparando un bagno. Un profumo scuro e delizioso si diffonde nella stanza e le mie narici si mettono sull'attenti mentre cerco di riconoscere il profumo.

Certo, è il suo. Qualunque cosa aggiunga all'acqua mi farà odorare come lui, mi segnerà con il suo profumo.

Pochi istanti dopo, si avvicina al letto e io grido quando mi prende tra le braccia. Gli avvolgo le mie intorno al collo mentre mi porta in bagno. Poi, mi mette in piedi e controlla la temperatura della vasca a riempimento rapido. Ha la forma di un triangolo ricurvo ed è abbastanza grande per entrambi. Non è la tipica combinazione vasca-doccia. Un box doccia in vetro smerigliato è nascosto in un altro angolo del bagno oversize in stile suite.

Mi sfila dalle spalle la camicia aperta, che cade dimenticata sul pavimento, e mi aiuta a entrare nella vasca idromassaggio. L'acqua è calda abbastanza da non bruciarmi la pelle; man mano che mi immergo nel liquido profumato, i miei muscoli vengono leniti. Mi sistemo con un sospiro e l'acqua arriva abbastanza alta da farmi galleggiare i seni. Mi fa cenno di avanzare e quando lo faccio, scivola dietro di me. Mentre si abbassa per immergersi, l'acqua diventa pericolosamente alta e minaccia di travolgere il bordo della vasca. Nell'acqua, noto il contrasto delle sue lunghe gambe magre e scure che abbracciano l'esterno delle mie, più chiare e sfumate. Faccio scorrere le mani lungo le sue cosce muscolose, apprezzandone i contorni e la forza contenuti nella sua pelle impeccabile.

Quando mi si avvicina, noto che sta prendendo un fermaglio per capelli che giace sul bordo della vasca e non posso fare a meno di chiedermi perché ce l'abbia, di chi sia. Di una ex moglie? Una vecchia fidanzata? O li tiene a portata di mano per le sue conquiste del bar? Dimentico rapidamente tutti quei pensieri mentre mi solleva i capelli sulla testa e, con destrezza, me li lega per evitare che si bagnino.

Prima che possa sistemarmi contro il suo petto per godermi il bagno, semina dei baci lungo il lato della mia gola e intorno alla curva inferiore del mio collo. All'improvviso mi vengono i brividi. I capezzoli si impennano dolorosamente e quei picchi rosa scuro salgono in superficie. "L'acqua è troppo fredda?"

"No," lo rassicuro. È lui che mi fa venire i brividi, non la temperatura dell'acqua. Ma la vista dei miei seni esposti mi spinge ad avvolgere le mani intorno a loro, accarezzandoli, sollevandoli, toccandoli con il mio stesso pollice. Mi appoggio all'indietro con gli occhi chiusi mentre gioco con me stessa. So che mi sta guardando perché è immobile, tranquillo, solo il suono del suo respiro mi riempie le orecchie. Il suo membro è duro tra di noi, si gonfia rapidamente in tutta la sua circonferenza e lunghezza. Mi muovo all'indietro finché non mi stringo a lui, la sua erezione intrappolata tra i nostri corpi.

"Vederti mentre ti tocchi è uno spettacolo, Lila."

Faccio l'ingenua e inclino la testa, e con una risata leggera dico: "Ah sì?"

Mi pizzico entrambi i capezzoli tra le dita e li torco leggermente, gemendo dolcemente alle mie azioni. Sembra che ci sia un canale diretto fra le punte dei miei seni e la passera, e mi contorco un po' contro il fondo liscio della vasca. Stringo forte le cosce, perché voglio venire e so che non ci vorrà molto.

"In quali altri punti ti tocchi, Lila?"

"Ovunque," sussurro, deglutendo a fatica e appoggiando la testa alla sua clavicola. Mi lecco le labbra e inspiro profondamente mentre sento il mio cuore bruciare per lui. "Fammi vedere," dice contro la pelle umida della mia spalla.

Continuo a toccarmi un seno mentre immergo l'altra mano sotto l'acqua. Allargo le gambe per fare spazio e faccio scivolare la mano nel punto in cui si uniscono le mie cosce. "Fammi vedere," dice di nuovo, con la voce bassa e cruda.

Le labbra mi si schiudono e un impeto d'aria mi sfugge mentre separo le mie pieghe paffute e trovo il mio centro.

"Continua così, Lila. Vieni per me," mi esorta dolcemente, la sua voce nel mio orecchio è come un afrodisiaco che non avrei mai immaginato potesse esistere.

Premo e traccio dei cerchi sul clitoride finché i miei

fianchi non sobbalzano, e finalmente faccio scivolare due dita dentro di me con un sussulto. Dopo un ultimo pizzico al capezzolo, faccio cadere anche l'altra mano per aiutarmi. Gioco con il clitoride e mi scopo, i fianchi danzano tra le sue cosce. Il suo petto ora si alza e si abbassa a un ritmo più veloce contro la mia schiena e, con un gemito, afferra entrambi i miei capezzoli e li torce bruscamente. Grido, inarcando la schiena. Li tira, li pizzica e li stringe senza pietà mentre aumento il ritmo della mia mano sott'acqua. Si creano delle onde che oscillano avanti e indietro e schizzano sul bordo della vasca e sulle piastrelle del pavimento. Il mio respiro diventa corto, irregolare, e mi muovo a un ritmo frenetico. Sono proprio al limite, molto vicina all'orgasmo. Stringo gli occhi, concentrandomi su ciò che le nostre dita stanno facendo.

Continua a sussurrare il mio nome. "Vieni per me, Lila. Vieni per me." Mi sfugge un'imprecazione esplosiva quando i miei fianchi si sollevano ed escono quasi fuori dall'acqua. Il mio nucleo si stringe con una ferocia che non mi aspetto, facendomi arricciare le dita dei piedi e alzare gli occhi al cielo. Mi sbatto di nuovo contro Kane e lui sostiene il peso della mia azione con un grugnito.

Non mi fermo nemmeno per godermi il bagliore dell'orgasmo. Prima ancora che lo sciabordio dell'acqua rallenti, mi sto attorcigliando nella vasca per mettermi di fronte a lui e m'impalo sulla sua erezione prima che possa fermarmi.

"Lila," grida, irrigidendosi, afferrandomi i fianchi con una presa che mi lascerà dei segni. Mi tiene ferma e chiude gli occhi per un momento, come se stesse combattendo una battaglia interiore. "No," geme mentre apre gli occhi e mi guarda oscuramente. "No."

"Sì," gli dico, senza distogliere lo sguardo. Estraggo le sue dita strette dalla mia carne e comincio a muovermi. Mi dondolo contro di lui, il mio clitoride sfiora il suo bacino mentre mi muovo per sentirlo dentro e fuori di me.

La testa gli cade all'indietro e gli occhi gli si chiudono mentre si irrigidisce sotto di me, combattendo l'impulso di lasciarsi andare.

"Kane, Kane, è così bello sentirti dentro di me. Tu mi riempi. Tu… mi completi." I suoi occhi si spalancano e mi guarda. Qualcosa è scattato dentro di lui. Mi guarda con un'intensità che mi fa rabbrividire di nuovo. I boccioli stretti del mio seno sfiorano la sua pelle calda e bagnata, scivolando su e giù mentre mi muovo.

"Cosa mi stai facendo?"

Ti sto facendo mio.

Prima che io possa rispondere, mi affonda i denti nel collo e grida contro la mia pelle umida. Le sue mani trovano la mia vita e mi tiene giù mentre i suoi fianchi si sollevano. Ci strusciamo l'uno contro l'altra, incapaci di avvicinarci più di così, anche se ci proviamo. E quando sento i forti impulsi alla base del suo uccello, sorpasso il limite con lui, finché non veniamo insieme.

Quando è finita, gli appoggio la testa sul petto e lui mi abbraccia, tenendomi stretta mentre il nostro respiro si calma, i nostri pensieri si stabilizzano, e ci rendiamo conto che l'acqua del bagno si sta raffreddando, spingendoci a staccarci l'uno dall'altra e a uscire dalla vasca.

Capitolo sei

SONO STATA PUNITA perché sono stata cattiva. Ho approfittato della momentanea debolezza di Kane e abbiamo scopato senza preservativo. E ora devo pagare le conseguenze. Ancora una volta, mi ritrovo con le braccia tese sopra la testa, ma questa volta non sono sul letto. Oh, no. Le morbide corde ora mi tengono i polsi sopra la testa. Le dita dei piedi raggiungono a malapena il tappeto, ma ci arrivano. E al momento il mio mondo è buio.

Molto, molto buio.

Ovviamente Kane ha una vera benda per gli occhi e non deve usarne una improvvisata. Una benda che mi copre completamente gli occhi e non si sposta per niente. Sento l'aria circolare mentre lui mi gira intorno, probabilmente riflettendo su quale sarà la mia penitenza.

Non ho paura di quello che dirà. Di certo non mi preoccupo. Anzi, non vedo l'ora di scoprire quale piano escogiterà.

Altre prime volte, ne sono sicura.

E più materiale per i miei libri. Per non parlare della mia fertile immaginazione. Qualcosa di leggero mi scorre sulle costole e sulla pancia. Una piuma, forse, che mi solletica la pelle. Una strusciata qui, una strusciata lì. Sopra le punte dure dei miei capezzoli, lungo le curve esterne dei miei seni. Un breve tocco sulle mie labbra, un colpo lungo la guancia. L'unico modo in cui posso descriverlo è *stuzzicante* mentre delinea la silhouette delle mie curve. Dalla cima della testa fino alle dita dei piedi. Se saltasse anche solo un centimetro mi stupirebbe. Lo immagino, con una buona dose di fantasia, con una piuma di pavone oversize arricchita da brillantini viola, verdi e blu. Un blu simile ai suoi occhi affascinanti. La mancanza della vista mi fa desiderare di guardare il loro colore esotico.

Quando Kane mi ha legato, le sue istruzioni erano che non avrei dovuto parlare, a meno che lui non si fosse rivolto a me o non mi avesse fatto una domanda. Altrimenti mi avrebbe imbavagliata.

Della benda non mi importava. Del bavaglio non ero sicura, così ho accettato. Ora, mentre mi fa scivolare la piuma lungo le curve della schiena, lungo l'incavo della spina dorsale, mi solletica la piega del sedere e faccio del mio meglio per non ridacchiare. Di solito non soffro il solletico, ma essere incapace di vedere, e non sapere cosa farà dopo, mi rende più sensibile del normale.

Ansimo e mi frusta con la piuma, il che mi fa venire voglia di ridacchiare ancora di più, quindi mi mordo il labbro inferiore per impedirlo. Una frustata di piume è il più grande ossimoro che mi venga in mente. La sensazione non è più forte di una mosca che si poggia sulla pelle, anche se in realtà è molto più bella.

"Lila, la piuma è solo l'inizio, ricordalo," mi avverte con la sua voce profonda. Certo, certo. Qual è il prossimo passo? Una sciarpa di seta?

Tuttavia, divento improvvisamente seria quando immagino che un pezzo di seta che scivola contro la mia pelle nuda sarebbe molto, molto erotico. E ora lo scherzo mi si ritorce contro, perché lo voglio. Sono pronta ad andare oltre il leggero stuzzicarmi della piuma.

Le sue labbra calde premono contro la parte superiore della mia spina dorsale e poi spariscono. Le mie orecchie si sforzano di sentire i suoi movimenti, di capire cosa sta facendo, di scoprire cosa verrà dopo. Ma i suoi passi si allontanano fuori dalla stanza.

Cavolo. Mi ha lasciata sola, sospesa al centro della sua camera da letto. Mi metto in punta di piedi e giro il mio corpo verso la porta. Sono tentata di chiamarlo, ma ricordo a me stessa che mi ha ordinato *molto* severamente di stare zitta.

Quindi obbedisco.

Posso dire onestamente di non aver mai preso ordini da un uomo, in passato, nemmeno da mio padre, ma Kane non è un uomo qualunque. Per questo temo che farei qualsiasi cosa lui mi ordinerebbe. Il mio intento era di renderlo mio per sempre. Comincio a credere che stia rapidamente cambiando le carte in tavola.

Aguzzo le orecchie, quando i suoi lunghi passi attraversano lo spazio che ci separa. Il tintinnio di un bicchiere attira la mia attenzione. Forse ha sete, dato che è stata una giornata impegnativa. Non so più che ora sia, ma il mio orologio corporeo mi dice che di sicuro siamo nel tardo pomeriggio. La tazza di caffè che mi ha offerto prima ora sembra una vita fa. Lo sento in piedi di fronte a me. Lo sento respirare. Lo immagino sorridente in attesa di quello che mi farà.

E quello che fa mi fa urlare dalla sorpresa.

Freddo. Un freddo agghiacciante mi fa rabbrividire. Kane mi fa roteare sulla pelle quello che può essere solo un cubetto di ghiaccio, lasciando una scia di umidità sulla traccia. Rabbrividisco di nuovo, mentre i capezzoli mi diventano così turgidi che il seno mi fa male. E non li ha ancora toccati.

Fa scorrere il ghiaccio sulla pancia, poi giù fino al bivio delle mie cosce. Mi stuzzica il clitoride con il cubetto scivoloso e lo fa scorrere tra le pieghe calde. Si scioglie in una scheggia nella punta delle dita e sono quasi sollevata che sia finita.

Un altro tintinnio e sospiro, aspettando che ricominci. Si posiziona dietro di me e mi fa scivolare il cubetto di ghiaccio lungo la schiena, sulle natiche, sulle cosce e poi di nuovo su. Lo preme contro il mio ano chiuso e lo tiene lì finché non si scioglie completamente.

Un altro tintinnio e sobbalzo mentre mi prende il seno, aspettandomi il freddo pungente contro la pelle. Ma non lo sento, e mi chiedo cosa stia combinando.

Poi, quando mi prende un capezzolo con la bocca, non me lo chiedo più. La combinazione del ghiaccio freddo e della mia carne sulla sua lingua mi invia un'onda d'urto. Rabbrividisco violentemente e gemo. La sensazione è straordinaria, ma la odio e la amo allo stesso tempo.

Succhia un capezzolo, poi l'altro, sostituendo il cubetto di ghiaccio in bocca, quando necessario, fino a quando le punte dei capezzoli mi diventano praticamente intorpidite. Ma man mano che l'ultimo cubetto svanisce, la sua bocca diventa calda, avida, e pizzica, lecca e mi succhia finché non sono arrossata, agitata, e mi morde il labbro per non farlo gridare.

Quando con i denti mi morde le punte dure, non riesco più a trattenermi. Emetto un gemito di frustrazione, ma senza parole. Non ho infranto la regola. Non ancora, comunque. Forse dovrei.

Sarei curiosa di sapere quale sarebbe la punizione per aver infranto una regola durante… la punizione.

Forse Kane con la kappa possiede un bastone con la B maiuscola. Tremo solo al pensiero, e mentre lo immagino che mi frusta leggermente la schiena, i globi del sedere, i seni e il bacino si stringono ferocemente in un orgasmo. Com'è possibile?

"Cazzo, sono appena venuta!" grido, e poi ansimo per il mio sfogo. *Merda.*

Mentre si allontana da me, la mia mente corre su tutte le cose che potrebbe farmi. Morsetti ai capezzoli, frustate, pacche, bavagli… Sono a corto di opzioni perché, rispetto a Kane, sono davvero romantica. Non conosco tutte le varie sfumature dei giochi perversi.

Oppure potrebbe infliggermi la peggior punizione che mi venga in mente… cioè rifiutarsi di toccarmi.

Quest'ultima ipotesi non potrei mai sopportarla. Morirò, senza il suo tocco. Appassirò nel nulla e verrò soffiata via come polvere nel vento.

Vorrei scusarmi per aver infranto la regola, ma non voglio parlare a sproposito e peggiorare le cose. Aspetto che dica qualcosa, qualsiasi cosa, così da poter rispondere, ma lui non fiata. Vorrei poter vedere il suo volto, giudicare i suoi pensieri e il suo umore, ma vedo solo oscurità.

Se gli dico di fermarsi, mi libererà e mi toglierà la benda, e io potrei inginocchiarmi per implorare il suo perdono. Ma se lo facessi, potrebbe benissimo rubarmi l'ultima parte che sto custodendo con cura, ciò a cui mi sto aggrappando forte… Il mio libero arbitrio.

Quando mi libererà dalle corde, vorrò ancora il potere di andarmene. Anche se potrei non farlo, voglio comunque avere la scelta.

Tuttavia, è lui che dovrebbe appartenere a me. Non viceversa. Ammetto a me stessa che i miei poteri di seduzione devono essere gravemente carenti. La verità è che sono io quella affascinata, non lui.

È bravo. Sa quello che fa. Io, a quanto pare, non così tanto.

Lo sento muoversi attraverso la stanza, aprire e chiudere una porta, mentre io me ne sto lì, a respirare a malapena, con l'orecchio teso nel tentativo di capire le sue intenzioni. La mia mente vola verso tutte le ipotesi possibili.

Ma mai mi sarei potuta immaginare quello che mi sta facendo ora. Qualcosa mi tocca la passera. Non è la sua mano. È un oggetto di plastica con un bordo di gomma, con una forma simile a una maschera di ossigeno. Posiziona questo oggetto, qualsiasi esso sia, stretto sulla mia carne, e poi sento un suono pompante, manuale, non elettrico, e l'aria fuoriesce dall'aggeggio verso le mie profondità. La pelle mi si irrigidisce e le labbra si gonfiano come se fossero risucchiate attraverso un tubo stretto, anche se non è proprio così. Più pompa, più la mia vulva diventa paffuta, più divento bagnata, più il mio clitoride diventa sensibile.

Se questa è una punizione, mi farei punire tutti i giorni.

Potrei considerarlo un castigo, perché non ha né dita né bocca su di me, ma solo un pezzo di plastica impersonale. Eppure il sangue mi scorre a fior di pelle mentre pompa altre due volte e la mia carne riempie la piccola conca. Lo sento e percepisco che sgancia qualcosa, da quello che posso immaginare, il tubo e la pompa a mano, e scompare. Scompare letteralmente.

Fuori dalla stanza. Volatilizzato. Non una parola, non un sussurro. Niente. Se prima pensavo che la mia mente stesse delirando, ora è fuori controllo, come un criceto impazzito in una ruota. Ora mi fanno male le spalle per averle tenute a lungo sopra la testa, e la mia passera pulsa ferocemente a ogni battito cardiaco. E non sento altro che silenzio.

In questo momento potrebbe invitare il postino e io sarei inerme. Potrebbe scattarmi foto in questa posizione vulnerabile e postarle su Internet. O mandarle via email ai miei genitori. Potrebbe essere al telefono per invitare un amico a scoparmi mentre lui mi guarda. O, dannazione, potrebbe persino chiamare una dozzina di amici, o raccogliere dei teli di plastica e la sua borsa degli attrezzi da serial killer. E questa potrebbe diventare l'ultima volta in cui qualcuno abbia avuto mie notizie. Una scossa di delusione mi attraversa, al pensiero che potrei non finire mai la serie di libri su cui stavo lavorando stamattina al bar.

Poi sbuffo ai miei ridicoli pensieri. Ma è vero che le mie braccia si stanno stancando e la vulva continua a diventare più grossa all'interno dei confini di quell'aggeggio. I secondi sembrano minuti, i minuti ore. Anche se non c'è un orologio analogico nella stanza, sento come un ticchettio immaginario nella testa, mentre il tempo avanza lentamente. Quando sto per arrendermi e chiamarlo, lui ritorna.

"Hai sete?" chiede.

Me l'ha chiesto, quindi posso rispondere. "Sì." La mia voce suona ruvida e cruda. E prima di poter dire di più, sento la pressione di un bicchiere sulle mie labbra. L'acqua ghiacciata mi scorre lungo la gola e mi inumidisce la bocca secca.

"Questo sarà il mio ultimo promemoria, Lila: puoi dire basta in qualsiasi momento." Una volta che abbassa il bicchiere, scuoto la testa. "No," dico, e immagino uno sguardo di soddisfazione e orgoglio attraversargli il viso.

"Voglio che ti goda e apprezzi tutto quello che ti faccio."

"Sì. Lo so," lo rassicuro. "Ma sono pronta per essere liberata."

"Lo stai chiedendo o lo stai affermando?"

Penso solo per un secondo. "Chiedendo."

"Allora ho bisogno che tu rimanga così ancora un po'. Sono sicuro che ne varrà la pena."

"Posso farti una domanda?" E mi rendo conto di averla appena fatta.

Esita prima di rispondere. "Sì."

"Mi permetteresti mai di farti queste cose?"

Ancora una volta, una pausa, ma questa volta più lunga. Comincio a pensare che non risponderà, ma poi parla: "Dovrebbe essere concordato. E, qualunque cosa accada, avrei bisogno di insegnarti prima le tecniche," dice a voce bassa. Anche se non riesco a vederlo, l'improvviso tono più profondo della sua voce probabilmente corrisponde all'oscurarsi dei suoi occhi. Mi chiedo cosa lo ecciti di più. La possibilità di permettermi di fargli questo genere di cose? O l'idea che mi "insegni"?

Fa scorrere un dito attorno al sigillo del congegno di plastica per interrompere l'aspirazione e, come se fosse possibile, la mia pelle sospira praticamente di sollievo.

Ma anche così, le mie pieghe rimangono gonfie con i nervi a fior di pelle che saltano.

"Come sei rigogliosa, Lila. Dovresti guardarti allo specchio. Splendidamente piena e rosa, lucente per la tua eccitazione."

Mi tiene i fianchi mentre si inginocchia davanti a me e fa scivolare le mani sulle mie natiche e lungo il retro delle cosce. Colta alla sprovvista, grido quando mi tira per le caviglie. Per un momento, quasi tutto il peso pende dalle mie braccia tese. Prima che io possa protestare, prende le mie gambe sulle spalle e sostiene la maggior parte del mio peso.

Grido mentre la sua bocca mi trova, e non ho dubbi sul beneficio di quella pompa per vulve. Mi contraggo a ogni colpo della sua lingua sul mio clitoride e a ogni leccata lungo le mie labbra. Mi succhia la protuberanza sensibile e io raggiungo rapidamente l'orgasmo con un sussulto. Ma lui non molla, continua a succhiare e leccare, mordicchiare e graffiare, e le sue dita mi scivolano dietro il culo. Mi separa le natiche e gioca lungo la mia piega, stuzzicando il mio buco. Non ce la faccio più.

Non ce la faccio più.

Basta.

Tiro le corde, desiderando di potermi toccare il seno, pizzicarmi i capezzoli, e una strana unione di frustrazione e soddisfazione mi inonda. Frustrazione per quello che non sta facendo, soddisfazione per quello che invece fa.

Tuttavia, so che non può essere ovunque contemporaneamente. Qui è dove le mie mani potrebbero rivelarsi utili, o anche quelle di un suo amico. Detto questo, il mio cervello si ferma bruscamente su quell'ultimo pensiero. La signorina romanticona sta pensando cose poco romantiche.

Il mio sorriso si trasforma in una smorfia mentre le sue dita giocano lungo la mia fessura e si fanno strada dentro di me. Non solo due dita nella parte anteriore, ma anche il mignolo nella mia parte posteriore. E mi fa impazzire, la sua bocca è stretta sulla mia protuberanza mentre muove le dita dentro e fuori di me senza cautela, senza alcuna gentilezza.

E io voglio di più.

Di più.

Invece urlo: "Basta!"

Immediatamente, le mie gambe scivolano sul pavimento, le dita dei piedi trovano il tappeto e lui si alza e si allontana da me.

La benda viene spazzata via dal mio viso e strizzo gli occhi per l'improvvisa luminosità nella stanza. Kane è in piedi davanti a me, nudo, la sua erezione lunga e spessa sporge dal suo corpo. "Mi dispiace, Lila," dice, con uno sguardo preoccupato sul viso.

No. No. Non è per questo che voglio che si fermi. "Liberami," esigo. Raccoglie rapidamente i nodi delle corde morbide che mi tengono legata e quasi crollo quando sono finalmente libera. Mi stringe e scruta in volto. "Stai bene?" "Sì," mormoro. "Sì, ho bisogno che mi scopi, Kane. Ti voglio dentro di me." Il suono denso della disperazione pervade la mia voce.

Un senso di sollievo gli distende il viso e poi scompare rapidamente, lasciando dietro di sé un sorriso consapevole. Mi prende tra le braccia e mi adagia sul letto, posizionandosi su di me. Si mette a carponi su di me con le mani e le ginocchia, fissandomi in faccia. I miei occhi si spostano verso la pesante erezione che pende tra le sue cosce spesse. Non sono l'unica pronta.

"Lila, non abbiamo usato il preservativo prima. Vuoi che ne usi uno questa volta?" Mi attraversa un pensiero fugace: il preservativo non sarà necessario perché lui sarà l'ultimo uomo con cui starò e che resteremo insieme per sempre. È rischioso, ma abbiamo… anzi, mi correggo, *ho* già fatto una cazzata, e da quando sono sotto anticoncezionale non mi preoccupo di questo aspetto. Ciononostante…

"No," sussurro, incontrando i suoi occhi. "Non voglio niente tra di noi."

Qualcosa gli lampeggia negli occhi, prima che li chiuda per un breve momento. E quando li riapre, qualunque cosa fosse, se n'è andato. "Dimmi cosa vuoi." "Te," rispondo semplicemente.

"Dimmi dove mi vuoi."

"Dentro di me."

"Dimmi quanto mi vuoi."

"Fino in fondo," dico decisa. E sì, in quel momento mi rendo conto che ho bisogno di stare sopra. Ha avuto lui tutto il controllo, finora, e vorrei riprendermelo un po'.

Capitolo sette

Mi gira e mi mette a cavalcioni sulla sua vita, tenendomi i fianchi con le mani. Lo osservo mentre giace sotto di me in quella che considero una posizione più sottomessa. Che lo sia o no, resta da vedere. Per ora, scelgo di credere che lo sia. Con le mani libere, posso tracciargli i lineamenti facciali ed esplorargli il corpo sotto la punta delle dita.

Sta fermo, solo i suoi occhi seguono i miei movimenti. I suoi piccoli capezzoli scuri sono appuntiti e li esploro con la lingua. Non ottengo altra reazione che una leggera tensione. Le sue dita si infilano per un attimo tra i miei capelli sciolti e poi strofina le mie lunghe ciocche di capelli sul suo petto. Mentre mi faccio strada lungo il suo corpo, baciando, leccando, assaggiando la sua pelle, mi afferra ancora una volta i capelli e, quando raggiungo il limite, questi diventano come un guinzaglio e non posso andare oltre. Io però voglio continuare. Sono solo a metà, ma voglio andare più in basso. Con uno strattone, mi costringe a guardarlo. I suoi occhi appaiono scuri, pericolosi, e mentre mi tira i capelli, lo seguo, risalendo sul suo corpo fino a quando non lo guardo in faccia.

Premo le mie labbra sulle sue, facendo scivolare la lingua

dentro per esplorargli la bocca. Un attimo dopo, lui gira la testa, rompendo il bacio.

"Attenta, o potresti ritrovarti di nuovo sulla schiena," mi avverte con fare severo. Il mio potere di farlo reagire mi lascia un po' stordita.

"Non questa volta," gli dico, sembrando un po' presuntuosa.

Mi guarda di nuovo, le sue narici si allargano, le palpebre si chiudono leggermente. "Stai attenta."

"Altrimenti?"

"Mettimi alla prova."

Sbuffo alla sua "minaccia", ma non mi preoccupo minimamente. Cosa potrebbe mai farmi? Scoparmi a sangue? Mi ha già sculacciata con una cintura. Quel ricordo mi fa stringere forte la passera.

"Sarò felice di metterti alla prova," mormoro, e gli affondo i denti nella spalla. Il suo corpo si piega sul letto e le dita affondano nella carne del mio fianco. Il suo uccello, annidato tra le mie chiappe, si contrae. Quando lo libero, faccio roteare la lingua sui segni freschi che gli ho appena lasciato. "Ti piace," sussurro.

Lo vedo fare una smorfia e la sua mascella si stringe, prima che io faccia cadere di nuovo la testa, questa volta mordendolo sopra il cuore.

"Lila," sussurra. Inclina i fianchi e spinge verso l'alto.

La mia risata suona bassa e sensuale, mentre godo del mio potere su di lui. Gli mordo delicatamente i pettorali e minaccio di mordergli i capezzoli strusciando i denti sulle punte. Ma invece di mordere quell'area sensibile, mi muovo più in basso, e questa volta me lo permette. Mi muovo a cavalcioni sulle sue cosce e gli prendo la lunghezza dura con la mano. Gli lancio una rapida occhiata prima di abbassare la testa per circondare con i denti la cappella paffuta. Stringo quanto basta per fargli capire il mio potere, ma mi astengo dal mordere. La mia lingua scatta fuori e cattura la perla salata del liquido preseminale sulla punta. Scendo sul delicato scroto, succhiandolo in bocca, questa volta facendo molta attenzione con i denti. Le sue dita si intrecciano tra i miei capelli come se fosse pronto a tirarmi via qualora decidessi di non essere gentile con il suo prezioso pacco.

Con un sorriso, lo lascio scivolare via dalle mie labbra e mi volto per mordicchiargli l'interno coscia. Da una parte e dall'altra. Mentre mi muovo di nuovo verso l'alto, prendo il suo uccello tra i miei seni e li stringo, strofinandoli su tutta la sua lunghezza e muovendoli su e giù.

"Basta," dice con voce soffocata, poi mi afferra da sotto le braccia e mi solleva.

Voglio dirgli che deciderò io quando sarà abbastanza, ma non oso farlo. Voglio davvero stare sopra e penso che, se lo dicessi, potrei ritrovarmi rapidamente sotto. Invece, mi sposto verso l'alto, sopra di lui, tenendoglielo in posizione mentre mi abbasso lentamente. Man mano che mi separa le labbra e mi riempie, io lo guardo, e lui guarda me.

Ora il suo petto si alza e scende un po' più velocemente, e Kane mi sfiora con i pollici i capezzoli tesi mentre io mi muovo a un ritmo ancestrale. Gli appoggio le mani sul petto liscio e faccio ruotare i fianchi mentre lui mi stringe e mi palpa il seno. A quella sensazione profonda, butto la testa all'indietro e schiudo la bocca. Il suo cazzo mi calza alla perfezione e mi accarezza nel punto giusto. Faccio sbattere il mio clitoride sul suo bacino a ogni spinta verso il basso.

Sento il calore nel petto e sulle guance man mano che un orgasmo si fa strada in me. Riporto il mio sguardo sul suo. Kane respira a denti stretti, e quando sto per venire, gli pizzico entrambi i capezzoli, senza dargli un attimo di tregua.

Lui ringhia il mio nome e io spicco il volo mentre mi lascia cadere sul letto e mi monta con la stessa pietà che gli ho concesso io. Gli avvolgo le gambe intorno alle cosce e lo tiro dentro di me, il più profondamente possibile. Mi martella, i nostri corpi sbattono l'uno contro l'altro, la mia passera ancora gonfia e troppo sensibile fagocita ogni suo centimetro, sempre di più.

"Vieni per me, Lila," mi esorta e poi fa una smorfia; il suo corpo si contrae, le vene dei muscoli diventano più distinte, quelle del collo quasi gli scoppiano. "Vieni per me."

"Dimmi quando stai venendo," gli dico con tono incerto. "Dimmi quando sei pronto."

Abbassa la fronte sulla mia e chiude gli occhi. "Sono pronto," geme. "Sto per venirti dentro."

Le sue parole sono la spinta di cui ho bisogno e gli rispondo: "Vieni con me."

Mi solleva i fianchi e mi colpisce ancora una volta, gridando: "Sto venendo."

Il mio bacino si slancia verso l'alto e fuori dalle sue mani mentre lo spingo contro di lui, e dei potenti impulsi si irradiano dal mio centro. Non riesco nemmeno a dirgli che sto venendo anch'io. Ma di certo si sarà accorto dell'intensa reazione che ha avuto il mio corpo. La vulva mi batte forte quanto il cuore, e faccio fatica a inalare ossigeno. Mentre abbasso i fianchi verso il letto, lui si muove con me, non volendo rompere la connessione. Almeno per il momento.

Riesco ancora a sentire un impulso occasionale alla radice del suo membro.

"La penetrazione ha migliorato il tuo piacere?" mi chiede, tenendo il suo peso lontano da me.

"Sì, è stato intenso," rispondo con un sorriso. "E per te?"

"Assolutamente," mormora, e mi dà un bacio sulla fronte. Con un gemito, cade al mio fianco e mi stringe a sé.

"Alla faccia della punizione."

Con la testa appoggiata al suo petto, sento la sua voce rimbombare contro il mio orecchio. "Imparerai che le mie punizioni somigliano più a delle dolci torture. Voglio farti provare solo piacere."

"Spero che non ti dispiaccia, ma non penso di poter sopportare ancora la tua *dolce tortura* oggi." Sento un dolore lì sotto che non è dovuto al desiderio. Anche se sono decisamente soddisfatta, domani vorrei poter camminare.

Il suo corpo trema contro il mio mentre lui ridacchia. "Ti lascerò riposare perché ne ho bisogno anch'io. Non ho più vent'anni."

"Già, a chi lo dici," sospiro. Vent'anni sembra una vita fa, e mentre guardo il suo corpo, mi rendo conto che non m'importa della sua età, è davvero in forma, più di tanti ventenni. Ed è sicuramente più esperto.

"La cena dovrebbe arrivare a breve."

Lo guardo sorpresa.

Lui continua: "L'ho ordinata quando ho preso il brunch."

"Sapevi che sarei stata ancora qui per ora di cena?

Kane solleva un angolo della bocca. "Ti ho appena trovata, Lila. Pensi davvero che ti lascerei andare così in fretta?"

"Beh, prima o poi dovrò andare a casa."

Rimane in silenzio per un lungo momento. "Vero, e anch'io ho bisogno di tornare ai miei affari. Ma è stato bello passare una giornata a marinare la scuola, non credi?"

"Ah, sì. Puoi giocare con me in qualsiasi momento," gli assicuro.

"Se accetti di passare la notte da me, posso lasciarti a casa domattina mentre vado al lavoro."

Questa non è una *botta e via e arrivederci cara mia*. Piuttosto, mi sembra più uno scenario del tipo *non ti mollo, così avrai sempre più voglia di me*. Per farmi diventare dipendente, come temevo.

E ci è riuscito.

Ma non rinuncerò alle coccole di una notte intera.

"E verrò a prenderti per cena domani sera. Ti farò conoscere lo chef."

"Come in un vero appuntamento?"

"Perché sembri così sorpresa?"

Già, non dovrei esserlo. Ero partita benissimo, con l'idea di amarlo per sempre. E, ovviamente, il *per sempre* includeva anche l'indomani sera. E quella dopo ancora. "Possiamo conoscerci meglio anche da seduti, durante una cena, con i vestiti addosso," dico scherzando.

Lui alza un sopracciglio. "*Ah*. Non vuoi che ti porti la cena a letto?"

"Ma sì, certo che voglio. Credimi. Ma non abbiamo fatto le cose un po' al contrario? Non dovremmo andare prima a cena e fare conversazione, e poi finire a letto?"

"Preferiresti che le cose venissero fatte in maniera tradizionale." Non una domanda, ma più una piacevole scoperta. "Sei delusa dal modo in cui ho gestito le cose oggi?" Ora riesco a percepire un tocco di umorismo nella sua voce.

"Dannazione, ma no! Tradizionale è noioso," lo rassicuro, accoccolandomi a lui. E il sesso di oggi era stato tutto tranne che tradizionale.

Sono finiti i giorni in cui desideravo un uomo che volesse scoparmi solo nella posizione del missionario. Kane ha alzato l'asticella, l'ha portata davvero in alto. Non che sia importante. Perché, a ogni modo, ho occhi solo per lui. Forse dovrei dirgli dei miei piani.

"Sembra promettente," dice, lisciandomi il palmo su e giù per il braccio.

Vorrei fare le fusa come un gattino al suo tocco, eppure mi scappa uno sbadiglio. "Se metto del cibo dentro di me, potrei finire per russare tra le tue braccia."

"Sono sicuro che sarà un russare molto sexy."

"Domattina mi farai sapere quanto è sexy."

Alza un sopracciglio e mi guarda. "Dovrò soffocarti con un cuscino per poter dormire un po'?"

"Mmm. È possibile. Puoi scuotermi e farmi girare, se russo troppo forte."

Mi toglie una ciocca di capelli dalla spalla. "Lila, se ti faccio girare, non sarà per farti smettere di russare."

"Sembra promettente," ripeto le sue stesse parole e gli faccio l'occhiolino.

Il campanello interrompe le nostre battute; mi lascia tra le lenzuola stropicciate per infilarsi di nuovo i pantaloncini sportivi. Non si assenta a lungo e, al suo ritorno, il delizioso odore di un pasto caldo lo precede nella stanza.

"Wow! Non vedo l'ora di incontrare questo chef." Mettendomi seduta, fisso avidamente i sacchetti che ha tra le mani. Batto la mano sul letto accanto a me, ripetendo i gesti di prima. "Ingrasserò se non lascio mai il letto e se continui a darmi tutto questo buon cibo."

"Sei stata creata per essere viziata, Lila."

Mentre Kane si sistema accanto a me, penso che potrei abituarmi all'idea di essere viziata. "Da te."

"Da me," concorda.

"Solo da te."

Gli angoli degli occhi gli s'increspano. "Solo da me."

"Per sempre?"

"Se è quello che desideri." Sorride a lungo e io ricambio il gesto.

Poi mi nutre finché non sono piena e soddisfatta. Dopo aver pulito e sistemato, scivola di nuovo tra le lenzuola. Mi stringe forte a sé, sfiorandomi i capelli con le dita, seminando leggeri baci lungo gli zigomi, la fronte, le labbra. E, anche se non è tardi, lentamente perdo la battaglia con le mie palpebre pesanti e scivolo in un sonno rigenerante, il mio corpo si intreccia con quello di Kane con la kappa, il mio ultimo pensiero è che la sveglia del mattino dopo suonerà troppo presto.

Epilogue

Bip. Bip. Bip.

Apro gli occhi al suono della sveglia. Ma non sono nel letto di Kane, il che mi fa battere forte il cuore per il panico.

La mia ansia cresce ancora di più mentre vedo quello che sembra un dottore controllare le macchine rumorose che mi circondano. Certo che è un dottore. Indossa un camice bianco con il nome *Emily Branson, Primario* ricamato sul tessuto.

Mi sorride, con la mano mi accarezza dolcemente la spalla come per rassicurarmi. "È stata in coma. L'abbiamo tenuta sotto controllo per facilitare la guarigione del suo cervello. Ha subito un grave trauma e la testa si è gonfiata per l'impatto." La sua voce sembra morbida, soave e rilassante.

Si china verso il mio orecchio e sbatto le palpebre mentre dice: "C'è qualcuno che vorrebbe vederla." Inclina la testa verso la porta aperta. "È venuto tutti i giorni durante l'orario di visita." Mi rivolge un sorriso consapevole. "È una donna fortunata."

Non riesco a dire una parola, sto cercando di capire perché sono qui, cosa è successo. Guardo la dottoressa camminare verso un uomo alto, che indossa un completo ben aderente e se ne sta sulla soglia. Lei gli dà una pacca sul braccio mentre esce dalla porta. "Vada pure."

Si avvicina e mi sorride, i suoi denti sembrano bianchissimi in contrasto con la sua pelle scura.

"Quando sei corsa davanti a quella macchina..." Si interrompe, i suoi occhi mozzafiato diventano tristi. Si ferma per trascinare una sedia accanto al letto e ci si siede con grazia. "Ho cercato di afferrarti, ma mi sei scivolata via dalle dita prima che potessi..." Il pomo di Adamo guizza quando deglutisce a fatica.

Scuoto la testa. Piano. Con attenzione. Non capisco cosa stia dicendo. Non ricordo di essere stata investita da un veicolo. Anche se, ora che sono sveglia, mi sembra di essere stata investita da un camion. Guardo gli aghi e i tubi che fuoriescono dalla mia mano contusa.

Forse non ricordo cos'è successo, ma mi ricordo di lui.

Non lo dimenticherò mai. Sembra che faccia parte del mio essere, della mia carne.

Non so perché sia qui, ma sono felice che ci sia.

Si appoggia allo schienale della sedia e prende con cura la mia mano nella sua, tenendola delicatamente. Ha un'espressione seria in viso mentre mi guarda solennemente. "A proposito, io sono Kane."

Sì. Kane con la kappa.

Mi schiarisco la gola nel tentativo di parlare. "Caffè nero grande."

Alla fine, le sue labbra si piegano. "Sì."

"Mi hai salvato."

Scuote la testa. "No. Ci ho provato," mi ricorda. "Mi dispiace di non esserci riuscito."

Un momento. Tutto quello che è successo tra noi...

"Ma mi hai portato a casa..." Comincio a dire, ma inizio ad appisolarmi.

Kane aggrotta le sopracciglia e abbassa gli angoli delle

labbra. "No. È venuta l'ambulanza e ti ha portato direttamente qui."

"Hai una macchina per il caffè?"

Il suo cipiglio si accentua a causa dell'evidente confusione. "Sì."

"Allora dimmi: perché ti fermi al bar ogni mattina?"

La sua espressione si distende e mi fa un sorriso gentile. "Penso che tu sappia il perché."

Sì. So bene il perché.

Il suo nome è Kane.
Lo amerò per sempre. È solo che lui non lo sa ancora…

Una Novella Obsessed

Questa non è solo una storia d'amore:
è un'ossessione...

SOLAMENTE LUI

USA Today Bestselling Author
JEANNE ST. JAMES

Capitolo uno

SYDNEY

Santo cielo.

Guardo da dietro la tenda l'uomo che scarica delle scatole da un furgone a noleggio e le porta nella casa accanto.

La mia mascella si serra come una trappola per topi. Che cazzo, è per caso il karma?

Le dita mi tremano mentre afferro la tenda. Dev'essere un sogno.. Mai in vita mia avrei pensato che la mia cotta del liceo si sarebbe trasferita… Proprio… accanto… a me.

Proprio alla porta accanto, cazzo!

Mi va in subbuglio lo stomaco e la passera mi si stringe.

Vorrei chiamare qualcuno. Vorrei correre per tutta casa urlando.

Reid Fucking Turner si trasferisce qui accanto!

Qualcuno mi dia un pizzicotto, dannazione!

Non lo vedo da secoli. Cavolo, da dopo il diploma. Ed è passato davvero tanto tempo.

Ma lo so che è lui. È chiaro come il sole.

Ogni cellula del mio essere ne è sicura perché ho passato troppi anni della mia adolescenza a pedinarlo… *ehm, guardarlo*. Lo riconoscerei ovunque.

Il suo passo. I suoi capelli (anche se ora sono molto più corti). Le sue spalle (molto più ampie rispetto ai tempi del liceo - il ragazzo è diventato un uomo). Quelle cosce grosse (sono sempre state muscolose, grazie al fatto che era un atleta).

Dev'essere lui.

Guarda verso la mia finestra e mi si ferma il cuore. Lascio andare la tenda come se fosse in fiamme e spingo la schiena contro il muro. Il mio battito va da zero a sessanta in un nanosecondo.

Porca miseria, mi ha forse visto sbirciare?

Sento le palpitazioni sul collo, il cuore potrebbe saltarmi fuori dalla gola da un momento all'altro. Mi stringo la mano al petto mentre cerco di rallentare il respiro.

Inspira. Espira.

Andrà tutto bene.

Quel tizio non sapeva che esistessi, quando andavamo al liceo, quindi probabilmente non mi riconoscerà neanche adesso.

Sono cambiata. *Maturata.*

Il mio corpo sottile e dal petto piatto è decisamente migliorato. I miei seni potrebbero essere più grandi e più pieni di quanto desidero e i miei fianchi sono abbastanza curvi da non riuscire più a infilarmi dei jeans skinny, ma non ho mai avuto problemi ad attrarre gli uomini. Nessun problema.

Gli uomini sembrano gradire qualcosa a cui aggrapparsi, quando mi sbattono sudandomi addosso, grugnendo, gemendo e, sfortunatamente, lasciandomi per la *maggior parte del tempo* insoddisfatta e desiderosa.

E, *il più delle volte*, non vedo l'ora che si rimettano i vestiti e se ne vadano.

Colazione? No, grazie. Sono a dieta.

Ma torniamo all'argomento in questione.

Reid Fucking Turner.

Sbircio di nuovo fuori dalla finestra anteriore e mi chiedo perché stia spostando la sua roba da solo. Dovrei offrirmi di aiutare, no?

Poi li vedo. Una marea di ragazzi fighi che fanno dentro e fuori da casa sua, in fila come un esercito di formiche.

Dove trova i suoi amici? Su qualche gruppo Facebook per stalloni?

Forse sono tutti pornostar gay. Voglio dire, i nostri compagni di classe *hanno* votato per Reid nelle elezioni su chi avrebbe avuto più successo al liceo. Le pornostar sono considerate di successo, giusto? Dopotutto, sono delle *star*.

Scorro la lingua verso la saliva che mi si sta raccogliendo all'angolo del labbro. *Merda.* Gay o no, è un gran bel buffet di uomini. Ma quanto sarebbe deludente scoprire che la mia cotta adolescenziale si è rivelata insensibile alle donne?

Non solo deludente, ma devastante.

Alzo lo sguardo verso il soffitto e chiedo a qualsiasi divinità che sia in ascolto: "Oh, per favore, fa che non sia vero."

Reid è sempre stato la mia fantasia suprema, il mio costante materiale per la masturbazione, fin dalla prima elementare, quando lo vidi per la prima volta.

O forse più dal primo giorno in cui ci ho parlato. La prima volta è successo per caso. Le altre volte, più o meno dieci nel corso dei nostri anni di scuola superiore, non sono state così casuali. E una volta gli ho anche sfiorato *accidentalmente* la parte anteriore dei jeans.

Era caldo e morbido. Ma quella notte ero finita a fantasticare sul fatto che fosse caldo e duro. E tutto mio. Alla fine era stata una bella serata e, ripensandoci, potrei essermi slogata un dito.

Ma non importa quante volte mi sia lanciata davanti a Reid Turner: sembrava che non mi notasse mai. Non avevo seno, nessuna forma. E di certo non ero una cheerleader, né tantomeno nella riserva o nella serie B, o come diavolo si chiamava.

Io non ero nessuna. Solo un altro *pezzo di carne* che percorreva un corridoio stretto e affollato, entrando e uscendo dalle classi come bestiame ammassato.

Non sto dicendo di non aver *mai* suscitato interesse in nessuno, ma mai in Reid Turner o nella sua cerchia. Oh, ero stata baciata e avevo fatto dei preliminari, e la mia rosa era sbocciata, ma niente di tutto ciò era degno di nota.

E ogni volta che mi ritrovavo in qualche stanzino, sul sedile posteriore di un'auto, nella camera da letto di un ragazzo i cui genitori uscivano a cena, chiudevo gli occhi e immaginavo Reid.

È così che ho avuto il mio primo orgasmo (senza toccarmi). Se chiudevo gli occhi molto forte e facevo finta che il ragazzo davanti a me fosse Reid, allora riuscivo a... *Già.* E quel povero idiota probabilmente pensava di avere delle grandi abilità e molto probabilmente avrebbe deluso la prossima ragazza scopandola in quel modo. E se lo aveva davvero fatto, non era un mio problema.

Tuttavia, quella situazione, alla fine, aveva incasinato anche me. Perché nessun ragazzo era mai stato abbastanza.

Nessuno di loro era Reid Turner.

Quello stronzo mi aveva impedito di buttarmi su altri uomini. E non mi aveva nemmeno mai toccato.

Nemmeno una volta.

Che lo sappia o no (sono abbastanza sicura che non lo sappia), quell'uomo mi deve un orgasmo strabiliante.

Ridacchio mentre immagino di andare a casa sua per chiedergli di farmi raggiungere l'orgasmo. Gli verrebbe un coccolone...

Anche se... Forse dovrei andarci piano con certi pensieri.

Potrebbe chiamare la polizia. Potrebbe richiedere un ordine restrittivo. *Cavolo.*

Mi picchietto il dito sul mento mentre contemplo tutti i modi in cui potrei avvicinarmi a lui senza farmi arrestare.

Poi, l'illuminazione. Non chiamerà la polizia, e non perché sia un criminale e quindi voglia evitare gli sbirri.

No, è perché lui *è* la polizia. Dimenticavo che è un poliziotto. *Santissimo cielo*. Come avevo potuto dimenticare quella succosa informazione?

Ricordo di aver sentito cosa volesse fare da grande alla nostra stupida cena di classe del quinto anno. Quella a cui ero andata solo per vederlo. Anche se non si era mai presentato. E non era mai venuto a nessun'altra cena, nemmeno alla decima. Fu in quella gioiosa occasione che scoprii che aveva sposato il suo bocconcino del liceo, Pamela Johnson. Capo cheerleader, reginetta del ballo, votata la più popolare. Sì, sì, sì. Bleah.

Quindi, questo significava che non era gay. O quella stronza l'aveva forse trasformato?

Mangio con gli occhi quel pezzo di carne che trasporta le scatole pesanti e pezzi di mobili alla rinfusa. Nessuna traccia di lei.

Ma questo non significa che non stiano ancora insieme. Anche se questo potrebbe entrare in conflitto con le mie fantasie.

Accidenti.

Ovviamente le sue scelte di vita convergono tutte verso di me. Giusto?

Seh, giusto.

Cammino su e giù in soggiorno, desiderosa di sapere tutto della sua vita in *questo preciso istante*. Non mi lascia altra scelta.

Dovrò fare un po' di ricognizione.

IN REALTà metto in discussione le *mie* scelte di vita, quando, dopo il tramonto, mi apposto fuori casa sua. A cosa mi sono ridotta? Mi sembra di essere di nuovo una stalker… *ehm, una studentessa*… al liceo.

Tutte le volte che andavo ai suoi incontri di wrestling, alle sue partite di baseball, mi sedevo sugli spalti e facevo il tifo per lui. Non che se ne sia mai accorto, sebbene fossi la sua più grande sostenitrice, la sua fan più sfegatata.

Ma, dannazione, almeno aveva scelto due sport in cui indossava abiti stretti: una tutina aderente per il wrestling e i pantaloni elasticizzati stretti per il baseball. Il suo culo tondo e muscoloso sembrava spettacolare in entrambi i casi. Ma quella tuta… No, ricordo di essere stata corretta da qualcuno seduto vicino a me a una partita. Non si chiamava tuta, la chiamavano canotta. Ma comunque, poco importa, almeno non portava il sospensorio. Penso che tutte le donne, madri comprese, abbiano notato la salsiccia extra-large nella sua *canotta;* era difficile che passasse inosservata. In effetti, giurerei che alcune madri dei nostri compagni di classe ci provassero con lui. E forse qualcuna ci era anche riuscita. Dopotutto, quale adolescente non voleva scoparsi una MILF?

Comunque, ora, quindici anni dopo (anno più, anno meno), mi aggiro attorno alla casa del mio vicino come una fottuta vecchia guardona.

Tutto perché *Reid Fucking Turner* si è trasferito alla porta accanto.

Questo non è più il liceo, però. No. A trentun anni suonati, ora voglio davvero conquistare Reid. Soprattutto perché è in debito con me.

Accidentalmente, calpesto un ramo e questo si rompe rumorosamente sotto il mio piede; il mio battito cardiaco, ancora una volta, impenna all'improvviso. Mi schiaccio contro il muro laterale della sua casa.

Porca puttana, se qualcun altro dei miei vicini mi vedesse...

Ma che si fottano. Sono affari miei.

E di Reid, ovviamente.

Faccio un bel respiro quando mi rendo conto che potrei essere un'ottima paziente per un manicomio. Scuoto la testa per schiarirmi le idee. Sono una fottuta adulta. Che diavolo sto facendo?

Come può la vista di quell'uomo portarmi a questo folle comportamento?

Cazzo.

Mi trascino di nuovo in casa, con la mente completamente incasinata. Dovrei vergognarmi di me stessa. Forse dovrei andare, bussare alla porta e scusarmi per il mio strano comportamento. Dargli il benvenuto nel quartiere. Invitarlo da me per un po' di sesso bollente.

Chiudo la porta di casa e mi siedo nel soggiorno buio, completamente nauseata dalle mie azioni.

Poi corro di sopra.

Capitolo due

REID

LA NUOVA CASA è talmente silenziosa da essere inquietante. Non voglio stare ad ascoltare i miei pensieri.

I ragazzi se ne sono andati solo un'ora fa e mi sento già solo. Non che lo ammetterei davanti a qualcuno… Non mi piace nemmeno ammetterlo a me stesso.

Ma gli ultimi sei mesi hanno fatto davvero schifo. Le bugie, la separazione, il divorzio. Passare da un divano all'altro, da una camera degli ospiti alla camera d'albergo. Ora che mi sono sistemato in un posto tutto mio, dovrei essere felice di voltare pagina, di avere finalmente una casa per me.

Apro il frigo e guardo dentro. Domani, dopo il lavoro, la mia prima fermata sarà al supermercato. Dopotutto non si può vivere solo di birra, e l'unica cosa che mi trovo davanti sono proprio quelle sei lattine. Perché? Perché è quello che hanno portato i miei amici quando mi hanno aiutato a traslocare. Afferro il collo lungo di una bottiglia e ne svito il tappo, lasciando scivolare la birra fresca lungo la gola. Non mi ci vuole più di un minuto per scolarmela; ne prendo un'altra prima di chiudere la porta del frigo.

Ho una minima idea di come si vive da soli? Dannazione, praticamente mi sono sposato subito dopo la fine del liceo. Me ne sono andato da quella cazzo di casa dei miei genitori per trasferirmi in un appartamento con la mia dolce fidanzatina delle superiori.

Dolce fidanzatina.

Sì, come no.

Una fottuta stronza bugiarda.

Faccio un respiro profondo e cerco di togliermi dalla testa tutte quelle cazzate. *È finita. Volta pagina.*

Svuoto la seconda bottiglia, apro di scatto il frigo e ne prendo una terza prima di andare di sopra.

Non mi preoccupo nemmeno di accendere la luce quando entro nella camera da letto principale. Sono contento di essere al buio. E, dato che non ci sono ancora le tende, la luna si riflette brillante nella stanza. È un posto tranquillo, cerco di autoconvincermi. *Sì, certo.*

Mando giù un altro sorso di birra, pensando che dovrei essere esausto, ma non lo sono. Forse stanotte la birra mi aiuterà a dormire. La prima notte in un nuovo appartamento. In caso contrario, posso sempre farmi una bella sega.

Dannazione, sono diventato davvero bravo, dato che ultimamente il mio pugno è stato più leale della mia ex moglie. *Cazzo. Volta pagina, Reid. Non lasciare che ti consumi.*

Sospiro e mi avvicino alla finestra, alzando lo sguardo verso il cielo notturno e la luna quasi piena. Sono stato fortunato a trovare questa casa a un prezzo così conveniente, e con un giardino recintato posso finalmente avere un cane. Una delle tante cose che Pam non mi avrebbe mai permesso di avere…

La finestra della mia camera da letto si affaccia sul cortile laterale e i miei occhi passano sopra la casa vicina. Avrei preferito che le case non fossero così vicine in questo quartiere. A me piace la privacy. Ma, ancora una volta, l'ho comprata a un buon prezzo e in una zona tranquilla. Quindi, non posso lamentarmi troppo.

Vedo una luce accendersi nella casa accanto. Il che mi

ricorda che dovrei presentarmi ai vicini, questo fine settimana. Ma per ora…

Santo cielo.

Santissimo cielo, accidentaccio!

Appoggio la bottiglia sul davanzale della finestra e tengo
le mani sul bordo, avvicinandomi fino a quando la mia
fronte quasi tocca il vetro.

Adoro questa casa. È la casa più bella di sempre. La casa
più bella di tutto il mondo.

Oh, per favore. Non chiudere le tende. Non… chiudere.

Cavolo, probabilmente potrei essere licenziato per
questo comportamento. Ma al momento, a me e al mio
uccello non importa.

Ammanettatemi pure, picchiatemi, portatemi via. Ma, vi
prego, aspettate che finisca. Fate questo favore a un
pover'uomo.

Mi aggiusto il pacco dentro i jeans e mi concentro sulla
finestra aperta a meno di sei metri dalla mia.

A differenza della mia camera da letto, la sua è illumi-
nata. I suoi occhi sembrano chiusi mentre giace nuda sulla
schiena, con le gambe aperte e le ginocchia piegate. E,
ancora meglio, il suo letto dà direttamente sulla finestra.

La mia fortuna sta girando. Sì, proprio così.

I seni della donna sono sodi, grossi ma eleganti, i capezzoli scuri sono delle dimensioni perfette. Perfette per la mia
bocca.

Mentre si stringe a coppa un seno, l'altra mano diventa
birichina. Devo deglutire, il che, per qualche motivo, non è
un compito facile. Devo anche ricordarmi di respirare,
mentre le sue dita vaganti scivolano lungo la bella pancia
per tuffarsi tra le gambe.

Porca troia. Me lo sto immaginando, giusto? Mi strofino i
palmi delle mani sugli occhi e guardo di nuovo.

No, è tutto vero. Questo scenario mi ricorda quello dei
porno che guardavamo di nascosto da adolescenti. Questo

tipo di cose non succede nella vita reale. Quand'è che guardi fuori dalla tua dannata finestra e vedi una donna sexy che gioca col proprio corpo? Mai.

Non riesco a vedere chiaramente la sua espressione, ma ha le labbra socchiuse, e quando si tira i capezzoli con le dita, sento come la stessa stretta sulle mie palle. Dato che i miei jeans sono diventati scomodamente stretti, non ho altra scelta che aprirli. Li slaccio rapidamente e li spingo giù, oltre i fianchi, insieme ai miei boxer. Il mio cazzo è umido per la sua passera, che sicuramente sarà già bagnata per l'eccitazione. Faccio scorrere il pollice sopra la goccia di liquido preseminale che mi esce dalla cappella e la spalmo intorno alla corona. Spingo in avanti i fianchi mentre mi stringo il cazzo. Ma la mia mano è secca e callosa, dopo il faticoso trasloco di oggi. Tutt'altro rispetto alla sua passera liscia e calda.

Dannazione. Mi servirebbe un po' di lubrificante, ma sarà chiuso in chissà quale scatola. Ci vorrebbe troppo tempo per trovarlo, e comunque non posso staccarmi dalla finestra. Temo che mi perderei la parte migliore dello spettacolo.

Mi stringo la base del cazzo e salgo fino alla cappella, muovendo la mano su tutta la lunghezza mentre la guardo.

La sua mano mi impedisce di guardarle bene la passera, ma da quello che vedo sembra ben depilata. Ha le cosce allargate e le ginocchia inclinate verso l'esterno. Il movimento della sua mano mi affascina, mi attira, trasforma il mio cazzo in pietra e mi stringe le palle. Fingo che siano le mie dita a invadere la sua stretta fessura, scivolando dentro e fuori, stuzzicandole il clitoride, scopandola senza sosta.

Ho bisogno di sentirla, quindi faccio una breve pausa per aprire completamente la finestra. Per un secondo ascolto attentamente, le mie orecchie si sforzano di cogliere qualsiasi rumore, gemiti, versi.

E li sento. I suoni che le sfuggono mi fanno stringere il cazzo ancora più forte e segarmi più forte, più velocemente.

Mi sintonizzo sul suo stesso ritmo, i miei fianchi si spingono in avanti mentre i suoi si sollevano e poi riscendono. La testa le cade all'indietro e il collo le si inarca quando grida. Stacca i fianchi dal materasso mentre la sua mano si muove rapidamente e poi si ferma un secondo dopo.

Santo cielo. È venuta. Mi ha preso alla sprovvista, volevo venire con lei. Non mi aspettavo che finisse così presto. Espiro, deluso, ma continuo ad accarezzarmi l'uccello dalla base alla punta. Spremo, faccio uscire il liquido preseminale e ripeto l'operazione. Il cuore mi batte violentemente nel petto mentre la guardo sdraiata lì, tranquilla, con le gambe ancora divaricate, una mano che le indugia sul seno.

Poi, proprio quando penso che abbia finito e stia per alzarsi, si gira su un fianco e apre il cassetto del comodino, tirando fuori un aggeggio rosa, lungo e a forma di...

Santo cielo.

Quella donna ha degli attrezzi. Mentre cade di nuovo sul letto, faccio un passo indietro per assicurarmi di essere nell'ombra. Non voglio essere beccato con i pantaloni abbassati e l'uccello duro come la roccia tra le mani.

Non voglio passare per un pervertito.

Il vibratore sembra così potente che riesco a sentire un leggero ronzio fino a casa mia. Gemo quando se lo mette addosso. E poi il suono cambia mentre se lo fa scivolare lungo la passera, premendolo su quello che posso solo immaginare sia il suo clitoride e, ancora una volta, i suoi fianchi si sollevano dal letto.

Mi sta uccidendo. Non è giusto. Dovrei essere io a scivolare nel suo calore umido, non quella sottospecie di sostituto a batterie.

Sbuffo ai miei pensieri da cretino. Non so nemmeno come diavolo si chiami e sono geloso di un giocattolo rosa.

Mentre fa scivolare il dildo dentro di sé, non lo sento più. Eppure sento lei. La vedo strofinarsi freneticamente il clitoride con una mano e usare l'altra per scoparsi con il vibratore.

Le ginocchia mi si piegano e metto una mano sul muro accanto alla finestra, masturbandomi due volte più veloce. Non riesco a smettere di guardarla. La sua testa oscilla da un lato all'altro e grida di nuovo. Questa volta sta urlando un nome.

"Oh, cazzo, Reid. Sì, cazzo, Reid. Scopami!"

Scuoto la testa perché ora sto volando con la fantasia, dato che è impossibile che mi chiami per nome. Non so nemmeno chi sia quella donna.

"Reid, scopami più forte."

Le mie dita rallentano e mi distraggo. Ma insomma, dopotutto sono un uomo. Mi scrollo di dosso quei pensieri e ignoro quelle assurdità.

Quando grida che sta venendo, vengo anch'io. Il mio uccello diventa ancora più duro, sgrano gli occhi e mi vengo in mano. Ora sono io che grido e dimentico che la mia finestra è spalancata. Quando alzo gli occhi, ci fissiamo l'un l'altra, e io mi chiedo…

Ho per caso la sua stessa espressione da *oh-cacchio*?

Entrambi ci ritiriamo bruscamente. Io mi butto a terra e premo la schiena contro il muro. Ho ancora l'uccello in una mano, mentre l'altra è piena di sperma. Il cuore sta per uscirmi dal petto.

Ha davvero detto quello che penso di aver sentito? Mi conosce in qualche modo? Ma com'è possibile?

Era per caso una trappola? La mia ex moglie mi ha incastrato in qualche modo? Potrebbe essere tutto un piano? Forse c'è qualcuno fuori che mi sta facendo delle foto mentre mi masturbo spiando mia vicina. La parola *ricatto* mi rimbomba in testa. Ma se fosse vero, allora la donna della porta accanto sarebbe coinvolta.

Ora è tutto chiaro. Altrimenti, come farebbe a sapere il mio nome?

Vedo la mia carriera andare a rotoli, la mia pensione sparire, le mie finanze prosciugarsi.

Cazzo.

Tutto a causa di una sega. Scivolo lungo il muro, con la mano libera sollevo i jeans su per i fianchi e mi dirigo verso il bagno per sciacquare via le prove.

Sono un coglione depravato. Non sono meglio di tutti i maniaci che ho arrestato per aver fatto le stesse stronzate.

Ma, di nuovo, forse era una trappola. Mentre sono in piedi davanti al lavandino, mi scruto allo specchio. Nel riflesso vedo la mia espressione arrabbiata. Più ci penso, più mi incazzo.

Capitolo tre

SYDNEY

Il colpo sulla porta d'ingresso mi scuote il cuore come se fosse stato colpito da un defibrillatore. Non riesco a dirmi "niente panico", perché sono già nel panico. Non voglio aprire, ma lui sa che sono a casa.

Porca miseria, se lo sa.

Non ho lasciato le tende e le finestre aperte di proposito. Può darsi che l'abbia fatto inconsciamente. Forse nel profondo volevo che mi guardasse.

Ma di certo non mi aspettavo che si presentasse alla mia porta per affrontarmi. Strappo la vestaglia nera di raso da dietro la porta del bagno e me la avvolgo attorno, stringendo forte la cinta di tessuto.

Non so se dovrei andare di sotto a rispondere, o nascondermi e sperare che se ne vada finché entrambi non ci dimenticheremo di quello che è appena successo.

Quando sento che i colpi continuano, mi rendo conto che non dimenticherà nulla. Proprio come me.

"Apri questa cazzo di porta!" La sua voce profonda sale facilmente fino al secondo piano e non sembra felice. No. Per niente.

Se non apro la porta, i vicini sbirceranno fuori dalle finestre, chiedendosi di cosa si tratti.

E sono già abbastanza imbarazzata.

Corro giù per le scale e mi fiondo sulla porta, sganciando il chiavistello. Appena giro la manopola, la porta si spalanca e scatto leggermente indietro per lo sforzo. Lui si spinge nel soggiorno e sbatte la porta dietro di sé. I suoi occhi sembrano selvaggi, ma la rabbia che si cela in loro è inconfondibile.

Si appoggia alla porta e il suo petto si solleva come se fosse senza fiato. *"Ma che cazzo?!* Come fai a sapere il mio nome?"

Apro la bocca, ma esce solo uno squittio.

Splendido.

Se poche ore prima, vedendolo da lontano, avevo pensato che fosse sexy, ora, a pochi passi da me, è davvero un tizzone ardente. Specialmente con le fibre muscolari e le vene che gli spuntano dal collo. È preso dalla rabbia.

"Come fai a sapere il mio nome?" Pronuncia ogni parola lentamente e con attenzione, come se stesse parlando a un bambino testardo. *"Merda!"* Si porta una mano sui capelli corti e socchiude gli occhi guardandomi storto. Si allontana dalla porta e fa due passi verso di me. "Rispondimi."

Sono sicura di sembrare un pesce fuor d'acqua, con la bocca che si apre e si chiude senza emettere alcun suono. "Io…" Mi schiarisco la gola. "Perché pensi che sappia il tuo nome?"

"Perché l'hai urlato quando sei venuta."

Un'ondata di calore mi scorre lungo il petto fin sulle guance, in parte per l'imbarazzo e in parte per l'irritazione. La sua rabbia alimenta la mia. "Perché mi stavi guardando venire?"

Ora è lui il pesce fuor d'acqua. Lo guardo con soddisfazione mentre cerca di formulare una risposta ragionevole, ma senza successo.

"La tua finestra era aperta," grida, come se fosse una risposta valida.

"Anche la tua," grido in tutta risposta.

"Dovresti chiudere le tende," dice, più piano.

"Anche tu dovresti," rispondo, perdendo un po' le staffe. Guardo la sua rabbia svanire improvvisamente nel nulla.

Si strofina una mano sulla fronte. "È stato davvero sexy."

"Sarebbe stato anche meglio, se avessi saputo che mi stavi guardando."

Intuisco dalla sua espressione che non crede che l'abbia appena detto. Beh, siamo in due.

Si strofina di nuovo i capelli corti, questa volta più velocemente, e all'improvviso lascia cadere la mano e la stringe in un pugno quando si rende conto di quello che sta facendo. "Chi sei?"

"Sono una tua vicina."

Fa un passo minaccioso, si avvicina. "Stronzate. Come fai a sapere chi sono?"

Rimango in piedi, afferro le estremità della mia cintura e la stringo più forte. "Forse non lo so."

"Conosci il mio nome."

"Forse è solo una coincidenza."

Esita e quasi riesco a vedere il fumo uscirgli dalla testa. Poi la scuote e dice: "No."

Inarco un sopracciglio. "Sei sicuro?"

Annuisce e si avvicina abbastanza da farmi sentire un leggero odore di birra nel suo alito. "Sì."

Sfortunatamente, odio la birra. Ma adoro *Reid Fucking Turner*. Quindi, prendi il buono e il cattivo. "Non mi sorprende che tu non sappia chi sono."

Le sue sopracciglia si aggrottano profondamente. "Conosci la mia ex moglie? Ha organizzato tutto lei?"

Che cosa? Di che diavolo sta parlando?

Scelgo con cura le mie parole. "In realtà conosco la tua ex moglie."

"Siete amiche?"

Rido, anche se con tono un po' amaro. "Certo che no."

"Allora come fai a conoscerla?"

Alzo una spalla. "Andavamo a scuola insieme."

Ora è a pochi centimetri da me, mi fissa, mi scruta, cerca di inquadrarmi. "Eri un paio di classi dietro di noi?"

"No. Ero un paio di posti dietro di te, al diploma." *Boom!* E non dico più nulla.

Mi lancia uno sguardo torvo e si allontana abbastanza da continuare a ispezionarmi da capo a piedi. "Impossibile."

Non dico nulla.

"Come ti chiami?"

Non rispondo. Si guarda intorno, alla ricerca di qualche indizio su chi io possa essere. So che non troverà niente. Almeno non dove siamo ora.

All'improvviso mi afferra un braccio e sussulto più per la sorpresa che per il disagio. "Chi sei?"

Lentamente gli faccio un sorriso e lui impreca, mollando la presa.

"Vaffanculo, allora!" Con quelle ultime parole, gira i tacchi e si precipita fuori dalla porta d'ingresso, chiudendola dietro di sé.

ANCORA UNA VOLTA sento dei colpi alla mia porta. Gemo, mi giro e guardo la radiosveglia. Mezzanotte e dodici. *Dannazione.*

Mi ero addormentata nella camera degli ospiti, indossavo ancora la vestaglia e basta perché non osavo tornare in camera mia con la finestra aperta. Non mi andava di salutare il mio vicino ormai arrabbiato, lo stesso che era stato il mio sogno erotico di una vita.

Forse era di nuovo lui? O aveva mandato i suoi amici poliziotti, dato che aveva questa strana teoria del complotto per cui era stato incastrato dalla sua ex-moglie? Sapevo che Pam era una stronza, ma era davvero *una tale* stronza?

Lui cosa aveva fatto per meritarselo? L'aveva tradita? Era forse una donna ferita in cerca di vendetta?

Ma a ogni modo, non è un mio problema. Il mio problema è al piano di sotto, intento a bussare ancora *molto forte* alla mia porta.

Sospiro, mi lego la vestaglia e scendo le scale. Riesco a vedere la figura del suo busto attraverso il vetro della parte alta della porta.

"Apri." *Déjà vu*, una scena che si ripete.

Appena sblocco il chiavistello, Reid avanza e chiude la porta dietro di sé. Almeno stavolta non l'ha sbattuta. Lo guardo mentre richiude la serratura. Bene. Non sarà una visita veloce come l'ultima volta.

"Mi ci sono volute due ore per ritrovarlo. Era sepolto sul fondo di una delle scatole del trasloco." Tira fuori un libro da dietro la schiena. Spalanco gli occhi quando mi rendo conto di cosa si tratta.

"Sydney Ryan. 'Syd Vicious' segue corsi di preparazione universitaria e prevede di entrare alla State. Forza, State! Le piace guardare il wrestling, il baseball e un certo RFT. Il suo cibo preferito è la pizza e adora le commedie romantiche," cita a memoria.

RFT. *Dannazione.*

Reid Fucking Turner.

Mi porto una mano tremante sulla bocca spalancata e sgrano gli occhi quando apre una pagina sul retro del dannato annuario.

Indica una foto. "Sei tu?"

Mi avvicino un po', abbastanza da scoprire che ora odora più di whisky che di birra. Deve aver trovato anche il liquore sepolto vicino ai ricordi del liceo. Guardo una foto di lui che fa wrestling e, sì, sullo sfondo ci sono io, seduta sulle gradinate con un'espressione da innamorata persa.

Sfoglia le pagine e improvvisamente si ferma. "Sei tu?" Indica una foto di lui nella zona di battuta che muove una mazza sfocata, con me intenta a guardarlo, totalmente schiacciata alla recinzione dietro di lui.

Con un'espressione patetica e malata d'amore sul viso. "Porca troia," sussurro.

Chiude il libro e mi fissa. "Perché non mi ricordo di te?"

Raccolgo quel poco di umorismo che mi resta, mi raddrizzo e mi allontano da lui. "Non lo so. Dimmelo tu perché."

Scuote la testa e mi sorpassa per dirigersi nel mio soggiorno, dove lascia cadere l'annuario sul tavolino e sprofonda sul divano. Appoggia i gomiti sulle ginocchia e si passa entrambe le mani sui capelli. Farebbe più effetto se fosse davvero pieno di capelli come quando era più giovane, ma non è così. I suoi capelli sono così corti che quando ci passa le dita non si scompigliano.

Ma mi piacciono corti. Mi ricordano quanto sia maturo adesso. Ed è come se fosse *Reid Fucking Turner 2.0*. Decido subito che lo renderò mio. Tutto mio. (Aggiungere risata maliziosa assieme allo sfregamento dei miei palmi.)

Ho aspettato a lungo che quest'uomo si accorgesse di me. E ora che sa che esisto, ho intenzione di approfittarne appieno. Tiro il nodo della vestaglia e lo allento leggermente prima di avvicinarmi a lui. Mi sposto al centro della stanza, tenendo il tavolino tra di noi.

Mi metto le mani sui fianchi, assicurandomi che la parte superiore della vestaglia si apra abbastanza da fargli dare una sbirciatina. Facile come bere un bicchier d'acqua: il suo sguardo si dirige subito verso la scollatura che gli sto offrendo e si lecca le labbra. Ha abboccato all'amo e sto per incastrarlo.

Quando finalmente parlo, la mia voce sembra più roca

del normale. "Reid, non c'è nessuna trappola e io non sono amica di Pam. Non lo sono mai stata e non lo sarò mai."

"Me ne rendo conto, adesso."

Non capisco se dovrei offendermi. A quanto pare, non sono mai stata considerata abbastanza bella e brava da essere un'amica di Pam.

Allontano quel pensiero. Cosa importa oramai? *Reid Fucking Turner* è nel mio soggiorno, in questo momento, mentre io indosso solo una vestaglia di raso. Ho visto il suo cazzo solo poche ore fa e ho intenzione di rivederlo, ma questa volta molto più da vicino. In realtà, ho intenzione di fare molto di più che guardarlo e basta.

Con calma, ricordo a me stessa.

Ora sono io a passarmi le dita tra i capelli, il che mi fa indurire il seno mentre le ciocche scivolano lungo il raso e per poco non gli mostro un capezzolo.

A quella scena, fa scattare gli occhi dal mio petto al mio viso. "Mi hai stalkerato al liceo?"

Ho due scelte. La prima: posso mentire. La seconda... "Sì."

"Perché?"

"Ti sei visto allo specchio?" Rido debolmente.

Solleva le sopracciglia quasi fin sulla fronte. "Piuttosto *tu*, ti sei vista allo specchio? Perché mai dovresti stalkerare qualcuno?"

Il mio sorriso si appiattisce. "Non ero così al liceo. Lo hai appena visto."

"Sì, ma..."

Scuoto la testa e gesticolo col palmo della mano. "Quando hai delle cheerleader bionde dal seno grande che ti ballano davanti, che sbracciano per attirare la tua attenzione, l'ultima cosa che noti è una ragazza timida e dai capelli scuri che è piatta come una tavola."

"E guarda dove mi ha portato quella stronza bionda dal seno grande." Fa una smorfia, si alza in piedi e gira intorno al tavolino da caffè per stare in piedi e guardarmi dritto in viso. È allora che mi accorgo che è scalzo e che il bottone superiore dei suoi jeans è slacciato. *Porca miseria.*

Afferra una ciocca dei miei capelli e se la avvolge intorno al dito prima di guardarla sfuggire. "Mi dispiace di non averti mai notata. Vorrei farmi perdonare, se me lo permetti."

Permetterglielo? Altroché… Insisto! Inclino la testa e gli faccio un sorriso, sperando che sia sexy e sensuale, non da stalker svitata. "Cos'hai in mente?"

Preme il dito contro la rientranza della mia gola, poi lo fa scivolare verso il basso fino a raggiungere lo scollo a V della vestaglia. Avvolge il dito su quel punto del tessuto, ma lo tiene lì. I suoi occhi si scuriscono mentre fissa dove si è fermato il dito; quando alza lo sguardo, le sue narici si allargano.

La sua voce suona roca e bassa quando risponde: "Tutto quello che desideri."

Le ginocchia mi si indeboliscono, ma le chiudo in modo da non crollare a terra davanti a lui e baciargli quei dannati piedi nudi. Anzi, bacerei persino il pavimento. Perché, porca miseria, ho aspettato tutta la vita per fare sesso con *Reid Fucking Turner*. E ora quell'uomo mi dice che posso avere tutto quello che voglio.

Così. Con nonchalance.

Se a letto farà schifo, mi arrenderò e basta. Mi cucirò la passera e non farò mai più sesso. Diventerò una vecchia zitella rompiscatole.

Se solo conoscesse le mie aspettative, potrebbe avere ansia da prestazione. Quindi non posso dirgli che ho pensato sempre e solo a lui.

Poi mi rendo conto che deve pagare per avermi fatto aspettare così a lungo. Per avermi fatto desiderare solo lui e nessun altro.

Capitolo quattro

REID

"Voglio punirti."

Alle sue parole, il sangue mi scorre forte nelle vene e mi fischiano le orecchie. Ho sentito bene? Questa serata diventa sempre più folle.

La mia voce si spezza mentre chiedo: "Hai mai punito un uomo prima d'ora?"

Scuote lentamente la testa. "No."

"E come pensi di punirmi?" Il mio uccello in questo momento è così duro che voglio strapparmi i jeans e lasciarlo sgusciare fuori. È come Godzilla che vuole distruggere dei palazzi.

Ma devo mantenere il controllo, lasciare che si spieghi, che mi dia una chiara indicazione di quello che vuole farmi.

Anche se, molto probabilmente, non dirò di no a qualsiasi cosa le venga in mente. Sono il ragazzo più fortunato del mondo, almeno in questo momento. Non avrei mai pensato che la fortuna potesse finalmente girare a mio favore.

Non ha la minima idea di come mi punirà, davvero nessuna. Quindi, ecco dove devo intervenire. Prenderò il controllo finché non potrò restituirglielo.

Costi quel che costi, voglio vederla di nuovo nuda. Solo che questa volta non sarà un vibratore in lattice o plastica a scoparsela, assolutamente no.

"Vuoi qualche suggerimento?"

Spalanca gli occhi e mi fissa come se mi fossero cresciute due teste. Poi la sua espressione cambia mentre la sua mente elabora le varie possibilità.

Questa donna mi piace. Oh, sì che mi piace.

Ha del potenziale.

Scatto in piedi, alzo l'indice come a dirle *"aspetta un minuto"* e mi precipito verso la porta d'ingresso. La tiro e non si muove. Nella foga del momento (per non parlare della preoccupazione, al pensiero che lei cambi idea), ho dimenticato che il chiavistello è ancora inserito. Lo sblocco con le dita tremanti di adrenalina e scatto fuori dalla porta, senza nemmeno preoccuparmi di chiuderla dietro di me.

Il cuore mi batte all'impazzata mentre irrompo in casa mia a passi larghi. Quando raggiungo la mia camera da letto, mi guardo intorno e trovo la scatola di cartone che sto cercando. Sopra, con un pennarello nero a tratto sottile, c'è scritto "Foto vecchie". Ridacchio al mio ingegnoso sotterfugio, afferro la scatola e combatto l'impulso di scivolare giù dalla ringhiera per la fretta.

Sto cercando di non ridere come un bambino mentre torno di corsa alla porta accanto, ora felice che le case siano così vicine. Chiudo la porta dietro di me, faccio scattare di nuovo il chiavistello e lascio cadere la scatola sul pavimento del soggiorno. All'improvviso mi piego in due per un crampo al fianco. Premo la mano sul punto in cui provo dolore e annaspo.

Cazzo.

Quando finalmente riprendo fiato, alzo lo sguardo verso il soggiorno e vedo che lei è ancora nello stesso punto.

Prendo la scatola e le afferro la mano per trascinarla di

sopra, nella sua camera da letto. Chiudo le tende (mi chiedo ancora se qualcuno sia lì fuori a spiare) e butto il contenuto della scatola sul materasso.

Lei spalanca gli occhi per lo stupore ed esclama: "Porca puttana."

"Già…" Sorrido. Poi però il mio sorriso si smorza quando penso che forse non è così colpita. Forse l'ho solo spaventata a morte con il mio entusiasmo… e con la mia scatola di "vecchie foto" che in realtà non è affatto una scatola di foto.

No.

È la mia scatola dei sex toys. Quelli con cui speravo che Pam un giorno avrebbe voluto giocare. Peccato che non aveva mai voluto. Quindi mi ero tenuto le mie fantasie per me.

Nessun uomo dovrebbe farlo. Beh, a meno che i suoi giochi non siano illegali. Ma i miei non lo erano affatto. Si sarebbe trattato semplicemente di due adulti consenzienti e quelle solite storie felici.

Agito una mano sul letto. "Pensi che possano tornarti utili?"

Quando gli occhi le si illuminano e mi guarda con un sorriso malizioso, mi sento sollevato. Quando risponde "Oh, certo che sì," anche il mio corpo urla "Oh, certo che sì."

Poi, lei tocca un vecchio paio di manette; mi viene la pelle d'oca e il respiro mi si blocca.

"Fa' di me quello che vuoi," le dico con voce un po' tremante.

"Spogliati."

Senza esitazione, afferro il retro della mia maglietta e la sfilo da sopra la testa, gettandola in un angolo della stanza. Mi strappo di dosso i jeans e li butto in un angolo insieme ai boxer.

Rimango in piedi, nudo davanti a lei, con l'uccello che

mi sporge dal corpo. Voglio toccarla, ma voglio che sia lei a dirmi di farlo. Mi ispeziona ogni centimetro del corpo, dalla punta della testa alle dita dei piedi, poi mi gira lentamente intorno. Nel frattempo, me l'immagino darsi un colpetto di frusta contro la coscia.

Improvvisamente, si trasforma. Raddrizza la spina dorsale, indurisce lo sguardo e mi indica il pavimento. "Mettiti in ginocchio."

Obbedisco all'istante, gemo all'impatto con il pavimento. Abbasso lo sguardo sul tappeto, facendo il sottomesso come ho sempre desiderato.

Sento l'azionarsi del nottolino delle manette mentre le apre e le chiude. Il suono scattante dei denti di metallo mi manda una scarica elettrica lungo la schiena. I capezzoli mi si induriscono e spero solo che riesca a utilizzare alcuni dei giocattoli che ho portato (dico alcuni, perché se li usasse tutti in una volta, potrei anche non sopravvivere).

Si mette dietro di me, tra le mie gambe. Le offro automaticamente i polsi e lei aggancia le manette di metallo fredde, stringendole abbastanza in modo che io non possa liberarmi. Il respiro mi si affievolisce e il mio uccello si contrae impaziente.

"Perché mi stai punendo?" le chiedo mentre si avvicina al letto. La vedo con la coda dell'occhio intenta a frugare tra la roba sparsa sul copriletto.

"Per avermi fatto aspettare così a lungo."

"E per cos'altro?"

"Per avermi fatto desiderare solo te e nessun altro."

Sono al tappeto. Apro la bocca per chiederle di più, ma quasi balbetto per la sorpresa. Deglutisco a fatica e riprovo. "Mi dispiace."

Si mette davanti a me, così guardo cos'ha in mano. Una candela e un accendino. Mi punta la candela contro. "È per una cena romantica?"

"No," le rispondo.

"E per cos'è?"

Esito.

"Sesso anale?"

Scuoto la testa ma riporto lo sguardo verso il pavimento. "No."

Il suono dell'accendino che si aziona mi dà alla testa. E poi sento l'odore dello stoppino che brucia.

"Guardami," mi ordina. La guardo. I suoi occhi si spostano da me alla candela accesa. La cera si sta già sciogliendo e sta cadendo lungo i lati del cono. "Tirati indietro."

Sposto il peso sulle gambe e lei cammina tra le mie cosce divaricate. Fissa la fiamma per un momento, poi inclina la candela lunga e stretta. Quasi al rallentatore, guardo la prima goccia di cera colpirmi il corpo. Per poco non mi cade sul capezzolo destro, e la bruciatura sulla pelle mi fa sussultare.

Ora la sposta sul mio capezzolo sinistro, questa volta più vicino, e centra il suo obiettivo: la goccia di cera calda mi cosparge il capezzolo. Grido e lei tira via la candela, rimettendola dritta.

"Vuoi che mi fermi?"

"No." Quel piacere misto a dolore è tollerabile e voglio che continui. Il capezzolo si tende mentre la cera si raffredda. È da anni che voglio provare giochi come questo e non ho intenzione di fermarla ora.

Se lei è disposta a dare, io sono pronto a ricevere.

Solo perché voglio lasciarle il controllo questa volta, non significa che sarà sempre così. Ma stanotte sono disposto a farmi punire. Perché lo scambio dei ruoli rientra nelle regole del fair play.

Essendo un poliziotto, devo sempre mantenere il controllo sul posto di lavoro, perciò nel mio tempo libero non voglio sempre essere al comando. A volte voglio essere comandato.

Un'altra goccia di cera mi cade sul petto. *È un dolore davvero piacevole,* ecco il pensiero che mi rimbomba in testa.

Chiudo gli occhi per evitare di controllare la caduta del liquido caldo che sta per colpirmi, preferisco sentirlo all'improvviso. Gemo quando la cera copre completamente un capezzolo, e poi lei passa all'altro. Una goccia mi scivola lungo la pancia, ma rallenta e si addensa prima di raggiungermi il membro. Tiro di nuovo un sospiro di sollievo.

"Non vuoi guardare quello che ti sto facendo?"

"No."

"Perché?"

"Mi piace la suspense."

"Ah," mormora. La sento spegnere la candela, il profumo dello stoppino fumante mi riempie le narici.

Apro gli occhi nel momento esatto in cui mi fa scivolare una benda sul viso. Tutto diventa nero. Mi ha tolto la scelta di guardare le sue azioni. Ora, sono costretto a usare l'immaginazione mentre la sento tornare verso il letto.

Solo quando mi afferra l'uccello mi rendo conto che è la prima volta che mi tocca. Non è molto delicata mentre allarga un anello di gomma e lo infila sulla mia asta eretta. Gemo e mi tiro un po' in avanti, ma mi raddrizzo mentre anche lei spinge la mia sacca scrotale verso l'anello.

Potrebbe essere molto più esperta di quanto lascia intendere.

Non continua, né cerca di darmi alcun piacere. Se ne va in fretta. Sento l'aria spostarsi nella stanza quando si alza in piedi. Faccio un rapido inventario mentale di ciò che è rimasto sul letto, e quando sento uno schiocco di pelle sul suo palmo, so cosa ha scelto.

Le mie labbra si increspano leggermente mentre la immagino vestita con un babydoll in latex, delle calze a rete, un grosso collare per cani in pelle nera con borchie e tacchi alti. Se non indossassi l'anello al membro, giuro che verrei in questo istante.

Tutto quello che so è che la porterò a fare shopping questo fine settimana.

Capitolo cinque

SYDNEY

REID APRE LEGGERMENTE le labbra e geme quando gli faccio scivolare la parte piatta in pelle del frustino sulla guancia.

Mi sembra di vivere un'esperienza ultraterrena. Quando avevo sognato di fare sesso con Reid, non me l'ero mai immaginato così. Neanche lontanamente.

Gli tocco leggermente la guancia e gli faccio scivolare l'estremità in pelle lungo la gola e sopra lo spesso strato di cera che gli punteggia il petto e gli copre i capezzoli. Mentre continuo lungo lo sterno e sugli addominali, mi chiedo se vuole che lo colpisca più forte. Non riesco a immaginare per quale altro motivo l'oggetto sarebbe nella sua scatola, se non perché vuole che venga usato. Potrei chiederglielo, oppure…

Lo colpisco sulla coscia, la pelle tesa del frustino emette un suono scoppiettante contro il suo quadricipite tonico. Il suo corpo oscilla, ma lui non grida. Mi sono trattenuta, e il fatto che non abbia reagito mi dà un po' più di sicurezza. Gli colpisco bruscamente l'altra coscia, e questa volta gli si blocca il respiro e fa una smorfia. Nel punto in cui il frustino lo ha colpito appare un segno rosa.

La sua erezione rimane dura e gli sporge dal corpo. Trascino il frustino sulla sua lunghezza dura e sotto i testicoli, che appaiono stretti e scuri a causa dell'anello. Fermo il frustino in fondo alla sua sacca.

"Vuoi che ti colpisca qui?" Faccio su e giù sul tratto di pelle che contiene la parte più delicata del suo corpo.

Lui geme. "No. Lì no."

Ora mi pento di averlo bendato e vorrei potergli vedere gli occhi. "Neanche un colpetto leggero?"

Geme, ma non mi risponde. Sollevo lo scudiscio e lui si irrigidisce, come se si aspettasse davvero un colpo lì sotto.

Ma non lo faccio. Non posso fargli questo. Dovrebbe prima implorarmi. Piuttosto, gli tocco leggermente la cappella e lui sussulta, ma si riprende rapidamente.

"Che ne dici di questo punto?"

"Sì."

Faccio scorrere la pelle su e giù per la sua lunghezza e tocco la cappella ogni volta che risalgo.

Stringe i denti ma non mi dice di fermarmi. Poi, mi rendo conto che non gli ho mai dato uno "stop", un modo per dirmi quando stiamo per sorpassare il limite, quando il dolore non è più piacevole né voluto.

Sono davvero un pesce fuor d'acqua in questo campo, so solo che ci sono delle parole dette *di sicurezza*, e non so se dovremmo usarle o meno.

"Qual è la tua parola di sicurezza?"

Scuote la testa. "Non ne ho."

Faccio un passo indietro, sorpresa. "Perché no?"

"Non ho mai fatto certe cose."

Dopo quella risposta, la mia sicurezza va a farsi benedire. "Che vuoi dire? Hai tutta questa roba." Lancio un'occhiata ai vari giocattoli sparsi sul letto. Mi sta prendendo per il culo. Nessuno può possedere tutti quei giochi erotici ed eccentrici e non usarli.

Credevo fosse un professionista. Cavolo, mi sbagliavo. Provo a soffocare una risata nervosa e guardo il frustino che ho in mano. Potrei fargli del male senza nemmeno volerlo. Dobbiamo escogitare un sistema, se vuole continuare.

La prima cosa che mi viene in mente è il gioco del semaforo che facevamo da bambini. "Verde, giallo, rosso. Ecco cosa userai." Annuisce, e avrei quasi voglia di strappargli la benda dagli occhi per assicurarmi che stia ascoltando. "Voglio sentirti, altrimenti non continuerò."

"Sì. Rosso, verde, giallo."

Non voglio fargli niente per cui debba urlarmi "rosso". Espiro e scruto *Reid Fucking Turner*, sul pavimento, nel bel mezzo della mia camera da letto, bendato, con la cera indurita sul petto. Mi viene in mente un flash del film *Misery non deve morire*. Non voglio essere la pazza che tiene in ostaggio qualcuno contro la sua volontà. Il che è sciocco, visto che so che Reid è consenziente e che sto usando i suoi stessi giocattoli su di lui. Ciononostante…

Non so bene cosa cavolo sto facendo. Eppure sono bagnata e mi sto divertendo proprio come lui, e se vuole che continui…

"Dimmi un colore."

"Verde."

"Piegati in avanti e appoggia la fronte sul tappeto."

Obbedisce subito, usando la forza degli addominali per inclinarsi in avanti. La sua schiena si curva e in questo modo non mi dà l'accesso di cui ho bisogno.

"Su il sedere."

Sposta le gambe all'indietro fino a mettersi a novanta, con la fronte sul pavimento e il sedere in aria. Ormai le ginocchia gli faranno male. Ma scaccio via quel pensiero e mi concentro invece sul compito che mi aspetta.

Con uno scatto del polso, porto il frustino sulla sua schiena e questa volta sono io a sussultare. Rimane solido come una roccia, così come il cazzo che gli pende tra le cosce.

"Ti piace?" chiedo.

"Sì."

Nascondo la mia sorpresa. "Ne vuoi ancora?"

"Sì, per favore."

"Che colore?"

"Verde."

Stavolta il frustino cade in picchiata sulle sue natiche, è il colpo più forte che gli abbia mai dato finora. Noto che la pelle si gonfia e che si forma un livido dove l'ho colpito. "Che colore?"

"Verde."

Merda. Non voglio colpirlo più forte, ma mi stupisce quanto tutto questo mi ecciti. Voglio scoparmelo, non torturarlo. Tuttavia, dargli il piacere a cui anela non fa che aumentare la mia brama. Voglio dargli quello che desidera. Perché prevedo che anche lui mi darà quello di cui ho bisogno.

Questa volta lo colpisco sulla parte posteriore delle cosce, mancando per un pelo la sua sacca, e sento che fa un verso. "Colore!" Urlo un po' in preda al panico.

Esita solo per un secondo. "Verde."

Cazzo!

Lo frusto un'altra volta sul culo, gli do un altro rapido colpo sulle cosce e poi sollevo lo scudiscio ancora una volta. "Dimmi."

Fa un respiro profondo e la sua risposta viene fuori irregolare. "Verde."

"No," gemo.

"Verde," ripete con più fermezza. Mentre mi trovo sopra di lui, con lo scudiscio pronto per un altro colpo, diventa impaziente. "Ho detto verde, cazzo. Continua!"

Gli do una sferzata fra le scapole e gli si inarca la schiena mentre grida. Scuoto lo strumento per aria quando vedo una linea rossa spuntargli sulla pelle.

"Siediti," gli intimo, e lui si siede, tornando sui talloni. Gli strappo via la benda e mi inginocchio davanti a lui, così siamo faccia a faccia. Gli prendo le guance tra le mani e lo fisso negli occhi scuri e illeggibili.

Ho amato quest'uomo per quasi tutta la vita. "Non voglio farti del male."

"Ma non mi stai facendo male. Non vedi quanto ce l'ho duro?"

Certo che lo vedo. Ma invece di rispondergli, raccolgo con cura la cera secca dalla sua pelle, notando che sussulta di tanto in tanto.

I suoi capezzoli appaiono rossi, irritati; glieli bacio delicatamente, prima di toccarli con la lingua. Gli bacio ogni segno rosso lungo il busto, e quando raggiungo la sua erezione, la prendo in bocca. Lui mormora qualcosa ma non capisco bene cosa. Cerco di prendere tutta la sua lunghezza, anche se siamo ancora in una posizione scomoda sul pavimento. Non riesco a credere di avere *Reid Fucking Turner* in bocca e di farlo gridare con le mie labbra, con la lingua e i denti, finché non urla finalmente la parola "giallo". Mi spingo indietro e finalmente afferro il suo viso tra le mie mani per baciarlo.

Schiaccio le mie labbra contro le sue, esplorando la sua bocca, la sua lingua che si aggroviglia scherzosamente alla mia prima di fare sul serio. Santo cielo, sto baciando *Reid Fucking Turner*.

Finalmente.

Gemo nella sua bocca, poi con riluttanza mi allontano. "Come faccio a toglierti le manette?"

Lui guarda verso il letto. "Ci dovrebbe essere una chiave da qualche parte tra il resto della roba."

Lo spero vivamente, perché voglio le sue mani su di me. Ora sono io quella impaziente. Scatto in piedi e mi precipito verso il letto. Ci passo sopra la mano, cercando una chiave.

"È sottile, in argento e metallo."

Alzo gli occhi al cielo, felice che non possa vedermi. Come se non sapessi che aspetto abbia una chiave… "Aspetta." Sollevo quella che potrebbe essere la chiave delle manette. "Questa?"

Lui annuisce e io mi inginocchio dietro di lui, cercando di capire come liberarlo. Dopo aver armeggiato e dopo qualche maledizione, trovo la serratura e la sgancio. Emette un sospiro e si massaggia spalle e polsi, ma quando fa per muoversi, lo fermo. "Non muoverti."

Getto le manette di lato e mi tolgo la vestaglia, lanciando anche quella. In ginocchio, mi avvicino, mi metto tra le sue gambe e mi spingo contro la sua schiena. Sbatto i miei capezzoli duri e doloranti sulla sua pelle mentre traccio dei baci lungo la linea del suo collo e trascino la punta della lingua lungo le spalle e lungo la spina dorsale. Quando non riesco ad abbassarmi oltre, risalgo su, assicurandomi di baciarlo lungo lo sfogo rosso che gli attraversa la schiena. Il mio marchio su di lui.

Gli avvolgo le braccia intorno alla parte anteriore delle spalle, tenendolo stretto e sussurrando: "Ti voglio troppo," contro il suo collo. Quando gli affondo i denti nei muscoli tonici, inarca la schiena contro di me. Geme, afferrandomi le braccia, affondandomi le dita nella carne, senza allontanarmi. No. Al contrario, mi sta tenendo al mio posto.

"Verde," sussurra.

Quando gli mordo la dura curva muscolare tra il collo e la spalla, la testa gli cade in avanti e lui trema contro di me. Mi sposto verso la parte superiore della spina dorsale e stringo la carne tra i miei denti. Gli lascerò un segno, ma prima che possa mollare la presa, mi dice di nuovo "verde" e io mordo più forte, affondo più in profondità. Mi fermo solo prima di ferirlo davvero.

Adesso sto ansimando come lui. Sapere che i miei morsi lo eccitano mi fa venire i brividi. Spingo il bacino contro il suo sedere e faccio scivolare le braccia verso il basso fino a prenderlo tra le mani. Con una gli afferro lo scroto, con l'altro prendo la radice del pene. Appoggia le mani sulle mie e inizia a controllare il movimento delle mie dita, del mio palmo, su e giù per la sua asta.

Ha l'uccello scuro e le palle lo sono ancora di più a causa dell'anello che gli blocca la circolazione. Voglio che se lo tolga. E voglio che se lo tolga *subito*. Sfioro l'anello di gomma con la punta delle dita. "Toglilo."

Temo che perderà un po' della sua durezza quando lo rimuoverà, ma vale la pena rischiare. Voglio sapere che mi desidera anche al di là del gioco.

Dopo aver rimosso con cura l'anello, sono felice di notare che continua a essere pronto. Posso toccarlo più facilmente, ovunque, senza intralci. Gioco con le dita sulla lunghezza dura, la pelle è liscia come velluto. Stringo la cappella, facendo uscire una goccia di liquido preseminale sul pollice, e faccio roteare il nettare setoso intorno alla punta.

"Fallo tu," dico, alzandomi in piedi e afferrando il flacone di lubrificante che è sul letto. Mi metto di nuovo davanti a lui. "Dammi la mano." Obbedisce senza battere ciglio. Faccio schioccare il tappo e alcune gocce gli cadono sul palmo della mano. "Fammi vedere."

Se lo prende in mano e inizia a masturbarsi. Comincia lentamente. Guardo la pelle scintillante tendersi a ogni carezza. I suoi occhi non abbandonano mai i miei mentre stringe il pugno sulla sua erezione. Penso a qualche ora prima, quando l'avevo beccato a fare la stessa cosa.

Stringe i denti e inverte la presa, tirando più forte, più velocemente, il suo sguardo è ancora fisso sul mio. Inspiro profondamente quando mi accorgo di aver smesso di respirare. Non riesco a distogliere lo sguardo, i miei occhi si abbassano sui suoi rapidi movimenti e quando risalgono sul suo viso, sta facendo un sorrisino con gli occhi leggermente chiusi. Ancora in ginocchio, i suoi fianchi oscillano lentamente allo stesso ritmo della sua mano.

Mentre lo osservo, mi tocco. Mi sfioro le punte dure dei

capezzoli con le dita, mi faccio scivolare una mano lungo la pancia e trovo la mia umidità. Sono bagnata e vogliosa, e sono tentata dal pensiero di fermarlo, perché lo voglio dentro di me.

Ma vedere Reid darsi piacere mi fa impazzire. Il suo corpo cambia man mano che si avvicina al picco. Se devo fermarlo, devo farlo subito.

Ma non ci riesco. Piuttosto, mi affondo due dita tra le gambe e nelle mie profondità bagnate. Grido, perché mi ci vorranno pochi secondi per raggiungere l'orgasmo. Mentre spalanca gli occhi e mostra i denti, io vengo in piedi, mentre la sfilza di getti del suo orgasmo gli atterra sul palmo aperto. Un verso gutturale gli sfugge dalla gola e lui sembra perdere ogni forza, ricordandomi una bambola di pezza.

"Vieni qui," dice, e mi avvicino. Mi prende la mano, quella che era sepolta nella mia passera, e si infila le mie due dita scivolose in bocca, assaporando il gusto della mia eccitazione.

Poi si mette in piedi lentamente e con attenzione, tenendomi ancora il polso in modo da non farmi indietreggiare. Prima che mi renda conto di quello che sta per fare, mi bacia.

Il sapore della mia stessa eccitazione sulle sue labbra mi fa sfuggire un gemito. "Toccami," gli ordino.

Alza il pugno, quello che contiene il suo seme. "Posso andare a darmi una pulita?"

Rido. "Sì, certo." Inclino la testa verso il bagno attiguo. "Lì dentro."

Non posso fare a meno di guardarlo allontanarsi da me. Apprezzo il gioco dei suoi muscoli che si increspano sotto la pelle, lungo la schiena, le cosce spesse, e… oh, quel sedere. Non vedo l'ora di scavare con le unghie in quei globi muscolari, quando mi martellerà.

Scuoto la testa e mi strofino gli occhi prima di guardare il letto e vedere il resto del contenuto della sua scatola sparso sul lenzuolo. Lo abbiamo fatto sul serio. Non me lo sono immaginato. Non è una delle mie tante fantasie su Reid Turner.

Sembra troppo bello per essere vero.

Quando esce dal bagno non è più così eretto, e la voglia di prenderlo in bocca mi travolge, perché quando non è durissimo, posso succhiarglielo più in profondità. Ma il mio desiderio di farmi toccare prevale sul mio istinto.

Ho aspettato a lungo quest'uomo. Sono tentata, vorrei chiudere a chiave tutte le porte e non lasciarlo più andar via.

Ma questo non mi renderebbe migliore della protagonista di *Misery non deve morire*. E voglio che sia qui perché ha scelto di esserlo, non perché l'ho costretto io.

Voglio che mi tocchi perché vuole farlo, non perché glielo ordino io.

Man mano che si avvicina, accarezza ogni centimetro del mio corpo con lo sguardo e mi rivolge un sorriso mozzafiato che quasi mi risucchia l'aria dai polmoni. I suoi occhi castano scuro sembrano quasi neri; si muove con una fluidità che mi ricorda quella di una ballerina. È impossibile. È troppo robusto per essere così aggraziato. È una roccia, un corpo forgiato per avere forza. Un uomo forgiato per amare.

Quando si mette faccia a faccia con me, ci ritroviamo a un pelo di distanza l'uno dall'altra, ma nulla si tocca al di fuori dei nostri respiri e del nostro calore. Reid brucia il mio essere, fino alle ossa.

Il respiro mi si affievolisce mentre, col passare dei secondi, bramo il suo tocco sempre di più. Se avanzo anche solo di un centimetro, vengo bruciata dalla sua pelle. Temo che quelle cicatrici non spariranno mai, a differenza dei segni che gli ho lasciato sul corpo. Quelli svaniranno, verranno dimenticati. Ma io non dimenticherò mai.

Questo momento, questa notte, quest'uomo.

C'è sempre stato solo lui.

Assaporerò ogni tocco, ogni bacio che riceverò, nel caso in cui questa sia l'unica notte che passerò con lui.

"Sydney," mormora mentre mi fissa in faccia.

"*Reid Fucking Turner*," gli rispondo con un sussurro.

Apre gli occhi e arriccia l'angolo della bocca. "Posso toccarti ora?"

"Devi, dannazione."

Mi aspetto che vada dritto al sodo. Ma non è così. Mi passa la punta delle dita lungo l'attaccatura dei capelli, la fronte, gli zigomi, il naso, il mento… le labbra socchiuse.

È una tenerezza che non mi aspettavo. Mi prende alla sprovvista, dal momento che è una svolta totale rispetto ai giochi precedenti.

Con lo sguardo segue lo stesso percorso delle dita che si muovono lungo la mia gola e mi scivolano sulle spalle. I miei capezzoli sono rigidi, doloranti, desiderosi del suo tocco, soprattutto quando si avvicina.

Ma lui li evita, guadagnandosi un mio gemito. Lui ignora il mio gemito e continua il suo percorso, tracciando le curve esterne del mio seno e della mia cassa toracica. Quando porta le mani sulla mia vita, le fa scorrere sulla mia schiena e lungo il sedere, poi mi passa i palmi delle mani sui fianchi prima di cadere di nuovo in ginocchio in una posizione sottomessa. Disegna dei cerchi sulle mie cosce, quasi sfiorando le mie pieghe umide con il dorso delle nocche. Rabbrividisco ai suoi tocchi leggeri. Poi, si rimette in piedi e inizia a risalire, usando la bocca, le labbra, questa volta la lingua, venerando il mio corpo tremante mentre avanza.

Unisco le dita in un pugno per impedirmi di spingerlo a terra e montare su di lui. Mi accarezza dolcemente il ventre con le ciglia e mi rendo conto che questa è semplicemente un'altra forma di tortura. La situazione si è ribaltata.

Non ci sono più frustini, cera calda o torture varie. Ma è comunque doloroso. Perché ho un *disperato bisogno* di lui.

Dalle viscere fino alle estremità. Ogni nervo è teso, ogni senso acuito.

Proprio quando penso di non farcela più, mi fa scivolare la coscia sulla spalla e preme la bocca sul mio sesso. Gli afferro la testa con le mani mentre mi succhia il clitoride e lo circonda con la lingua. Chiudo le palpebre mentre gli affondo le dita nei capelli, tirandolo più forte contro di me. Fa scivolare la lingua tra le mie pieghe, sfiorandomi e accarezzandomi finché non grido. Quando mi infila due dita dentro, lo maledico. Perché *Reid Fucking Turner* mi farà andare in pezzi, ma non abbastanza in fretta. Con la sua bocca premuta sul mio clitoride sensibile e le sue dita che mi scopano, mi sento al limite.

Trova il mio sedere, gioca con le dita lungo la mia piega, stuzzicandomi dove nessuno mi ha mai toccata prima d'ora. Ma prima che lui possa continuare, il mio sesso si increspa e si stringe forte intorno a lui, inzuppandolo con la mia eccitazione. Lui lecca via tutte le tracce del mio orgasmo con un sonoro rumore e, quando si rimette seduto con le gambe piegate, vedo chiaramente che i miei liquidi hanno avuto un impatto su di lui. Ce l'ha di nuovo lungo e duro, e sono pronta perché me lo infili dove poco fa teneva le dita.

Capitolo sei

REID

NON AVEVO MAI SAPUTO dell'esistenza di Sydney e ora non mi basta mai. Mi consuma. Quando questa notte volgerà al termine, potrei essere un uomo finito. Potrebbe possedermi completamente. Lei è la mia padrona e io il suo schiavo.

Ma non mi interessa, perché adesso ho i polsi legati agli angoli superiori della sua testiera e le braccia allargate. In un modo o nell'altro, farò ammenda per non averla mai notata durante il liceo.

Mi prostrerò volentieri ai suoi piedi per rimediare alla mia sciocchezza.

Nuda, si inginocchia sul letto tra le mie gambe divaricate. Ha il viso arrossato e gli occhi le brillano mentre solleva un giocattolo di gomma. Non riesco a smettere di pensare a quanto sia bella.

"Che cos'è?" mi chiede.

Studio l'oggetto, uno dei tanti che ho aggiunto alla mia collezione dal giorno della separazione e del divorzio, nella speranza di trovare qualcuna con cui giocare, per esplorare nuove esperienze. Penso di nuovo a quanto sono stato fortunato, trasferendomi qui accanto e trovando Sydney. I lunghi capelli scuri le scorrono sciolti attorno alle spalle e voglio sentire la loro setosità sulla mia pelle, sul mio uccello.

"Un plug anale."

Lo guarda incuriosita. Sono contento che finora non abbia trovato sgradevole nessuno dei miei giocattoli. Ha avuto la mentalità aperta per tutta la notte. E prima sembrava divertirsi molto nel "punirmi".

"È per te o per me?"

Il respiro mi si blocca all'immagine di me che lo ricopro di lubrificante e lo spingo dentro di lei, le apro le natiche, la riempio prima di sostituirlo con la mia stessa carne. Gemo al pensiero di quanto possa essere stretto quel posto mai toccato da nessun altro uomo. "Entrambi," rispondo alla fine.

"Ne hai mai usato uno prima d'ora?"

Merda. Capisco dove vuole arrivare con quella domanda e quasi vorrei non averlo mai comprato. Stanotte potrei diventare la vittima di questo strumento. Non so se essere eccitato o preoccupato. "No."

Incontra il mio sguardo e mi fa un sorriso che mi fa contorcere il cazzo. "Vorresti?"

"Ho scelta?" Tiro le corde che mi legano alla testiera per ricordarle che no, non ce l'ho. È lei che ha il potere in questo momento.

"No, immagino di no. Ma non siamo in una posizione ottimale per provarlo."

Sono d'accordo, soprattutto visto che sono seduto sul letto, legato alla testiera. Ma sono sicuro che troverà un modo. Mi chiedo se dovrei dirglielo o no, dato che non so ancora se voglio che lo provi su di me. Anche se, a dirla tutta, io non esiterei a usarlo su di lei, e da uomo intelligente che sono, ne ho preso uno non troppo grosso. Per fortuna. Il mio culo potrebbe ringraziarmi più tardi.

"Immagino che avrò bisogno del lubrificante," dice, cercando il flacone in camera da letto.

"Sì, faremmo meglio a usarlo. Altrimenti, i vicini potrebbero chiedersi perché c'è un uomo nella tua camera da letto che urla *rosso* a squarciagola."

Fa una risatina e salta giù dal letto per cercare il lubrificante. Quando lo trova, solleva il tubo con fare trionfale e una goccia di sudore mi spunta sulla fronte. Mi dico che dovrei essere disposto a farmi fare tutto ciò che io vorrei fare a lei. Me lo ripeto di nuovo. E di nuovo ancora, una volta per tutte.

Eccomi qui, a fare la fighetta sottomessa. La cera calda e le frustate non mi hanno per niente turbato. Ma quel piccolo plug anale mi spaventa a morte.

Quando torna sul letto, si ferma a scrutarmi. Vedo che sta architettando qualcosa. "In ginocchio."

"Io… Non sono sicuro…"

"Subito!" mi intima gridando.

Spalanco gli occhi e tendo le labbra, ma faccio quello che mi chiede, o meglio: quello che *esige*. Capisco cosa sta facendo: sta giocando con le mie *debolezze*, in questo caso il mio culo. Sydney cosparge il plug anale di lubrificante.

"Vuoi mettere qualcosa anche sul…"

"Sta' zitto!"

Va bene, d'accordo.

Si mette in ginocchio sul letto finché non è tra le mie cosce. "Dannazione, avrei bisogno di un altro paio di mani."

Io di sicuro non posso aiutarla. Sono legato al letto. Ma sono *davvero* curioso di sapere perché ha bisogno di aiuto.

Poi fa qualcosa di inaspettato. Mi prende di nuovo tra le labbra. Gemo mentre praticamente ingoia la mia lunghezza nella sua bocca calda e bagnata. La sua lingua risuona lungo il mio uccello mentre me lo succhia. *Ah, cazzo.*

Mentre mi coccola con la sua fantastica bocca, alzo leggermente i fianchi per incontrarla. Mi prende le palle, che a quel contatto si tendono. Le tira più su ed ecco che mi mette un dito sull'ano.

Ah, cazzo.

Più mi stuzzica il buco stretto, più mi rilasso. Finora direi niente male. Tra la bocca che me lo succhia, l'azione delle dita e i piccoli suoni della suzione, sono in paradiso. Le palpebre mi si appesantiscono e mi ritrovo a respirare più velocemente, più in profondità. Poi sollevo il petto mentre spinge dentro la prima parte dell'indice. Mi sta facendo impazzire. È strano, ma fantastico allo stesso tempo e sono sorpreso. Compiaciuto, e…

Aaah, cazzo.

Fa scivolare tutto il dito dentro e fuori. Mi sta scopando il culo. *Santo cielo.* Curva il dito e mi accarezza la prostata, il che mi fa gemere. Quanto vorrei venirle in gola…

Poi, sostituisce il dito con qualcosa di più largo e sodo. Spinge il plug scivoloso ma trova resistenza. Quando mi succhia più forte, più velocemente, vorrei prenderle i capelli e scoparle la faccia. Ma non posso. Mi sta punendo. Non riesco a muovere le mani. Non ho alcun controllo sulla velocità della sua bocca, sul fatto che mi succhi. E il mio cazzo diventa ancora più duro al pensiero.

Con una mano mi stringe le palle e con l'altra… spinge il plug oltre lo sfintere, facendomi gridare a quel pizzico e al leggero disagio. Mi sento pieno, teso. È una strana sensazione. Non è così male, quasi quasi mi piace.

Alza la testa con uno sguardo di vittoria negli occhi. "Ce l'ho fatta." Ha le labbra lucide e in questo momento non vorrei fare altro che baciarle. Quando si rimette dritta, rimango un po' deluso. Speravo che mi succhiasse fino alla fine. Ma quando le vedo un preservativo in mano, la mia delusione scompare rapidamente. Perché so cosa sta per succedere.

Sono fottutamente pronto.

Sono pronto a questo momento da quando sono rimasto a guardarla dalla finestra.

Ed eccola qui… ore dopo. E finalmente… *finalmente*, sarò

dentro di lei, in profondità, sentirò la sua passera stringermi forte, mungermi fino a prosciugarmi.

A meno che... non mi stia solo provocando. No. No. *Nooooo.*

Ma non è così, mi sta facendo rotolare il preservativo sul membro e io appoggio la testa contro il letto, guardandola con gli occhi socchiusi. Rilasso le ginocchia così che possa mettersi a cavalcioni. Faccio un respiro profondo mentre si solleva sopra di me, si allinea e...

Ah, mio Dio.

Mentre mi scivola sul pene, chiude gli occhi e rilassa la bocca. Il mio cervello smette di pensare. L'unica cosa che riesco fare è concentrarmi sul caldo umido che mi circonda. Il mio uccello pulsa dentro di lei. È come un piccolo angolo di paradiso. Poi, Sydney spalanca gli occhi, mi posa i palmi sul petto e inizia a muoversi. Lentamente, molto lentamente, all'inizio. È talmente bello che vorrei piangere come un bambino. L'unica cosa che lo renderebbe migliore sarebbe togliere il preservativo e sentirla direttamente sulla pelle.

Ma so che è stupido e...

Ah, cazzo.

Si sporge in avanti per baciarmi e i suoi capezzoli increspati mi sfiorano il petto. La prossima volta che me la scopo, o che lei si scopa me, voglio le mani libere. Voglio poter esplorare il suo corpo mentre cavalca il mio membro come un cavallo pazzo.

Ogni volta che si abbassa, il plug anale mi sprofonda dentro sempre di più e rimango sbalordito. Penso che potrei non voler mai più fare sesso senza questo gingillo.

Poi, Sydney fa qualcosa con i fianchi. Un'oscillazione, un cerchio... di qualsiasi cosa si tratti è incredibile e le gemo in bocca. Mi morde il labbro inferiore, facendomi gridare.

Sono davvero pronto a esplodere. Sento le palle strette, non ce l'ho mai avuto così duro, e giurerei che Sydney ha i fianchi snodabili. Affonda di nuovo su di me e si ferma per un secondo. Solo per un secondo, perché poi fa piccoli movimenti… si sta strofinando il clitoride contro di me. Voglio toccarla lì. Voglio stuzzicarla fino a farla venire sul mio sesso. Ma sono fottutamente legato e non posso. Non posso. Vorrei, ma non posso.

"Dannazione, mordimi," grido, sorprendendo anche me stesso con quell'uscita.

Mi affonda i denti nel collo e mi rendo conto che potrei aver commesso un errore. Il fatto che mi abbia morso potrebbe farmi perdere la testa prima ancora che lei raggiunga l'orgasmo. Invece, geme contro la mia pelle e si eccita tanto quanto me.

"Verde," le faccio notare praticamente ringhiando. Chiudo con forza gli occhi per l'intenso piacere che mi attraversa quando mi bacia la spalla e poi mi morde forte. Sollevo i fianchi dal letto, spingendo forte e in profondità dentro di lei. Il plug anale si sposta di nuovo e sento che è la fine.

Sono al limite, mi sto sciogliendo.

"Non ce la faccio…" Gemo. Cerco di dirle che non riesco più a resistere.

Ma invece di rallentare, lei aumenta il ritmo nel fare su e giù sulla mia asta, e mi morde di nuovo il petto. Grido per il dolore acuto, ma ci sono quasi. Se non si ferma, vengo. Con o senza di lei.

Allunga una mano tra di noi e si strofina furiosamente il clitoride, gettando la testa completamente all'indietro.

Quando sento il suo bacino tremare intorno alla mia lunghezza, vengo come un geyser. L'uccello mi pulsa violentemente, sbatto la testa contro la testiera facendo un forte rumore e impreco.

Vedo le stelle. Non so se sia per la botta che ho appena dato o per il sesso strabiliante che ho appena fatto con questa donna. Sydney crolla sopra di me, mi mette le braccia attorno alle spalle e mi accarezza la nuca.

"Tutto bene?"

Bene?! Alla grande. Può anche prendermi a mazzate, se il sesso sarà sempre così. Ma mi tengo quei pensieri per me. Le dico soltanto: "Va tutto benissimo."

Sydney si strofina il naso nell'incavo del mio collo e sospira.

Capitolo sette

SYDNEY

Incredibile… Mi sono appena scopata *Reid Fucking Turner*. Dovrei noleggiare un aereo a propulsione con uno striscione (come quelli sulla spiaggia) e farlo volare per tutto il quartiere, la contea, lo stato, *dannazione*, tutto il continente. Far sapere a tutti che la mia missione è stata compiuta. Non solo me lo sono scopato, ma gli ho anche infilato un plug anale su per il culo.

Chi l'avrebbe mai detto… Ora il problema era: chi lo avrebbe tirato fuori?

Non io. Non avrei alzato un dito per quel compito.

Quando torno dopo aver gettato il preservativo, mi fermo ai piedi del letto e scruto Reid che se ne sta con le braccia ancora tese. Ha il petto ancora marchiato dai segni della cera e dei miei denti e mi sento quasi in colpa. Ma non dovrei. Non ho fatto niente che lui non volesse.

Mi muovo intorno al letto su entrambi i lati, liberandolo dalle corde che lo legano. Le braccia gli cadono sulle lenzuola e, con un gemito, si strofina i polsi.

Mi guarda e io ricambio lo sguardo mentre i secondi passano senza che diciamo una parola. Alla fine, chiedo: "Beh?"

"Beh… cosa?"

"Vuoi toglierti quell'aggeggio?" Faccio un cenno verso quella zona.

Ridacchia, ma non si muove. "Mi stai dando un ordine?"

"No." Esito, ma solo per un momento. "Non vuoi toglierlo?"

Socchiude gli occhi alla mia sorpresa. "In un certo senso mi piace."

Scrollo le spalle. "Va bene, lascialo dentro allora." Mi rimetto sul letto e mi sistemo accanto a lui. "Com'è?"

Alza un sopracciglio verso di me. "Vuoi provare?"

"Mmmh. Non lo so." Mi mordo il labbro inferiore. Non sono sicura di essere pronta, a questo punto. Ma Reid potrebbe convincermi a fare qualsiasi cosa. Soprattutto se quel qualcosa gli impedisce di vestirsi e uscire dalla mia porta.

Lancio un'occhiata all'orologio e mi rendo conto che la notte è quasi finita. Mi chiedo se l'alba ci riporterà alla realtà e se ognuno andrà per la propria strada.

Anche se, mentre guardo i vari giocattoli sparsi sul pavimento e fra i due comodini, non credo che troverà qualcuna di più conveniente della sua vicina di casa, disposta a collaborare ai suoi giochi sessuali.

Comunque sia, chi ha detto che lo lascerò andare? Ora che l'ho preso, me lo tengo stretto.

Mi avvolge il braccio attorno e mi tira a sé, accarezzandomi i capelli. "Non riesco ancora a credere che non sapevo chi fossi."

"E hai ancora molto da recuperare."

Quando mi sussurra "Non vedo l'ora" nell'orecchio, mi vengono i brividi, e mi sento sollevata all'idea che non senta il bisogno di fuggire.

"Quante erano le probabilità che tu ti trasferissi qui accanto?"

“Il karma,” dice, e mi dà un bacio sulla spalla.

Ecco, proprio come pensavo. Alcune persone sono fatte per stare insieme.

Tuttavia, non mi azzardo a dirlo ad alta voce, dal momento che non stiamo davvero “insieme” in questo momento e non voglio spaventarlo prima ancora di avere la possibilità di pensare al nostro futuro.

Mi schiarisco la gola e cerco di mettere ordine nei miei pensieri folli. “Allora, cos’è successo tra te e Pam?”

Si appoggia alla testiera del letto e tira un sospiro. Mi avvicino a lui e gli appoggio un palmo sul petto. Osservo la sua forte mascella finché lui non dice: “Era incinta.”

“Cosa?” Scuoto la testa, confusa. “Non volevi figli?”

Mi guarda con occhi che mi sembrano pieni di dolore. “Non volevo il figlio di qualcun altro.”

“Non capisco.”

“Sì. Non dispiacerti, non capivo neanch’io, finché non ho accusato il colpo.”

Mi spinge una ciocca di capelli dietro l’orecchio e diventa serio. “Era incinta di qualcun altro.”

Spalanco la bocca per la sorpresa. Sono sicura di aver sgranato anche gli occhi. Alla fine, sussurro: “Cazzo, dev’essere stato davvero brutto.”

“E sai, ha anche provato a spacciarlo per mio.”

Che stronza. “Come l’hai scoperto?”

“Li ho beccati a letto insieme.”

“Cavolo.”

“Ti ho detto che era il *mio* letto? In casa *mia*? Sì.”

“Beh, almeno non l’hai ucciso. E non hai ucciso nemmeno lei.”

“Non ne valeva la pena. Tutti quegli anni sprecati…”

“Impariamo dai nostri errori,” dico, cercando di tirargli su il morale. Anche se, sentendolo sbuffare in tutta risposta, presumo di non esserci riuscita.

Mi mette un dito sotto il mento e porta il mio viso verso il suo. "Ho smesso di fare errori."

Ne dubito davvero, ma tengo la bocca chiusa.

"Il più grande è stato con te." Finisce subito la frase quando vede il mio cipiglio. "No, non stasera. Intendevo al liceo."

Oh. *Quell'*errore. Gli accarezzo la coscia. "Ti farai perdonare."

"Certo che sì."

Stringo il muscolo duro della sua coscia e ne traccio i contorni. Le sue gambe non ballano come le mie. "Fai ancora sport?"

"Gioco nella squadra di baseball del nostro dipartimento. Corro. Mi scopo la vicina."

Alzo lo sguardo sorpresa e rido. "Non so se si possa considerare uno sport."

"Beh, mi hai sfinito e mi hai fatto fare un bel po' di cardio."

"Oh, e non ho ancora finito con te."

La sua voce diventa bassa e roca. "Sembra promettente."

"Sono sicura che dobbiamo provare un altro paio di giocattoli."

"Sì," risponde dolcemente. "Ma non possiamo fare tutto stasera."

"Vorrà dire che lo faremo un'altra notte," suggerisco trattenendo il respiro.

"Sì," risponde, facendo scorrere le dita su e giù per il mio braccio.

Sia la sua risposta che il suo tocco mi fanno venire la pelle d'oca e i capezzoli mi si induriscono di nuovo.

"Prima hai detto una cosa di cui dobbiamo riparlare."

Oh merda. Dovrei chiedergli di cosa si tratta? Cerco di deviare il discorso. "La battuta sul fatto che sei fottutamente sexy?" Faccio scorrere un dito sulla sua tartaruga (ha una dannata tartaruga!).

Mi afferra la mano e la tiene ferma. "No. Hai detto qualcosa sul fatto di volere solo me e nessun altro."

"Oh. L'hai registrata?" Cerco di allontanare la mano, ma lui stringe la presa.

"Sono un poliziotto. Registro qualsiasi cosa."

"Ti spaventa?"

Alla fine molla la presa e si strofina la mano sul viso. "Non lo so. Andrà come..." Agita la mano tra noi due. "Andrà come in *Attrazione Fatale*?"

Santo cielo. Un riferimento a un vecchio film. Forse dovrei dirgli che anch'io prima ho pensato a *Misery non deve morire* e forse siamo sulla stessa lunghezza d'onda. Ma ci ripenso, forse dovrei farmi i fatti miei "No, assolutamente no."

"Quello che hai detto è vero?"

La mia mente inizia a girare vorticosamente e non so bene come rispondere, o comunque non so come farlo senza far sembrare le cose peggiori di quanto non siano già. Insomma, l'ho perseguitato solo al liceo. E ora abbiamo trent'anni, quindi è stato un bel po' di tempo fa. Anche se non l'ho mai dimenticato. E ho voluto sempre e solo lui. "Ho semplicemente avuto una stupida cotta al liceo."

"Tutto qui?"

Quel cazzone sembra deluso! *Ma... Che cazzo.* "Beh..."

Mi fa voltare per guardarmi dritto negli occhi. "Beh... cosa?" mi chiede, le sue labbra sono appena sopra le mie. D'accordo, sta giocando sporco, e lo sa.

Incontro i suoi occhi marrone scuro e un sospiro mi sfugge dalle labbra. "Ci sei sempre stato solo tu, Reid. Ho voluto sempre e solo te. Nessun altro ha mai retto il confronto."

Sbatte le palpebre e aggrotta le sopracciglia. "Perché?"

Gli fisso le labbra. Voglio che mi baci. "Non lo so,"

mormoro. "Se avessi saputo il perché, non mi sarei torturata in questo modo. Forse mi sarei trovata un bravo ragazzo e mi sarei già sistemata, a quest'ora."

"Vuoi sistemarti?"

Scrollo leggermente le spalle. "Non lo so. Non so se avrei potuto essere felice con qualcun altro. Non credo mi sarei sentita realizzata."

"Tu vuoi essere felice." Non me lo stava chiedendo, lo stava affermando.

"Certo. Tutti vogliono essere felici. Perché, tu no?"

"Certo," risponde ripetendo le mie parole. Mi passa una nocca sulla guancia. "Sei felice in questo momento?"

"Con te nel mio letto? Certo che sì."

Finalmente mi bacia, le sue labbra si muovono dolcemente sulle mie. Tiene la bocca chiusa rendendo il bacio quasi casto. La sua tenerezza mi scioglie il cuore all'istante, proprio come la fiamma che poco prima ha sciolto la cera della candela.

Capitolo otto

REID

TROVO UN PO' strano che quella donna mi abbia pedinato durante tutto il liceo? Sì. Trovo strano che lei pensi che io sia l'unico uomo per lei? Certamente. Anche se devo ammettere di essere lusingato. Tralasciando la parte della "cotta del liceo", sembra perfettamente sana di mente.

E poi, chi mai rifiuterebbe quel suo corpo lussureggiante? Ha le curve nei posti giusti, una bocca che potrebbe far piangere un uomo adulto. È super reattiva durante il sesso, e finora non ha battuto ciglio a nessuno dei miei desideri perversi. Per finire… L'ho già detto? Vive qui accanto.

Esattamente… nella porta… accanto.

Potrebbe essere la donna perfetta per me.

Ma sto facendo un sacco di supposizioni. Per esempio, do per scontato che non abbia figli, che abbia un lavoro retribuito, che non prenda nessun farmaco psicotropo e che non mi pugnali nel sonno. Robe da poco.

Forse la prossima volta che andrà in bagno, controllerò i cassetti del comodino in cerca delle sue armi.

Sbuffo e lei mi guarda con curiosità.

"Che c'è?"

"Niente," rispondo. "Stavo solo pensando a quella storia del karma. È ridicolo."

"Coincidenza, karma, qualsiasi cosa sia, mi va bene."

Anche a me va bene. Finora è stata una notte scoppiettante, e non è ancora finita. Lancio un'occhiata al suo orologio. Era da anni che non rimanevo sveglio fino a quest'ora, da quando avevo poco più di vent'anni e uscivo per locali. Non riesco a credere di non essere ancora svenuto, ma la donna accanto a me mi tiene su di giri, a quanto pare.

Avrei potuto farlo tutte le sere? Certo che no.

"Ti dispiace se faccio razzie nel tuo frigo?"

Sydney si muove, inizia ad alzarsi dal letto. "Cosa vuoi? Te lo prendo io."

Le afferro il braccio per fermarla. "No. Tu rimani. Faccio io." Anche se ho bisogno di liquidi per far tornare in vita il mio corpo prosciugato, ho altri oscuri motivi per andare nella sua cucina.

Non per spiare, anche se mi è passato per la testa. Dato che siamo vicini di casa, avrò molte altre opportunità per indagare un po', se necessario.

Le faccio un sorriso. "Vuoi qualcosa?"

"Acqua, per favore."

Le faccio un cenno con la testa e scendo al piano di sotto tutto nudo. Non m'importa se ho tutto in bellavista.

Prendo un paio di bottiglie d'acqua dallo sportello del frigorifero e il mio occhio viene catturato da qualcosa di colorato. E la mia mente va per conto suo. Visto? Avevo detto che avevo le mie oscure ragioni. Lo afferro e poi fisso l'interno del frigorifero, la mia mente pensa a tante altre possibilità.

La prossima volta spierò nel freezer. E guarda un po', mi vengono idee ancora più sporche. Ridacchio tra me, raccolgo il mio bottino e corro di sopra.

Va bene, non è del tutto vero. Non ho la forza per

correre, quindi diciamo che mi *trascino*. Dopotutto non è da me gemere a ogni passo, vero?

Mentre volto l'angolo della sua camera da letto, la vedo su un fianco, con gli occhi chiusi. Bene, quindi non sono solo io a essere esausto.

Mi schiarisco la gola e Sydney apre le palpebre lentamente. Poi spalanca gli occhi quando vede le leccornie.

"Panna montata e ghiaccioli? Ti serve per caso una botta di zuccheri?"

Le lancio una delle bottiglie d'acqua (sono colpito dal fatto che le prenda al volo), poi guardo i ghiaccioli. "Sono senza zucchero."

"Beh, sì. Ma hai portato tutta la scatola."

Già, proprio così.

"Hai fame? Effettivamente avrei potuto prepararti qualcosa di più sostanzioso dell'acqua colorata congelata e di un topping fatto con sciroppo di mais."

Mi acciglio. "Stai facendo la schizzinosa per della roba che hai nel tuo stesso frigo?"

Alza le spalle e ride. "Beh… Potrebbe essere nel mio frigo, ma non significa che la mangio. Ho un paio di nipoti."

"Beh, io non li ho presi per mangiarli." O almeno non in senso letterale.

"Oh, beh, allora è diverso."

Porca puttana, questa donna sembra essere pronta a tutto. Ho voglia di saltare, dare un pugno in aria e urlare "Cazzo, sì!", ma non lo so, è meglio risparmiare le energie perché ho davvero voglia di scoparmela di nuovo, o che lei mi scopi, prima dell'alba. Una volta non mi è bastata.

Ho la sensazione che neanche una notte basterà.

Sento che questa situazione potrebbe benissimo prendere una strada pericolosa in cui lei non mi basta mai. Mi sorprende, ma allo stesso tempo mi preoccupa.

Alzo le spalle perché, insomma, sono un uomo, e nessuna donna mi possiederà mai. Giusto?

Giusto.

Devo fare qualcosa con i ghiaccioli, prima che si sciolgano in un succo di frutta.

"Allora, qual è il tuo piano, bellimbusto?" mi chiede.

"Aspetta e vedrai," le rispondo, come se avessi già pensato a tutto. E non è così. Ma possiamo improvvisare. Non sarà difficile. Poi mi rendo conto che quella roba probabilmente macchia, quindi dovremo mettere qualcosa sul letto. O forse…

Spostarci in bagno dove tutto è lavabile, così da sporcarci come vogliamo.

Può anche essere un buon posto per togliere il plug anale che, tra l'altro, è ancora su per il mio retto. Non che sia possibile dimenticarlo, andare su e giù per le scale ne era stato un ottimo promemoria.

"In bagno?" Le chiedo, inclinando la testa verso in quella direzione.

"Sul serio?"

"Sì, a meno che non ti importi di imbrattare le lenzuola e probabilmente rovinare il letto."

"Va bene, ma non mi hai ancora illustrato i tuoi piani."

"Vieni con me e li scoprirai." Vado in bagno ad appoggiare la roba e controllare la sua doccia. È di dimensioni medie e potrebbe essere un po' stretta, ma è a metà fra una vasca e una doccia, e avere un posto a sedere potrebbe essere un vantaggio.

Sydney si avvicina dietro di me e mi passa le dita lungo la schiena, tra le pieghe, e fa scorrere l'anello sul plug anale. "Non ancora?"

"No. Dopo. Quando faremo la doccia."

Si appoggia lungo la mia schiena e riesco a sentire i suoi capezzoli duri contro la mia pelle, e solo questo basta per risvegliarmi il cazzo. Ne sono fiero. Non mi ha deluso neanche una volta, stasera.

Mentre il suo corpo mi avvolge, Sydney si allunga per

giocare con il mio uccello e non ci vuole molto per portarlo pienamente sull'attenti. Ma mi rilascia troppo in fretta e afferra la scatola di ghiaccioli, tirandone fuori uno e aprendolo. Mi ritrovo immobilizzato quando se lo fa scivolare lentamente in bocca e si comporta come se fosse il fallo più buono del mondo. Sono geloso.

È troppo eccitante guardarla mentre fa dentro e fuori con il ghiacciolo, succhia e lecca la punta e chiude gli occhi in estasi.

L'uccello mi si contrae e lei lo prende in mano, accarezzandolo un paio di volte. Fa due passi verso di me e si mette in ginocchio ai miei piedi. Oh cazzo, questo non faceva parte del mio piano inesistente. Ma mi sbrigo a inserirlo nella scaletta.

La sua bocca emette piccoli suoni di suzione intorno al ghiacciolo scivoloso; poi se lo toglie di bocca, prende il controllo della mia erezione per far scivolare la sua bocca fredda proprio sopra di me.

Maledettissimo ghiacciolo. È una sensazione pazzesca, ma…

Un gemito mi sfugge.

Passa dal succhiare il ghiacciolo al succhiarmi il cazzo, e la bozza del piano in cui avrei voluto usare il ghiacciolo su di lei si disintegra all'istante. Almeno per il momento. Le sue labbra diventano di un rosso brillante dovuto al gusto di ciliegia; lavora sulla cappella come una vera campionessa.

Ogni volta che mi prende nella sua bocca ghiacciata è un piccolo shock finché non ci riscaldiamo di nuovo. Dal freddo gelido al caldo cocente. Mi rendo conto di essere stato un genio ad aver portato tutta la scatola.

Mentre tiene il lecca lecca gocciolante sopra il mio uccello, sento cadere una goccia e lei la lecca via. Dannazione, vorrei venirle su tutta la faccia. Il freddo dovrebbe farmi raggrinzire, ma no, sono duro come una roccia. (Sì, ho già detto che sono orgoglioso di me stesso, vero?)

Il pavimento inizia a diventare scivoloso e dobbiamo spostarci sotto la doccia. Allora la prendo tra le braccia e la tiro su. Getta ciò che è rimasto del ghiacciolo nel lavandino e mi sorride. Le sue labbra sono ricoperte del rosso sporco appiccicoso e le ci vorrebbe una bella ripulita sul mento. Ma fanculo. La tiro forte a me e la pulisco con la lingua. Gliela faccio scivolare sulle labbra e poi la bacio forte finché non mi afferra per non perdere l'equilibrio.

Sì, l'ho baciata davvero forte.

"Siediti sul bordo della vasca, con i piedi dentro." Penso che sia il primo ordine che le ho dato stasera, e lei non esita a obbedire. Quando si sistema sul bordo della vasca, afferro il barattolo di panna montata e un altro ghiacciolo, poi la seguo, entrando e stringendomi fino a stare faccia a faccia con lei. "Allarga le ginocchia." Lo fa. Il mio uccello scatta dalla voglia. "Bene, così," sussurro, e le fisso la passera. È rosa e liscia e sembra molto più commestibile della roba dolce che ho in mano.

Mi inginocchio tra le sue gambe e mi spruzzo un po' di panna montata in bocca. Poi la bacio di nuovo. Spalanco la bocca e la invito ad entrare, con la lingua porta via un po' di panna.

Cazzo, l'intimità dei nostri gesti mi fa venire voglia di venire.

Mi allontano leggermente e gliene spruzzo un po' sulle labbra come scusa per succhiarle il labbro inferiore. Poi mi avvicino ai suoi seni e le copro completamente i capezzoli con il topping appiccicoso. Traccio un disegno sulla sua pancia e giù fino ai fianchi. Poi ci ripasso con le labbra, la lingua e i denti mentre le mordicchio la pelle, assicurandomi di denudare quei suoi capezzoli vivaci.

"Sei il miglior dessert che abbia mai mangiato," mormoro. Ed è vero.

La sua risposta sotto forma di risatina mi fa venir voglia di scoparmela subito, ma non ho portato i ghiaccioli per lasciarli sciogliere. Tuttavia, mi annoio rapidamente con il topping e lo metto da parte per concentrarmi sul ghiacciolo all'uva che ho in mano. Le allargo le ginocchia ancora di più.

"Apriti a me. Voglio vederti."

"Così?" chiede, con gli occhi semichiusi e il respiro sottile tra le labbra aperte.

"Sì, così," sussurro, premendo la parte liscia del freddo ghiacciolo sul suo clitoride. Lei sobbalza e grida per lo shock del freddo. Lo tiro via e lo sostituisco con la mia bocca calda. Lo faccio ancora, più volte. Freddo e poi caldo finché non mi conficca le dita nelle spalle, inarca la schiena e getta la testa all'indietro. Prima che il ghiacciolo si sciolga troppo, glielo infilo dentro, scopandola lentamente. Le succhio il clitoride, facendo entrare e uscire il fallo di ghiaccio mentre le gocciola lungo le cosce, sul lato della vasca, ai miei piedi. Quando si scioglie completamente, ne prendo un altro dalla scatola e continuo finché lei non sta per venire. Sempre se non vengo prima io.

Tolgo ciò che è rimasto del ghiacciolo e glielo premo contro un capezzolo, guardandolo tendersi in un duro picco. Il suo corpo si ricopre di pelle d'oca e lei rabbrividisce. Mi prende il ghiacciolo dalle dita e lo muove in circolo su entrambi i capezzoli, lasciando tracce di liquido aromatizzato all'arancia. Le gocce scorrono lungo le curve dei suoi seni e sopra la sua pancia, raccogliendosi sulla sottile striscia di peli sulla sua passera.

Mi ricorda un'opera d'arte, con i colori arancio, viola e rosso dipinti sul corpo. La mia ex moglie non si sarebbe mai esposta nello stesso modo, mostrandosi in un tale caos. Ma Sydney è diversa, lei la gestisce senza problemi. Si sta divertendo tanto quanto me. Mentre i ghiaccioli si sciolgono, i bastoncini di legno finiscono attaccati al fondo e ai lati della vasca.

Scarta l'ultimo e si alza. Un altro all'uva. Comincia a

disegnare sul mio corpo, così divento appiccicoso e incasinato come lei. Ridacchia mentre mi scrive il suo nome sulla schiena. Mi decora il viso con "strisciate di guerra". Mi fa diventare i capezzoli duri tanto quanto i suoi, ma spazza via il sapore dell'uva e, santo cielo, sapevo che la stimolazione dei capezzoli mi piaceva, ma il suo succhiare e toccarli con la lingua mi fa venire voglia di farla girare e di scoparla da dietro.

Dev'essermi sfuggito un verso, perché lei dice: "Mmm. Ti piace quando ti succhio i capezzoli."

Che diamine, certo che mi piace, ma posso solo rispondere con un ringhio e seppellirle le dita nei capelli per tenerla ferma. Li succhia più forte, strusciando i denti sulle minuscole punte. Abbasso una mano per toccarle il culo, tirandola più forte contro di me per spingere l'uccello contro la sua pancia. Non voglio ancora venire, ma rischio di non riuscire a fermarmi.

Soprattutto quando mi stringe le palle nello stesso momento in cui mi morde il capezzolo. *Cazzo.*

"Comprerò altri ghiaccioli, appena tornerò al supermercato," mormora contro il mio petto. Vorrei ridere, ma non ci riesco, perché sono troppo occupato a immaginarmi di scoparmela con un ghiacciolo. O a guardarla mentre si scopa da sola. È fottutamente strano, è vero, ma è anche eccitante. Potrebbe esserci un altro punto del suo corpo in cui vorrei ficcare un ghiacciolo. Il che mi riporta rapidamente al mio dilemma.

Il plug anale. Ma prima voglio scoparmela un'altra volta tenendolo dentro. Anche se ho portato in bagno i ghiaccioli e il flacone di panna montata, ho dimenticato la cosa più importante. I preservativi. Sono ancora in camera da letto e nonostante siano a pochi passi di distanza, mi sembra di dover fare un viaggio in Siberia.

"Prendi i preservativi," mi ordina, come se mi avesse appena letto nella mente. Non posso dire di no al suo comando, quindi esco dalla vasca, li prendo rapidamente e torno di corsa in bagno, e per poco non eiaculo.

Sydney ha la schiena premuta contro la parete della doccia, i piedi appoggiati sul bordo della vasca e una mano occupata tra le sue cosce. Con l'altra mano si stringe un seno. Porca puttana, vorrei ricordare questa vista per sempre. Mi appoggio allo stipite della porta e scatto una foto mentale di questo momento. I suoi occhi chiusi, le sue labbra aperte e i suoni che le sfuggono mentre si porta rapidamente all'orgasmo, mi fanno quasi impazzire. Dannazione, sono geloso della sua mano in questo momento.

"Non muoverti," le dico quando apre gli occhi e mi sorride. "Resta ferma così."

Apro un preservativo con i denti, lo indosso ed entro nella vasca tra le sue cosce divaricate. Prendo un po' del suo peso tra le mie mani, afferrandole il morbido culo mentre lei mi guida dentro di lei.

Oh, porca miseria. Porca puttana. La sua passera calda mi avvolge completamente. Quando si avvinghia intorno al mio uccello, stringo i denti per non venire subito. Ogni volta che spingo dentro, il mio culo si stringe intorno al plug e mi sembra di partecipare a un trenino erotico, dove io sto scopando lei e qualcuno sta scopando me. È assolutamente glorioso.

Il mio uccello non può diventare più duro, né le mie palle più strette. Mentre mi stringe con le cosce, mi avvolge le mani intorno al collo e mi affonda le unghie nella schiena. Quando mi morde sulla gola, la sbatto ancora più forte, più velocemente, facendola gridare contro la mia pelle. Mi morde più forte e ringhio, fermandomi un attimo dentro di lei.

Quando riesco finalmente a rallentare il mio martellamento fuori controllo, faccio un leggerissimo movimento dentro di lei. Ho bisogno che venga prima di me. E deve farlo presto, quindi spingo furiosamente sul suo punto magico e lei si tende intorno a me, stringendomi nella sua morsa. Mi morde anche sulla spalla e trova pane per i suoi denti nel muscolo sopra la mia clavicola. Spingo mentre il dolore mi attraversa, ma il mio uccello si indurisce ancora di più. Sono troppo vicino. Vorrei davvero venirle dentro, ma deve venire prima lei.

Deve venire prima lei.

A un certo punto, mi molla la pelle e grida: "Sto venendo!" E... *cazzo*, raggiunge l'orgasmo intorno a me, il suo corpo mi stringe come un guanto stretto. Vorrei crollare in ginocchio, ma non posso, la sto tenendo contro il muro e sto per venire anch'io. Impreco e il mio carico di sperma esplode con una forza che mi fa vedere le stelle. Mi svuoto dentro di lei con un brivido. Nel tentativo di riprendere fiato, il mio petto si solleva mentre deglutisco. Sicuramente non abbiamo corso una maratona, ma ero già esausto e il mio corpo non potrà sopportare molto di più, durante questa lunga notte.

Gli occhi di Sydney rimangono chiusi, la sua testa si appoggia al muro della doccia e i suoi polmoni pompano ossigeno velocemente come i miei. Dubito che possa durare ancora a lungo.

Non voglio tirarmi indietro perché voglio restare parte di lei il più a lungo possibile. Ho la sensazione che diventeremo due stracci, appena lo tirerò fuori.

"È stato fantastico, cazzo," dice senza aprire gli occhi. "Assurdo, ma fantastico."

Sono d'accordo, ma non ho ancora recuperato abbastanza energie per riuscire a mettere insieme due parole. Annuisco e premo la fronte contro la sua, chiudendo per un attimo gli occhi.

Quando fa cadere i piedi sul fondo della vasca, si stacca da me e un senso di delusione e perdita mi investe. Dopo aver gettato il preservativo in un cestino vicino, Sydney si volta, tira il doccino e quando l'acqua fredda ci colpisce entrambi, gridiamo schoccati, poi ridiamo mentre l'acqua si scalda e lenisce i nostri muscoli stanchi.

Lei afferra la soffice spugna appesa al soffione della doccia e io gliela prendo dalle mani. "Lascia fare a me." Dopo aver spruzzato un po' di gel doccia, le insapono il corpo delicatamente, come se fosse fatto di fragile cristallo. Mi prendo il mio tempo per togliere le tracce appiccicose e il caos dal suo corpo carnoso. Corpo di cui, ancora una volta, ammetto di non essere mai sazio, sebbene il mio uccello per ora non ne voglia più sapere e penda flaccido come se fosse in sciopero.

Dopo averla ripulita, le lavo i lunghi capelli scuri e lei geme di piacere. Mentre il balsamo nutre le sue ciocche, ci scambiamo di posto, lei mi toglie la spugna dalle mani e mi insapona, assicurandosi di entrare in ogni piega e fessura.

Dannazione, fare la doccia insieme sembra tanto intimo che mi si stringe il cuore. Senza contare il periodo del liceo, conosco questa donna da meno di ventiquattro ore, ma è già diventata la mia nuova droga.

La situazione potrebbe ribaltarsi... lei era ossessionata da me durante l'adolescenza, ora che siamo adulti potrei essere io quello ossessionato.

Posso solo sperare che stanotte mi voglia ancora.

Quando il getto della doccia lava via i residui di schiuma, mi rendo conto che è ora di passare alle cose serie. È ora di mettere fine ai giochi. (Anche a quello nel mio sedere.)

Mi chiedo se dovrei chiederle di uscire dalla doccia e farlo da solo, perché non voglio metterla in imbarazzo. Ma penso anche che potrebbe essere figo se è disposta ad aiutarmi. Dopotutto, è stata lei a ficcarmelo su per il deretano.

"Non è che... ehm..."

"Sì," risponde, anticipando la mia scomoda richiesta.

"Beh, d'accordo."

"Girati," mi ordina, e sorrido prima di fare quello che mi ha detto. "Tieni le mani sul muro."

Allargo le gambe e pianto i palmi delle mani sulla parete come mi ha ordinato, e mi sembra di essere perquisito prima di essere arrestato.

Mmmm. Giochi di ruolo. Forse dovremmo provarci, un giorno. Scaccio via quel pensiero e mi concentro sul compito da svolgere.

"Accovacciati e rilassa i... muscoli," mi dice, e io la guardo da sopra la spalla. Davvero? Si comporta come se fosse una professionista in materia, ma so che non lo è. Ma, ehi, non ho un'idea migliore, quindi piego le ginocchia e scendo un po'. Sento uno strattone, uno scuotere, un tirare, e non so bene se quella sensazione mi piaccia davvero o se dovrei essere mortificato di essere in questa posizione con una donna che, a tutti gli effetti, ho davvero "appena incontrato".

Una donna che dovrò salutare ogni giorno quando controllerò la posta. Mentre rido al mio stupido pensiero, il plug salta fuori, non con la stessa facilità con cui è entrato. Dannazione, non si può dire nemmeno che sia entrato con facilità.

Ma non nego che l'esperienza mi sia piaciuta, perciò lascerò il plug nella mia scatola dei giochi per un uso futuro.

Se sono fortunato e Sydney vorrà farlo, aggiungerò anche qualche altro aggeggio alla mia collezione.

Poi, se tutto va bene, finirò per essere un tipo dannatamente fortunato.

Capitolo nove

REID FUCKING TURNER mi ha davvero aiutato ad asciugarmi il corpo e i capelli. Mi ha asciugato i capelli! (Con un phon e tutto il resto.) L'uomo che ho desiderato per tutta la vita (beh, quasi) è alla mia mercé. Come diavolo è successo?

Non che mi lamenti. Ma continuo a pensare che sia tutto un sogno, che mi sveglierò e scoprirò che non si è davvero trasferito qui accanto e che prima ho solo immaginato di averlo legato al mio letto.

Cazzo, sarebbe una fottuta delusione.

La parte migliore è che non è nemmeno uno stronzo. È dannatamente bello, sexy, fantastico a letto, ed è... gentile! Quindi sì, da un momento all'altro mi sveglierò, rimarrò delusa di essere sola nel mio letto e l'unica cosa che mi avrà scopato sarà il mio fidato vibratore.

All'improvviso capirò che il mio nuovo vicino non è Reid, ma un pizzaiolo grasso e peloso che puzza di salame piccante e aglio.

Sarebbe più consono, con la fortuna che ho.

Ma anche se fosse un sogno, sarebbe uno dei più belli, penso tra me e me mentre guardo Reid raccogliere i sex toy che sono sparsi su tutto il pavimento della mia camera da letto. Li getta nella sua scatola "vecchie foto" (il ragazzo è intelligente) e riesco a vedergli l'increspatura dei muscoli sotto la pelle. Oooh, tesoro mio.

Se non fossi così stanca, gli salterei addosso. Di nuovo. Ma nella situazione in cui mi trovo ora, penso che domani avrò bisogno di una sedia a rotelle per muovermi. Lancio un'occhiata all'orologio accanto al letto. Forse avrò bisogno della carrozzina anche fra qualche ora.

La tristezza comincia a farmi visita quando mi rendo conto che l'alba arriverà presto e Reid dovrà rivestirsi. Non appena finisce di cercare e raccogliere i sex toy, resta in piedi accanto al letto con la sua scatola di oggetti preziosi. Mi viene un colpo, perché penso che stia per andarsene.

"Stai andando via?" gli chiedo, mantenendo un'espressione vuota.

Una delusione inconfondibile gli attraversa il viso. "Io, ehm… Vuoi che vada?"

"Assolutamente no!" Vorrei urlare. Ma non lo faccio, stringo le lenzuola tra le dita e combatto quell'impulso. "Cioè, non proprio. Tanto vale che tu rimanga per il resto della nott… mattinata."

Reid appoggia la scatola vicino alla porta della camera e non riesco a non fissare il suo sedere muscoloso. Si gira verso di me e gli sorrido con aria innocente.

"Beh, posso portarti a fare colazione… se vuoi."

Davvero? *Reid Fucking Turner* mi sta chiedendo di fare colazione? Mi passo le dita tra i capelli. "Probabilmente ho un aspetto di merda."

Mette un ginocchio sul letto, mi afferra la mano e ne bacia le nocche. "Sei bellissima."

"E appena scopata?" Un sorriso mi si stende sulle labbra.

"Decisamente ben scopata."

"Non prendere troppo sul serio quello che sto per dirti

ma... è stata la serata migliore della mia vita. Il sesso con te era proprio come me lo aspettavo."

Reid lascia cadere la mia mano e sale sul letto, quasi gattonando fino a mettersi sopra di me, fissandomi dritto in faccia. Sbatto le palpebre quando mi chiede: "Hai pensato spesso di fare sesso con me?"

Beh, insomma, siamo entrambi nudi. Ci siamo visti entrambi in varie posizioni (nudi). Quell'uomo è stato dentro di me (nudo). Quindi in realtà non c'è motivo di nascondere la verità (nuda e cruda). "Reid, sei stato il mio materiale per la masturbazione fin dalla prima superiore."

Alza un sopracciglio. "Ah sì? Per così tanto tempo?"

"Già, tanto tempo."

"E la realtà è stata meglio della fantasia?"

Dannazione. Le fantasie erano piuttosto belle. "Diciamo che la realtà è meglio delle mie dita."

"O di un vibratore?"

Va bene, ora sta andando troppo oltre. "Ecco..."

"Dannazione, questo mi ferisce." Sbatte le labbra contro le mie, poi cade al mio fianco, stringendomi tra le sue braccia e tirandomi forte al suo fianco.

"Beh, comunque ho soprannominato il mio vibratore preferito Reid."

Gira la testa verso di me. "Ah, sì?"

"Sì."

"È quello che stavi usando quando ti ho visto dalla finestra e hai gridato il mio nome?"

"Forse."

La sua risatina bassa gli fa vibrare il petto e non posso fare a meno di sorridere a quel suono. Perché cazzo sua moglie l'ha tradito? Non capisco davvero.

Ho pensato sempre e solo a lui. Ora che è qui, non lo lascerò andare. Mai. Penso a tutti gli anni sprecati che abbiamo passato separati. Per tutto questo tempo è stato con Pam e lei, in fin dei conti, lo ha solo preso in giro.

Io, Sydney Ryan, giuro solennemente che non prenderò mai in giro *Reid Fucking Turner*.

Mi avvicino a lui e gli do un pizzicotto.

"Ahia!" Allontana di scatto il braccio e se lo massaggia. "Perché mi hai pizzicato?"

"Voglio solo assicurarmi che non sia un sogno," gli rispondo, girando la testa in modo che non possa vedere il mio sorrisetto.

"Se hai intenzione di farmi male, almeno fallo in un posto migliore." Ora sono io a scattare repentinamente, quando lui mi dà un pizzicotto. "Vedi? Non stai sognando."

Mi rotolo su un fianco e gli scruto il viso. Lui scruta il mio. "Mi fa piacere. Ma, a proposito di quella colazione…"

Prima che io possa terminare la frase, i suoi occhi si chiudono lentamente per la stanchezza. Finisco per guardarlo dormire fino a quando il sole dell'alba fa capolino attraverso le tende tirate. E devo ammettere che…

Reid Fucking Turner è un uomo con cui consumerei volentieri un bel pasto mattutino.

Una Novella Obsessed

Questa non è solo una storia d'amore:
è un'ossessione…

NECESSARIAMENTE LUI

USA Today Bestselling Author

JEANNE ST. JAMES

Capitolo uno

Grace:

Ogni anno si ripresenta. Viene per cinque giorni e poi scompare. Sempre la stessa settimana, ogni anno, negli ultimi tre anni. Arriva di domenica sera e venerdì mattina se ne va.

A malapena mi dice una parola. Prende le chiavi del suo chalet con un paio di grugniti, poi si chiude dentro per tutto il tempo. Non so se dorme, mangia o cos'altro. So solo che non devo disturbarlo in alcun modo. Me lo ha detto chiaro e tondo e in modo brusco il primo anno.

Sono felice di averlo come inquilino. Non ha mai da ridire sul prezzo dello chalet, non mi chiede mai niente. Non si lamenta mai.

L'aspetto migliore è che viene durante la bassa stagione, quando tutto è così tranquillo che penso che diventerò indigente, che mi ritroverò senza un tetto e morirò di fame.

Ma io lo tengo d'occhio. Mi incuriosisce e voglio conoscere la sua storia. Perché questa piccola città nel Maine? Perché proprio in questo periodo dell'anno?

Perché?

E, ultimo ma non ultimo, perché sceglie proprio la mia piccola e inutile residenza in riva al lago? Sì, la zona è bellissima, ma è lontana da tutto. Inoltre non esce nemmeno a fare escursioni, a farsi un giro in mountain bike o in barca sul grande lago.

Forse è proprio questo di cui ha bisogno: silenzio. Pace.

Che dire di me… Il silenzio e la pace mi hanno stancata. Questa città mi annoia a morte. Chiunque abbia un briciolo di ambizione scappa il prima possibile.

Eppure, io non riesco a scappare. Non riesco nemmeno a pensare di andarmene.

Questo era il resort di mio padre. Quando è morto, lo ha lasciato alla sua unica figlia. Dannazione, la sua unica figlia. Era orgoglioso di questo posto, lo aveva costruito con le sue mani. Quindi, ovviamente, ne andavo fiera anch'io.

Anche se mi annoiava a morte.

Per non parlare della mia situazione sentimentale…

Inesistente. Se ero fortunata, scopavo quando i turisti venivano a osservare le alci in estate. Oppure andavo a letto con qualcuno quando le motoslitte arrivavano in città e passavano sul lago ghiacciato e sui sentieri vicini. Sempre se ero fortunata, rimorchiavo quando gli appassionati di mountain bike venivano a farsi un giro nel bosco, quando le foglie cambiano colore.

Ma diciamo che negli ultimi tempi non sono stata fortunata. Anzi, non lo sono da tantissimo tempo. Giurerei di essere tornata vergine, se fosse possibile.

Fortunatamente, la cosa non mi abbatte e posso prendermi cura dei miei bisogni. Tuttavia, anche questa, a lungo andare, diventa un'attività solitaria e noiosa. Le batterie e i vibratori sono diventati i miei migliori amici.

Onestamente, ho solo bisogno di andarmene da questa cazzo di città.

Sospiro e guardo l'agenda delle prenotazioni. Sì, l'agenda cartacea, perché pure Internet fa schifo qui. E che dire dei ripetitori? Sì, proprio loro. Potresti ricevere un segnale se provi a metterti a testa in giù e guardi verso nord mentre canti una preghiera e accendi un cero.

Ogni chalet è ancora dotato di telefoni fissi e l'unica rete televisiva è collegata a una parabola satellitare, che funziona solo quando non è nuvoloso, non piove, non nevica o gli uccelli non cinguettano.

Il cuore mi batte forte quando vedo il suo nome scritto nella mia "calligrafia" illeggibile. Lo so che è lui. Sono stata io a prenotargli lo chalet.

Non che gli altri siano prenotati, dato che l'alta stagione è finita da un pezzo. Nessuna persona sana di mente resterebbe qui. Le foglie ora sono marroni e cadono, il lago è troppo freddo per nuotare, ma troppo caldo per le attività invernali.

Ha prenotato per quest'anno già l'anno scorso, prima di andare via.

Spero che si faccia vedere. Anche al prezzo stracciato che gli ho fatto per essere venuto in questo periodo dell'anno… Ogni centesimo conta.

Ma non è l'unico motivo per cui spero che venga. No, quest'anno sono determinata a parlargli, a farmi notare da lui piuttosto che passare inosservata al punto da sentirmi trasparente. Voglio fargli capire che non sono solo una persona anonima che gli consegna una chiave e gli fa firmare una ricevuta.

No, quest'anno sarà diverso.

Non faccio sesso da molto tempo.

Quindi ho deciso, lo farò con lui.

Nick:

ANCORA UNA VOLTA, sto facendo questo dannato e lungo viaggio nel bel mezzo del nulla, nel Maine. Non ho idea del perché.

Anzi, forse un'idea ce l'ho. È solo che non voglio davvero ammetterlo. Né voglio pensarci troppo.

Non ho più bisogno di questo posto.

Sono quasi tornato alla normalità.

Qualunque cosa essa significhi.

Negli ultimi tre anni, sono venuto qui per dimenticare. Per seppellire il mio dolore. Ma quest'anno, sono sicuro che non ho bisogno di questo viaggio, di questo resort fatiscente, di questa piccola baita sul lago, per sopravvivere a questa settimana.

Non quest'anno.

Quindi, non è questo il motivo per cui sto facendo questo viaggio di sei ore verso un luogo che ha un servizio TV di merda, una pessima copertura Internet e nessun Wi-Fi, giusto?

Certo, una pausa dal mio frenetico lavoro non mi farebbe male. Tutt'altro. Ma potrei staccare meglio da qualche altra parte. Ad Aruba per esempio, non in Culonia, non nel Maine, dove non c'è sole e l'acqua è troppo fredda per nuotare.

Eppure, c'è una cosa che ogni anno, quando torno alla realtà, sono costretto a lasciarmi alle spalle.

Lei.

È lei la ragione per cui sto facendo di nuovo questo lungo viaggio. A sole sei ore dalla città, dalla mia quotidianità.

Chissà che delusione se scoprissi che l'anno scorso si è messa con qualcuno del posto… Che si è sposata, cammina a piedi nudi ed è incinta, ha messo su cinquanta chili e ora gira nel resort in pantofole e con uno scialle sulle spalle…

Cavolo.

Se fosse così, girerei i tacchi e guiderei per altre sei ore verso casa, rifarei la valigia e salterei su un volo per un altro posto.

Forse non Aruba, forse South Beach. Dove le donne si fanno sbattere per bene e potrei scopare alla grande.

È da troppo tempo che non lo faccio.

Davvero troppo.

Sono prontissimo.

Ma non riesco a togliermela dalla testa.

Non so perché.

La cosa buffa è che non so nemmeno il suo nome. Non gliel'ho mai chiesto.

Che idiota.

Capitolo due

Grace:

Quando la sua auto si ferma, non solo la sento, ma la vedo. E non a caso. L'attesa è stata sfiancante, mi ha tenuta sulle spine fino all'ultimo. Il mio pastore tedesco, Margherita, anche detta Marghe, abbaia debolmente e mi lancia un'occhiata.

Grazie per avermi fatto sapere che lo stallone è appena arrivato, mia bella cagnona. Come se non me ne fossi accorta da sola. Forse conosce i miei orribili piani? Se gliene parlassi, potrebbe vergognarsi di me.

Il respiro mi si blocca quando sento la portiera dell'auto sbattere e i suoi passi pesanti farsi più vicini all'ufficio. Presto il suo corpo possente sarà fra queste quattro mura, con me.

Quando la porta si apre, il mio cuore batte all'impazzata fino a saltarmi in gola, e mi blocco mentre Marghe gli rivolge un tenero guaito e scodinzola. Sì, non è un cane da guardia, questo è chiaro come il sole, ma mi tiene compagnia, anche se non ha molta voce in capitolo, dal momento che viene ricompensata in crocchette per vivere qui.

Il mio sguardo indugia su Marghe per poi passare

all'uomo che le dà una pacca sulla testa e si fa strada oltre l'inutile guardiano peloso di trenta chili.

Apro la bocca per salutarlo e squittisco.

Già. Emetto un suono acuto. Un vero dannato squittio.

Aggrotto le sopracciglia per un secondo, poi recupero rapidamente il mio sorriso nervoso e riprovo. "Bentornato, signor Landis," dico questa volta come una persona normale.

Alza un angolo della bocca. *Oh cazzo*, è sexy da morire. "Grazie. È bello tornare qui."

Un momento. Cosa?

Quell'uomo mi ha davvero risposto? Non ho sentito i soliti grugniti?

Mentre lui se ne sta lì a sorridere a Marghe, accarezzandola, lei lo guarda in adorazione e io divento gelosa. Le sue mani sono su di lei. Gli occhi di lei sono su di lui.

Sono gelosa del mio dannato cane.

Che stronza.

"Come si chiama?"

Aspetta. Cosa?

Ehm…

"Ce l'ha un nome, vero?"

"Sì… Si chiama Margherita."

Aggrotta le sopracciglia. "Margherita?"

"Marghe."

Sorride di nuovo, non a me, ma *al mio cane.* "Ehi, Marghe, è bello rivederti."

Cosa… Cazzo… Succede.

Tuttavia, ora che ci rifletto, non solo mi ha rivolto la parola, ma sta parlando con il mio cane. Quindi, ora mi chiedo se sia sotto effetto di farmaci. Non è mai stato tanto loquace né così apertamente amichevole.

Strano.

Dopo aver dato un'ultima pacca sulla testa di Marghe, fa

due passi per arrivare al bancone (sì, il mio ufficio è piccolissimo), e mi fissa dritto negli occhi.

Sbatto le palpebre. Poi le sbatto di nuovo, e quando fa un sorriso *a me*, quasi vengo nelle mutande.

(Ho detto che è passato davvero tanto tempo. Non giudicatemi.)

Eppure, invece di avere un orgasmo, balbetto. "Io… Io… Ehm." Chiudo la bocca, riprovo e sputo il rospo. "Le ho assegnato la stessa cabina dell'anno scorso. Spero non sia un problema."

"È perfetto." La sua voce bassa e profonda mi fa tremare negli stivali. Una scarica di calore mi s'insinua tra le cosce.

Cos'è successo all'uomo pensieroso che era stato qui le tre volte precedenti? Quasi non riconosco questo nuovo ragazzo.

Anche se non me ne lamento. Proprio come speravo, in realtà mi sta *osservando*. E spero che quello che vede gli piaccia.

Indosso i miei jeans migliori, un morbido maglione con scollo a V bordeaux (l'unico fra tutti che abbia una scollatura), l'unico reggiseno push-up che possiedo e il mio unico paio di stivali poco pratici (e per poco pratici, intendo che hanno un tacchetto largo). Quindi, meglio di così non avrei potuto fare.

Gli scruto la faccia. Le cavità sotto gli zigomi sono scomparse. È più in salute, al contrario dei primi due anni in cui era super magro, aveva le occhiaie e sembrava scontroso.

Non che abbia mai avuto un brutto aspetto, nemmeno allora. Ma adesso è ancora meglio.

Molto meglio.

I suoi occhi grigio intenso mi guardano di rimando, e mi rendo conto di quanto sia scortese da parte mia fissarlo. Mi chiedo come reagirebbe se gli sfiorassi con le dita la barba folta o i capelli corti e scuri. I capelli corti ce li ha sempre avuti, la barba no.

Comunque, i peli in viso gli stanno molto bene. Sembra più robusto, mi ricorda un uomo di campagna, non uno di città, per come lo conosco.

Chi se ne frega da dove sembra venire, so solo che non vedo l'ora di vederlo nudo.

Se vuole avere un aspetto robusto e mostrarsi nudo con un moschettone in mano, mi andrà bene.

Se vuole optare per l'aspetto più curato, più urbano, e farsi legare ai polsi dalla sua stessa cravatta, mi andrà bene lo stesso.

Non farò la schizzinosa.

Tuttavia, sarò esigente.

Perché ho già detto che è passato molto tempo per me, vero? (Sono abbastanza sicura di averlo detto.)

Già.

Indossa una morbida camicia grigia di cotone un po' formale che si abbina ai suoi occhi (completamente informali), sotto porta una maglietta bianca.

Continuo a fissarlo come una donna affamata di sesso (perché lo sono davvero).

Abbasso lo sguardo sul libro delle prenotazioni e mi schiarisco la gola.

Poi, sento una risatina che mi scalda immediatamente le guance. Senza alzare lo sguardo, chiedo: "Le farebbe piacere il servizio di pulizie durante la sua permanenza?"

"Certamente." Per il modo in cui pronuncia quella parola, poteva benissimo essere una parola sporca sussurrata all'orecchio. Alzo rapidamente lo sguardo e vedo che ha gli angoli degli occhi increspati, come se fosse divertito.

Gli anni prima non aveva mai voluto che qualcuno lo disturbasse nello chalet. Quest'anno ha cambiato idea.

Interessante.

Faccio scivolare la chiave sul bancone e, prima che io possa togliere la mano, lui la copre con la sua.

"Come hai detto che ti chiami?" Ora è lui a sembrare

imbarazzato, perché non me lo ha mai chiesto e probabilmente se n'è appena reso conto (anche se io, ve lo garantisco, mi ricordo benissimo che non l'ha mai fatto).

Deglutisco a fatica. "Grace."

"Grace." Il mio nome sgorga dalla sua bocca come un sussurro e qualcosa in fondo allo stomaco si scalda, rallegra i miei capezzoli, mi fa venire voglia di saltare oltre il bancone e di infilargli la lingua in gola e chissà in quali altri posti.

Ma non faccio nulla. Anzi, mi limito a ritirare la mano. Non troppo, quanto basta per fare in modo che la lasci andare; lui, però, mi stringe le dita per un momento prima di mollare finalmente la presa. Me le guardo come se non saranno mai più le stesse, poi mi do uno scrollone mentale e torno alla realtà.

"È un bellissimo nome."

Oh Dio... "Grazie, signor Landis."

"Nick."

"Cosa?"

"Diamoci del tu, mi chiamo Nick."

"Sì, lo so." Indico il libro delle prenotazioni e la mia orribile "calligrafia". "L'ho scritto."

"Chiamami Nick, per favore."

Ehm... "Va bene."

"Nick," sottolinea ancora.

"D'accordo... Nick."

Mi sorride e quasi mi sciolgo. Quest'uomo non è lo stesso che è arrivato qui per la prima volta quattro autunni fa.

Non sto dicendo che non mi piaccia questo nuovo Nick. Anzi. Ma è totalmente diverso, il che mi rende sospettosa. Non posso farci niente, è la mia natura.

Però, sapete che c'è? Ho bisogno di scopare, e ho già scelto lui per portare a termine il mio obiettivo, quindi mi va bene qualsiasi Nick mi si presenti. Il nuovo Nick, il vecchio

Nick, Nick sulla schiena, Nick seduto, in piedi, che fa la ola. Non m'interessa.

Alla fine, si gira per andarsene e tiro un sospiro di sollievo. Non perché se ne sta andando, ma perché il suo bel culo in quei Levi's sembra davvero spettacolare (con la S maiuscola).

"Hai bisogno di aiuto con i bagagli?"

Si ferma e mi guarda da sopra la spalla, con un'aria di nuovo divertita. "Hai un fattorino?"

Sa bene che non ce l'ho. "No."

"Allora non ne ho bisogno. Grazie lo stesso."

"Va bene," rispondo, e lo guardo con disappunto mentre esce dalla porta d'ingresso e la chiude dietro di sé.

Mi rilasso dietro il bancone e guardo Marghe. "Sei una stronza fortunata, tu. Ti ha coccolata per bene. Ma la prossima volta tocca a me. Quindi, tieni le zampe lontane da lui, mi hai sentito?"

Marghe si siede con un tonfo, la sua coda ondeggia sul pavimento, mentre la lingua le penzola fuori dalla bocca.

"D'accordo, bella mia, ora che è qui, devo formulare un piano."

Sento la macchina di Nick partire e allontanarsi dalla casetta di legno che ospita il mio ufficio. Alloggia sempre nello chalet più lontano dalla casa, in modo da avere più privacy.

Anche se, come ho già detto, non c'è nessun altro nella proprietà oltre a me e lui.

Quest'anno, però, non troverà la stessa solitudine. Spero che non gli dispiaccia, sebbene non mi importi di quello che pensi. Ho solo una missione, ed è…

L'operazione Dacci Dentro.

E lui è stato reclutato.

PER QUALCHE RAGIONE, ho perso la sua telefonata di ieri sera, ma ha lasciato un messaggio sulla segreteria telefonica dell'ufficio.

"Grace, potresti portarmi degli altri asciugamani?"

Portargli. Asciugamani. A quanto pare, ieri sera, mentre io e Marghe eravamo impegnate a organizzare l'operazione Dacci Dentro, ho perso la più grande (per non dire la più facile) opportunità di entrare nel suo alloggio (e forse nei suoi pantaloni). Almeno con il suo permesso.

Guardo l'orologio. Sono le sette del mattino. È presto, probabilmente non si è ancora fatto la doccia e sicuramente posso fargli il favore di portargli uno o due asciugamani in più. Prendo un cesto della biancheria, ci butto dei teli da bagno puliti, un asciugamano per il viso e un paio di muffin fatti in casa che ho sfornato il giorno prima.

Perché, sapete, il cibo è un'ottima arma per arrivare al cuore di un uomo. Non che io voglia il suo cuore, per ora vorrei qualcosa di più duro…

Mi chiedo se dovrei portargli del caffè caldo per accompagnare i muffin, ma potrebbe volerci troppo tempo e sono impaziente di andare.

Senza contare il fatto che sono anche emozionata, per usare un eufemismo.

Mi chiedo se dovrei portare dei preservativi con me (per stare sicura, non si sa mai). Potrei sempre infilarli tra gli asciugamani finché non serviranno davvero.

Poi mi rendo conto, *che idiota*, che ho dimenticato di comprarli. Ho buttato la scatola che avevo perché erano scaduti.

Già, *scaduti*.

Perché per troppo tempo non ne ho avuto bisogno.

Quindi, ora che si fa?

Mi affido al destino. L'operazione Dacci Dentro è già cominciata e non mi farò rallentare da un dettaglio come la mia impreparazione. Se non andrà come previsto, nel tardo pomeriggio andrò in città e farò scorta. Beh, a patto di non trovare la signora Sanders alla cassa, perché altrimenti tutti a Greenville saprebbero che ho in programma di scopare.

Non sapranno con chi, ma se lo chiederanno. Inizieranno anche a fare ipotesi. Alla fine, decideranno che sono andata a letto con Peppe dell'officina Ripara Tutto, anche se Peppe è un vecchio decrepito (non proprio, ma in un certo senso lo sembra). Così, Peppe potrebbe morire d'infarto se sentisse questa storia, e sarebbe tutta colpa mia.

Tutto questo solo per aver comprato una scatola di preservativi.

Dannazione.

Mentre lancio il cestino dietro al golf cart che uso per girare nella proprietà, Marghe salta sul sedile del passeggero e scendiamo lungo il sentiero sterrato fino all'ultimo chalet.

Con il golf cart ci vogliono solo un paio di minuti e mi fermo accanto al suo SUV Infiniti nero parcheggiato sul prato accanto alla baita in legno. Le tende a fantasia alce sono chiuse sull'ampia finestra solitaria (che, l'ammetto, va sostituita). Inspiro un po' di ossigeno nel tentativo di calmare i nervi, ma invano.

Perciò mi concedo un piccolo discorso d'incoraggiamento. Non ad alta voce. No. Più sottovoce ma, a quanto pare, Marghe mi sente borbottare, dal momento che mi fissa e inclina la testa, pensando probabilmente che io sia fuori di testa.

"Non guardarmi così. Tu mangi la cacca. Non giudicarmi."

Marghe mi fa letteralmente un sorriso, salta fuori dal cart e annusa il SUV. Poi fiuta il terreno seguendo l'odore di Nick fino alla porta d'ingresso sbiadita, dove inizia a mugolare.

Mi muovo anch'io prima che il cane bussi alla porta e Nick lo faccia entrare. Per qualche strana ragione, li immagino divertirsi lì dentro mentre io resto a guardarli da fuori.

Infilando il cesto della biancheria sotto il braccio destro, mi avvicino e busso con esitazione, poi provo a captare qualsiasi suono di movimento.

Niente.

Busso molto più forte e…

Ancora niente.

Mi guardo intorno, chiedendomi se sia uscito per una passeggiata mattutina. Ma non c'è nessuno in giro oltre a me e Marghe, quindi se è fuori per una passeggiata, è abbastanza lontano da non poterlo trovare. Passo il cesto nel braccio sinistro e busso ancora una volta, non in modo martellante ma quasi.

"Signor Landis?" chiamo. "Nick? Ho portato gli asciugamani che mi hai chiesto."

Neanche una parola. Abbasso lo sguardo su Marghe, lei mi fissa di rimando, starnutisce, poi guarda la porta come se stesse aspettando che la apra.

Mmmhhh.

Sì, potrei entrare, lasciargli gli asciugamani e tornare più tardi.

Buona idea, Marghe! Il mio cane è davvero intelligente.

Giro timidamente la maniglia per capire se è chiusa a chiave, ma la manopola gira. Ovunque sia andato, ha lasciato la porta aperta.

Certo, la zona non è pericolosa, anzi. Ma comunque…

I cardini cigolano un po' quando apro lentamente la porta di legno. Il mio pensiero vola subito al lubrificante WD-40. Poi, mentre guardo nell'interno buio della baita, il mio secondo pensiero è…

Santo cielo!

Nick Landis è disteso sul letto a pancia in giù, spaparanzato da un angolo all'altro, con la testa rivolta dalla parte opposta rispetto alla porta, il lenzuolo gli copre a malapena il lungo corpo nudo, un minuscolo lembo gli cinge i fianchi. E chiaramente non c'è niente tra lui e il lenzuolo, che è tutto stropicciato, come se avesse avuto un sonno poco tranquillo. È completamente nudo.

Sì, nudo come un selvaggio, ma non selvaggio come gli animali dei boschi (che abbiamo nella zona), ma più umano e affascinante (che non mi capita di vedere da troppo tempo).

Siiiii!

Congelata sulla soglia, mi schiarisco la gola, sperando che si giri e mi veda, ma niente. La sua schiena si alza e si abbassa come se stesse dormendo profondamente. Gli artigli di Marghe ticchettano lungo l'ampio pavimento in assi di legno mentre si dirige verso il letto per controllare l'uomo che dorme. (Ho già detto che è completamente nudo? Beh, perché lo è!)

"Marghe!" Sussurro un po' in preda al panico, poi mi blocco quando gli mette il naso sull'ascella.

Faccio un piccolo borbottio, che tradotto significa: "Oh, cazzo, lo farà svegliare. Nick mi sorprenderà a fissarlo mentre dorme e penserà che sono una stalker psicopatica." Ed essere considerata una stalker pazza non mi farà scopare.

Considero l'idea di lasciare il cesto sul tavolo vicino e di correre fuori dalla stanza prima che mi veda, ma Marghe non ne vuole sapere.

Gli spinge ancora di più il muso sotto il braccio. Ho già detto che è una monella che vuole attenzioni? Probabilmente vuole di nuovo le sue mani addosso.

Lascio il cesto della biancheria sul tavolo e per poco non faccio cadere una bottiglia di whisky mezza vuota.

Merda.

A quanto pare, non ha risolto i suoi problemi. Negli ultimi anni, durante il controllo e la pulizia finale, avevo trovato un mucchio di bottiglie vuote nella spazzatura. E per mucchio intendo una quantità che berrebbe un gruppo di amici, non una persona sola.

Dato che il suo atteggiamento sembrava cambiato, quest'anno, pensavo che avesse superato quella fase. Ma a quanto pare no. Forse non ha ancora messo una pietra definitiva sul problema da cui cerca di scappare.

Detto questo, potrebbe anche essere svenuto nel letto in uno stato di torpore indotto dall'alcol, e forse non sta dormendo.

Dannazione, non riuscirò mai a scopare se rimane per tutta la settimana in uno stato di ubriachezza, sbornia, svenimento o qualsiasi altra cosa sia.

Mi avvicino al letto, con passi leggeri nel caso in cui stia *davvero* dormendo.

"Nick?!" Sussurro. "Tutto bene?"

Almeno se mi sente, penserà che lo sto solo controllando, che sono preoccupata per il suo benessere e che non ho intenzione di saltargli addosso.

"Nick? Signor Landis?"

Ancora niente. Eppure, nessuno dorme mai così pesantemente.

Mi avvicino al letto, al lato più vicino alla porta, al lato opposto di Marghe. Il suo viso è girato dall'altra parte.

Mi faccio coraggio e gli do un colpetto sulla spalla.

All'improvviso, si muove. Io no (dato che adesso sono di nuovo bloccata sul posto). Lui geme. Il che fa venire voglia *anche a me* di gemere perché me lo immagino dentro di me.

Merda. Stringo le cosce.

Comincio ad agitarmi perché potrebbe stare male e avere bisogno di assistenza. È passato un po' di tempo da quando ho preso l'attestato del corso di rianimazione, ma sono sicura di potergli fare la respirazione bocca a bocca senza problemi. Potrebbe persino piacergli.

Potrei metterci un po' la lingua e...

A un tratto la sua mano serpeggia a una velocità sovrumana e mi afferra il polso. Prima che io possa reagire, volo per aria e atterro sulla schiena con un leggero *sbam*. Improvvisamente, mi ritrovo bloccata sul letto con un grande peso su di me.

Non sorprende che si tratti proprio di Nick.

Il suo viso è a pochi centimetri dal mio, e sto respirando a fatica. Probabilmente perché sono stata appena sollevata e lanciata sul letto, ma forse anche perché l'uomo adesso è tutto nudo e duro contro la mia coscia.

Cavolo.

Non è possibile.

Porca miseria!

I miei polsi sono stretti tra le sue dita e ho le braccia stese sopra la mia testa. Quando mi spinge un ginocchio tra le cosce, preme contro la mia passera decisamente vogliosa.

Lasciatemelo dire, credo di aver puntato l'uomo giusto. (Vai, Grace!)

"Hai portato gli asciugamani?"

La sua voce è piuttosto rauca dato che si è appena svegliato, e la pelle d'oca mi scoppia su tutto il corpo, compresi i due punti di forza: i capezzoli. Indosso un'elegante maglietta termica viola a maniche lunghe, troppo aderente per nasconderli. Soprattutto perché gli premono contro il petto.

Ho già detto che è nudo?

Sì, l'ho già detto.

Bene, azione! L'operazione Dacci Dentro è ufficialmente iniziata.

"Sì. Mi dispiace di non aver risposto alla chiamata ieri sera." Sono così a corto di fiato che ho la voce di chi ha appena raggiunto l'orgasmo. Potrebbe anche essere successo. Forse solo un po'. "Ho portato gli asciugamani… E un paio di muffin, nel caso in cui tu abbia fame."

"Grace."

La sua voce profonda che pronuncia il mio nome interrompe il mio movimento e sbatto le palpebre.

“Ho fame.”

Oh sì, anch’io.

“Ma non di muffin.”

E adesso cosa gli rispondo? Neanch’io ho fame di muffin. “Beh, se vuoi c’è una tavola calda in città…”

“Grace,” mi interrompe di nuovo e incontro il suo sguardo. Ora i suoi occhi sono grigio scuro e m’incendiano l’anima. Tuttavia, sarò felice di bruciare per un orgasmo davvero, davvero fantastico.

“Sì?”

“Non ho voglia di fare colazione.”

“D’accordo,” sussurro.

“Sai di cosa ho fame, Grace?”

Spero proprio di sì. “Di cosa?”

“Di te.”

Sì. L’avevo capito. Mi darei il cinque da sola se potessi.

“Saresti dovuta venire ieri sera,” mormora, fissandomi le labbra.

Me le lecco per il nervosismo. “Io…”

“Così avremmo avuto tutta la notte. Ora dobbiamo recuperare il tempo perso.”

Davvero?

Oh. Sì che dobbiamo.

Sì. Sono d’accordo. Al cento per cento.

“Va bene.”

Solleva un angolo del labbro. Ha una bella bocca. Occhi mozzafiato. E da quello che sento, non dovrebbe essere niente male lì sotto.

“È da tempo che aspettavo questo momento,” mormora a un soffio dalle mie labbra.

“Davvero?” Mormoro anch’io, sperando che mi baci.

“Già.”

“Anch’io.”

“Mi fa piacere saperlo.”

“Perché?” Chiedo, e poi mi maledico perché si tira un

po' indietro, andando nella direzione opposta a quella che vorrei.

"*Perché* cosa?" chiede, sembrando un po' confuso.

"Perché me?"

"Perché non ho smesso di pensarti da quando sono andato, via l'anno scorso."

Ora sono io quella un po' confusa. "Ah."

Sorride.

Sorrido anch'io.

Poi abbassa di nuovo la testa e chiede quasi contro le mie labbra: "È quello che vuoi anche tu?"

"Sì," sibilo. Non solo lo voglio, ne ho bisogno.

"C'è qualcosa che non ti va di fare?"

Cosa? Beh…

Ma prima che possa chiedergli di spiegarsi meglio, preme le labbra sulle mie e sospiro nella sua bocca. Mi bacia come se fosse un uomo affamato e io il suo sollievo. Dimentico rapidamente la sua domanda mentre mi passa la lingua sulle labbra e mi esplora la bocca. Inclina leggermente la testa per annullare la distanza tra noi. Ora gli sto gemendo in bocca.

Di solito non bacio i ragazzi con cui vado a letto… i motociclisti, quelli che portano le motoslitte, i guardiani delle foglie autunnali. Nessuno. Perché sono avventure di una notte e per me baciarsi è un atto intimo.

Ma mi piace che Nick mi baci, e realizzo in quel momento che, no, non ci sarà nulla che non farò con lui.

Perché è Nick.

Dopo gli ultimi tre anni, mi sembra di conoscerlo meglio di qualsiasi altro uomo con cui sono stata. Anche se potrebbe non essere vero, perché non lo conosco affatto. Ma sento di conoscerlo nel profondo, fin dentro le ossa, nel profondo della mia psiche. Nick è mio. Anche se solo per i prossimi giorni.

C'è sempre stato qualcosa in lui che mi ha incuriosita,

anche quando era scontroso e sembrava essere in un momento buio. Mi piaceva. Mi piace tutt'ora.

Adesso che il suo peso preme su di me e mi sta baciando fortissimo, facendomi bagnare, facendomi pulsare la figa per la voglia, mi piace ancora di più.

Come potrebbe essere altrimenti? Sono pronta per l'operazione Dacci Dentro.

Interrompe il bacio e i suoi occhi appaiono scuri e tempestosi mentre incontra i miei.

"Non opponi resistenza."

"No." Certo che no, questa potrebbe essere l'operazione più facile della storia.

"Ti piace fare dei giochi, Grace?"

Cazzo, adoro quando pronuncia il mio nome con la sua voce profonda e roca.

Alza un sopracciglio e mi rendo conto che sta aspettando una risposta. "Sì," rispondo, pensando ai fidanzati a batteria che ho nel cassetto. FAB, è così che li chiamo. Sono come le patatine, non riesci a fermarti a una. "Devo andare a prenderne uno?"

"Ho portato il mio."

Oh. Ha dei sex toys. Poi comincio a chiedermi che tipo di giochi abbia un uomo, ma penso che lo scoprirò presto.

"Te lo chiederò di nuovo, c'è qualcosa che non vuoi fare?" Mentre me lo chiede (abbastanza fermamente, aggiungerei), inclina i fianchi e la sua lunghezza dura mi scivola lungo l'interno coscia. È una domanda che mi rende ancora più curiosa su questi suoi giocattoli. Un brivido confuso mi scorre lungo la schiena.

Nella mia limitata esperienza, non mi sono mai imbattuta in qualcosa che non volessi fare. Tuttavia, ho la sensazione che Nick abbia molta più esperienza di me e che abbia ben altro in mente.

Il che mi fa girare la testa. "Puoi farmi qualche esempio?"

Li sputa fuori come una mitragliatrice, senza che io possa controbattere. "Sculacciate?"

Io...

"Anale?"

Beh...

"Essere legata?"

Oh...

"Bendata?"

Sì...

"E molto altro."

C'è altro? "Non ho mai fatto nessuna di queste cose," sussurro infine tremante, eccitata ma ansiosa allo stesso tempo.

"E ti va di farle?" Quando esito, aggiunge: "Con me, Grace?"

Sì, cazzo! Perché chissà quando mi ricapiterà di scopare.

Ma invece, dico (come se fossi timida): "Potrei provare, perché no."

Sorride di nuovo, increspando gli occhi agli angoli. "Sapevo che avresti voluto. Non farò nulla che non vuoi fare. Puoi fidarti di me."

I miei muscoli si rilassano mentre il mio corpo scarica un po' d'ansia. Sono una donna sola nel bosco insieme a un uomo che ho visto solo poche volte, con cui non ho mai avuto una vera conversazione, e sono ben consapevole che viene a soggiornare qui per combattere un qualche tipo di demone.

Non so che tipo di demone, quindi potrei mettermi in un pericolo sconosciuto.

Tuttavia, non avrò altre occasioni tanto eccitanti in questa noiosa città, e non ho intenzione di perdere l'opportunità di spogliarmi con Nick, anche se ciò potesse comportare la possibilità di qualche ustione e lividi da corda.

Basta che l'unica cosa con cui mi farà male sia il suo uccello, per me va bene.

Forse sono una sciocca. Ma avrò accanto il mio fidato pastore tedesco pronto a proteggermi. Giusto?

Sì, certo.

Giro leggermente la testa e non riesco a vederla. Marghe starà dormendo in un angolo, starà già facendo dei sogni da cagnolina.

Sigh.

"Se non vuoi fare qualcosa, dimmelo e basta," dice, lasciandomi i polsi e spingendosi verso l'alto e lontano da me. Dopo quelle parole, mi chiedo se sto prendendo la decisione giusta.

Ma poi riesco a intravedergli l'uccello. Avevo già capito che era duro, ma ora posso apprezzarne la bellezza. Lungo e spesso, completa i bei testicoli. Una leggera spolverata di peli gli ricopre il petto magro. Una striscia scura gli scende lungo la pancia e poi si addensa intorno all'inguine, per diradarsi di nuovo lungo le cosce muscolose. Forse per i miei standard è leggermente magro, ma, cavolo, sembra in forma. Quando si allontana dal letto, gli osservo per bene la schiena larga e le fossette proprio sopra il culo rotondo e muscoloso.

Non si preoccupa di coprirsi. (*Beh*, non dovrebbe porsi il problema.)

Lo scruto mentre si dirige verso una valigia aperta, nascosta nell'angolo dello chalet.

"Ci saranno delle regole," mi informa, dandomi le spalle, ancora in piedi di fronte alla valigia. Mi sollevo sui gomiti, guardandolo, ascoltandolo, chiedendomi se dovrei spogliarmi.

"Non toccarti. Sarò io a farlo. Non chiedere nulla. Non implorare. Ti farò sapere quando e se puoi. Aspetta il mio permesso. Chiaro?"

Oh, d'accordo. "Sì."

"Io ti dico di fare una cosa, tu la fai. Nessuna lamentela, nessuna esitazione. Fallo e sarai ricompensata."

Non ho mai fatto sesso con qualcuno tanto prepotente. Le mie botte e via di solito consistevano solo in veloci scopate, palpate, toccate e fuga, sempre senza alcun ringraziamento. Non che li avrei mai ricompensati se lo avessero fatto, ma comunque…

Sono davvero tanto affamata di sesso da lasciare che un uomo mi comandi?

No, non un uomo qualunque… Nick.

Sì, forse sono disperatamente vogliosa di un orgasmo (che non sia autoindotto), ma questa roba da prepotente mi eccita da morire.

La voce di quest'uomo, i suoi modi, mi controllano. Mi appartengono. Mi spingono al limite.

Nessuno c'è mai riuscito prima d'ora.

E posso immaginare che nessun uomo ci riuscirà mai.

Solo lui.

Solo Nick.

Capitolo tre

Nick:

Il sangue mi scorre veloce nelle vene, il cuore mi batte forte nel petto. Ne avevo bisogno. Avevo bisogno di lei.

Avevo iniziato a programmarlo due anni fa. Già l'anno scorso pensavo di essere pronto.

Mi sbagliavo.

Ma quest'anno… quest'anno sarà diverso. Ho avuto un altro anno per rimettermi in sesto. Per riordinare i miei pensieri. I miei desideri.

E spero che Grace sia disposta a giocare.

Avrei potuto trovare un'altra donna che volesse giocare con me? Sì. Volevo un'altra donna? No.

Non chiedetemi perché proprio Grace, perché non so rispondere.

Forse non sembra cinica come molte donne della città. Forse penso che apprezzerà tutto quello che le farò.

C'era qualcosa nei suoi occhi, ogni volta che facevo il check-in, ogni volta che facevo il check-out. Il primo anno l'avevo notata a malapena. Il secondo anno mi ero accorto di lei, ma non riuscivo ancora a uscire dalla mia oscurità per rendermene conto. L'anno scorso me ne sono accorto e ci ho provato. Ci ho provato davvero. Ma non ci stavo con la testa.

Ora sono pronto.

E a lei piace l'idea.

Osservo il contenuto della mia valigia. Non ho portato molto. Quanto basta per insegnarle i piaceri del mio gioco preferito. Quanto basta per compiacerla. Quanto basta per punirla.

Lei si godrà tutto, il buono e il cattivo. Per ora, tiro fuori solo il lubrificante, i preservativi e la benda di seta nera.

Quando mi giro, lei mi guarda con quei suoi bellissimi occhi scuri. Non si è mossa dal letto e sono sollevato che non sembri spaventata o preoccupata.

Tuttavia, è ancora vestita.

Mi avvicino al letto (scavalcando Marghe, che muove un orecchio nel sonno) per posizionare il lubrificante e i preservativi sul comodino. Gli occhi di Grace seguono i miei movimenti, quindi faccio scivolare il tessuto di seta tra le mie dita, lentamente, sensualmente, lasciandole vedere cosa succederà.

Eppure, quello che non sa ancora è che voglio il controllo completo. Sì, gliel'ho detto con tante parole, ma finché non glielo mostro, non capirà davvero.

"Mi spoglio?"

Respingo il suo desiderio con un sorriso. "Non farmi domande, Grace. Quando voglio che tu faccia qualcosa, te lo dirò. È chiaro?"

Un po' di colore le spunta sulle guance e vedo le sue palpebre abbassarsi quanto basta; so che i miei comandi la eccitano. Riesco a vedere il battito che le fa pulsare la gola e i capezzoli che premono contro il tessuto aderente che a breve dovrà sparire.

"Sì," risponde dolcemente.

"Alzati."

Si gira su un fianco sulle lenzuola e si alza rapidamente in piedi.

"Mettiti in piedi in mezzo alla stanza."

Senza esitazione, obbedisce. Ancora una volta, sono molto soddisfatto della sua voglia di seguire le mie direttive. Quando con la mano arriva al bottone superiore dei jeans, la fermo con un "No" deciso. Lei muove le mani con uno scatto, poi le lascia cadere lungo i fianchi.

Quando si morde il labbro inferiore, smuove uno strano calore nel mio ventre, giù fino all'uccello. Presto sentirà i miei denti nello stesso identico punto.

"Togli scarpe e calzini."

Si china e si toglie uno stivale, poi l'altro, si sfila i calzini e li infila dentro gli stivali. Mette tutto ordinatamente da un lato. Poi si rimette dritta e mi guarda per avere ulteriori direttive.

In questo preciso istante, sono così duro che sto avendo serie difficoltà a non afferrarmi il cazzo per accarezzarlo.

Ricordo a me stesso che sono io quello che comanda, quindi è necessario che io mantenga il controllo. Su di lei. Su me stesso.

"Ora puoi toglierti i jeans. Tieni le mutandine."

Esegue il mio ordine e poi si raddrizza di nuovo. Le mutandine sono rosse e sotto riesco a vedere i contorni del suo sesso. Non vedo l'ora di avvicinarmi e di rendere tutto più intimo e personale.

"Togliti la camicia." Mentre inizia a tirarne l'orlo, aggiungo: "Lentamente."

Con gesti ampi, si sfila l'indumento viola e lo appoggia su una sedia di legno vicina. Torna al centro della stanza e aspetta il suo prossimo comando.

È perfetta. Non potrei essere più fortunato. La sua pelle d'avorio brilla, le curve sono sensuali, le cosce sembrano accoglienti. I suoi lunghi capelli scuri si arricciano intorno alle spalle nude e coprono i morbidi seni pallidi che si spingono fuori dal reggiseno.

Sono un po' combattuto, non so se voglio essere io a toglierle l'intimo o se voglio guardarla mentre lo fa lei. Una frazione di secondo dopo, faccio un passo avanti, il mio corpo ha deciso per me.

Il mio desiderio di toccarla è più forte del bisogno di piegarla alla mia volontà.

Rimane immobile mentre mi muovo dietro di lei e vedo che le sue spalle sono tese. Solo un po'.

Dal momento che ci conosciamo a malapena, non sono sorpreso dalla sua reazione piuttosto spontanea. Quando le sono dietro, studio le curve e i piani della sua schiena, la rotondità del culo nelle piccole mutandine rosse. Le sue costole si espandono e si contraggono a ogni respiro affannoso.

"Sei proprio bella," mormoro mentre le passo un dito da una spalla all'altra, spingendole i lunghi capelli ondulati dietro la schiena in modo da poter vedere la fibbia del suo reggiseno. Passo un polpastrello lungo i ganci, facendola rabbrividire. Con una torsione, lo slaccio e lo faccio cadere a terra in silenzio. Lei contrae le dita come se il suo istinto fosse quello di coprirsi, ma poi si porta le mani lungo i fianchi.

Questo mi fa piacere.

"Alza le braccia. Sì, così. Metti le mani sulla testa. Perfetto." Faccio scorrere le dita lungo i suoi fianchi, sopra le costole e tutt'intorno per poi stringerle sui seni. Non li ho ancora visti, ma prima voglio toccarli, e seguo le loro curve finché non trovo i capezzoli, turgidi, sporgenti, aspettano me. Le mie attenzioni.

"Ti piace che ti tocchi?" Le chiedo, premendo le labbra contro la pelle setosa lungo il suo collo.

"Sì," mi dice così dolcemente che a malapena la sento.

Con i pollici sfioro i picchi duri, faccio avanti e indietro, finché non sento un gemito sfuggirle dalle labbra. Stringo ogni capezzolo tra il pollice e l'indice, pizzicandolo e torcendolo finché lei non geme di nuovo e il mio uccello scatta. Era un piagnucolio? Forse.

Con la punta della lingua trovo la parte superiore della sua spina dorsale e le affondo delicatamente i denti nella carne. Grace inarca la schiena mentre preme il collo verso la mia bocca e inclina i seni più in profondità nelle mie mani.

"Squisita," le dico. Perché è questo il sapore delle sue reazioni. Le lascio andare i seni e faccio scivolare le mani lungo la sua pancia, fino a toccarle l'orlo delle mutandine. Infilo i pollici sotto l'elastico e le faccio scivolare la biancheria intima rossa giù, giù e ancora più giù, finché non mi ritrovo lungo le sue cosce. Lascio andare le mutandine e scorro le mani verso l'alto per stringerle il monte di Venere.

È calda, umida e reattiva mentre le infilo un dito tra le labbra, testandone l'umidità.

Sì. È scivolosa, accogliente, apre leggermente le cosce. Abbastanza da darmi spazio per far entrare un secondo dito.

Mi sposto finché il mio uccello non le dà un colpetto sulla fessura del sedere e la sento spingere contro di me, incoraggiante.

Non si rende conto che non sarà così facile. Oggi niente sarà facile.

Geme mentre le passo il pollice sul clitoride e spingo due dita dentro e fuori.

"Ah, ho capito. Vuoi venire, vero?"

"Sì," geme con la testa che preme contro la mia clavicola e la schiena inarcata.

"Non puoi venire se non te lo dico io."

"Cosa?"

"Non parlare a meno che non ti faccia una domanda, o ti dica che puoi parlare liberamente."

Grace respira in affanno, il suo corpo si irrigidisce leggermente.

"Finché sarai in questo chalet, sarai nuda. Finché sarai qui, non verrai a meno che non te lo dica io. C'è solo un'unica parola che puoi dire senza permesso. È la tua parola di sicurezza. Stabiliamola ora."

Lei annuisce e ancora una volta sono profondamente soddisfatto. Premo le labbra contro il suo orecchio. "Ti concederò una parola e se in qualsiasi momento faccio qualcosa che supera il limite, qualcosa per cui non ti senti a tuo agio, o vuoi solo che mi fermi, dovrai semplicemente dire quella parola. Dimmi se è tutto chiaro."

"Tutto chiaro."

"La parola è *ananas*. Ricordatela, Grace. È importante."

Le infilo un terzo dito dentro, ma solo per un momento. Quando le tiro tutte fuori, vedo che sono lucide per la sua eccitazione.

"Sei davvero bagnata, piccola," mormoro, il mio cazzo ora è dolorosamente duro. Ho bisogno di sfogarmi tanto quanto lei. Trascino le dita sulla sua bocca, poi gliele spingo dentro. "Assaggiati."

Geme, come me, mentre mi succhia le dita fino a ripulirle, giocando con la lingua tutt'intorno. Non vedo l'ora di seppellire il mio viso tra le sue cosce e assaggiarla io stesso. Per adesso, però, la lascio andare e faccio un passo indietro.

"Togliti le mutandine. Fallo lentamente."

Attorciglia le dita alle mutandine che ora sono quasi alle ginocchia e si china lentamente portandole fino alle caviglie.

"Fermati lì. Afferrati le caviglie."

Con le mutandine abbassate e le mani in quella posizione, è completamente piegata davanti a me, in tutta la sua gloria. La sua passera è rosa e liscia, il sedere morbido e rotondo. E finalmente non posso fare altro che toccarmi.

Mi prendo l'uccello fra le mani e lo stringo forte prima

di accarezzarne la lunghezza dalla radice alla punta. "Che carina che sei. Bellissima. Sei già pronta per me."

Lei non dice nulla, e mi emoziona che stia seguendo le mie regole. Finora, è la compagna di giochi perfetta.

La sua passera non è l'unica cosa che ho intenzione di possedere.

"La tua bocca. La tua figa. Il tuo culo. Non sono più tuoi. Finché saremo in questo chalet, apparterranno a me. Di chi sono, Grace? Puoi rispondere."

"Tuoi."

"Come mi chiamo?"

"Nick."

"A chi appartieni, Grace?"

"A te, Nick."

"Ben detto. Ti piace l'idea?"

"Sì," dice con un respiro.

"Finisci di toglierti le mutandine e sali sul letto. A carponi. Rivolgiti verso la testiera." E dopo quelle parole, le do una pacca sul sedere.

Lei ansima, finisce di sfilarsi le mutandine e senza nemmeno guardare nella mia direzione, si affretta verso il letto mettendosi in posizione.

L'uccello mi pulsa nel palmo e i testicoli mi si stringono. Potrei doverla scopare in fretta, prima di continuare con la nostra sessione. Perché non riesco ad aspettare ancora molto per sprofondare nel suo dolce calore.

Dannazione. Per essere un tipo che ama avere il controllo, il mio sta rapidamente svanendo.

Capitolo quattro

Grace:

NON LO GUARDO mentre si avvicina al letto perché non sono sicura di poterlo fare. Qualunque sia il gioco a cui sta giocando, non so se conosco bene tutte le regole, forse solo quelle di cui mi ha parlato finora. E dubito che ci siano solo queste.

Ho la sensazione che ci siano altre regole che ometterà solo per potermi punire.

È poco corretto? Non m'interessa. Finora, tutto quello che ha fatto e spero continuerà a fare è giocare a un gioco a cui sono disposta a partecipare.

Anche se mi ha dato una via d'uscita, una parola di sicurezza, spero di non doverla usare.

Sono sicura che anche lui spera che non accada.

Ananas. Strana, ma efficace.

Sapevo che la sua anima era oscura. Sapevo che aveva dei demoni. Però non mi aspettavo nulla di tutto questo da lui.

Ad ogni modo non sono delusa. Per niente.

Per me è una situazione nuova, una roba eccitante.

Penserò a questa giornata, a questa notte e ai prossimi giorni come un diversivo dalla mia noia, dalla mia terribile e monotona routine.

L'operazione Dacci Dentro si è trasformata in qualcos'altro. E non vedo l'ora di scoprire di cosa si tratti.

Mentre tengo gli occhi fissi sulla testiera sento il letto affondare dietro di me. Il suo peso smuove il materasso, quando appoggia quelle che penso siano le ginocchia.

"Grace, nell'intimità, la comunicazione è la chiave di tutto. Sia che si tratti del linguaggio del corpo, delle parole o anche solo di uno sguardo. Voglio darti ciò di cui hai bisogno. Voglio costruire un rapporto di fiducia, affiatato. Ma per farlo ho bisogno che ascolti attentamente tutto ciò che dico. Ho bisogno che tu mi obbedisca."

Obbedisca.

Emetto un respiro tremante. Sono tentata dal guardarmi alle spalle, per vedere cosa sta facendo. Ma voglio obbedire. Voglio essere ciò di cui ha bisogno.

Voglio che lui sia ciò di cui ho bisogno.

Il calore del suo corpo mi tocca, mi striscia lungo le gambe, sul sedere. È proprio dietro di me, vicinissimo. Il cuore mi batte più forte perché ora penso che finalmente otterrò ciò che voglio, ciò di cui non posso fare a meno.

Quando mi accarezza la schiena con le dita affusolate, sospiro. Il suo tocco è rilassante ma allo stesso tempo stimolante. I miei capezzoli desiderano quelle dita, la passera pulsa vogliosa per il suo membro. Continua a sfiorarmi la pelle, la spina dorsale, le chiappe, la mia fessura, sfiorandomi solo leggermente le labbra della passera e l'ano, per poi risalire fino alla nuca. Poi, mi strattona una folta ciocca di capelli e mi tira indietro la testa, piegandomi il collo. Si china su di me e mi succhia la pelle ai lati della gola. Mi morde delicatamente la carne, la sua erezione preme contro le mie labbra lisce e carnose. Solo un piccolo spostamento e...

...e lui sarà dentro di me. Sono tentata dallo spingere e premermi contro di lui per incoraggiarlo, ma di nuovo... Voglio obbedire e lui non mi ha dato il permesso di farlo... per ora.

Solo per ora.

Quindi rimango al mio posto, rimango ferma dove mi vuole mentre mi tira i capelli, traccia la curva del mio orecchio con la sua lingua, leccandomi lungo il collo, lungo la spina dorsale, fino a scendere di nuovo sulla fessura del mio culo; e non si ferma qui.

No.

Con uno scatto, fa girare la lingua intorno al buco stretto, la fa guizzare dolcemente, mi stuzzica e non posso fare a meno di gemere. I miei precedenti incontri sono stati noiosi, niente del genere.

Nessun uomo si è mai davvero avvicinato a me.

Non lì.

Ma più lecca, bacia e pungola, più mi rilasso, apprezzando le sue abilità. Finché non mi lascia cadere bruscamente i capelli e mi separa le chiappe, e lo sento fare un verso. Un verso di apprezzamento.

"Sei bellissima," sussurra.

È proprio così che mi fa sentire. Bellissima. Anche in questa posizione vulnerabile.

Ha ragione sull'intimità e la comunicazione.

Le parole che mi ha detto mi ispirano fiducia, mi fanno aprire, così come i suoi tocchi.

"Non muovere le mani. Apri un po' di più le ginocchia. Non troppo. Ecco così, proprio lì."

E poi rimane in silenzio... perché la sua bocca è premuta contro il mio pube, sul clitoride, la sua lingua gioca con me, volteggia tremolante, accarezzando la mia protuberanza sensibile. Faccio fatica a rimanere ferma, a tenere le mani e le ginocchia in posizione.

Vorrei cadere sulla schiena, afferrargli la testa e tenerlo

fermo mentre mi divora finché non vengo. Con o senza il suo permesso.

Ma mi trattengo. Sto al gioco.

Aspetto.

La sua lingua, la sua bocca, poi le sue dita mi spingono al limite. Sto per venire e non posso. Non ancora. Non mi è ancora stato detto di venire.

Spero che me lo dica il prima possibile.

Ho i capezzoli duri e doloranti, l'ano mi si stringe, forse per il desiderio, e la passera mi pulsa mentre lui assapora tutto il mio corpo, la mia intimità, me.

Emette dei versi contro la mia carne gonfia e le contrazioni mi fanno gemere. Mi mordo il labbro per contenermi.

Sono sull'orlo dell'orgasmo, ma non mi ha ancora detto di lasciarmi andare e faccio fatica a convincere il mio corpo a comportarsi bene. Ad aspettare.

"Non ancora," mi dice, come se potesse leggermi nella mente. Ma non può, probabilmente ha solo decifrato me, il mio corpo. "Presto, ma non ancora."

Si sposta e prende gli oggetti sul comodino. Dopo pochi secondi, sento il gel freddo del lubrificante sulla mia carne calda. Me lo fa colare lungo la fessura del culo e con il pollice lo massaggia intorno al bordo. Più aumentano le gocce, più lui le spalma con movimenti concentrici. Poi fa più pressione.

Questa volta però non con la bocca. No. Con un dito lungo, forte, deciso a prendersi il mio buco vergine.

Lentamente, inserisce il polpastrello fino alla falangetta, oltre l'anello stretto. Poi continua con la falange e mi sento invasa da una sensazione che non ho mai provato prima. Una sensazione che non avrei mai pensato di desiderare o di cui avrei mai potuto sentire il bisogno.

Ma lo voglio eccome. Ne sento il bisogno. È come se

quest'uomo sapesse tutto ciò di cui ho bisogno. Ciò che bramo.

Poi si muove dentro di me con un ritmo che potrebbe benissimo farmi impazzire. E quando tuffa di nuovo la bocca contro di me, succhiandomi la carne tra le labbra e i denti, quasi urlo *ananas*. Perché non ce la faccio ad andare oltre senza venire.

Le sue torture non mi permettono di venire, e io non posso chiederglielo, non posso implorarlo.

Non mi è concesso.

Eppure deve concedermelo.

Ho bisogno che mi dia il via libera, ma la sua bocca è piena del mio sesso, della mia carne sensibile, e non dice niente.

Voglio arrendermi.

Voglio gridare pietà.

Non resisto.

Non resisto.

Non resisto.

"Puoi venire," dice a voce bassissima, tanto che quasi penso di essermelo sognato. E quando ricomincia a leccarmi e mi scopa il culo con due dita, non mi importa più se me lo sono sognata o meno.

Mi lascio andare.

La testa mi gira vorticosamente. Mi trema tutto il corpo.

Mi stringo intorno alle sue dita e dalle labbra mi sfugge un suono che non ho mai sentito prima.

Grido. È un urlo di liberazione.

Finalmente.

E prima che lo strascico dell'orgasmo svanisca, lo sento dentro di me. Mi scopa forte, andando in profondità e con foga, sbattendo i fianchi contro il mio culo. Il rumore dei nostri corpi che sbattono, il nostro respiro affannoso e i versi di piacere invadono lo chalet.

Con una mano Nick spinge ancora in profondità nel mio

canale stretto, con l'altra mi afferra di nuovo i capelli, tirandomi la testa all'indietro fino a quando il mio collo non riesce più a piegarsi.

"Sì, Grace, così. Cavalcami il cazzo. Sentimi dentro di te. Questa figa è mia. Questo culo è mio. Presto anche la tua bocca sarà mia. Non verrai finché non te lo dirò io. Dimmi se sono chiaro."

"Sì, Nick. Sì, chiarissimo."

"Ci incastriamo alla grande. È come se tu fossi fatta per me. Sei per caso stata creata per me, Grace?"

"Sì. Solo per te."

"A chi appartieni?"

Non avevo più dubbi. "A te, Nick. Appartengo a te."

"Vuoi venire?"

"Sì," sibilo. Perché è vero, anche se sono appena venuta, sono pronta a venire di nuovo. Le sue parole, la sua voce dolce come musica, mi eccitano come mai prima d'ora.

È qualcosa di folle. Ma mi piace da morire.

È così che devo essere scopata. Non devo essere spinta dolcemente, devo essere lanciata.

"Sei pronta a venire di nuovo?"

"Sì," mi sforzo di dire, perché è difficile formulare un pensiero, esternarlo a parole ancora di più.

"Quando dico *ora*, vieni."

Le sue dita si arricciano dentro di me, accarezzandomi, e con il cazzo spinge dentro ancora più forte, più in profondità, finché non riesce ad andare oltre.

Si irrigidisce, il suo corpo singhiozza. Poi geme: "Ora," e mi lascio andare con lui. Oltre il limite, in uno spazio infinito e inesplorato. Non riesco a capire chi sia a pulsare. Se lui, io, o entrambi.

So solo una cosa...

...è questo l'uomo per cui sono stata creata.

Lui. E solo lui.

SANTO CIELO. Mi sento come se stessi perdendo me stessa. Come ha potuto quest'uomo diventare il mio tutto in meno di un'ora?

"Da quanto tempo è che non lo facevi?" mi chiede. Il suo braccio è avvolto intorno a me e mi tiene stretta contro il suo fianco.

Siamo sdraiati nudi sopra le lenzuola, il freddo stagionale asciuga il sudore dai nostri corpi, ne allevia il calore. Mi vengono i brividi e lui mi stringe un po'.

"Troppo." Dovrei vergognarmi di rispondere così, ma sono tranquilla. Non ho nulla da nascondere. "E tu? Quanto tempo è passato per te?"

"Troppo," risponde con le mie stesse parole.

La sua risposta mi dà una certa soddisfazione. Soprattutto da quando ha scelto di rompere il suo periodo di magra con me. Gli premo più forte la guancia sul petto.

Un pensiero mi colpisce, facendomi spostare gli occhi sul suo viso. "Avevi pianificato tutto?"

"Sì."

Un piccolo sorriso mi incurva la bocca. "Anch'io."

Con gli occhi sgranati mi fissa sorpreso, poi getta la testa all'indietro e ride. La sua risata sembra profonda e maschile e mi fa venir voglia di gettargli le braccia al collo e risucchiare tutti i demoni che ancora lo tormentano.

Perché penso che siano ancora lì. In agguato.

Vorrei chiederglielo, ma non è il momento giusto. Lo conosco da molto tempo, ma in realtà non lo conosco affatto. E di certo non lo conosco abbastanza bene da chiedergli cosa lo perseguiti.

Se vorrà dirmelo, lo ascolterò.

In caso contrario, rispetterò la sua decisione.

Ma la mia curiosità per altri suoi aspetti, aspetti più

intimi, ha la meglio su di me. "Pensavo che mi avresti legata."

"Non ti ho mai detto che ti avrei legata, Grace."

Sono confusa e probabilmente lo vede dalla mia espressione.

Adoro il fatto che osservi tutto. Come ha detto, la comunicazione non passa solo attraverso le parole.

"Devi ascoltare attentamente i miei comandi. Ti dirò tutto. Se dovrò ripetertelo, verrai punita. Se seguirai i miei comandi, verrai ricompensata."

Questa frase stuzzica il mio interesse. "Come mi punirai?"

Mi prende la mascella e con il pollice mi sfiora pigramente lo zigomo. "La punizione potrebbe piacerti e dunque spingermi a infliggertela ancor di più. Potrebbe non piacerti e, se sarà così, poi mi assicurerò di coccolarti. Affare fatto?"

"Ma non mi hai ancora detto di che punizione si tratta."

"Mettimi alla prova e vedrai."

Non mi sta minacciando, mi sta sfidando.

Le sfide mi sono sempre piaciute. Aiutano a scacciare la noia, aiutano a passare il tempo in un luogo dove la monotonia e il lento movimento dell'orologio dominano le mie giornate.

La mia attenzione scivola lungo il suo corpo, giù per la pancia fino all'inguine. Il suo cazzo, stremato dalle nostre azioni di non molto tempo prima, giace tranquillo, morbido tra i peli scuri e curati. Le mie dita vanno nella stessa direzione, ma non si fermano al membro, vanno oltre e prendo nel mio palmo le palle calde e piene. Ne sento tutto il peso e le stringo leggermente.

Lui irrigidisce le cosce. Forse perché sa che, se stringo più forte, gli farà male. Mi faccio passare la pelle sottile fra le dita. Sono tentata dal prenderlo subito in bocca. Così rilassato, riuscirei a prenderlo completamente.

Il mio corpo si muove in maniera automatica, scivola

lungo il suo, mi sistemo tra le sue gambe, che si allargano ulteriormente per accogliermi.

Schiocco un bacio sul punto in cui la sua lunghezza si unisce ai testicoli, poi lo prendo in bocca.

Rimane morbido abbastanza a lungo da farmi roteare la lingua intorno, assaporandolo completamente. Poi comincia a crescere, ad allungarsi, a indurirsi. Circondo la base con due dita e la stringo, sfioro la cappella con i denti, le mie labbra succhiano lungo la sua lunghezza.

Nick fa scivolare le dita tra i miei capelli, li arriccia e li tira così forte che il cuoio capelluto inizia a bruciare. Ma continuo il mio lavoro orale per portarlo all'erezione, anche se è passato poco dall'orgasmo.

"Non ti ho dato il permesso di farlo," dice con fermezza, ma la sua voce non è così autorevole come vorrebbe, ne sono sicura. La mia bocca indebolisce le sue risorse, il suo potere. Più lui mi tira i capelli, più io glielo succhio forte, glielo lecco, glielo graffio.

"Grace," mi avverte.

Non m'interessa. Per il momento, voglio disobbedire. Voglio sfidarlo. Per scoprire quali punizioni mi infliggerà quando sarò testarda, quando non seguirò le sue regole.

"Userò il tawse," mi avverte di nuovo, tirando e poi rilasciando leggermente i capelli, facendomi sempre male al cuoio capelluto.

Ancora una volta, non mi interessa, dato che sono pronta a subire qualsiasi punizione ritenga opportuna. Anche se non ho idea di cosa intenda esattamente con *tawse*. Mi fa pensare a una roba medievale. Mi piace.

Forse dovrei preoccuparmi. Ma non lo faccio.

Finché sarò in questo chalet, io sono sua e lui può farmi quello che vuole.

Capitolo cinque

Nick:

GRACE è implacabile con la bocca. Mi sforzo di non gemere e di non spingere più in profondità, più forte.

Dovrei essere io a comandare. Non lei.

Questo chalet è il mio territorio. Lo sarà per tutta la durata del mio soggiorno.

Lei deve essere mia. Lo sarà per tutta la durata del mio soggiorno…

Non posso perdere il controllo così in fretta.

La mia minaccia di usare il tawse non la spaventa, e la cosa mi eccita. Avevo intenzione di usarla comunque e ora ho una buona scusa.

Il mio cazzo si indurisce ancora di più all'idea di mostrarle cosa sia un tawse e come si usi.

Decido subito che quello che sta facendo è inaccettabile. Non le è permesso.

Perché non le ho dato il mio benestare.

Lasciandole andare i capelli, le afferro i polsi. Mi siedo e le dico con fermezza: "Lasciami."

Lei obbedisce. Non dovrei essere sorpreso, ma lo sono.

Ha le labbra lucide e gli occhi sfocati. Le piace prendermi in bocca. Probabilmente è bagnata e pronta a darmi piacere.

Ma non sono contento che mi abbia disobbedito e devo darle una lezione.

"In ginocchio, in mezzo alla stanza." Il tawse dovrà attendere. Quando vedo che non si muove abbastanza velocemente, la aiuto tirandole i polsi e portandola dove voglio. Si inginocchia davanti a me al centro della stanza e mi guarda in silenzio, con calma.

I suoi occhi non sono quelli di una donna sottomessa; guizzano per l'eccitazione. Tuttavia, mantiene un'espressione vuota, illeggibile.

"Incrocia le caviglie, metti le mani dietro la schiena, incrocia anche i polsi."

Con una leggera esitazione, fa quello che le dico. "Ecco. Così. Non muoverti, succeda quel che succeda. Se ti muovi, non farai che peggiorare la tua punizione. Tutto chiaro?"

"Tutto chiaro."

Le prendo la mascella tra le mani e le sollevo un po' il viso, scrutandola. Sorrido. "Bene. Ti sei presa la briga di prendermi in bocca senza permesso. È così?"

"Sì."

"Sì cosa?"

"Sì, Nick." Un brivido la attraversa. I suoi capezzoli si induriscono fino a diventare dei bei picchi sporgenti. Voglio succhiarli, stringerli con i denti, ma dovrò aspettare, e anche lei.

Prima la punizione, poi penseremo alla ricompensa.

Scuoto entrambi i capezzoli con le dita e il suo corpo si ritrae leggermente, ma i suoi occhi non lasciano mai i miei. Non battono ciglio.

Dannazione, è perfetta.

Ho incontrato la sfidante perfetta, la mia metà. È lei.

Se si facesse fare tutto quello che voglio oggi, stasera, domani e per sempre, potrei non volermene più andare.

Quello che sto per darle è proprio quello che voleva, ma non nel modo in cui si aspettava.

Faccio scivolare un pollice tra le sue labbra e le apro la bocca, poi faccio un passo avanti. "Questa bocca è mia. Tienila aperta. Penso che tu ti sia dimenticata e abbia pensato che fosse tua. Devo rinfrescarti un po' la memoria."

Stringendole i capelli, le afferro la testa e mentre la tiro verso di me, glielo spingo in bocca, e lei chiude automaticamente labbra intorno a me. E non è l'unica che ha bisogno di rinfrescarsi la memoria.

Anch'io dovrei.

Ha la bocca calda, bagnata, e mentre fa scivolare la lingua sulla mia lunghezza dura, sento le ginocchia iniziare a cedere. Provo a non mollare e stringo i muscoli delle gambe, tenendomi in piedi.

"Succhiamelo più forte," le chiedo, e lei obbedisce, incavando le guance. Rimango fermo e le lascio controllare il ritmo per un momento. Ma solo per un po'. Perché è per il mio piacere, non per il suo.

"Con la bocca piena, non puoi dire la parola di sicurezza. Ma dopo il tuo castigo, arriverà la ricompensa. Non dimenticarlo mentre continui a obbedirmi. Ma se vuoi fermarti, allora riporta le caviglie in posizione. Così capirò che non riesci a portare a termine la punizione e che sei disposta a rinunciare alla tua ricompensa."

Piego le dita per formare un pugno e fermo il suo movimento. Sono io che adesso comincio a muovermi. Controllo il ritmo. Ora sta a me decidere quanto in profondità andare, quanto velocemente e per quanto tempo.

Grace si dimena leggermente mentre spingo più in profondità, andando oltre, probabilmente più lontano di quanto non sia mai andata, ma continua a tenere le caviglie incrociate e le mani dietro la schiena.

Geme con il mio membro in bocca, ma non piagnucola. Allora vado ancora più in profondità, e i suoi occhi trovano di nuovo i miei come se mi stesse dicendo che è pronta per qualsiasi sfida io le lanci.

Allora spingo ancora di più.

Sposto lo sguardo dai suoi occhi alle sue caviglie, che restano incrociate, poi torno alle sue labbra tese ma ancora chiuse saldamente intorno alla mia lunghezza. Il viso le è diventato rosso e ha chiuso le palpebre.

Mentre le colpisco il palato molle e la gola, sento che si agita e poi si rilassa di nuovo. Cristo, mi fa godere da matti. Sta prendendo quasi tutta la mia lunghezza, ma non completamente.

Rallento l'oscillazione dei fianchi e spingo lentamente in avanti, andando in profondità il più possibile. Le labbra circondano la base del mio cazzo e ora sta facendo difficoltà a respirare. Con i pugni stretti sui suoi capelli, le tengo la testa ferma.

"Guardami."

Quando apre gli occhi, vedo che sono lucidi, ma fa come le chiedo. Controllo ancora una volta le caviglie, sono ancora incrociate. Sono sollevato dalla sua volontà di fare ciò che le dico.

Una lacrima le sfugge dalla coda dell'occhio. Non perché sia triste, ma perché sono così in profondità nella sua bocca che non riesce a trattenerla.

Tolgo la mano dai capelli e asciugo via quella lacrima solitaria. Mi allontano leggermente, lasciandola respirare meglio, poi le sfioro le labbra distese con il pollice.

"Sei così bella, Grace. Questo è quello che volevi, ma dovevamo farlo alle mie condizioni." Inclino di nuovo i fianchi in avanti, mettendole di nuovo in bocca tutto il pene. Lentamente, perché non voglio farle del male.

È troppo preziosa per me. Mi ha dato se stessa come un

dono, e devo prendermi cura di lei come se lo fosse davvero. Devo prendermi cura di ciò che è mio.

E lei, a sua volta, si prenderà cura di me.

Solo guardarla mentre mi prende in bocca mi fa stringere le palle e indurire il cazzo ancora di più. Sono di nuovo al punto di non ritorno. Questa volta le verrò in gola. Le darò una parte di me.

Mi tiro indietro e porto i fianchi in avanti ancora una volta, poi chiudo gli occhi mentre eiaculo dentro di lei, sulla sua lingua, sulla sua gola. Geme e i suoi occhi non lasciano mai i miei. Ne noto la soddisfazione. È inconfondibile.

Le è piaciuto quello che le ho dato e io mi sono divertito a darglielo.

Quando il mio cazzo smette di pulsare, lo tiro fuori dalle sue labbra e le dico: "Lecca la cappella fino a pulirla per bene."

Le faccio un sorriso quando si mette all'opera. Dopo aver finito, mi ricambia il sorriso.

"Parla liberamente," le dico, accarezzandole la mascella con il pollice.

"Posso alzarmi?"

"Non ancora. Ma puoi rilassare le caviglie e abbassare le braccia."

Lo fa con un sospiro di sollievo. Probabilmente le faranno male i muscoli dopo aver tenuto così a lungo in quella posizione.

"Ti è piaciuto, Grace?"

"Molto."

"Adesso lascia che mi occupi di te."

A quelle mie parole, vedo i suoi occhi spalancarsi per una frazione di secondo, poi si dà rapidamente uno scrollone. "Mi farebbe molto piacere."

Capitolo sei

Grace:

Io MI SONO PRESA cura di lui e lui si è preso cura di me. Dopo aver portato Marghe fuori per una pausa, Nick mi ha fatto sedere al tavolino della baita e abbiamo mangiato un muffin a testa. Poi, nel piccolo angolo cottura, ha preparato una bella frittata di formaggio e verdure con gli ingredienti che si è portato in una borsa termica. L'ha messa su un piatto insieme a una sola forchetta. Un morso per me, un morso per lui, sfamando entrambi ad alternanza fino a pulire il piatto.

Dopo aver finito, mi ha asciugato delicatamente la bocca con un tovagliolo. Io non ho alzato un dito. Prima che potessi allontanarmi dal tavolo, si è alzato e si è girato verso di me, massaggiandomi le spalle, il collo e le braccia poiché erano un po' doloranti dopo essere rimaste a lungo bloccate dietro la mia schiena.

Ha fatto tutto questo mormorandomi continuamente dei complimenti all'orecchio. Mi ha definita adorabile, bella, splendida e molto altro, usando aggettivi che non mi erano mai stati attribuiti finora. Non so se mi descrivano davvero, ma finché Nick ci crede, a me basta.

All'inizio ho pensato che fosse proprio questa la mia ricompensa, il premio per aver accettato la mia punizione, ma mi sbagliavo.

Ho scoperto più tardi che Nick è semplicemente fatto così. Estroverso. Gentile. Premuroso. Non ha alcun tratto oscuro o inquietante. Sembra apprezzare me e la mia volontà di giocare con lui.

Poi mi ha preso delicatamente la mano e mi ha condotto verso il letto, io mi sono sdraiata su un fianco e lui si è raggomitolato intorno a me. Mentre giacevamo lì in silenzio, ho ascoltato il suo respiro costante fino a quando non mi sono addormentata.

ARDENTI scariche di calore mi scendono lungo la pancia e arrivano fino all'inguine. Un'altra trazione al capezzolo mi rende consapevole di quello che sta succedendo e sbatto le palpebre verso il soffitto finché non mi rendo conto di dove sono. Nello chalet. Con Nick.

Un sospiro di sollievo mi sfugge dalle labbra.

Pensavo che tutto questo potesse essere stato un sogno, ma no, nient'affatto. Nick mi sta succhiando intensamente un capezzolo e ha gli occhi fissi sui miei. Sorride attorno all'areola e poi affonda i denti nella carne morbida.

Inarco la schiena sollevandola dal letto e, istintivamente, allungo le mani verso di lui. Poi mi ricordo di nuovo che quest'uomo *è* Nick e mi trattengo dal toccarlo senza permesso. Ripiego le dita sui palmi.

"Questa è la tua ricompensa, Grace. Puoi toccarmi, se vuoi."

Oh, sì, voglio toccarlo.

Facendo scorrere le dita tra i suoi capelli scuri, lo tiro di nuovo verso il mio capezzolo. Lui ridacchia contro la mia pelle e io non posso fare a meno di sorridere.

Mi stringe di nuovo il capezzolo con le labbra e lo succhia forte prima di graffiarne la punta con i denti.

Fa rotolare l'altro tra il pollice e l'indice prima di tirarlo con vigore. Quando la mia pelle non si allunga più, lo pizzica più forte.

"Avrei dovuto portare delle pinze," mormora contro la curva esterna del mio seno.

Sì, avrebbe dovuto portarle.

"La prossima volta," risponde, e io rimango immobile.

La prossima volta.

Mi farà aspettare un anno intero?

Improvvisamente un milione di domande mi riempiono la testa, ma le scaccio via. Non è il momento di pensarci.

No. Ora devo concentrarmi sulla ricompensa, poi avremo un sacco di tempo per pensare ad altro.

Passa da un seno all'altro mordicchiandomi tutta, finché non stringe forte le labbra attorno al capezzolo e fa vorticare la lingua sulla punta.

"Nick…" Gemo.

"Ti piace questa ricompensa?"

Oh, cavolo, sì, vorrei urlare. Ma non lo faccio. Mormoro invece: "Oh, sì."

Piego il collo inclinando la testa all'indietro e improvvisamente lo sento lì, a mordicchiarmi la gola, a solleticarne l'avvallamento con la lingua. Quando affonda i denti un po' più forte nel punto fra collo e spalle, sussulto.

"No?" mi chiede.

"Sì," lo incoraggio.

Di nuovo, ridacchia dolcemente, profondamente, e all'improvviso mi sento ricoperta dalla pelle d'oca. Basta il suono della sua voce per farmi bagnare e rendermi vogliosa.

L'umidità tra le mie cosce ne è la prova. Sto pulsando per lui. *La figa mi pulsa, letteralmente.* Non mi era mai successo prima, di desiderare qualcuno così tanto che il mio corpo grida di disperazione per lui.

Non c'è dubbio che io lo voglia, che io abbia bisogno di lui. Completamente.

Si fa strada lungo il mio petto, morde la curva superiore del mio seno, poi la punta del capezzolo, baciandomi dolcemente la pelle della pancia. Non si ferma finché non raggiunge la cima del pube. Il suo respiro caldo si abbatte contro la mia carne e la passera mi si stringe. Non mi sta toccando da nessuna parte, ma mi scatena reazioni anche solo con un respiro.

Un semplice respiro.

"Apriti a me, Grace. Voglio vederti tutta."

Faccio scivolare la mano lungo la pancia e separo le labbra della mia vagina.

"Bellissima," mormora. "Ancora una volta sei pronta per me. Ma non è questa la tua ricompensa…" La sua voce si affievolisce mentre mi accarezza il sesso con la bocca, la punta della sua lingua trova il mio apice, mi stuzzica il clitoride, facendomi sollevare i fianchi dal letto.

"Così, Grace. Hai un sapore dolcissimo… Non mi stancherò mai di te."

Lui è silenzioso, ma io no, perché mi sta facendo impazzire, portandomi al limite più volte senza mai farmi venire. Ogni volta che sono sul punto di farlo, lui, invece, decide di allontanarsi per stuzzicarmi l'interno coscia o per soffiare delicatamente sul mio clitoride sensibile. Eppure anche questo mi fa quasi venire.

Noto che più piagnucolo, gemo o grido il suo nome, più lui succhia, lecca, fa girare la lingua, dando così il via a un nuovo gioco. Un gioco in cui ovviamente sarò io la vincitrice.

Senza rendermene conto, pronuncio il suo nome col

ritmo di una cantilena, supplicandolo di farmi venire. Questa dovrebbe essere la mia ricompensa, non dovrei mendicare. All'inizio, non penso che stia cercando di dominarmi, ma solo di estendere il mio piacere. Da un lato lo apprezzo, ma dall'altro vorrei maledirlo.

Finché arrivo al punto in cui non ce la faccio più; devo rilasciare la tensione del mio corpo. Sono tentata dal prendergli la faccia, tirarla a me e strusciarmi contro di lui.

Ma non lo faccio.

Aspetto.

Confido in lui, in quello che sta facendo... E cioè, conoscere il mio corpo, le mie reazioni, ciò che mi piace, ciò che amo, quello che mi piace fare lentamente, quello che mi fa venire rapidamente.

Ho la sensazione che più tardi lo userà a suo vantaggio. Se da un lato il pensiero che qualcuno possa conoscere il mio corpo meglio di me stessa è elettrizzante, dall'altro è anche intimidatorio.

Mi rendo conto che sia un livello superiore di dominazione. Riuscirà a farmi vibrare come la corda di un violino. Sarò come stucco nelle sue mani, e molti altri cliché che volteggiano nel mio cervello intontito.

"Dimmi di cosa hai bisogno, Grace," mi chiede tra le pieghe gonfie.

"Ho bisogno di venire," rispondo quasi scattando verso di lui, perché sono sul punto di venire ma anche di vacillare, ferma in quel limbo di frustrazione.

Sono pronta.

Quindi, quando ridacchia contro il mio clitoride e fa scivolare due lunghe dita dentro di me, curvandole per accarezzare il punto segreto, sbatto le mani sul materasso, afferro le lenzuola e gemo mentre il mio corpo si incurva e poi s'increspa intorno a lui, pulsando contro la sua bocca.

Sta dicendo qualcosa. Non so ancora cosa. Ho la testa

annebbiata, lo sguardo sfocato per l'orgasmo più intenso che abbia mai avuto dopo tanto tempo.

Sento le sue parole ma non riesco a distinguerle. Dopo un ultimo bacio gentile sul clitoride, il quale mi fa balzare di nuovo verso di lui, scivola sul mio corpo, attento a non schiacciarmi col suo peso.

Quando siamo faccia a faccia, mi prende la bocca come se fosse di sua proprietà, perché infatti lo è. Il corpo mi trema ancora, così come la passera. Le mie dita si arricciano intorno ai suoi bicipiti e con le unghie scavo nella sua carne per mantenere la presa mentre mi bacia con tanta forza che sono costretta a inclinare la testa all'indietro. Dannazione, è fottutamente glorioso.

È il miglior bacio che mi abbiano mai dato.

Mi sussurra che ho un sapore buonissimo. Concordo con lui, perché ho scoperto il mio stesso sapore durante il suo bacio.

Nonostante sia di nuovo duro, Nick si posiziona accanto a me, mi mette un braccio pesante sulla vita e mi pianta una mano sul fianco prima di tirarmi forte contro di lui.

"Quanti anni ha Marghe?"

È l'ultima domanda che mi sarei aspettata. Ma, a parte l'erezione, il resto del suo corpo è rilassato a contatto col mio, quindi forse vuole solo conoscermi meglio. O sapere del mio cane, ma comunque… Non mi stupisce, Marghe attira sempre l'attenzione.

"Otto."

Con la mano mi allontana i capelli dal viso e, con la punta delle dita, mi disegna una linea partendo dalla cima della fronte fino al mento, passando per il naso.

"Sono tanti per un cane di quelle dimensioni?"

Sposto una spalla. "Diciamo che è un cane di mezz'età."

"Allora mi pare che stia bene per la sua età. È molto educata. Mi piace."

Certo, come no.

Dato che stiamo parlando liberamente, mi piacerebbe saperne di più su di lui. Soprattutto quello che ho sempre desiderato sapere. Ma ancora una volta, aspetto.

"Mio padre ha lavorato nell'unità cinofila dell'esercito. Le ha insegnato un sacco di comandi, sia verbali che manuali, ma io non la metto mai alla prova. Mi godo solo la sua compagnia."

"Tu vivi qui da sola."

Non è una domanda. Lui lo sa. Sta solo affermando qualcosa di cui non serve parlare, perché sono ben consapevole di vivere qui da sola. Era uno dei motivi per cui volevo attirare la sua attenzione così disperatamente. Quindi non rispondo.

"Cos'è successo a tuo padre? È venuto a mancare?"

"Sì, l'anno prima che tu cominciassi a venire. Sono figlia unica, quindi tutto questo mi è stato tramandato."

"Come fai a stare al passo con questo posto? Ci devono essere almeno una decina di chalet."

"Ci sono abituata. Assumo qualcuno del posto quando ne ho bisogno." E posso permettermelo, aggiungo fra me e me.

Un brivido mi attraversa. Penso al camino e a quanto sarebbe bello accendere un fuoco solo per scaldare l'aria. Sfortunatamente, non ho ancora sistemato la legna da ardere accanto agli chalet.

"Senti freddo?"

"Un po'."

Si allontana da me abbastanza da afferrare una coperta ripiegata ordinatamente sul ripiano inferiore del comodino. La tira su entrambi.

"Così va meglio?"

"Sì."

"Puoi avvolgere le braccia intorno a me, Grace. Mordo, ma solo durante il sesso." Gli brillano gli occhi mentre pronuncia quelle parole.

Devo dire che mi sono piaciuti i suoi morsetti e le sue strette, così come le due volte in cui mi ha affondato i denti nella carne un po' più forte.

Un'altra cosa che non avevo mai fatto prima.

Mi scruta il viso e poi mi chiede: "Ti è piaciuto?"

"Sì, tanto."

"Bene." Un leggero sorriso gli curva gli angoli delle labbra, e non posso fare a meno di passarci sopra la punta delle dita. Apre la bocca e ne morde uno scherzosamente, poi la lascia andare.

Continuo l'esplorazione del suo viso, seguo la linea forte della mascella fino alle sopracciglia. Il suo sguardo segue il mio.

La sua voce suona roca quando mi chiede: "Dimmi, da quanto tempo non lo facevi?"

Interrompo l'esplorazione e lascio cadere la mano. "Te l'ho detto, troppo."

"Sii più specifica."

"Mesi."

"Quanti?"

Perché insiste nel voler conoscere queste informazioni? Non mi sento a mio agio a raccontargli della mia vita sessuale. O meglio, del fatto che non esista.

"Nick…"

"Ti ho fatto una domanda, mi aspetto una risposta," insiste.

"Posso dire lo stesso anch'io?" Perché se è così, vorrei avere un sacco di risposte da lui.

Si sposta un po' sotto la coperta, mettendo una gamba sulla mia. Ora, con il suo braccio e la sua gamba sul corpo, sono bloccata sul letto. Un altro tipo di restrizione senza l'uso di corde o veri polsini.

Interessante.

"Facciamo un accordo. Ti farò solo domande a cui anch'io risponderei. Affare fatto?"

"Affare fatto," ripeto.

Un momento…

Mi acciglio, rimpiangendo la mia rapida decisione. Vuol dire che solo lui potrà fare le domande? Perché se è così, allora potrei non scoprire mai quello che voglio sapere.

Capitolo sette

Nick:

L'ultima cosa che voglio è trasformare il poco tempo che abbiamo a disposizione in un gioco di venti domande. Ma sono curioso di sapere di più di lei, della sua vita e del perché sia qui da sola, in una zona remota del Maine.

A seguito del nostro accordo, formulo le mie domande con attenzione.

"Perché non vendi questo posto? Sembra molto grande per essere gestito da una sola persona."

"Potrei, ma mi sentirei in colpa. I miei genitori hanno messo anima e cuore in questo progetto. Poi, quando mia madre è morta, mio padre lo ha portato avanti perché era un pezzo di lei. Ora lo porto avanti io perché è un pezzo di loro."

"C'è molto altro, Grace. Raccontami."

Osservo il suo viso esitante, ricoperto da un velo di incertezza.

"Non saprei cosa fare, come vivere, come fare soldi. Questo è tutto quello che ho sempre fatto, l'unica attività che abbia sempre conosciuto."

I suoi genitori avevano creato un business, una casa, ma così facendo era come se avessero relegato la figlia in un angolo. Il mondo è grande, ma ho la sensazione che Grace non abbia mai avuto la possibilità di esplorarlo.

Il che è un peccato, non solo per lei, ma anche per il mondo.

"Non ti sei mai sposata." Cerco di farla passare per un'affermazione piuttosto che una domanda, perché se lei me lo chiedesse io non vorrei rispondere. Comunque, sono curioso.

Si sa, chi si fa i fatti suoi campa cent'anni, ma ho l'impressione che questa conversazione avrà vita breve.

"No. Tu?"

"Sì," rispondo, e lei spalanca gli occhi.

"Sì nel senso che *sei* sposato? O lo *sei stato*?"

Le chiarisco il dubbio. Solo perché non voglio che si chieda se sono ancora sposato e se stia tradendo la mia compagna. "Lo sono stato."

Il suo corpo si rilassa di nuovo contro il mio. Non dico altro, ma so che vorrà andare più a fondo, e non mi sbaglio.

"Divorzio incasinato?"

Incasinato sì. Divorzio… No. Ad ogni modo, cuori infranti e un sacco di sofferenza. Se non peggio.

Mi sta facendo una domanda che io non le ho fatto, per cui non sarei tenuto a rispondere, ma lo farò. "No."

Quando apre bocca per fare un'altra domanda, le metto un dito sulle labbra. "Dimentichi le regole del gioco. Risponderò solo alle domande che ti farò io per primo."

Si acciglia contro il mio dito e lo sostituisco rapidamente con la mia bocca, baciandola mentre lei sorride. Mi piace quando mi sorride.

"Cosa vorresti fare nella vita se potessi fare qualsiasi cosa?" Quando si morde il labbro inferiore, glielo tocco e scuoto la testa. "Quel labbro è mio. Solo io posso morderlo."

Lo rilascia immediatamente e sorride di nuovo. "Mi piace quando mi mordi."

"Lo so. Ho intenzione di farlo ancora un po'."

Il suo corpo sobbalza leggermente. Presumo sia per l'eccitazione o per l'impazienza. Perché anche a me piace morderla.

Da morire.

Le passo il pollice sul labbro inferiore, seguendolo con gli occhi. La sua bocca si schiude e riesco a sentire il suo respiro morbido e caldo danzarmi sulle dita. I suoi occhi si scuriscono e la punta della lingua sfreccia per toccarmi il pollice.

"Ti piace prendermi in bocca, Grace?"

"Sì," sussurra, con gli occhi socchiusi. Dovrebbe essere soddisfatta, ma non lo è. Lei vuole di più. "Mi piace un sacco."

E anche a me piace tantissimo.

"Ti è piaciuto quando ti sono venuto in gola?"

"Sì." Questa volta la sua risposta è molto dolce, è più simile a un respiro.

"Perchè ti è piaciuto?"

Vedo la sua gola fare su e giù, come se stesse deglutendo a fatica. "Perché mi stai dando una parte di te."

Con quella risposta attira l'attenzione del mio pene. Non posso credere di aver avuto tanta fortuna, di aver trovato la donna giusta, capace di colmare il mio vuoto, il buco che c'è da anni. Il mio istinto per Grace non si era sbagliato. Ogni volta che la vedevo, anche se solo per un attimo negli ultimi anni, sapevo che poteva essere quella giusta, e ora sto rapidamente scoprendo che avevo ragione.

Avevo solo bisogno di tempo per arrivare nel posto in cui mi trovo attualmente, un luogo in cui potessi offrirmi a lei, in cui potessi tranquillamente chiederle di darsi a me.

Finora si è aperta totalmente con me, è stata onesta e

non ha esitato a fare tutto ciò che le chiedo, o che le dico, più che altro.

Quando ho perso il controllo della mia vita, poco più di quattro anni fa, ho capito che non avrei mai voluto che accadesse di nuovo. Quindi, non mi farò sfuggire di nuovo la situazione di mano.

Ora, più cerco il controllo, più mi rendo conto di quanto mi piace. Anche durante il sesso.

Soprattutto durante il sesso.

"Perché vieni qui ogni anno in questo periodo dell'anno?" mi chiede. Poi chiude le labbra e spalanca di nuovo gli occhi.

Non era riuscita a trattenersi. È una domanda che probabilmente voleva farmi da tempo.

"A ogni tua domanda che va contro le regole, avrai un colpo di tawse, e non ti garantisco che risponderò. Hai già infranto il nostro accordo. Quindi questo è quello nuovo. Accetti?"

"Non so cosa sia un tawse," mi risponde.

"Chiedimelo."

Un'espressione combattuta le rannuvola il viso. Sa che se me lo chiederà, si beccherà un altro colpo con un oggetto che non ha mai visto prima.

Non importa se smetterà di fare domande, almeno un colpo se l'è guadagnato. Il pene mi s'indurisce al pensiero di usarlo sul suo sedere, arrossandolo.

"Sei così curiosa da rischiare?"

"No," replica con la voce un po' tremante.

"Non ti farei mai del male, e hai sempre la parola di sicurezza," le ricordo.

Quando la sua espressione diventa più determinata, respingo il mio sorriso di trionfo. Le piacciono le sfide ed è decisa a partecipare a questa.

Le darò qualche informazione per stuzzicare la sua voglia di saperne di più. "Vengo qui ogni anno per fuggire."

"Perché?"

Siamo a quota due. Le sue guance si scuriscono così come i suoi occhi.

"È un anniversario che voglio dimenticare. In questo periodo dell'anno, mi lascio tutto alle spalle per purificare la mia anima."

"Che tipo di anniversario?"

E siamo a tre. Grace apre le labbra e fa un respiro affannoso. Anch'io faccio lo stesso, perché l'attesa sta cominciando a pesarmi davvero tanto.

"L'anniversario di una grave perdita."

Le do risposte vaghe per costringerla a chiedermi sempre di più.

"Perdita di cosa?"

Ed ecco il quarto colpo.

"La perdita di persone care."

Si morde il labbro inferiore e io le lancio uno sguardo penetrante. Lei distoglie il suo, ma vedo che sta morendo dalla voglia di chiedermi chi, come e quando.

Anche se ora è un po' più facile parlarne, non è un argomento che approfondirei. Anno dopo anno, ero sempre venuto quassù per immergermi nell'oblio più totale e dimenticare, anche se in modo temporaneo. Dovevo arrivare al fine settimana in uno stato di torpore fino a quando il dolore non sarebbe diventato leggermente sopportabile. Ma non è ancora completamente sparito.

E non lo sarà mai.

"Vuoi conoscere i dettagli," dico infine.

Lei annuisce e replica dolcemente: "Sì."

"E allora chiedi." Non getterò la spugna tanto facilmente.

"Perché proprio qui?"

Cinque colpi. L'uccello mi si tende contro la sua coscia. Chiudo gli occhi per un secondo per ricompormi, non perché stia avendo un vuoto di memoria, ma perché muoio dalla voglia di punirla.

"Perché nessuno verrebbe a cercarmi qui. Sono un pesce fuor d'acqua in questo residence. Vivo e lavoro in città, Grace. Nessuno penserebbe che mi nasconderei nel bel mezzo del Maine."

"Da chi ti stai nascondendo?"

Ed ecco il sesto colpo. Le palle mi si stringono e divento ancora più duro.

"Amici, famiglia. Chiunque volesse impicciarsi, chiunque si preoccupasse del mio stato mentale questa settimana di ogni anno."

"Dimmi cos'è successo."

Ah, non me l'ha chiesto. Furba.

Potrei chiudere un occhio, perché sei colpi sono già tanti. Anche se potrei alternare colpi delicati e violenti. Penso che potrebbe divertirsi a ricevere questa punizione tanto quanto io mi divertirò a dargliela.

"Prima la tua punizione, poi la risposta potrebbe essere la tua ricompensa," dico con decisione.

Il cuore mi batte un po' più veloce, il respiro accelera leggermente mentre scivolo via da lei e dal letto. Non posso più aspettare. Non vedo l'ora di farlo e ho portato il tawse con me pensando di usarlo in un modo o nell'altro, sia come punizione che come gioco.

Le farò vedere di cosa si tratta prima di bendarla. Mentre mi dirigo verso la mia valigia, vedo delle goccioline di liquido preseminale sulla punta della cappella.

Non vedo l'ora di scoparmela quando il suo culo sarà arrossato dai miei colpi.

Capitolo otto

Grace:

QUANDO SI GIRA, faccio un respiro profondo. Ha in mano un lungo oggetto simile a una verga. È piatto e sembra possa far male. A un'estremità la spessa pelle marrone ha una specie di fessura al centro, mentre all'altra estremità c'è un foro con un cordoncino di pelle che lo attraversa e che dovrebbe avvolgergli il polso.

Ora realizzo che vorrei non aver fatto così tante domande.

Fa sbattere leggermente il tawse contro il palmo della mano mentre si avvicina al letto. Lo schiocco del cuoio contro la mia pelle mi fa sobbalzare. Ogni volta che si schiaffeggia con la mano, il suo pene rimbalza.

È chiaro che non vede l'ora di punirmi.

Distolgo lo sguardo dallo strumento per passare al suo viso. Gli occhi sembrano brillargli e le labbra gli si incurvano leggermente. Non sembra cattivo. È entusiasta. E si vede benissimo dall'espressione.

"Mettiti a cagnolino sul bordo del letto. Rivolta verso di me."

Obbedisco e mi volto verso di lui. Quando si avvicina al bordo del materasso, il suo pene è all'altezza del mio viso. "Apri la bocca."

Lo faccio.

"Tira fuori la lingua."

Oh, cazzo, non mi darà una frustata sulla lingua, vero?

La caccio tentennante.

Non fa altro che far scivolare la cappella dentro, lasciandomi una scia del suo liquido setoso e salato.

"È buono?"

Chiudo la bocca e faccio roteare la sua essenza con la lingua. "Sì."

"Ne vuoi ancora?"

"Sì, ti prego."

"Lo avrai presto," risponde e si allontana, lasciandomi lì ai piedi del letto, nuda, carponi. Vulnerabile.

Non lascio che il mio sguardo lo segua, fisso un punto sul muro dritto davanti a me. I miei capezzoli hanno raggiunto il picco e hanno bisogno della sua attenzione. Le pareti interne del mio sesso si contraggono.

Poi lo vedo di nuovo lì, mi prende la testa, mi benda gli occhi.

Lo chalet diventa buio. Ora che ho perso il senso della vista, devo usare il mio udito per capire ciò che sta per succedere.

Mi accarezza i capelli, poi la guancia, prima di passarmi il pollice sul labbro inferiore.

"Mi vedi?"

"No."

"No cosa?"

"No, Nick."

"Molto bene, piccola," mi dice dolcemente. "Amo sentire il mio nome sulle tue labbra. Soprattutto quando lo urli mentre vieni. Vuoi venire, Grace?"

"Sì, Nick."

"Questa sarà la tua ricompensa. Ma prima, abbiamo altri affari da sbrigare. Ti sei guadagnata sei colpi, Grace. Ma quando comincerò, è possibile che tu me ne chieda di più."

Non rispondo. La mia mente è in preda all'impazienza e alla trepidazione. Spero che la punizione tardi ad arrivare e allo stesso tempo che finisca il prima possibile per poter passare alla ricompensa.

Improvvisamente, mi accarezza il mento con la mano e mi solleva delicatamente il viso.

"Tesoro, sei bellissima, il tuo corpo reagisce alla perfezione. Una scia di rossore ti scorre sul petto e sulle guance, i tuoi capezzoli sono duri come diamanti. Vedo il tuo interno coscia brillare. Vieni, alzati."

Dal momento che non riesco a vedere nulla, mi aiuta ad alzarmi in piedi e mi posiziona rivolta verso il letto, in modo da dargli le spalle.

"Piegati e unisci i polsi sul letto."

Faccio come mi ordina e incrocio i polsi come se fossero legati.

"Senti la corda sui polsi, Grace?"

È pazzesco. Dopo quelle semplici parole, i miei polsi sembrano davvero legati con una corda. Sta giocando con i miei pensieri. La figa mi pulsa al pensiero di essere legata. Di non poter scappare. "Sì, Nick."

"È troppo stretta?"

Ricorro la mia immaginazione. "No."

"Ti piace?"

"Sì," gemo, perché è la verità. La sua voce e la sua presenza mi controllano, dominano ogni parte del mio corpo.

Devo fare ciò che vuole lui.

Non mi ero mai resa conto di quanto avessi bisogno di

Nick, di tutto questo, fino a oggi. Speravo solo di interrompere il mio lungo periodo di astinenza. Ma ora, sto vivendo qualcosa di molto più intenso.

Non avrei mai immaginato che sarebbe stato così.

Spero solo che vada sempre meglio.

"La tua figa è bellissima, Grace. È bagnata per l'eccitazione. È tutta mia, non è vero?"

"Sì, è tutta tua, Nick."

Lo sento muoversi per la stanza. Non poterlo vedere è strano, ma il mio udito sembra più acuto ora che sono bendata.

Potrò anche non vederlo, ma percepisco il suo calore dietro di me e non vedo l'ora che mi tocchi.

Anche se questa dovrebbe essere una sorta di "punizione" per la mia trasgressione nel fare domande, non vedo l'ora di sapere cosa sta per fare. Ho riposto la mia fiducia nelle sue mani, perché sono certa che non mi farà del male. La sua punizione non può essere altro che un piacere travagliato.

Accetterò tutto quello che mi darà, qualunque cosa.

Sento le sue mani attorno alle mie caviglie; me le allarga, posizionandomi i piedi dove vuole. Ho le gambe divaricate, il culo per aria, i gomiti e i polsi sul letto.

Aspetto.

Aspetto ancora, finché non voglio più aspettare, ma mi trattengo dal chiedergli di sbrigarsi.

So che riceverò sei colpi di tawse e fino a quando non saprò che sensazione mi provocherà, non voglio far aumentare quel numero.

È silenzioso, e mi chiedo se mi stia fissando o scrutando. Mi sento esposta, piegata sul letto, tutta in mostra.

Mi sento a disagio? No. Forse dovrei, perché chiunque sano di mente ci si sentirebbe. Soprattutto con uno sconosciuto.

Ma poi ricordo a me stessa che lui è Nick.

E ho bisogno di lui più di ogni altra cosa.

Chiudo gli occhi sotto la benda e lo immagino in piedi dietro di me, intento a farsi una sega mentre mi guarda il sesso, che a questo punto starà sicuramente gocciolando. Mi sto letteralmente sciogliendo per lui, e non mi sorprenderebbe se lasciassi una pozzanghera sul pavimento.

Per quanto ridicolo, quel pensiero mi fa sorridere. Probabilmente gli piacerebbe… soprattutto sapendo che è a causa sua.

Alla fine dice: "Rimani dove sei, non voglio che tu ti muova. Hai capito?"

"Sì, Nick, ho capito."

"Bene, Grace," mi sussurra dolcemente.

Sì, perché sono una ragazza diligente. Ma voglio anche essere disubbidiente. Tuttavia, non mi muoverò. Non finché non me lo ordinerà lui.

Improvvisamente, mi afferra una ciocca di capelli e mi strattona all'indietro, facendomi sussultare per la sorpresa. La mia testa si inarca fino a toccare la schiena, il mio collo si allunga e respiro a fatica. Tremo mentre con la mano libera mi accarezza la schiena, sopra le scapole, poi giù lungo la spina dorsale. Allunga una mano sotto di me, mi stuzzica il capezzolo destro e io sussulto di nuovo. Vorrei chiedergli di farlo di nuovo, ma non posso parlare a meno che non me lo dica lui. Non posso rispondere a meno che non mi ordini di farlo.

Quindi, respiro profondamente mentre mi prende il seno tra le mani e mi torce il capezzolo teso tra l'indice e il pollice. Cerco di non agitarmi, ma è difficile stare ferma.

Quello che mi sta facendo mi piace da pazzi.

Cerco di non gemere quando abbandona il capezzolo e fa scivolare il palmo della mano sulle costole fino alla vita, per poi appoggiarlo per un momento sul mio fianco. Quando mi lascia andare i capelli, la testa mi cade in avanti.

"Appoggia la fronte sulle braccia."

"Sì."

"Qualsiasi cosa accada, tieni il culo alzato così com'è ora. Capito?"

"Sì."

"Sì cosa?"

"Sì, Nick."

"Brava, piccola. Se, in qualsiasi momento, vorrai dire la tua parola di sicurezza, fallo. Te la ricordi?"

"Ananas."

"Vuoi usarla ora?"

"No, Nick."

Lo immagino sorridere alla mia risposta, il che mi fa sorridere a mia volta. Lo sto rendendo felice ed è proprio questo che desidero. Sembra che non sia stato felice per molto tempo, e questo nuovo Nick mi piace molto. Questo Nick che parla e non si esprime più a monosillabi.

Se posso aiutarlo, lo farò.

Proprio come lui sta aiutando me, dandomi quello che mi serve, quello che bramo.

Mi stringe i glutei e posa un bacio dolce sull'uno e sull'altro. "Mi stai facendo un gran regalo, Grace, e lo apprezzo." A un tratto non sento più le sue mani calde, l'aria fresca prende il loro posto sulla mia pelle.

Fa scivolare un dito tra le mie pieghe bagnate e mormora qualcosa che non riesco a sentire. Un dito si immerge dentro di me solo per una frazione di secondo e poi sparisce. Non fa che aumentare il mio desiderio.

Ma credo che il punto sia proprio questo.

Non vuole che io goda solo della mia ricompensa, ma anche del mio castigo.

Faccio un respiro profondo allargando le narici e allontanando quei pensieri mentre la cinghia di pelle mi scivola tra le curve del sedere.

Trattengo un gemito quando ripete l'azione. Il tawse è

liscio contro la mia pelle e non vedo l'ora che continui a punirmi, che mi infligga il castigo che mi merito per avergli fatto domande fuori luogo.

Ma ho bisogno che continui.

Mi sta solo stuzzicando, e mi sta facendo impazzire.

Mi picchietta il tawse lungo la pelle. Non mi colpisce, no. Mi dà solo morbidi colpetti per risvegliare le mie terminazioni nervose, per farmi rendere conto dello strumento nella sua mano. Per ricordarmi chi è che ha il controllo.

Sento il rumore dei tanti colpetti lungo le natiche.

La pelle d'oca mi ricopre la pelle, e mi mordo il labbro inferiore anche se non mi è permesso. So che non può vedermi dal punto in cui si trova.

Inoltre, sono sicura che la sua attenzione è concentrata altrove.

Poi, all'improvviso, sento l'aria che si muove e poi uno schiaffo acuto del cuoio contro la mia pelle, prima di sentire effettivamente il dolore del colpo. Combatto per trattenere la mia reazione, ma scatto leggermente in avanti. Non sono riuscita a evitarlo.

Non gli piacerà.

Ma non dice nulla e mi riporta i fianchi al loro posto.

Dunque aspetto.

Finalmente, mi dice: "Ogni volta che ti muoverai, il colpo non conterà. Chiaro?"

"Sì," sibilo. Poi aggiungo rapidamente: "Nick."

Deglutisco a fatica e mi riprometto di stare ferma, di non farmi cogliere impreparata. Quando il tawse scende in picchiata sull'altro gluteo, faccio come dice lui. Rimango al mio posto e accetto la punizione.

Gemo, e lo fa anche lui. Questo verso gli è piaciuto, tanto quanto è piaciuto a me.

Sono quasi lusingata e, sorprendentemente, il tawse non mi dispiace affatto. Mi fa sentire viva.

Le sue dita tracciano delicatamente ciò che immagino sia il livido che il tawse ha lasciato.

"Qual è la tua parola di sicurezza, Grace?" mi chiede di nuovo.

"Ananas."

"Hai intenzione di usarla in questo momento?"

"No, Nick."

"Bene," dice inspirando, sembrando sollevato.

Ancora una volta, mi colpisce il gluteo destro in un punto diverso da quello della prima volta. Il doloroso schiocco del cuoio fa resuscitare la mia pelle. Apro la bocca ma non ne esce alcun suono. Solo silenzio.

È pazzesco, lo so, ma mi piace.

Mai in vita mia avrei pensato di poter godere di qualcosa di così proibito; ho sempre cercato di evitarlo da bambina, ora invece non ne ho mai abbastanza.

Voglio sentire. *Sentire intensamente.* Godere di quell'ondata di calore che mi passa dal sedere fin dentro le viscere, facendomi bagnare, facendomi desiderare Nick in maniera disumana. Voglio che mi colpisca di nuovo.

Lo fa.

E ancora.

Un'altra volta.

Ne voglio ancora. Ma non posso implorarlo. Non posso nemmeno chiedere o dare suggerimenti. Resto in silenzio.

"Vuoi usare la tua parola, Grace?"

"No, Nick."

Lo sento sospirare contro la mia pelle calda e mi bagno ancora di più, la mia figa sembra incredibilmente gonfia, pronta. In realtà, spero che mi colpisca proprio lì, ma non lo fa.

Si ferma e l'unica cosa che sento sulla pelle è l'aria fresca che ci circonda.

Ma poi qualcosa di liscio e scivoloso mi gocciola sull'ano, giù per la fessura del mio culo.

"Di chi è questo culo, Grace?"

"Tuo, Nick."

"Sei mai stata scopata qui?"

"No."

"Quindi, *è* tutto mio."

Non rispondo perché non era una domanda. È vero, nessuno mi ha mai presa lì, ma mi sono sempre chiesta come sarebbe.

Se devo scoprirlo, voglio che sia con Nick.

Preme in quel punto, spingendo leggermente, girando in cerchio, e non riesco a credere a quanto sia bello. Qualunque cosa faccia, mi fa desiderare sempre di più.

Tuttavia, non preme troppo forte, e si limita a stuzzicare la stretta circonferenza. Il mio istinto è di spingermi contro di lui, ma mi trattengo, e aspetto ancora una volta.

Posiziona un dito sull'apertura, forse il pollice, non saprei dirlo. Quando mi colpisce il culo con lo strumento, allo stesso tempo fa scivolare il dito (adesso so per certo che è un dito) dentro di me. Grido, non riesco a trattenermi.

"Di' la tua parola se ne hai bisogno," mi intima, con tono un po' teso.

Mi piace l'effetto che ho su di lui. Pensa di avere il controllo della situazione, ma sono le mie reazioni a controllarlo, anche se non lo ammetterebbe mai.

Non dico una parola e quando mi colpisce di nuovo sull'altra natica, fa scivolare un secondo dito dentro, allargandomi per bene.

Mi scopa lentamente con le dita il sedere dolorante per aria, ed è una sensazione paradisiaca.

Non avrei mai immaginato che il sesso potesse essere così bello. Mai avrei pensato che mi sarebbero piaciute queste pratiche che, con altri uomini, avrei considerato sconce.

Ma con Nick, tutto mi sembra giusto.

Non credo ci sia niente che possa fare per diminuire il mio desiderio.

Vi dirò di più... Se questa è la punizione, voglio essere davvero, davvero cattiva.

Capitolo nove

Nick:

GRACE è IMPRESSIONANTE. Mi eccita.

La mia Grace.

Ha accolto i colpi del tawse, uno dei miei giocattoli preferiti, come pensavo che avrebbe fatto. Le piacciono le sfide, e questa sicuramente non l'aveva mai affrontata prima d'ora.

Ha tenuto i polsi stretti come se fossero legati, non ha mosso i piedi. Tranne per il movimento in avanti quando l'ho colpita per la prima volta, ha fatto tutto quello che le ho detto.

Non posso essere più duro di quanto sia già. Lei *vuole* darmi piacere, e per questo, io voglio compiacerla.

Ma mancano ancora altri due colpi di tawse. Gli effetti della cinghia in pelle già si vedono sul suo sedere. È rosso, rosa e un po' gonfio. Bacio ogni punto in cui ho sferrato i colpi, grato che mi abbia permesso di punirla.

Perché avrebbe pur sempre potuto dire di no.

Avrebbe sempre potuto fermarmi a metà punizione, ma non l'ha fatto.

E ora so che accetterà gli ultimi due così come ha fatto con i primi quattro.

Ciò che è ancora più eccitante è che le piace il gioco del sedere. Ed è un'altra ragione per cui non mi sazio mai di lei.

In segno di apprezzamento, le lascio un po' di controllo. "Per questi ultimi due colpi… Su una scala da uno a dieci, in cui dieci è un colpo forte e uno è un leggero colpetto… Che numero vuoi, Grace?

Rimane in silenzio per un momento, molto probabilmente valutando la propria tolleranza, poi dice: "Sei," con voce ansimante.

Sei è il livello delle ultime due frustate che le ho dato. Le do di nuovo un sei, il che mi fa stringere le palle dolorosamente.

"Ultimo colpo. Numero?"

"Otto."

Esito. "Sei sicura, Grace?" Voglio che sappia quello che dice. Non voglio farle del male, ma voglio darle quello che chiede.

"Sì, ti prego, Nick. Un otto."

Le do un otto e lei piagnucola prima di tirare un respiro tremante, ma non si muove. Neanche un po'.

Butto via il tawse e mi concentro sull'allargare il più possibile il suo canale stretto con le dita. Non sono sicuro che oggi sarà pronta a essere penetrata, credo neanche per stasera. Ma entro la fine della settimana, forse. È qualcosa a cui penso con impazienza.

Quando geme e sento stringermi le dita, dico: "E ora, la ricompensa."

"Penso che mi piaccia di più la punizione."

Getto la testa all'indietro e rido. Non ridevo così da molto tempo, non c'è da stupirsi. È una sensazione incredibile.

"Come fai a saperlo? Non hai ancora ricevuto la ricompensa. Ma hai parlato senza consenso. Mi stai spingendo di proposito a punirti di nuovo? E chi ha detto che la punizione la prossima volta sarà la stessa?" Quando non mi risponde, aggiungo: "Puoi parlare liberamente, Grace."

Nel frattempo, ho continuato a far scivolare le mie dita lisce dentro e fuori dal suo ano, e non appena le dico che può parlare, emette un forte gemito e la spina dorsale si incurva. Fa oscillare i fianchi all'indietro, facendomi spingere le dita più in profondità.

Afferro il mio pene con la mano libera e stendo il liquido preseminale attorno alla cappella prima di accarezzarlo allo stesso ritmo delle mie dita nel sedere di Grace.

Guardarla muoversi contro la mia mano mi eccita da pazzi.

"Mi vuoi dentro di te, Grace? È questo che vuoi per avere la tua ricompensa?"

"Sì," sussurra. "Ho bisogno di te... adesso."

"Togliti la benda, prendi un preservativo." Mentre fa quello che le chiedo, proseguo dicendo: "Aprilo e dammelo." Apre l'involucro con i denti e mi passa il preservativo, girandosi abbastanza da vedermi mentre lo srotolo su di me con una mano sola.

"Sono prontissimo, tesoro," mormoro mentre premo la cappella tra le sue labbra gonfie.

"Anch'io sono pronta per te." Sospira mentre spingo lentamente dentro di lei.

Sono circondato da un tessuto liscio, caldo e bagnato che mi accoglie pienamente. Mi fermo. Principalmente perché ho bisogno di frenare i miei istinti. Non voglio venire immediatamente e questo potrebbe benissimo accadere, specialmente se ho le dita dentro di lei.

Geme e si spinge contro di me. "Nick..."

"Sì, piccola, ti sento. So di cosa hai bisogno. Ne ho bisogno anch'io," la rassicuro. "Lascia che ti dica quanto è bello il tuo culo in questo momento, arrossato dalla tua punizione, allargato dalle mie dita. È perfetto. Tu sei perfetta."

Chiudo gli occhi e soffoco un gemito quando mi stringe forte sia le dita che il cazzo. Allora non ho altra scelta che muovermi; non riesco più a trattenermi. Cerco di mantenere il controllo, di andare a un ritmo lento, costante. Fino in fondo, per poi toglierlo. Il suo corpo mi avvolge e il bisogno di muovermi più velocemente e violentemente mi travolge.

"Scopami," geme lei.

"Più veloce?"

"Sì."

"Più forte?"

"Oh… sì."

Le do quello che vuole finché non perdo il senso del tempo, non riesco a pensare più a niente se non a lei. Solo lei. Solo io. Siamo solo noi due, connessi mentre saliamo sulla scala del piacere. Le sue grida diventano costanti e quando chiama il mio nome, faccio fatica a trattenermi. Voglio farlo durare il più possibile.

Ho aspettato così a lungo che qualcuno arrivasse e riempisse quel buco nel profondo della mia anima. Ora che l'ho trovata, non voglio lasciarla andare. Non voglio lasciarmi andare.

Ma devo. Il mio corpo non ce la fa più, la mente mi gira vorticosamente, fuori controllo. Devo liberarmi.

E mentre Grace si tende intorno a me, gemendo, in preda al fiatone, afferrando le lenzuola, spingendo i glutei verso i miei fianchi, mi lascio andare. Lascio andare *tutto*.

Ma lascio anche che sia lei a entrare dentro di me. Le lascio riempire quel vuoto nel mio profondo.

Anche se solo per un momento, mi sento di nuovo completo.

Desiderato.
Necessario.
Amato.
Realizzato.

Capitolo dieci

Grace:

Si sta facendo tardi. La povera Marghe è stata paziente con me. Con noi. Ma ora è il momento di farla mangiare e di farle prendere un po' d'aria. Non voglio alzarmi dal letto. Non voglio uscire dallo chalet. Non voglio lasciare il fianco di Nick.

Resterà qui solo per un breve periodo e so che il tempo passerà troppo in fretta. Ogni momento lontano da lui mi farà sentire come a lutto.

Faccio scorrere le dita sulla sua barba incolta, accarezzando i capelli corti e ispidi. Ha gli occhi chiusi, le labbra inarcate leggermente aperte e il suo petto si alza e si abbassa in modo costante mentre dorme. Il suo braccio mi avvolge forte, tenendomi stretta, come se avesse paura di lasciarmi andare.

Se riesco a sgattaiolare via tranquillamente, posso andare a occuparmi dei bisogni di Maggie, preparare del cibo per noi, e tornare prima ancora che si renda conto della mia assenza.

Lancio un'occhiata ai miei vestiti dall'altra parte della

stanza e comincio a sollevare delicatamente il suo braccio, con attenzione, lentamente, finché non ho abbastanza spazio per liberarmi dal suo peso. Mi sposto sul letto e poi rotolo via finché non tocco il pavimento con i piedi.

Quando mi alzo, un gemito mi sfugge di bocca. Il mio corpo è rigido e dolorante e il didietro mi fa male per svariati motivi. Ma sono soddisfatta. Cavolo, sono felice. Per cui non mi lamento.

Mentre mi rivesto, mi giro verso il letto e guardo Nick dormire profondamente. Marghe guaisce un po' quando mi vede indossare gli stivali. Ha davvero bisogno di uscire e le faccio una smorfia per zittirla.

Agita la coda e riesco a vedere la sua eccitazione crescere. Probabilmente era annoiata, dato che io e Nick abbiamo trascorso la giornata a letto.

Il problema è che, quando si eccita, tende ad abbaiare. Sonoramente e frequentemente (credetemi, è fastidioso). Non voglio che svegli Nick.

Mi affretto ad aprire la porta e lei sguscia fuori, scappando via senza di me. Dato che so dove sta andando, non mi preoccupo. C'è solo una cosa che le piace tanto quanto le carezze sulla pancia e sulle orecchie: mangiare. Sa il fatto suo. Quando salgo sul golf cart, non si preoccupa nemmeno di aspettare un passaggio. Si sgranchisce le zampe, svuota la vescica e mi accompagna correndo verso casa.

Il crepuscolo è alle porte. Il lago e i boschi circostanti sono silenziosi mentre guido lungo il sentiero, tremando, poiché la temperatura è scesa. Devo ricordarmi di prendere una felpa per il viaggio di ritorno.

Il mio sorriso cresce mentre penso di portare anche qualcos'altro nello chalet. Certo, Nick ha portato i suoi giocattoli, ma anch'io ho ne ho diversi.

A OTTOBRE, basta un minuto per passare dal tramonto al buio totale, e quando io e Marghe torniamo allo chalet, la notte è ormai scesa e devo accendere i fari del golf cart. Resto sorpresa quando, attraverso la fessura delle tende usurate, noto che anche all'interno dello chalet è buio.

Sono stata via solo un'ora. Abbastanza a lungo da nutrire il mio cane che cercava attenzioni e cercare qualcosa da mangiare per noi umani.

Spero che Nick non sia schizzinoso perché ho preso quello che ho trovato nella credenza per mettere insieme qualcosa che fosse, come minimo, carburante per i nostri corpi, poiché immagino che le nostre attività continueranno per tutta la sera fino al mattino presto. Almeno lo spero.

Chi è che in fin dei conti ha bisogno di dormire? Potrò dormire quando sarò morta.

Spengo il golf cart e studio lo chalet per un momento, mentre Marghe annusa il fondo della porta, scodinzolando.

Che strano.

Sollevo il cesto pieno di cibo e mi dirigo verso lo chalet. Apro silenziosamente la porta e Marghe si precipita verso di me, facendomi quasi cadere. Sto per ritrovare l'equilibrio quando sento una mano avvolgermi la gola; la porta si chiude dietro di me e mi ritrovo con la schiena inchiodata a essa.

I miei occhi non si sono ancora adattati all'oscurità, ma riesco a sentire il respiro caldo di Nick su di me e so che il suo viso è vicino al mio.

"Te ne sei andata." La sua voce suona bassa e brontolona, il che mi eccita più di quanto mi spaventi.

La sua presa sul collo è sufficiente per tenermi ferma, ma non mi fa male. No, piuttosto sento uno strano piacere perverso nel vederglielo fare.

Mi chiedo se ho qualche rotella fuori posto.

Il calore del suo corpo è ardente, anche se sono completamente vestita e indosso persino una felpa pesante.

"Sì," sussurro. "Dovevo tornare a casa."

"Sei stata via parecchio tempo." Non lo dice in tono accusatorio, ma come dato di fatto.

"Io…"

Mi interrompe schiacciando le sue labbra contro le mie, aprendomi la bocca con la lingua e poi esplorandone l'interno.

Dannazione, quest'uomo sa come baciare.

Cerco di sciogliermi contro di lui, di incastrare il mio corpo lungo il suo come se fossimo i pezzi di un puzzle, ma nel frattempo sto reggendo il pesante cesto. Perciò mi limito a mostrare la mia approvazione gemendogli in bocca e lasciando che le nostre lingue si scontrino finché Nick non torce la testa abbastanza da stringersi contro il mio corpo ancor di più.

Poi si tira indietro. Solo leggermente. Il suo respiro si mescola al mio. Mi inspira, e io faccio lo stesso con lui per alcuni lunghi momenti.

"Mi sono svegliato tutto solo," mormora. La mia vista si è adattata abbastanza ora che posso vederlo mentre mi fissa la bocca. Mi lecco lentamente le labbra e lui se ne accorge.

"Scusami. Non volevo svegliarti."

"Quando mi sono svegliato e ho visto che non c'eri, mi sono preoccupato."

Perché mai avrebbe dovuto preoccuparsi? Vivo nella proprietà. Anche se pensava che stessi scappando per sfuggirgli, non sarei andata troppo lontano.

Ma non lo avrei mai lasciato solo per il resto della settimana. Finché è qui sarà mio. E comunque, mi ha detto che la mia bocca, la mia passera e il mio sedere sono di sua proprietà. Quindi, non andrei mai via.

Mi mordo il labbro, cercando di non ridacchiare ai miei pensieri folli.

"Non mordere il *mio* labbro. Lascia che sia io a farlo." Dopo quelle parole, si china quanto basta per prendere il mio labbro inferiore coi denti e preme delicatamente. Abbastanza da farmi sentire la stretta e il pizzicotto, ma non tanto da farmi sanguinare. La passera mi si stringe perché voglio che mi morda di nuovo, ma stavolta non sulla bocca (anche se non mi dispiace).

"Nick," sussurro quando mi rilascia il labbro.

Le sue dita ancora sulla mia gola premono un po' più forte. Non tanto da mettermi paura, dal momento che non sta limitando il mio respiro fino a quel punto, ma abbastanza da farmi bagnare, farmi diventare ancora più vogliosa.

Mi toglie il cesto dalle mani senza lasciarmi andare, lo posa sul pavimento ai nostri piedi, poi si rimette dritto.

Con una mano, mi sbottona i jeans e abbassa la cerniera, lo spazio sufficiente per inserire la mano e trovare il mio centro bagnato. Mi infila un lungo dito tra le pieghe, circonda il mio clitoride e io gemo, chiudendo gli occhi.

"Ti sei fatta la doccia?" mi chiede.

"Sì. Ho anche preparato qualcosa da mangiare."

Annuisce leggermente, ma non risponde. Si sta concentrando sul giocare con la mia protuberanza sensibile finché i miei fianchi non si piegano contro di lui. Improvvisamente avverto il disperato bisogno di venire per mano sua. Sono al limite.

Davvero. Al limite.

In precedenza ho accennato al fatto che sa suonarmi come un violino, e confermo che sta facendo proprio questo. Ogni movimento della sua mano, delle sue dita, è meticoloso. Lui sa perfettamente come portarmi *al limite*. Ma non lo supera.

"Sei bagnatissima, Grace. Sono onorato che tutto questo sia per me. Mi stai stringendo le dita. Vuoi venire, vero?"

"Sì." La parola si trasforma in un sussulto. Qualche altro secondo... Solo...

Sfila la mano dalle mie mutandine e fa un passo indietro

rilasciando all'improvviso il mio corpo inerme contro la porta.

Merda. Ora voglio infilare la *mia* mano nei pantaloni e farmi venire.

I miei pensieri vanno ai due vibratori che ho messo nel fondo del cesto. Se solo...

"Togliti i vestiti. Quando sei in questo chalet, devi essere nuda. Ricordi le mie regole, Grace?"

Mi strappo la felpa di dosso. La maglia la segue rapidamente. Mi tolgo le scarpe freneticamente e allo stesso tempo faccio scendere i jeans lungo i fianchi. Perdo l'equilibrio e cado contro la porta (atterrando con il sedere, per fortuna).

Indietreggia, guardandomi divertito. Vorrei poterlo vedere più chiaramente, ma la mancanza di luce è un handicap, perché quello che vorrei davvero vedere è il suo sorriso; è importante per me. Dubito che abbia sorriso abbastanza negli ultimi anni, sempre che lo abbia fatto. Pensare che *posso* far spuntare un sorriso sulle sue labbra mi eccita.

Quando sono finalmente libera dai vestiti, alzo le mani in aria ed esclamo: "Ta-da!" suscitando ancora una sua risatina.

"Vuoi mangiare qualcosa?" Chiedo, perché presumo che mi sia permesso di parlare liberamente in questo momento. In caso contrario, beh, dovrò sopportare qualsiasi punizione lui ritenga opportuna.

Il che non mi causerà alcun dispiacere.

"Sì, ma sto pensando a qualcosa di diverso da quello a cui stai pensando tu."

Oh, di certo non dirò di no se mi metterà di nuovo quella sua abile bocca sulla passera.

Io ci sto. Il cibo può aspettare. Non vedo l'ora che finisca quello che ha iniziato solo pochi istanti fa. Dita, bocca, uccello... Non sarò esigente su quello che userà per farmi venire. Gli dirò anche dei giocattoli che ho portato con me se vuole utilizzarli.

Anche se, potendo scegliere, preferirei il suo strumento in carne e ossa.

"Dove vuoi prendermi?" gli chiedo in preda all'eccitazione; naturalmente questo lo fa ridacchiare di nuovo. Sentirlo ridere mi scalda il cuore e fa sorridere anche me.

Anche se abbiamo passato poco tempo insieme, sto cambiando la sua vita. Forse non in maniera radicale, ma se riesco a portare anche solo un po' di luce nella sua oscurità, allora sarò contenta.

Preme l'interruttore vicino alla porta e lo chalet viene inondato dalla luce. Ovviamente è nudo, e ancora una volta il suo uccello è pronto, ma ormai non mi sorprende. Sembra che abbia le Duracell.

"Ho portato qualcosa... o meglio, degli *oggetti*," preciso, perché non riesco più a nasconderlo.

Nick inarca un sopracciglio. "Che cosa hai portato, Grace?"

Alzo l'indice come a dire 'attendi un attimo' e frugo nel cesto, tirando fuori i miei due giocattoli preferiti.

Li sollevo trionfante e lui annuisce con la testa in segno di approvazione. Mi tende la mano e io glieli consegno entrambi, osservando mentre li ispeziona, li accende e li spegne, controllandone i diversi livelli di velocità e di movimento. Mentre ci gioca, stringo le mie cosce tremanti per l'impazienza. I nostri sguardi si incrociano. I suoi occhi sono scuri e scrutano il mio viso prima di dire: "Ah."

Ah. Tutto qui?

Con uno dei miei vibratori indica una sedia di legno vicina. "Mettiti dietro la sedia, mani sullo schienale. Sguardo in avanti... Non voltarti e non guardare né me né quello che sto facendo. Hai capito, Grace?"

Oh, sì. Ci risiamo. Partecipare ai suoi giochi mi piace così tanto.

"Capito," dico, incapace di nascondere il mio entusiasmo.

Come farò a tornare alla mia vita normale e noiosa quando se ne sarà andato?

Allontano quel pensiero. È ora di giocare, non di riflettere. Perciò faccio come mi è stato detto, afferro la parte superiore della sedia e mi chino, anche se non mi ha detto di farlo. Mi metto in quella posizione, pensando che è quello che vuole.

Non riesco a vederlo, ma lo sento attraversare lo chalet per venire verso il letto. Poi però, torna rapidamente dietro di me. Devo ammetterlo, sono un po' stordita dall'enorme impazienza. Questa settimana devo raggiungere il maggior numero di orgasmi possibile. Dovrò farmeli bastare fino all'anno prossimo…

L'anno prossimo…

E se non tornasse più?

Se i suoi demoni scomparissero, l'anno prossimo potrebbe non tornare. Finirò per rimetterci io nell'aiutarlo a risollevarsi?

Accidenti.

Prima di venerdì, devo convincerlo che potrà tornare per altri motivi. Per vedermi. Per giocare di nuovo con me. Devo dimostrargli che potrei essere l'unica ragione per cui tornare.

Sta facendo qualcosa dietro di me e non so cosa. Resisto alla tentazione di sbirciare, ma è difficile. Poi lo sento trascinare una sedia alle mie spalle e ora sono davvero curiosa. Tutte le possibilità mi rimbalzano nel cervello.

Dal modo in cui l'aria fluttua intorno a me, capisco che ora è seduto sulla sedia. Mi avvolge le mani intorno alle caviglie e io scatto leggermente al contatto inaspettato. Trascina la punta delle dita dietro ai miei polpacci, lungo la parte posteriore delle mie cosce, sulle mie natiche. Rabbrividisco sotto le sue dita calde. Il suo tocco accende ogni mia terminazione nervosa. Per un momento mi concentro solo su quel tocco, mettendo in pausa tutto il resto... compreso il mio respiro affannoso.

"I segni sono spariti," mormora, sembrando un po' deluso mentre mi accarezza la pelle lentamente, delicatamente. "Resti comunque bellissima, a prescindere dai segni."

Fa scorrere le dita lungo la fessura del mio culo prima di farle scendere tra le mie pieghe bagnate, aprendomi anche in quel punto. Poi torna su, separandomi le natiche, tracciando dei cerchi intorno al buco stretto.

So che vuole scoparmi lì. Spero che anche lui voglia lo stesso, ma non so ancora se sono pronta. A ogni modo, dato che è seduto sulla sedia, non credo che in questo momento stia pensando all'anale.

Infatti ho ragione.

Con dei baci leggeri segue il percorso delle sue dita, fino a quando mi accarezza con la lingua, mi morde qua e là, e finalmente...

Finalmente...

Cazzo.

Finalmente, mi solletica il buco stretto con la punta della lingua e io espiro forte, le mie ginocchia quasi cedono, ma mi tengo alla sedia per continuare a stare in piedi mentre mi lecca in maniera incredibile. Ora so perché mi ha chiesto se avessi fatto la doccia.

Mentre bacia, lecca e stuzzica un punto inaspettato, la testa comincia a girarmi. In un certo senso, mi dico che è tutto *sbagliato*, ma nell'altro, mi dico che è dannatamente *giusto.*

Il ronzio del vibratore mi riporta per un momento alla realtà e lui lo fa scivolare tra le mie pieghe, aumentando la mia eccitazione e la conseguente lubrificazione. Me lo preme sul clitoride per un secondo, poi per due. Grido, prontissima a lasciarmi andare.

Ma ancora una volta, prima che io possa venire, lo tira

via e lo fa scivolare dentro di me. Sentendo la vibrazione del giocattolo nel profondo perdo totalmente il controllo, mentre lui immerge la lingua nel mio posto proibito. Ancora. Ancora. Ancora, finché riesco a malapena a reggermi in piedi. Vorrei gettarmi a terra, afferrarlo e urlargli di scoparmi. Scoparmi più forte e più veloce che può.

Perché ho bisogno di lui. Ho bisogno di lui adesso.

Ma non posso implorare, non posso chiedere, non posso esigere.

Devo rimanere calma e ferma e lasciare che mi faccia ciò che vuole.

Quando si tira indietro, provo un senso di abbandono. "Cazzo, Grace. Voglio prenderti in quel posto." Emette un sospiro. "Voglio fare anale, ma non sei pronta."

No, non lo sono.

Ma anch'io lo voglio lì, più che mai. Mi toglie il vibratore dalla figa e sento lo schiocco del tappo del lubrificante. Ad un tratto, capisco qual è il suo piano. E il cuore mi batte più forte, più veloce.

"Rilassati, Grace," mormora.

Non sa che non si deve mai dire a una donna di rilassarsi? Sono parole che provocano sempre la reazione opposta.

A ogni modo, chiudo gli occhi e ci provo, facendo respiri lunghi e profondi.

Quando sento il lubrificante gocciolarmi sul culo e lungo la fessura, faccio un respiro profondo. Il mio corpo inizia a tremare e deglutisco a fatica, costringendo i miei muscoli a rilassarsi. Poi sento entrambi i vibratori accendersi. Ne fa scivolare uno tra le mie pieghe, lo preme contro il mio clitoride, poi sento l'estremità smussata e lubrificata dell'altro dietro di me. Spero che abbia scelto il più piccolo dei due. La vibrazione contemporanea su clitoride e ano allo stesso tempo è fottutamente eccitante. Anche se non ho il permesso di venire, il mio corpo gli risponde con un sonoro "vaffanculo" e sussulto mentre un orgasmo mi invade.

"Grace," dice piano, in un tono di avvertimento.

Non me ne frega.

Non me ne frega.

Non me ne frega niente!

Preme il vibratore sull'ano finché non me lo allarga come non mi è mai successo prima. La sensazione è strana, ma le vibrazioni stimolano ogni terminazione nervosa in quella zona erogena e oltre.

Un altro climax inaspettato mi fa alzare gli occhi al cielo e gridare a pieni polmoni.

"Grace," ripete Nick, ma non mi pare che abbia il totale controllo della situazione come vorrebbe.

Il mio clitoride è così sensibile in questo momento, non credo di poter più sentire l'altro vibratore lì. Come se mi leggesse nella mente, lo sposta tra le mie pieghe bagnate e gonfie e lo fa scivolare lentamente in avanti.

Ah, mio Dio.

Le sensazioni sono così piacevoli che sono sull'orlo della tortura. E, ancora una volta, non vedo l'ora che arrivi il suo permesso. Il mio corpo vive di vita propria ora che Nick sta usando i vibratori dentro e fuori di me a ritmi alternati. Mi sta suonando come un dannato violino, proprio come pensavo che avrebbe fatto.

Sta sussurrando qualcosa. Non ho idea di cosa, perché tutto quello che sento è il sangue che mi scorre nelle vene, il battito che mi rimbomba nelle orecchie, il cuore che mi batte freneticamente, e non penso di riuscire più a trattenermi.

Le ginocchia stanno per cedere, ma mi riprendo prima di crollare, afferrando la sedia ancora più forte, quasi piantando le unghie nel legno dipinto. Il vibratore mi scivola via dalla passera e quasi sospiro di sollievo. Non avrei mai immaginato che il piacere potesse arrivare a un punto in cui è davvero troppo da sopportare.

"Girati, Grace. Guardami negli occhi."

Apro gli occhi e lentamente mi metto dritta, mentre lui con attenzione tiene l'altro vibratore in profondità. È seduto sull'altra sedia di legno, con gli occhi semichiusi e scuri. Il suo sesso è eretto, spesso, la cappella è lucida, ricoperta dal liquido preseminale.

Voglio leccargliela per bene.

"Prendi quel preservativo... e mettimelo addosso." Sembra senza fiato, proprio come mi sento io. Prendo l'involucro di plastica dal tavolo vicino e lo strappo. Nick fa un piccolo scatto tra le mie mani mentre srotolo la protezione sulla sua lunghezza.

"Ora mettiti a cavalcioni su di me."

Mi metto sopra di lui, lo tengo in posizione e poi affondo lentamente fino a quando non lo sento alla massima profondità possibile. Con lui e il vibratore dentro di me, mi sento piena, tesa, completa.

Gli avvolgo le braccia intorno al collo e lo guardo negli occhi mentre spingo su e giù, usando le dita dei piedi sul pavimento come leva.

Un suo braccio serpeggia intorno ai miei fianchi, tenendo ancora il vibratore in posizione, l'altro mi accarezza il viso, con il pollice che mi sfiora lo zigomo.

"Non venire finché non te lo dico io. Stavolta voglio che veniamo insieme."

Incapace di parlare, annuisco debolmente. L'ho sentito, ma non sono sicura che il mio corpo collaborerà.

Merda. Per me il sesso non era mai stato così prima d'ora. Mai. Mai così bello.

Solo con Nick.

Mi rendo conto che non mi accontenterò mai più di veloci botte e via. Non sarà mai così con i guidatori di moto-slitte, gli escursionisti, gli osservatori di alci.

Mi costringerà a rifiutare chiunque altro.

Mantengo il mio ritmo lento, costante. Salgo su, poi riscendo, finché non ansimo, faccio smorfie, cerco di non lasciarmi andare.

Cercando di aspettare come Nick mi ha chiesto.

Perché non mi ha ancora detto di venire.

Eppure anche lui si sta trattenendo. Mi piace vedere i suoi denti serrati, la mascella tesa, i muscoli contratti.

"Baciami… Grace." Il mio nome non è altro che un respiro che gli attraversa le labbra.

Mi chino abbastanza da premere le labbra su un angolo della sua bocca e poi sull'altro, prima di prenderlo completamente, lasciandolo entrare e fargli prendere il sopravvento.

Si interrompe rapidamente. Il suo corpo si irrigidisce sotto di me e so che sta per venire nella mia vagina. Io sono dannatamente pronta.

"Preparati, Grace," mormora contro le mie labbra. "Preparati. Ci sei?"

Dannazione, sì, ci sono. Emetto un rumore che suona come un sì e sento l'onda che arriva veloce e mi trascina via.

"Vieni con me," mi ordina lui sollevando i fianchi. Io lo faccio, premendo la mia guancia sulla sua, piagnucolandogli nell'orecchio.

Pulsa profondamente dentro di me, facendomi contorcere sulle sue ginocchia. Appoggio la fronte sulla sua spalla mentre fa scivolare il vibratore via dal mio corpo e lo spegne, lasciandolo cadere a terra in modo che lui possa abbracciarmi e tenermi stretta mentre cerco di riprendere fiato e raccogliere i miei pensieri.

"Cazzo, Grace, sei fatta per me. Sapevo che eri quella giusta."

"Quella giusta…" Ripeto piano, sperando che dica altro.

"Quella che mi avrebbe salvato."

"Salvato da cosa?" Vorrei chiedergli. Invece rimango in silenzio e strofino il naso lungo la sua barba corta.

Stringendomi i fianchi, si alza, portandomi con sé, senza mai staccarsi dal mio corpo. Gli avvolgo le gambe intorno alla vita e le braccia intorno alla nuca, seppellendo il mio viso nel suo collo. Si dirige verso il letto e mi posiziona al centro del materasso, lasciandomi finalmente andare. Si libera del preservativo e torna a letto, stendendosi accanto a me, tirando la coperta sopra di noi.

Siamo entrambi sul fianco, l'uno di fronte all'altra, quando lui rompe il silenzio. "Il destino è davvero divertente."

Sono d'accordo.

Niente è mai stato così giusto come stare in questo chalet, in questo letto, con quest'uomo. Nel giro di un giorno, Nick ha spazzato via tutta la solitudine che io abbia mai provato vivendo in una parte così remota del Maine, con nessuno accanto tranne il mio cane da compagnia.

Io non voglio che se ne vada.

Forse dovrei andarmene con lui. Ma so che non è un'idea praticabile. È impossibile, e non è detto che lui lo voglia.

Quando non rispondo alle sue ultime parole, Nick mi sollecita: "Puoi parlare liberamente, Grace. Per favore... dimmi a cosa stai pensando."

No, non ammetterò quegli ultimi pensieri, ma muoio dalla voglia di conoscere finalmente la sua risposta alla mia domanda in agguato...

"Nick, devo chiederti una cosa…" Mi allontano un po', chiedendomi se mi risponderà sinceramente e con piacere.

Con la punta delle dita, mi sposta una ciocca di capelli disordinati dal viso. "Cosa?"

"Come sei finito qui, e perché? Cos'è successo?"

Capitolo undici

Nick:

Avrei dovuto immaginarmelo che prima o poi me l'avrebbe chiesto. C'era da aspettarselo. Ma il mio stato d'animo tranquillo e soddisfatto mi aveva fatto abbassare la guardia. Non permetto che accada molto spesso.

Tuttavia, stare con Grace mi ha fatto dimenticare tutto per un po'. Quando all'inizio avevo elaborato il piano, speravo che fosse disposta a venire a letto con me.

Lo era.

Speravo che fosse disposta a giocare ai miei giochi. Per darmi ciò di cui avevo bisogno.

Lo era.

Speravo che fosse abbastanza sensuale e passionale da avere una mentalità aperta.

Lo era.

Lo è.

Oltre le aspettative. Adesso, però, ripartire venerdì potrebbe rivelarsi difficile.

Non me lo aspettavo. Per niente.

Abbiamo passato solo poche ore insieme, ma sembra un'eternità, anche se non in senso negativo.

Sento che quel dolore che per così tanto tempo non sono riuscito a scrollarmi di dosso sta finalmente scomparendo, quel vuoto si riempie a poco a poco man mano che passiamo del tempo assieme.

Non mi aspettavo di andarmene da qui lasciandomi alle spalle qualcosa di importante dopo una settimana. Forse rischio di lasciarmi alle spalle una vera e propria parte di me. Questa nuova parte. La parte che sta attualmente crescendo e sbocciando in qualcosa che non mi sarei mai aspettato.

Ma non posso restare qui. La vita mi aspetta lì fuori, a casa. Ci sono troppi punti in sospeso da rimettere in ordine. Forse da collegare, o forse da cancellare.

Eppure, sarebbe folle anche solo pensare di non tornare mai più in questa zona.

Fra tutti gli scenari possibili, non riesco a immaginare di non rivedere mai più Grace. Adesso ne sono sicuro. Quindi, devo rispondere alla sua domanda onestamente e nel modo più dettagliato possibile.

"Dovrai ascoltare senza fare domande. Almeno finché avrò finito. Me lo prometti?"

Lei spalanca un po' gli occhi, ma poi sussurra: "Sì."

Faccio un lungo respiro tremante e comincio. "Una notte stavo lavorando fino a tardi…"

"Sarei dovuto andare a prenderle per andare al saggio di danza di mia figlia. Avevo fatto in modo di cancellare il calendario delle eventuali riunioni per non fare ritardo. Maledizione, se solo all'ultimo minuto non mi avessero beccato in ufficio. Ero determinato a non perdermi la recita, ma alla fine ho detto a mia moglie di andare senza di me. Il mio piano era di andare direttamente a scuola e incontrarci lì."

"Sono arrivato con dieci minuti di anticipo, ma non le

ho trovate. Nessuno le aveva viste. Non sono mai arrivate. Ho persino chiesto in giro, in preda al panico. Persino l'istruttore di danza mi ha chiesto dove fossero. Mancavano solo cinque minuti all'inizio dello spettacolo."

"Mia moglie non rispondeva né alle chiamate né ai messaggi. Terrificato, sapevo che qualcosa non andava. Ho deciso di tornare indietro. Mi sono diretto verso casa, prendendo la strada che avrebbe preso mia moglie. A soli sei isolati dalla casa, io…"

"Chiudo gli occhi perché non dimenticherò mai ciò che ho visto. Quell'orribile scena all'incrocio. Le luci erano accecanti, le sirene assordanti. Il conducente del camion rimorchio, il cui sistema frenante si era guastato e che si era schiantato su di loro, era seduto sul marciapiede con la testa tra le mani mentre rispondeva alle domande degli agenti."

"*Merda*. Lo sapevo… Io… Avevo capito…"

"Scendendo dalla macchina, per poco non ho vomitato. Mi sono sforzato di correre, anche se le mie gambe erano pesantissime. Riuscivo a malapena a riconoscere la macchina, ma sapevo che…"

"Avevo perso tutto…"

"Non mi restava più niente."

"Se solo fossi andato io a prenderle, qualche secondo in più o in meno avrebbe potuto cambiare tutto."

Avrei ancora la mia famiglia. Mia moglie. La mia bambina.

"E così, ogni volta che ricorre l'anniversario vengo qui per dimenticare, per allontanarmi da tutto. Dal mio fottuto lavoro che mi ha fatto fare tardi. Dalla mia famiglia. Dalla sua famiglia. Ogni anno diventa un po' più facile, ma il ricordo resterà per sempre. Quella scena mi è rimasta impressa nella mente. Almeno la rabbia sta pian piano scomparendo, così come il dolore. Ora è più sopportabile."

Smetto di parlare per un momento, mi concentro sullo chalet, su Grace. Sul qui e ora.

"Ho trovato questo posto nel modo più assurdo possibile. Ho chiuso gli occhi, ho indicato un punto sulla mappa e ho trovato te, Grace. Il destino mi ha donato ciò di cui avevo bisogno per guarire."

Quando la guardo per vedere la sua reazione alle mie parole, a quella specie di confessione, vedo che non è affatto concentrata su di me. I suoi occhi sono chiusi e mi chiedo se stia ascoltando, se sta ascoltando quello che sto dicendo, se ha capito il significato delle mie parole?

"Quest'anno stavo per decidere di non tornare, ma qualcosa mi ha attratto. Grace," sussurro, cercando la sua attenzione. Le accarezzo la mascella e lei apre gli occhi, che sono lucidi per le lacrime non ancora versate. "Mi hai fatto tornare qui, Grace. Non so come, non so perché. Non ho intenzione di approfondire la questione, perché non la capirò mai fino in fondo."

"Io speravo che tornassi solo perché volevo fare sesso," dice dolcemente, asciugandosi le lacrime dagli occhi ora divertiti.

Rido. Mi ha fatto ridere di più oggi di quanto non abbia fatto in anni. "Lo so. Ti ho dato quello di cui avevi bisogno, vero?"

Mi fa un ampio sorriso e si stropiccia gli occhi. "Sì, certo, anche di più. Anche io ti ho dato quello di cui avevi bisogno?"

"Assolutamente sì, e te ne sarò per sempre grato. Mi sento di nuovo completo. È passato un sacco di tempo da quando non mi sentivo così." Le do un bacio leggero sulla fronte, sulla punta del naso e poi sulle labbra. Quando le schiude, approfondisco il bacio, esplorando delicatamente la sua bocca, stuzzicandole la lingua.

Sento la stessa attrazione che quest'anno mi ha fatto decidere di tornare qui, ma ora mi sta facendo stringere Grace più intensamente, e i nostri corpi si aggrovigliano proprio come le nostre lingue, si incastrano perfettamente.

Mentre i suoi capezzoli si stringono, si induriscono, si schiacciano sul mio petto, anch'io divento più duro, pronto a prenderla ancora una volta, per farla mia.

Tuttavia, non voglio pensare alla fine di questa settimana; prima di ricominciare a giocare, ho bisogno di sapere: "Quando parto, venerdì, voglio che mi aspetti. Ti va di farlo?"

Solleva le sopracciglia, sorpresa. "Per un anno?"

Scuoto la testa. "No." No, perché nemmeno io potrei aspettare un anno. "Un mese. Tornerò tra un mese. E poi vedremo come andrà a finire e che direzione prendere. Ti piace come idea?"

"Sì."

"Non ci sarà nessun altro, Grace. Promettimelo. Ho bisogno di sentirlo." Per la mia sanità mentale, ho bisogno di sentirlo. Ora che l'ho conquistata, non la lascerò andare.

"Te lo prometto."

Il sollievo che provo è travolgente e mi scalda le viscere. Faccio scivolare le dita tra i suoi capelli e stringo il pugno, prima di avvicinarmi e sussurrare contro le sue labbra: "Te lo prometto anch'io."

Le sue labbra si incurvano contro le mie.

Penso che questa volta lascerò a lei la scelta di come giocare…

Una Novella Obsessed

Questa non è solo una storia d'amore:
è un'ossessione...

PAZZAMENTE LEI

USA Today Bestselling Author
JEANNE ST. JAMES

Capitolo uno

LA PRIMA VOLTA NON SI DIMENTICA MAI...

Noah:

La amo con tutto il cuore. Almeno da quando ne ho memoria, cioè da quando lei era all'asilo e io ero in prima elementare. La inseguivo nel cortile e intorno agli scivoli, cercando di prenderla e di baciarla.

Quando ci riuscivo, lei arricciava le sue piccole dita in un pugno, mi prendeva a calci nella pancia e poi correva a dirlo a sua madre.

Sì, non avevo alcuna chance.

Evidentemente non ho lasciato alcun segno. Perché ora, a trent'anni, mi evita ancora.

Anche se al momento non può scappare molto lontano, dato che sono il testimone di nozze di suo fratello e lei è la damigella d'onore.

Lasciatemelo dire, odio i matrimoni.

Li odio ancora di più quando sono costretto a stare di fronte a lei senza poterla toccare, senza poter far scorrere le dita tra i suoi lunghi capelli scuri e le mie labbra lungo il suo collo delicato.

L'unica occasione in cui _posso_ toccarla è quando la

accompagno lungo la navata. Finora è successo due volte. Tuttavia, so che non mi guarderà mai negli occhi, sentirò la sua presa rigida sul mio braccio e spiccicherà a malapena due parole. Ora sono qui, intento ad ascoltare la wedding planner che parla di ciò che si aspetta da noi per la cerimonia di domani.

Sbadiglio per la noia.

Senta, signora Wedding Planner, è facile. Si mette un piede davanti all'altro, si cammina (senza inciampare) lungo la navata centrale (di certo non ci si può perdere restando in mezzo alle file di banchi e puntando dritto alla parte anteriore della chiesa), e infine ci si mette di lato (niente dita nel naso o nel sedere, niente mani sul pacco).

Semplice.

Oh, e senza svenire. Altrimenti, il video finirà su tutti i social e diventerà virale.

Un'ultima cosa… gli anelli. Non dimenticare di mettere gli anelli nella tasca dello smoking.

Sì, ho capito.

Sbadiglio di nuovo.

Non è che non sia felice per il mio amico; sta sposando una bellissima donna (comunque meno bella di sua sorella) che lo rende felice, ma non sono entusiasta di far parte dei festeggiamenti. Tuttavia, gli copro le spalle. E mi piacerebbe coprirle anche a sua sorella.

Di nuovo. Ma in circostanze migliori.

Perdemmo la verginità insieme a diciassette anni, nella rimessa dietro alla piscina dei suoi genitori. Anche allora ero innamorato di lei. Lei provava lo stesso? Non esattamente.

E in quei quarantacinque secondi di beatitudine, mi innamorai ancor di più. Non credo lei sentisse quella beatitudine, però. Anzi, era corsa fuori dal capanno piangendo mentre si abbassava il grazioso prendisole giallo.

Ero devastato, e quello fu un duro colpo per il mio ego da diciassettenne.

Lo ammetto, avevo molto da imparare.

Tuttavia, dovetti impararlo altrove poiché lei non è più stata al gioco. Anzi, da allora mi ha evitato (proprio come in queste prove generali).

Ma alla fine ho imparato un sacco di cose. Ero determinato a migliorare, a non farla piangere la volta seguente. Sfortunatamente, non c'è mai stata una volta seguente.

Alla fine, la signora Callahan in fondo alla strada era stata così gentile da prendermi sotto la sua ala. Mi aveva insegnato i pro e i contro delle donne, del piacere, facendomi capire cosa volessi io e come ricambiare.

La Signora Callahan.

Sì.

Voleva che la chiamassi così, e io ubbidivo (quando non la chiamavo Mistress).

Ho imparato.

Sono migliorato.

Sognavo un giorno di avere un'altra chance con l'amore della mia vita.

Ora eccoci qui, uno di fronte all'altra. I miei occhi su di lei. I suoi occhi sono su tutto tranne che su di me.

La desidero.

Ho bisogno di lei.

Ancora.

Anche dopo tutti questi anni.

Mentre mi trovo di fronte a lei, sono ipnotizzato dalla sua indimenticabile e incredibile bellezza.

La amo.

Ma non posso averla.

Tutto questo mi rode da morire.

Bree:

A CENA, lo guardo oltre il bordo del mio bicchiere di vino. I miei occhi si restringono mentre si china per sussurrare qualcosa all'orecchio di una delle damigelle. Quella single con le tette grosse che non ha perso occasione di sedersi accanto a lui. Getta la sua testolina bionda all'indietro e ride. Lui le sorride in risposta, i suoi occhi verde oro scintillano. Nascondono un segreto, a quanto pare anche divertente.

Può ridere con lui quanto vuole, ma prima o poi dovrà sapere che… lui è mio.

È mio da quando abbiamo perso la verginità insieme, tanti anni fa.

Forse all'epoca non se n'è reso conto. Forse non se ne rende conto nemmeno ora.

Forse, ma solo forse, ha bisogno di una lezione.

Una lezione diversa da quella che gli ha insegnato quella puttana della signora Callahan.

Sì, so tutto della signora Callahan e di Noah.

Di quello che ha fatto al *mio* Noah.

Nei giorni seguenti lo avevo seguito, avrei voluto scusarmi per essere scoppiata in lacrime dopo che mi aveva deflorato. Avevo persino urlato il suo nome, ma non mi aveva sentito. O forse mi stava ignorando. Probabilmente perché quel giorno, nella rimessa, lo avevo deluso e non voleva più avere niente a che fare con me.

Ma poi era andato a casa *di lei*. Lo avevo visto (scioccata) mentre la porta si apriva e lui veniva tirato dentro. Aveva appena compiuto diciotto anni. Era a malapena legale. Quella stronza aveva tipo cento anni all'epoca.

Va bene, probabilmente l'età che ho io adesso. Anche se, a quel tempo, potevano sembrarmi cent'anni.

Lei gli aveva aperto la porta indossando una camicia da notte sexy e quasi trasparente. Avrei fatto follie per averne una simile (e indossarla bene come lei). Gli occhi della signora

Callahan si erano spostati verso di me, bloccandomi sul posto. Aveva sorriso a Noah come una predatrice, afferrandogli il braccio e trascinandolo dentro. Poi mi aveva rivolto quel sorriso malefico e aveva chiuso la porta dietro di lui.

Lo avevo seguito più di una volta. Più di due volte.

Mi vergogno ad ammettere che lo avevo fatto spesso.

Ma quello che ha imparato lui, l'ho imparato anche io. Li ho visti giocare.

Un giorno, dopo essermi nascosta, li ho visti con i miei occhi.

Lei aveva la cintura di suo marito e con questa lo aveva frustato. Lui era in ginocchio, con la testa rivolta verso il materasso.

L'ho visto contorcersi a ogni colpo. Il suo sedere diventava sempre più rosso. La signora non era gentile, nient'affatto. Lo colpiva con violenza, ripetutamente, ma non riuscivo a sentire se facesse rumore o meno. Se lui gridasse, se le chiedesse di fermarsi.

Anche se, non sembrava imprigionato.

Avrebbe potuto scappare, fuggire di corsa. Non era legato né ammanettato. Da quello che potevo vedere, si era messo in quella posizione con piacere, con gli occhi che mostravano eccitazione.

Mentre lo dominava, quella strega aveva le labbra incurvate in un sorriso.

Io avevo paura mentre la guardavo colpirlo.

Non per lui.

No.

Per me.

Perché avevo capito che quello che lei gli stava dando, quello che lui accettava di buon grado, scatenava qualcosa dentro di me. Accendeva un fuoco nelle mie viscere, mi faceva venire la pelle d'oca su tutto il corpo, mi faceva tendere i capezzoli, mi faceva bagnare.

Quello che stava facendo la signora Callahan avrebbe dovuto disturbarmi, invece sortiva l'effetto contrario.

Mi eccitava.

Avrei voluto essere al suo posto.

Perciò ora non solo volevo Noah, ma volevo fargli cose che mai avrei pensato di volergli fare.

Capitolo due

Noah:

AVEVAMO quindici anni quando io e Bree ci baciammo per la prima volta (la prima volta senza che mi prendesse a pugni nello stomaco), mentre giocavamo al gioco della bottiglia, a una festa a cui lei si era unita con alcuni amici. Il nostro bacio era stato veloce, umido e caldo. Assolutamente glorioso, accidenti!

Quando fu di nuovo il suo turno, la osservai con sgomento mentre il collo della bottiglia si fermava davanti a Donnie Carson. Il loro bacio durò molto più a lungo del normale, quindi diciamo che ero sollevato quando alla fine lo spinse via e fece una smorfia, asciugandosi le labbra con il dorso della mano.

Il mio sollievo era stato duplice. Da un lato, perché se avessero continuato avrei dovuto prenderlo a calci in culo (e questo avrebbe rovinato la festa), dall'altro lato lei non aveva fatto quella faccia quando aveva baciato me (il che mi faceva sperare di averla baciata meglio).

Dato che un paio di ragazzi avevano rubato dell'alcol ai loro genitori, stavamo mescolando la vodka con il Kool-Aid.

Quando l'orologio segnò le dieci, eravamo totalmente sbronzi e il gioco della bottiglia si stava trasformando in *Sette minuti in paradiso*. Eravamo rimasti in pochi nel cerchio, quindi avevo buone probabilità di essere scelto dalla bottiglia.

Trattenni il fiato per tutto il tempo quando lei la fece girare di nuovo, perché se avesse puntato su qualcuno diverso da me, sarebbe stato un problema.

Era già abbastanza brutto vederla baciare altri ragazzi (e ragazze), ma essere rinchiusa in un armadio buio per sette minuti con qualcuno che non fossi io… *NO, cazzo*. Non avrei potuto sopportarlo. No, mai e poi mai.

La bottiglia puntò verso di me? No, cazzo. Non potevo essere così fortunato. Tuttavia, vidi che era finita su Mary Jane Pavlovich. La guardai affascinata mentre entrambe spalancavano gli occhi e ridacchiavano, poi Mary afferrò la mano di Bree e la trascinò nell'armadio, chiudendo l'anta a chiave.

Non avevo idea di cosa stessero facendo lì dentro, ma di sicuro si sentivano diverse risate mescolate a lunghi periodi di silenzio.

Oh sìì. Ecco le fantasie bagnate di un adolescente. Erano proprio quelle.

Quando finalmente qualcuno forzò l'anta, i loro capelli erano tutti arruffati, ed entrambe sorridevano con aria sognante.

Ora, mentre mi avvicino a lei all'angolo bar dell'hotel, so che, costi quel che costi, voglio vedere di nuovo quell'espressione sul suo viso.

E ho intenzione di riuscirci.

Basta con le stronzate, con questo gioco in cui non mi guarda e non sa nemmeno che esisto.

No. Punzecchiatemi pure con una forchetta, sono cotto a puntino e pronto.

Pronto a giocare come si deve.

Bree:

BUTTO GIÙ UN altro sorso del mio Merlot e faccio un sorriso educato ma sprezzante all'uomo sbronzo che siede accanto a me al bar. Negli ultimi cinque minuti non ha fatto altro che urlarmi nell'orecchio, e ora devo andarmene, perché sta iniziando a sporgersi verso di me e sono ben consapevole di ciò che succederà dopo. Una mano sulla coscia. Una strusciata "accidentale" sulle mie tette. Inoltre, devo tornare a casa prima di bere troppo (come lui) e non poter guidare.

Non sarebbe bello. Anche se sarebbe la scusa perfetta per andare a bussare alla porta di Noah e buttarsi nella sua stanza. So che dormirà qui perché è dovuto venire da fuori città…

Sento una mano posarsi sulla mia spalla e interrompere i miei pensieri e, all'inizio, penso che sia l'idiota accanto a me. Poi mi rendo conto che non è lui, perché i suoi occhi vitrei sono incollati a qualcuno in piedi dietro di me.

La mano mi stringe la spalla e spalanco gli occhi mentre una voce maschile e profonda da far paura mi mormora all'orecchio: "Hai bisogno di una buona scusa per scappare? "

Senza voltarmi, capisco di chi si tratta. *Noah.* Il suo nome mi volteggia nella mente.

Che. Tempismo. Fottutamente. Perfetto.

Mentre annuisco, il battito del mio cuore si amplifica in tutto il corpo e s'incanala verso il basso, dove si trasforma in un altro tipo di battito.

Faccio scivolare il bicchiere di vino lontano da me e mi giro. Noah ha un aspetto così fottutamente delizioso che quasi mi manca il fiato.

Una ciocca dei suoi capelli biondo cenere (troppo lunghi) gli è caduta sulla fronte e vorrei spostarla di lato con le dita. Dato che è tardi, un velo di barba gli abbellisce la mascella. Gli sta bene. Se fosse per me, non dovrebbe radersi mai più (una spuntatina sì, ma completamente rasato no).

Avevo dovuto controllarmi per evitare di fissarlo in chiesa (e di nuovo a cena), costringendomi a guardare qualsiasi cosa tranne lui. Altrimenti, avrei potuto tranquillamente trascinarlo per la navata centrale della chiesa e scoparlo a sangue sul pavimento di marmo. *Dopo* avergli cavalcato la faccia, ovviamente.

Penso che Gesù (che è inchiodato a una croce sopra l'altare) potrebbe disapprovare.

Per non parlare di mio fratello Rob e della sua fidanzata Barb. Sarebbe potuto risultare un po' perverso durante le prove finali.

Perverso sotto molti punti di vista.

Mentre mi afferra il gomito, si avvicina di nuovo. "Ci facciamo uno shottino?"

"Ehm, certo," rispondo. Perché non sono una sciocca.

Sono stanca di questo giochino in cui "facciamo finta che non sia mai successo nulla".

"Da te o da me?" La sua domanda mi provoca un brivido lungo la spina dorsale.

Ho la sensazione che non stia pensando a una chiacchierata sui bei tempi passati, e che piuttosto abbia deciso di mettersi subito al lavoro.

Diretto. Mi piace.

Sono pronta a partecipare a questo gioco.

Tuttavia, devo pensare meglio alla sua domanda. "Da lui" significa una camera d'albergo al piano di sopra. I pro sono che è vicina e conveniente.

I contro sono che è in un hotel pieno di gente, non ho le mie cose con me, e il nostro shottino sarà limitato a qualunque cosa ci sia nel minibar della stanza. Il che molto probabilmente non è l'ideale e sarà roba di dubbia qualità.

Dall'altro lato, casa mia è a soli dieci minuti di distanza, è completamente rifornita degli alcolici principali (ma di qualità), abbiamo la nostra privacy e ho tutto quello che mi serve.

E con questo, intendo i miei giocattoli.

Mi piacerebbe introdurli a Noah, senza aggiungere che aspettano questo momento da tanto tempo.

Le ginocchia mi vacillano per un secondo e le sue dita affondano nel mio braccio per fermarmi.

"Tutto bene?" mi chiede dolcemente.

"Sì," rispondo altrettanto dolcemente. L'amore della mia vita mi sta portando via dal bar… E sono entusiasta che mi stia dando una seconda possibilità.

"Quindi?"

Quindi? Oh, certo che sì. "Casa mia." Senza ombra di dubbio.

"È vicina?"

"Sì."

"Ti seguo con la mia auto a noleggio."

"Sì," ripeto, perché a quanto pare è l'unica parola che riesco a pronunciare dato che sono stordita dall'eccitazione e dall'attesa. Per non parlare del fatto che il mio cervello è concentrato solo su una cosa…

Noah e il suo velo di barba.

Mi trema il corpo mentre mi fa strada attraverso l'atrio e poi verso il parcheggio, e stringe le dita sul mio braccio come se avesse paura che io possa staccarmi e fuggire. Mi chiede dove ho parcheggiato e riesco solo a indicarglielo, perché la mia mente è in tilt, concentrata solo su quello che voglio fargli e su come voglio farglielo.

Mentre guidiamo verso casa, continuo a controllare lo specchietto retrovisore per assicurarmi di non perderlo di vista. Altrimenti dovrò fare inversione e cercarlo.

Stavolta non mi sfuggirà. A costo di doverlo legare e inchiodarlo al pavimento. O appenderlo a testa in giù.

Non si è perso. Non si è allontanato. Mi ha seguito da vicino e ha parcheggiato dietro di me nel mio vialetto.

Ora, mentre gli do il suo whisky con ghiaccio, lo scruto. Questa volta non nascondo il mio interesse. Sento una fitta tra le cosce e una scarica di calore mentre mi guarda fare il punto su di lui.

Ora è più alto. È maturato bene. Le spalle sono larghe sotto la camicia bianca. Il colletto è aperto e sotto vedo una canottiera bianca che fa capolino. È in forma, questo è sicuro, ma quanto lo sia… Non posso dirlo finché non lo vedo nudo. A ogni modo il busto sembra snello e fino ai fianchi mi pare niente male. Le cosce riempiono bene i jeans e, per quel che riesco a vedere, anche il sedere è bellissimo. Niente rotolini di ciccia, niente pancia da alcolizzato, e le sue gambe sono più lunghe di quanto ricordi. I lunghi capelli sono biondo cenere, più scuri di quando era giovane. Nonostante questo, ci sono delle ciocche chiare, come se trascorresse una discreta quantità di tempo al sole. Forse va ancora a correre, come faceva quando era adolescente e partecipava alla corsa campestre.

A prescindere da tutto, è decisamente diverso dall'ultima volta che l'ho visto prima che partissimo entrambi per il college.

Non abbassa lo sguardo mentre il mio torna sul suo viso. No, mi fissa negli occhi direttamente e costantemente, quasi come se fosse una sfida.

Mi piace. Non mi piacciono gli uomini deboli, e lui non mi dà nessun segnale di debolezza. Ma non mi fa nemmeno un sorriso, nemmeno un accenno. Nessuna indicazione che gli piaccia che lo squadri da capo a piedi. Eppure, gli piace. Lo so, perché è evidente dalla tensione nel cavallo dei suoi jeans.

Piace anche a me.

È reattivo. Temerario.

Inclino leggermente la testa mentre si porta il bicchiere alle labbra, bevendo un bel sorso del costoso whisky. È così liscio che non fa una piega mentre gli scivola in gola. Sposto lo sguardo dai suoi occhi alle sue lunghe dita avvolte intorno al drink.

Ho dei piani per quelle dita. I miei capezzoli si stringono per l'impazienza, il mio respiro si affievolisce per l'urgente bisogno.

Noah abbassa lentamente il bicchiere. "Bree…"

Il mio cervello a malapena registra che ha parlato. "Sì?"

"Mi dispiace."

"Per cosa?" Mormoro, ancora distratta dalla sua bellezza. Già quando eravamo adolescenti pensavo che fosse bello, ma con l'età lo è diventato sempre di più.

Stringe un attimo le labbra prima di dire: "Per essere stato un idiota imbranato tutti quegli anni fa."

Anche a me dispiace.

"Eravamo giovani," dico come se fosse acqua passata, e il passato non è importante.

Anche se, in fondo, lo è. Il passato definisce chi siamo oggi. Chi sono io. Chi è lui.

"Lo so. Ma ti ho fatto piangere."

Cosa?! No.

Quello che ha appena detto mi fa tornare coi piedi per terra. Sbatto le palpebre, lasciando che la realtà mi faccia riprendere il controllo.

Noah è di fronte a me, in piedi nel mio salotto.

Noah.

"Pensavi che…" Scuoto la testa. "Non ho pianto perché eri un idiota imbranato." Era successo esattamente il contrario. Ero stata io l'idiota, non lui.

"Sei scappata…"

"Sì, sono scappata perché pensavo di essere stata *io* a

deluderti. Ero…" Esito un momento. Voglio davvero ammetterlo? Adesso? "Imbarazzata."

"Cazzo," respira. "Pensavo di averti deluso."

"Beh…" Era durato meno di un minuto, non era niente di troppo rilevante, ma ora non serviva mettere il dito nella piaga.

Doveva aver letto la mia espressione perché non espressi quel pensiero ad alta voce. "Lo so… È stato brutto."

Beh, dato che l'ha ammesso… "Sì."

Noah si passa una mano sul volto. "Per entrambi."

Alzo la spalla e un piccolo sorriso mi tira le labbra. Non posso evitarlo. Eravamo giovani e inesperti ma, dopotutto, chi non lo è a quell'età?

"Ti giuro che ora non sono così."

Lo so bene. Ma ora non è il momento giusto per dirglielo. Perché poi scoprirà che conosco il suo segreto, e poi io dovrò rivelare il mio.

Ne parleremo più in là.

"Perché sei qui, Noah?"

"Perché mi hai invitato a casa tua."

"No, non è vero."

Aggrotta le sopracciglia e domanda con esitazione: "Ah no?"

"No, sei tu che mi hai fatto una proposta."

La chiarezza attraversa i suoi lineamenti. "Sì, o a casa tua o a casa mia."

"Sì ma… perché?" lo interrogo.

"Perché no?"

"Noah," lo rimprovero dolcemente.

Le sue dita si stringono attorno al bicchiere mentre lo solleva di nuovo, tracannando il resto del contenuto, poi fissa il bicchiere vuoto. Fa roteare i residui di ghiaccio, poi il suo sguardo incontra il mio. È fiducioso, ma ravvivato da un pizzico di rabbia. "Non potevo starmene lì a guardare un altro uomo che ti toccava."

Ah, come se a me invece fosse piaciuto guardare la signora Callahan che lo toccava. Io avevo dovuto sopportarlo. "L'uomo all'angolo bar?"

"Sì."

"Non mi ha toccata."

"Voleva farlo."

"Forse sì."

"Togli il forse."

Inclino la testa, dubbiosa. "Perché ti interessa?"

Il suo sguardo si posa di nuovo sul bicchiere e la mascella ombreggiata si stringe. "Perché adesso sei mia." Si volta e posa il bicchiere sulla credenza.

Lo dice così, all'improvviso. Io sono *sua*.

Cavolo.

A quella dichiarazione sento le ginocchia cedermi e nascondo la sorpresa dal mio viso prima che si volti di nuovo verso di me.

Mantengo la voce ferma mentre chiedo: "Da quando?"

Un piccolo gemito gli sfugge dalle labbra. È forse impaziente? "Lo sai." No, la rabbia nelle sue parole è inconfondibile. Sa che sto giocando nel tentativo di estorcergli i suoi segreti più intimi.

"Dimmelo," insisto, ma delicatamente.

"Da sempre."

Faccio un respiro. "Da sempre è molto tempo."

"Sì." Inclina la testa e restringe gli occhi. "Perché stai giocando a questo gioco, Bree?"

"Questo non è un gioco." Non proprio.

"E allora cos'è?"

"Voglio solo assicurarmi che sia quello che vuoi."

"Io voglio te."

"E in che modo mi vuoi?"

"In tutti i modi possibili."

Combatto l'impulso di chiedergli perché. Perché io? Perché prima? Perché anche ora? Perché per tutta la vita abbiamo ballato sulle note di una danza che non ci ha mai avvicinati ma solo allontanati? È stato un qualcosa che è iniziato ancora prima che potessimo capirlo. Siamo sempre stati attratti l'uno dall'altra. Ovviamente, lo siamo ancora.

"Se ti chiedessi di metterti in ginocchio, lo faresti?" gli chiedo. Non vuole che continui a giocare, perciò non lo farò.

Qualcosa di illeggibile gli attraversa il viso e gli occhi gli si scuriscono. Tuttavia, si prende il suo tempo per rispondere, soppesando la mia domanda. "Sì."

"Faresti qualsiasi cosa che ti chiedo?"

Noah emette un sospiro. "Sai a cosa vai incontro?"

Certo, non immagina quanto. Non poteva sapere che ho affinato le mie abilità nel corso degli anni nel migliore dei modi. Non solo nella speranza che un giorno avrei avuto questa opportunità davanti a me, ma perché ne avevo bisogno anche per me stessa.

"Certo che lo so." Mi lecco le labbra perché non vedo l'ora di premerle contro la sua pelle e assaggiarla.

Il suo sguardo passa dalla mia bocca ai miei occhi. "Come fai a sapere cosa voglio?"

"Non ti sto chiedendo cosa vuoi. Mi sto chiedendo se farai tutto quello che ti chiedo. È semplice."

"Non come credi."

"Può darsi."

"Devo pur sempre permettertelo."

"Lo farai?" gli chiedo, cercando di fargli cogliere il tono speranzoso nella mia domanda.

Lui esita, poi mormora: "Cazzo, Bree." Scuote la testa. "Cosa è successo alla ragazza che indossava prendisole gialli?"

Ottima domanda. "È cresciuta."

Un sorriso gli solleva finalmente gli angoli delle labbra. "Cavolo se è cresciuta," esclama assecondandomi.

"Ti piace quello che è diventata?"

I suoi occhi mi scrutano in profondità, facendomi tremare lì in basso.

So cosa sta guardando. Anche io sono maturata nel corso degli anni. Le mie curve sono diventate più pronunciate, i seni più pesanti, le cosce più morbide. Sono diventata femminile. Completamente femminile. Non sono più un'adolescente. Ora riempirei un prendisole giallo in modo decisamente diverso.

"Adoro quello che è diventata."

Gli faccio anche un sorriso. "Allora farai quello che ti chiedo." Non è una domanda, perché è il momento di smettere di chiedere e iniziare a raccontare.

"Bree, puoi piegarmi come vuoi."

"Ti piegherò senza spezzarti," gli assicuro.

Improvvisamente sposta gli occhi sui miei e mi fissa intensamente. Ormai ha capito. Sa cosa mi aspetto da lui. Capisce che quello di cui ha bisogno è anche quello di cui ho bisogno io.

E io ho bisogno di toccarlo.

Capitolo tre

Noah:

QUANDO MI SIEDO sul divano mi gira la testa. Primo, perché faccio fatica a credere di essere davvero nel suo salotto. Secondo, perché so che le mie fantasie con Bree stanno per avverarsi. Terzo, avrò finalmente la possibilità di rimediare a quell'orribile episodio in cui abbiamo perso la verginità. Quarto, se l'ho decifrata bene (e sono abbastanza sicuro di averlo fatto), sconvolgerà il mio fottuto mondo.

Mi ha detto di aspettare qui. Ho il pene duro e dolorante per lei. Dannazione, sento un dolore anche al petto, e faccio scivolare il palmo della mano sul cuore, lungo lo stomaco e poi fino all'inguine.

Presumo che si stia dando una rinfrescata, dato che è andata in fondo al corridoio con uno scopo ben preciso. Per tutto il tempo ho tenuto gli occhi incollati al suo sedere sinuoso avvolto nei pantaloni neri. Non l'ho ancora baciata e muoio dalla voglia di farlo. Avrei dovuto cogliere l'occasione prima che sparisse.

Nel frattempo, mi serve un altro bourbon. Almeno per fortificarmi. Perciò mi alzo in piedi e mi dirigo verso la credenza, afferrando la bottiglia di whisky giapponese e versandomene altre due dita. Ha dei liquori di nicchia. Le piace la qualità. La casa non è enorme; è di discrete dimensioni per essere una casa in cui presumo abiti da sola.

Anche se non le ho chiesto se è tutta sua.

A ogni modo, anche i mobili e gli arredi sembrano di qualità. Tutto è tinto con colori primari. Nero, rosso, bianco, un tocco di giallo qui, un po' di blu là.

Che eleganza!

Bevo un sorso di Yamazaki e mi rendo conto di quanto scenda bene. Mi scalda nel profondo, come fa Bree.

Proprio quando penso che potrebbe essersi dimenticata di me, sento il rumore dei tacchi lungo il corridoio piastrellato. Il suono dei passi di una donna con i tacchi alti è inconfondibile. E io che pensavo che si sarebbe messa più comoda.

Con il bicchiere leggermente posato sulle labbra, giro la testa e...

Resto senza fiato.

Mio. Dio.

La ragazza che amo e che un tempo portava dei prendisole gialli è sicuramente cresciuta.

Mentre si avvicina a me, non solo mi stringo nelle spalle, ma anche nei testicoli. Sento il battito accelerare prima che il cuore cominci a uscirmi dal petto.

Bree non è più Bree. No, la donna di fronte a me è Brianna.

È la mia nuova dominatrice.

Ora so perché mi ha chiesto se mi sarei messo in ginocchio per lei.

Mentre la guardo avvicinarsi, decido subito che non avrebbe nemmeno bisogno di chiedermelo.

I suoi capelli lunghi, setosi e quasi neri sono ancora nella crocchia stretta che indossa dal pomeriggio. Non ha un singolo capello fuori posto.

Ora ha gli occhi più scuri, più ombreggiati. Forse per via del trucco, ma il luccichio nei suoi occhi color caffè è inconfondibile. Deciso. Senza fronzoli.

Le labbra sono di un rosso intenso, le guance un po' colorite. Forse è dovuto a un afflusso di sangue improvviso, all'eccitazione, ma non ne sono sicuro.

Eppure... Santo. Cielo.

Indossa un corsetto di pelle nera ben aderente in vita che le tiene le tette su e debordanti dalle coppe. La chiara pelle dei seni brilla dolcemente. La parte anteriore è attraversata da un laccio incrociato che parte dalla scollatura e scende verso il basso, con un accenno di pancia che fa capolino. La curva inferiore del corsetto non è completamente allineata alla gonna di pelle che indossa. La gonna non è corta, ma è stretta, le abbraccia i fianchi e le cosce lussureggianti e le arriva un paio di centimetri sopra le ginocchia, e quelle gambe... Indossa delle calze nere trasparenti che gliele fanno sembrare abbastanza lunghe da poter avvolgermi i fianchi mentre me la scopo.

Ma quei dannati tacchi. Cavolo. Quella pelle nera che si abbina al resto dell'outfit con un tacco a spillo perfidamente alto. Quei tacchi slanciati che rendono le curve dei suoi polpacci assolutamente deliziose.

Alzo gli occhi e noto che sta tenendo qualcosa in una mano. Spero che sia una frusta, uno sculacciatore, qualcosa del genere, qualsiasi cosa lei possa usare per richiamarmi all'ordine. Ma è qualcosa di diverso. È un cerchio di pelle nera con una fibbia e un anello a D.

Poi capisco meglio di cosa si tratta.

È un fottuto collare. Attaccato all'anello a D in metallo c'è un sottile guinzaglio in pelle arrotolato nella sua mano.

Mi schiavizzerà.

Santissimo. Cielo.

"Mettiti in ginocchio." Mi ordina dolcemente, ma con

fermezza. E non si può ignorare l'autorevolezza che si cela dietro quelle parole.

Esito troppo a lungo. Penso di essere stato colto di sorpresa. Non avevo percepito nessuna avvisaglia. Un indizio, sì, ma nient'altro.

"Non farmelo ripetere due volte."

Poso rapidamente il bicchiere sulla credenza e cado in ginocchio, colpendo le dure piastrelle con un grugnito di dolore. Inclino il mento verso il basso, i miei occhi guardano per terra, puntando alle sue scarpe.

Non la sfiderò. Muoio dalla voglia di vedere come andrà a finire.

In realtà, *vivo* per vedere come andrà a finire, perché non posso diventare più duro di quanto non sia già in questo momento. Vedendola vestita in quel modo, sentendo la sua richiesta, so che le mie fantasie su di lei non sono mai state così ricche, così perfette, così colorite.

Mi ha lasciato di stucco.

"Alza il mento."

Sollevo il viso obbediente, ma tengo gli occhi puntati sul pavimento. Brianna si pavoneggia girandomi attorno (e se lo può permettere con quei tacchi), e sento il tintinnio metallico della fibbia. Sento il collare di cuoio circondarmi il collo e lei lo stringe finché non diventa ben aderente. Mi sta ricordando che adesso è lei a possedermi. Sento lo scatto di un piccolo lucchetto e mi viene la pelle d'oca.

Poi, sento uno strattone secco appena lei fa un passo indietro. "Mettiti in piedi."

Obbedisco ma non mi volto. Tengo gli occhi bassi e il corpo rilassato.

Non avevo idea che Brianna fosse così.

Lei non aveva idea che lo fossi anch'io.

Come faceva a sapere che avrei accettato il suo collare senza ribellarmi? Senza nemmeno una lamentela o una parola di preoccupazione?

Non lo sapeva, non avrebbe potuto saperlo.

Quando Brianna mi gira intorno, scopro che ora, con quei tacchi, mi arriva al mento e non più alla spalla.

Quando il collare mi tira il collo, anche il mio cazzo si tende, e la seguo lungo il corridoio buio.

Non so cosa aspettarmi. Una camera da letto. Una stanza dei giochi. Ma è proprio il non sapere che mi fa scorrere il sangue nelle vene, mi fa battere il cuore più forte, mi fa tremare le membra.

Il pensiero di tutto quello che potrebbe farmi mi inonda la mente, e quando raggiungiamo la sua camera da letto, memorizzo rapidamente tutto ciò che c'è dentro. Soprattutto il letto matrimoniale nero, rosso e bianco. Colori vivaci e audaci.

Brianna tira il guinzaglio e, ancora una volta, la seguo volentieri. Questa volta mi ritrovo al centro della sua grande camera da letto. "Mettiti lì."

Stacca il guinzaglio e lo getta sul letto, poi si gira verso di me. "Te lo chiederò di nuovo, Noah, sei disposto a fare tutto ciò che ti chiedo?"

"Sì," la voce mi trema per l'eccitazione che mi attraversa.

"Hai una parola di sicurezza?"

Annuisco ma non rispondo.

"Noah," replica con un leggero tono di avvertimento.

Sorrido. Mi piace quando mi ammonisce. Mi si agita il cazzo nei jeans. Si avvicina, abbastanza da farmi sentire il suo calore. Fa scorrere le dita sulle mie labbra, seguendole con gli occhi.

"Noah," ripete dolcemente. "Dimmi la tua parola di sicurezza."

Sa che ho una parola di sicurezza. Lei mi conosce, sa cosa nascondo. Non so come, ma lo sa. "Mississippi."

Annuendo decisa, registra la parola e fa un passo indietro. Sento la mancanza del suo calore, della sua vicinanza. Non voglio che vada via.

"Sai come funziona," afferma mettendosi dietro di me.

Sì, conosco la procedura. So usare la mia parola quando si oltrepassa il limite. È successo solo un paio di volte in tutti questi anni, quando le cose erano diventate molto difficili o fuori controllo, soprattutto perché ero con la persona sbagliata per la ragione sbagliata.

"Sbottonati la camicia."

Sento provenire la sua voce roca ma ferma da sopra la mia spalla. Le mie dita trovano immediatamente i bottoni, spingendoli fuori dalle asole. Scendendo, mi avvicino alla vita e tiro fuori la camicia dai jeans, finché non si apre completamente.

Poi sento le sue mani su di me, le sento tracciare il bordo del collare, spostarsi lungo il collo, sotto la camicia, sulle spalle, sfilando il tessuto dalle braccia e poi più giù. Mentre fa scorrere i palmi della mano lungo la mia schiena, mi afferra la canottiera e me la sfila dalla testa, gettandola da un lato.

Le sue mani sono di nuovo su di me, questa volta affonda le unghie nella carne e le trascina lungo la mia schiena. Mi inarco contro il dolore ed espiro. Non è forte al punto da ferirmi, ma abbastanza da farmi capire quanto siano lunghe le sue unghie.

Santo. Cielo.

Si avvicina per slacciarmi il collare, le punte turgide dei suoi seni premono sulla mia schiena e non posso fare a meno di gemere. Voglio affondarci la faccia; voglio i suoi capezzoli in bocca. Voglio testare la sua umidità con le dita e con la lingua. E poi, alla fine, con l'uccello.

Un'ondata di calore mi attraversa mentre mi chiedo cosa indossi sotto la gonna, a patto che indossi davvero qualcosa.

Le sue dita giocano lungo la cerniera, lungo il rigonfiamento duro dei miei jeans. Li sbottona, apre la zip, poi se ne va di nuovo, si allontana per posizionarsi davanti a me.

"Togliti le scarpe."

Obbedisco, facendole volare nell'angolo della stanza.

Brianna fa scivolare le mani sulla cintura dei miei jeans e li spinge giù insieme ai boxer. Anche lei segue il loro movimento, piegandosi in avanti per abbassarli ulteriormente, sotto le mie ginocchia e finché non cadono alle mie caviglie. Si abbassa, mi tocca la gamba destra e io la sollevo automaticamente. Mi sfila i jeans da una gamba, fa lo stesso con un calzino e i boxer, poi ripete il tutto sull'altra gamba.

Quando mi ritrovo completamente nudo davanti a Bree, la mia erezione balza in aria, bagnandosi con del liquido preseminale mentre la guardo accovacciata ai miei piedi.

Solleva lo sguardo sul mio corpo, i suoi occhi puntano al mio sesso e si lecca le labbra. La sensazione che mi provoca nel profondo delle palle è indescrivibile…

Mentre pian piano si alza, trascina la lingua sulla mia lunghezza, catturando il liquido preseminale con la punta, poi lo assaggia.

"Perfetto, Noah."

Sì, sono d'accordo, quello che ha appena fatto è assolutamente perfetto.

"Ti prendi cura di te," mormora, mettendosi più dritta e facendo un sorriso che quasi mi spezza.

"Sì."

"Sono contenta."

"Sono qui per farti godere."

"Mi fa piacere sentirtelo dire. Ora, spostati verso la porta."

Mi volto indietro, verso la porta aperta della sua camera da letto; è allora che noto i golfari negli angoli dello stipite, in alto e in basso. E accanto a essi, sul pavimento, ci sono quelli che mi sembrano dei polsini in neoprene. Niente di troppo hard, dato che si fissano con il velcro. Uno strumento usato su vittime volenterose.

Proprio come me.

Brianna:

Il suo corpo è incredibile, è ancora il corpo di un corridore. Curato, duro, scolpito. È tutto mio. Almeno per stanotte. Il cuore mi batte in gola a causa dell'eccitazione che controllo a fatica, ma devo contenermi. Per me. Per lui.

Voglio fargli tante cose, voglio farle con lui, e ho davvero poco tempo per farle. Quindi, ho scelto solo alcuni dei miei giochi preferiti. Quelli per cui so che non pronuncerà la parola di sicurezza.

Mentre si sposta verso la porta come gli ho chiesto, o forse dovrei dire *ordinato*, guardo la trama dei muscoli sotto la sua pelle, sotto la luce morbida della mia camera da letto. Ma quel sedere… sono le rientranze nei glutei che mi fanno venire l'acquolina in bocca. Non vedo l'ora di sentire la flessione di quei muscoli sotto le dita e i polpacci quando mi martellerà fino in fondo.

Ma non siamo ancora arrivati a quel punto. Prima dobbiamo giocare un po'.

Devo dargli ciò di cui ha bisogno per rendere tutto questo straordinario. Devo prendermi ciò di cui ho bisogno nella speranza di riscattarmi.

Quando raggiunge la porta, gli do un ordine in tono brusco. "Voltati verso di me. Braccia e gambe divaricate. Tocca gli angoli dello stipite."

Si gira, i suoi capelli biondo cenere gli ricadono sulla fronte, ricordandomi di quando eravamo giovani e totalmente innocenti. Mentre mi avvicino a lui, riesco a vedere un bagliore nei suoi occhi. Fortunatamente è abbastanza alto, e nel mettersi nella posizione in cui lo voglio si adatta perfettamente alla porta. Non è nemmeno troppo alto e riesco a raggiungerlo comodamente con i tacchi.

Quando è nella posizione che desidero, mormoro: "Non muoverti." Prendo le manette in neoprene e gli lego con cura le caviglie, poi mi alzo e gli unisco i polsi sopra di lui. "Tira," ordino, e lui lo fa. Sono ben salde. "Bene, cucciolo mio." Il nomignolo mi sfugge prima che io possa rendermene conto, ma sono entusiasta di vederlo tremare quando lo chiamo così. *Perfetto*. Lo userò di nuovo.

Lo lascio un istante per prendere due oggetti dal comodino appoggiato alla parete.

Gli faccio scivolare la benda sugli occhi e quasi mi chiedo se dovrei evitare di usarla. È un vero peccato coprire degli occhi così belli ed espressivi. Forse più tardi gliela toglierò. Ma per ora…

"Riesci a vedermi, mio bel cagnolino?"

Emette un lungo respiro. "No."

"Vuoi vedermi?"

"Sì," sibila, il che mi fa sorridere. Ora, per cominciare…

Do un'occhiata alla girandola di Wartenberg che ho in mano. Una delle mie preferite. A differenza di quelle che facevamo volteggiare nella brezza estiva quando eravamo bambini, questa girandola è da adulti. Mi ricorda lo sperone di un cowboy. Il manico è realizzato in metallo, con venti punte aghiformi che si irradiano dalla ruota. Si potrebbe usare in due modi… per dare piacere o per causare dolore, a seconda della pressione, a seconda del suo utilizzo.

Per adesso, voglio far venire il durello al mio animale domestico, voglio che sia pronto per me quando io sarò pronta per lui. Voglio spingerlo a darmi piacere dopo che io l'avrò dato a lui.

Dare per ricevere. Darò e prenderò. Adesso deve solo godersi questo giro.

"Un Mississippi," mormoro mentre faccio scorrere la rotellina lungo la sua pelle, dal bacino alla pancia e poi fino al petto. Vedo il suo stomaco irrigidirsi e sento un forte respiro, il suo sesso si contrae, pendendo prepotente tra di noi.

"Due Mississippi." Sposto leggermente la girandola sul suo capezzolo destro.

"Ah, cazzo," mormora, con la mascella tesa.

"Tre Mississippi." La faccio girare sul suo capezzolo sinistro, sopra la punta molto dura, e lui si dimena nelle manette.

"Bree," geme.

Adoro sentirgli pronunciare il mio nome quando è risucchiato dal piacere, mi fa stringere la passera. Voglio mettermelo dentro e stringerlo forte, sentirlo riempirmi e farmi raggiungere l'orgasmo fottendomi il cervello.

Ma è troppo presto. Siamo solo all'inizio.

Faccio roteare la girandola lungo la carne tenera degli avambracci ben esposti che si allungano davanti a me. Passo di nuovo lo strumento sul suo petto, sopra lo stomaco, spingendo più forte questa volta, lasciandogli dei segni.

"Ci sei?" gli chiedo.

"Sì," geme lui.

Non che cambierei il mio programma se mi avesse detto di no. Sa cosa deve dire per fermarmi.

Continuo il mio percorso lungo la vita, sui fianchi, lungo le cosce, sui muscoli che si tendono, si stringono e si contraggono. Poi dietro le ginocchia, lungo i polpacci, intorno alle caviglie. Se non l'avessi legato, gli passerei la girandola anche sulla pianta dei piedi e lo farei impazzire.

È un peccato non poterlo fare. Magari la prossima volta.

Ora, in ginocchio davanti a lui, la faccio roteare lungo il suo interno coscia, arrivando all'apice delle sue gambe. Lo scruto, con la rotella stretta saldamente nella mano. È sbalorditivo. Il suo pene non è più lungo della media, ma la circonferenza è notevole e le palle pendono pesanti in attesa del mio tocco.

Non so ancora se concederglielo, perché io stessa mi ritrovo a combattere i miei impulsi, e se cedo non avrò più il controllo.

Qualsiasi cosa accada, non voglio deludere di nuovo Noah. Né ora né mai.

Faccio strisciare le unghie sulla sua lunghezza, poi sulla cappella, e lui si fa sfuggire un verso che trasforma i miei capezzoli in punte ancor più turgide. Faccio scorrere la girandola delicatamente lungo il pene, evitando solo la sottile pelle dei testicoli.

"Ah, cazzo!" grida, abbassando il mento sul petto.

"Ti piace, cucciolo mio?" Glielo chiedo per cortesia, ma niente di più.

Farfuglia qualcosa che suona come un sì, ma non è una parola ben articolata. Sorrido.

Stasera nessuno dei due sarà deluso, a differenza di tutti quegli anni fa. Mi assicurerò che se ne vada completamente soddisfatto. Mi assicurerò che mi lasci altrettanto soddisfatta.

Gli faccio scorrere il disco affilato sulla cappella e giro la testa. "Ti piace il mio strumento di tortura?"

"Non è proprio una… tortura."

No, ovviamente non lo è.

Lo faccio scorrere di nuovo verso il basso, fermandomi ancora una volta prima di toccare la pelle più delicata. Forse la prossima volta lo metterò alla prova lì. Ma non stasera.

Trascino di nuovo le unghie su di lui, poi seguo lo stesso percorso con la punta della lingua, e lui geme rumorosamente.

"Ancora, mia…" Lascia la frase in sospeso. Non sa come chiamarmi. Lascerò che ci pensi. Imparerà un'ulteriore lezione.

"Che cosa vuoi ancora, mio bel cagnolino? La girandola, le mie unghie? O la mia bocca?"

Non vuol dire che potrà davvero scegliere. Avrà quello che gli darò e niente di più.

"Tutto quanto."

Tuttavia, devo ammettere che la sua risposta mi piace. Gli stringo leggermente la sacca scrotale mentre gli prendo in bocca la cappella, assaggiando il liquido preseminale salato. È delizioso e lo assaporo per bene. La sua essenza sulla mia lingua me lo fa desiderare ancora di più. L'umidità tra le mie gambe cresce, facendomi stringere le cosce. Sono sul punto di venire, non manca molto.

Anzi, voglio proprio venire. Voglio che mi senta venire mentre è bendato e legato.

Ma non sono ancora pronta, ho bisogno di qualcosa in più per arrivare all'apice senza essere toccata.

Con un'ultima leccata alla punta liscia del suo cazzo, mi alzo e gli ispeziono il petto. I piccoli capezzoli scuri sembrano due bottoncini in mezzo ai ciuffi di peli. Non sono troppi, ma il giusto. La sua pelle sembra abbronzata, come se trascorresse molto tempo all'aperto, il che avrebbe senso visti i capelli baciati dal sole. Non ha segni né cicatrici da quel che posso vedere. Neanche un tatuaggio.

È quasi impeccabile. Quasi. Perché a volte i difetti più grandi sono nascosti all'interno.

Ma anche se fosse così, mi piacerebbe vedere dei piercing sui suoi capezzoli. Se diventerà il mio animale domestico abituale, insisterò nel farglieli fare.

Gli succhio uno dei capezzoli e stuzzico l'altro con la punta dell'unghia. Si strattona contro di me, il petto gli trema, ha il respiro affannoso. La lunga asta del suo membro preme contro i nostri corpi. I suoi fianchi si inclinano mentre me lo strofina sul tessuto liscio della gonna.

Se continua così mi farà venire, ma ho bisogno di tormentarci ancora un po' prima di concedermi di svuotarmi.

Quando faccio un passo indietro, il suo corpo si piega sulla soglia. O brama il mio tocco o è sollevato che l'abbia lasciato andare.

Spero più nella prima che nella seconda.

Mi dirigo verso il tavolino e prendo un altro sextoy. Lo scruto, chiedendomi se gli entrerà. Alla peggio, potrebbe essere un po' aderente a causa della sua circonferenza. Ma gli starà bene. Di sicuro lui resisterà.

È un gioco che molto presto ci darà un sacco di piacere.

Mi avvicino a lui e mi piego sui tacchi, prendendogli il sesso tra le mani. Faccio scivolare l'anello di silicone sulla sua cappella gonfia e lungo la sua lunghezza, tirandogli le palle non troppo delicatamente attraverso il secondo anello. Noah si sta già masturbando nella mia mano, ma non ha idea di cosa lo aspetti dopo.

Quando accendo l'anello, il suo corpo diventa quasi di pietra, le sue labbra si aprono e grida "Ah, fanculo."

"Ti stai forse lamentando, mio bel cagnolino?"

"No," geme a denti stretti.

Gli accarezzo le cosce e sento che l'anello non è l'unica cosa che vibra. Anche i suoi muscoli tremano sotto il mio tocco mentre la passera mi pulsa tra le gambe. "Allora presumo che non sia troppo stretto e che ti piaccia la sensazione che stai provando."

"Cazzo, sì," dice con un respiro affannoso.

"Ti piacerebbe scoparmi con quest'anello addosso?"

"Oddio… sì. *Ti prego!*"

Sorrido, poi lo prendo in bocca.

Capitolo quattro

Noah:

Per poco non perdo la testa, quando mi avvolge quasi completamente l'uccello. Tra il calore umido della sua bocca e le potenti vibrazioni dell'anello, mi aggrappo ancora di più alle manette che mi tengono i polsi in alto.

Il mio corpo è diventato di sua proprietà e non mi appartiene più. Voglio affondarle le dita nei capelli e scoparle forte il viso. Ma non ci riesco.

Non me lo permette.

E questo mi rende ancora più determinato.

Non voglio venirle in gola, ma voglio penetrarla. È mia da sempre. Lei forse non lo sa, ma io sì, e devo reclamarla.

Sebbene ami essere il suo cagnolino e lei sappia come far reagire il mio corpo nel modo giusto, devo dimostrarle che posso compiacerla. Devo rimediare al mio precedente errore. Alla mia inesperienza. Al motivo per cui l'ho fatta piangere.

Mentre con la lingua mi accarezza la parte inferiore del membro e lo avvolge con la bocca, sento le ginocchia cedermi, e le stringo per rimanere in piedi. Altrimenti, rimarrei appeso solo con le braccia, e sono consapevole che non è questo l'obiettivo delle manette.

Non capisco perché ce le abbia. Non capisco perché lei sia così. Non che voglia lamentarmi, anzi, certo che no. È la mia fantasia che si avvera, e mai nei miei sogni più sfrenati avrei pensato che Bree potesse essere così.

Vivere tutto questo con lei è ancora più dolce. Ma la dolcezza a un certo punto non basta più.

Di solito non mi dispiace essere bendato; tuttavia, in questo momento lo odio. Odio non riuscire a vedere le sue labbra allargate intorno a me, le sue guance scavate mentre me lo succhia forte. I suoi denti mi sfiorano la punta dell'uccello e, invece di allontanarmi, glielo spingo più in profondità in bocca, incoraggiando lo struscio dei suoi denti su tutta la mia lunghezza.

Santo. Cielo.

È fottutamente eccezionale. Le mie palle sono già strette per la pressione dell'anello aderente, ma ora pulsano e vogliono svuotarsi. A ogni modo, mi rifiuto di venire senza vedere il suo viso. Ho un improvviso bisogno di affondarle le dita nella carne mentre la martello forte e velocemente, di guardare le sue labbra che si aprono, di sentirla gridare il mio nome, chiedere di più, dirmi che sta venendo. Non una volta sola. E nemmeno due. Ma tutte le volte che me lo permetterà.

Di solito mi piace questo tipo di gioco, però, proprio come per la benda, sto cominciando a odiare anche questo. Odio il fatto che voglio Bree in un modo diverso da questo.

Non riesco a togliermi dalla mente l'immagine di lei di tanti anni fa. Il prendisole giallo sollevato, che le lascia scoperte le cosce, i riccioli umidi tra le gambe. Mi stava offrendo qualcosa che poteva dare solo una volta. Solo una volta, e l'ha data a me.

Ha scelto me per il suo regalo speciale. Me.

Quella volta ho rovinato tutto.

Ho perso il controllo. Abbiamo sbattuto i denti gli uni contro gli altri. Sono stato troppo violento, non riuscivo a controllare i miei impulsi. Il cervello non mi funzionava più perché il mio corpo aveva preso il sopravvento, desiderando solo una cosa: venire. E sono venuto troppo in fretta. Ho corso e non l'ho aspettata.

La mia inesperienza, la mia impazienza giovanile hanno distrutto quella preziosa offerta che lei voleva che io, e solo io, ricevessi.

L'avevo delusa.

Avevo deluso me stesso.

Ora, anche se non avrei mai pensato che mi avrebbe permesso di toccarla di nuovo, eccomi qui. Legato, bendato. E, *cazzo*, ora non mi è permesso toccarla.

Non sono in grado di rimediare al torto che le ho fatto tanti anni fa.

Normalmente, questa situazione sarebbe di mio gradimento. L'adorerei alla follia, ma non adesso.

Non così.

Questo contesto non mi piace.

Io voglio Bree, non Brianna.

Solo dopo che avrò avuto Bree, Brianna potrà farmi quello che vuole.

Brianna:

IL SUO CORPO si irrigidisce sotto le mie dita e gli sfugge un gemito profondo che mi fa venire la pelle d'oca.

Non è un grido di piacere, no. È un verso di dolore e frustrazione. Mi rimetto rapidamente sui talloni, lasciandogli andare l'uccello.

Prima che io possa capire cosa sta succedendo, Noah tende i muscoli, stringe i pugni e stacca le braccia dalle cinghie.

Ricado sul sedere e lo guardo scioccata mentre si strappa la benda dagli occhi e spalanca le narici sul suo viso in agonia.

Gli ho forse fatto del male? Ripenso alle mie azioni. No, non ho fatto niente che non gli piacesse. Non ha nemmeno detto la sua parola di sicurezza. Non avrei mai continuato se l'avesse pronunciata.

Lo strappo del velcro è assordante mentre si libera le caviglie, ma i suoi occhi sono fissi su di me. Intensi. Ardenti. Quasi spaventosi.

Dannazione.

Avevamo appena iniziato. Avevo così tante idee in programma e lui si è già stancato della girandola, le unghie, i denti e la mia voglia di succhiarglielo?

Non è possibile.

Prima che io riesca ad allontanarmi da lui, si precipita su di me, mi afferra da sotto le braccia, mi solleva e mi butta sopra la sua spalla. Non ho più aria nei polmoni, è impossibile urlargli di fermarsi, di spiegarmi cosa stia facendo.

Mentre mi getta sul letto, mi tira l'elastico e i miei capelli si sciolgono, cadendomi tutt'intorno. Mi sfugge un gemito mentre cado di schiena.

Improvvisamente Noah è su di me, sul mio corpo, mi domina.

Non doveva andare così. Apro le labbra per dirglielo, ma le mie parole si disintegrano quando mi afferra le caviglie e mi trascina verso il basso.

"Noah," riesco finalmente a dire riprendendo fiato. Sto tremando per la confusione. Lui non dice nulla, non mi spiega nulla.

Non sono mai stata dominata così prima d'ora. Non posso dire che non mi piaccia, perché non mi è mai successo prima.

Mi fa girare e mi abbassa la cerniera della gonna, ma

non me la sfila. Al contrario, allenta la cerniera quanto basta per poterla alzare fino alla vita.

Sono fradicia, respiro con difficoltà, i capezzoli spinti contro il corsetto mi fanno male.

Ha invertito le regole di questa sessione, non sta più agendo da sottomesso. Per niente. Ero convinta che quel ruolo gli piacesse.

Forse mi sbagliavo. Forse in tutti questi anni è cambiato.

Ansimo mentre mi afferra i capelli nel pugno, tirandomi indietro la testa e tendendomi la gola. Poi lo sento su di me. Sento il suo peso, il suo calore. La sua erezione è dura e pesante contro il mio interno coscia.

Quando avvicina le labbra al mio orecchio, sento la sua voce bassa, roca. "In qualche modo sai che tutto questo mi piace, che vivo per questo. Non so come. Non so perché. Non me ne frega niente, per adesso. Questo è *il mio* momento, poi ti lascerò avere il tuo, e te lo lascerò fare perché ne ho bisogno. Ma non ancora. Adesso devo farlo io, perché ho aspettato questo momento per oltre tredici anni. Stavolta faremo a modo mio, poi potrai farmi quello che vuoi per avere la tua rivincita."

Le sue parole mi fanno tremare, è come se mi mandassero uno shock elettrico nell'anima.

Non dovrei permetterglielo. Dovrei lottare per riprendere il controllo. Punirlo per aver fatto qualcosa di inaccettabile e fuori luogo.

Cerco di girarmi per affrontarlo, ma il suo peso mi blocca.

"Fammi alzare," insisto.

"No."

"Noah."

"No."

"Sarai punito," lo avverto da sopra la mia spalla. Tuttavia, anche alle mie orecchie, quelle parole non sembrano abbastanza dure e credibili.

"Va bene."

Mi passa i denti sul collo e poi li affonda nella spalla sussultando, e facendo sussultare anche me.

Agito le mani sotto il corpo e, non appena lo faccio, lui mi afferra i polsi e me li stringe sopra alla testa, tenendoli ancorati alla testiera del letto.

"Liberami," provo a convincerlo.

"No."

In tutta onestà, l'idea che non lo farà mi solleva. Sono sorpresa di scoprire quanto questa situazione mi ecciti. Lui che prende il controllo, che fa la parte del maschio alfa, che si prende quello che pensa sia suo.

Ma non m'importa nulla; a questo punto, non posso fargli capire che mi sta piacendo. Noah vuole la guerra.

Perché vuole vincerla.

Lo vedo. E anch'io so giocare a quel gioco.

Mi dimeno sotto di lui e lui si siede a cavalcioni sulle mie cosce, tirandomi i polsi verso la mia zona lombare, tenendoli ancora stretti.

Con la mano libera, mi strappa il perizoma di dosso, facendomi sobbalzare violentemente.

Dannazione. Sto gocciolando per l'eccitazione. Nel trambusto, il corsetto si è spostato e il mio seno adesso è esposto, i capezzoli sfregano contro il bordo rigido della pelle, sono stimolati e ancor più duri.

Gemo, spostandomi ancora una volta sotto il peso delle sue cosce. Mi sculaccia e a quei colpi grido e gemo più forte.

"Noah," mormoro.

"In questo momento sei mia. Poi sarò tuo, ma non un secondo prima."

Cazzo. Non mi piacciono gli uomini dominanti, è quello che mi sono sempre detta. Il mio corpo mi sta tradendo. Forse non mi piace essere dominata da altri uomini. Ma da Noah sì.

Afferra un cuscino accanto alla mia testa e me lo infila sotto i fianchi, poi mi morde un gluteo.

Dannazione.

Scende con il corpo lungo le mie gambe e mi accarezza la dolce fessura anale con la lingua. Un movimento del materasso e sento le sue ginocchia tra le cosce, sento che me le allarga bruscamente. Poi, la sua lingua è di nuovo lì, mi scivola fra i glutei, stuzzicandomi fino in fondo, assapora la mia umidità, mi separa le labbra pulsanti e gonfie, si immerge, mi mordicchia e mi marca con i denti. Mi preme un dito sul clitoride pulsante e io scatto, incapace di controllare le mie reazioni.

"Noah," gemo di nuovo. Dovrei scoraggiare le sue azioni, richiamarlo all'ordine.

Eppure, non voglio farlo.

Gli eventi hanno preso una strana piega che però mi piace, e non ho ancora raggiunto l'orgasmo. Ci ero andata vicinissima quando l'avevo preso in bocca. Improvvisamente, sono di nuovo lì, su quel bordo, in bilico.

Noah mi succhia le pieghe scivolose, e sento quel vortice fin nel profondo.

"Cazzo, queste calze," mormora contro la mia figa e mi lascio sfuggire un gemito misto a un brivido.

Succhia più forte, mi tocca di nuovo il clitoride e perdo il controllo. Completamente. Le mie pareti interne si contraggono attorno al nulla. Non ci sono le sue dita, non c'è il suo uccello. Dentro di me non c'è nulla, ma pulso ancora mentre un orgasmo mi squarcia. È incredibile.

Poi mi afferra di nuovo i capelli, tirandomi la testa indietro fino a riuscire a stringere capelli e polsi con una mano sola. Con un ginocchio, mi spinge i fianchi più in alto, sempre di più, poi mi penetra. Va veloce, con forza, i suoi fianchi mi martellano il culo. Quasi immediatamente, le vibrazioni dell'anello mi portano di nuovo a un picco e oltrepasso un'altra volta quella soglia dolceamara.

Due orgasmi in pochi secondi. Stasera non verserò nemmeno una lacrima, non scapperò per la vergogna. Ora conosco il mio corpo, e lui conosce sicuramente il suo.

Mi infila un braccio sotto i fianchi e mi spinge il culo ancora più in alto mentre affonda più in profondità, sbattendomi più forte. Il suono della sua pelle contro la mia si fonde con le parole che sta sussurrando, con le parole che gli sto gridando per incitarlo.

Non gli sto dicendo di fermarsi, sto chiedendo che mi dia di più, tutto quello che ha. Tutto quello che è.

Inclino di più i fianchi quando mi schiaffeggia di nuovo il culo e con un rantolo lo sento dire "cazzo".

"Di nuovo, Noah," lo supplico. Ancora una volta mi arrossa la carne con il palmo della mano e grido: "Sì. Ancora."

Obbedisce.

"Cazzo, Bree."

"Un'altra volta. E fammi venire. Adesso!"

Fa entrambe le cose. Sento un colpo secco contro il mio culo nudo. Un terzo orgasmo. Un cambio di rotta. Sta facendo come gli dico e non si rende nemmeno conto di non essere più al controllo.

È perso nel momento, nel suo piacere e nel mio.

Pensa di fare quello che vuole lui. Ma sta solo eseguendo i miei ordini.

"Noah, scopami."

"Ti sto scopando," mi dice con un suono che sembra emettere a denti stretti.

"Non riuscirai a farmi venire di nuovo."

"Sì che ci riuscirò, e lo farò."

Sorrido, ma non per molto mentre il mio corpo oscilla in avanti per la forza della sua spinta. La mano con la quale mi tiene sollevata dal fianco mi scivola tra le gambe e con le dita sparge la mia umidità, toccando i nostri corpi nel punto in cui sono incastrati intimamente. Quando con il pollice mi accarezza il clitoride sensibile, mi stringo intorno a lui più forte che posso, poi il mio corpo prende il sopravvento, pulsando intensamente per la quarta volta.

"Cazzo," geme; il suo corpo si tende sul mio mentre spinge in profondità ancora una volta e rimane lì, con la base del pene che gli pulsa contro la mia carne mentre viene dentro di me. L'anello è premuto così forte contro la mia figa che le vibrazioni mi portano di nuovo all'apice.

"Cinque,"mi mormora sul collo.

Cinque fottuti orgasmi in pochi minuti.

E nemmeno una lacrima versata.

È orgoglioso di se stesso. Come è giusto che sia.

Mi rilascia i capelli e i polsi, e io premo la fronte sul materasso, raccogliendo le forze, inspirando aria nei polmoni.

Poi, si sposta e le vibrazioni si fermano, ma lui rimane dentro di me. Mi accarezza il sedere: presumo che la mia pelle mostri i segni delle sue azioni.

"Cazzo," mormora. Poi ripete con un ringhio secco: "Cazzo."

Sfila il pene dal mio corpo e se ne va. Mi sento tremendamente svuotata.

Cerco di non gemere mentre mi giro per vedere dov'è andato. La luce del bagno è accesa e sento che è dentro, ma non riesco a vederlo poiché la porta è quasi chiusa, anche se non completamente.

Mi metto a sedere, i capelli mi cadono intorno alle spalle in un fitto groviglio e li sposto dal viso, faccio scorrere una mano tremante sulla mia fronte umida e trascino le dita sul morso che mi ha lasciato sulla spalla per capire quanto sia indolenzita.

Mi ha marchiato.

Mi ha fatto sua.

Sulla spalla. Sul sedere.

Un sottomesso non lo farebbe mai.

Capitolo cinque

Brianna:

Non mi sono mossa di un centimetro quando la luce si spegne nel bagno e la porta si apre.

Noah attraversa la stanza a grandi passi. Credo che stia tornando al letto, da me. Per dirmi che mi sbagliavo, che non è un sottomesso, ma che è un alpha al cento per cento, che prende la sua donna e la fa sua.

Ma poi il respiro mi si blocca mentre, senza mai incontrare il mio sguardo, si mette in ginocchio in mezzo alla stanza, prima sui talloni e poi in avanti, carponi, finché la sua fronte non raggiunge il pavimento.

Si sta prostrando.

Santo cielo!.

Quell'uomo sta implorando il mio perdono senza nemmeno dire una parola.

Le sue azioni sono bellissime e semplicemente mozzafiato e mi fanno quasi venire voglia di piangere. Si sta offrendo a me.

Mi alzo in piedi, abbasso la gonna e riaggancio la cerniera, infilo i seni nel corsetto senza badare minimamente ai capelli. Non riuscirò mai a rifare una crocchia decente così, su due piedi.

E poi, in questo momento, ho cose più importanti da fare.

Per esempio, prendermi cura del mio prezioso cucciolo.

Avanzo per mettermi di fronte a lui e gli osservo le costole espandersi e contrarsi a ogni respiro. La sua pelle sembra impeccabile, la curva del collo è deliziosa mentre si umilia ai miei piedi.

Questo non è l'uomo di pochi minuti fa.

Non so dire quale dei due mi piaccia di più.

Entrambi, forse.

"Parla," gli ordino.

Le sue mani si avvicinano fino a toccare con le dita la punta delle mie scarpe. Potrei punirlo anche solo per avermi sfiorato senza permesso, ma dato che era una carezza impercettibile, lo lascerò andare.

"Mi dispiace, Mistress."

Mistress.

Anche se ha senso che mi chiami così, che *pensi* di darmi quell'appellativo, non lo tollererò. Non da lui.

Mentre la parola echeggia nella mia mente, tremo e qualcosa di oscuro e triste mi attraversa. "Non chiamarmi così," dico bruscamente prima di poter contenere la mia irritazione.

La sua testa si alza di scatto, i suoi occhi incontrano i miei, interrogativi, curiosi. Confusi.

"È *lei* che chiamavi così."

"Lei," ripete con un sussurro, le sopracciglia aggrottate e gli occhi inquisitori.

"*Lei.*" La donna che me lo aveva portato via.

Gli cammino intorno mentre lui è lì in ginocchio, al centro della mia camera da letto, in una posizione molto servile. Aspetta la sua punizione.

"Ti ho visto. Mi hai spezzato il cuore." Poi lo aveva fatto diventare di ghiaccio.

Vedo dal suo viso che cerca di decifrare le mie parole. Uno sguardo scioccato gli stravolge il viso, ma svanisce subito, la sua espressione diventa rapidamente più controllata. Apre le labbra come se stesse per dire qualcosa, ma non ci riesce.

"Ti è piaciuto quello che ti ha fatto la signora Callahan?"

Le sue labbra si schiudono di nuovo, ma attende qualche secondo prima di chiedermi: "Che cosa sai?"

"Più di quanto credi. Vi ho visti. Tu e lei, insieme. All'inizio pensavo fosse solo malata. Depravata. Poi..." Lascio la frase in sospeso.

"Poi?"

"Poi..." Scuoto leggermente la testa. "Poi ho capito che ti piaceva."

"Sì," dice molto semplicemente.

"E hai continuato a tornare da lei per averne sempre di più."

"Sì."

"Pian piano hai scoperto ciò che ti piaceva, ciò di cui avevi bisogno, ciò che *desideravi*... proprio come nel frattempo ho fatto anch'io."

Ancora una volta, la sua espressione diventa confusa. "Che vuoi dire?"

"Mi sono resa conto che volevo esserci io lì dentro, a punirti in quel modo. Non lei. *Io*."

Lo sento a malapena quando mi risponde: "Avresti dovuto dirmelo."

"Esatto. Perché è così che eravamo, vero? Onesti l'uno con l'altra, in quel momento, a quell'età..."

Chiude gli occhi. "Tutto questo tempo..." Quando li riapre hanno una luce diversa. Addolorata. Triste. "Se solo l'avessi saputo."

"Non era il momento giusto," mormoro. Lo dico perché è vero. Eravamo troppo giovani, troppo confusi. Troppo imbarazzati.

"La odiavo," ammetto, perché anche questo è vero. "Ma allo stesso tempo le sono grata. Ti ha reso fedele a te stesso."

"Sì. Mi ha fatto trovare qualcosa dentro di me che non sapevo esistesse. Pensavo che mi sarebbe passata. Ma non è andata così, anzi ho abbracciato quella nuova parte di me. Ma avresti comunque dovuto dirmelo."

Allargo le narici e stringo la mascella mentre mi fermo davanti a lui. "Già." Cerco di scacciare l'amarezza dal mio tono, dalle mie parole, ma è difficile. "E cosa sarebbe successo, Noah? Non ero all'altezza, non potevo competere con una donna con quel livello di maturità ed esperienza. Sapeva leggerti dentro, capire i tuoi bisogni. Io non sapevo nulla in quel momento, a malapena come le parti del corpo si incastrano tra loro, ma comunque sia…" Mi allontano, cercando di ritrovare la determinazione, evitando che tutto questo possa avere un impatto su di me o rovinare il poco tempo che abbiamo insieme. Scuoto la testa. "Perciò, non chiamarmi mai più Mistress. Io non sono lei."

"Bree…" non riesce a dire altro prima che io lo interrompa.

"Ora smettila di parlare," gli ordino.

"Bree," ricomincia a dire un po' più fermamente. È come un piccolo passo per riprendere il controllo. Non posso permetterglielo. Non di nuovo. Non adesso.

"Fermo. Se vuoi rimanere in questa camera da letto, se vuoi continuare a scopare, smettila di parlare, Noah."

Chiude gli occhi e un brivido lo attraversa, abbastanza intensamente da farmene accorgere, ma mi preparo alla sua reazione. Quando solleva le palpebre, gli occhi verde-oro non sono più deboli, ma profondi e determinati.

Vuole continuare a giocare. È pronto a consegnarmi di nuovo le redini. Ma penso che le voglia per sé.

Proprio come me.

"Signorina Brianna?"

"Solo Brianna, se ti piace."

"Ho altra scelta?"

"Posso accettare *Signora*."

"Basta che non sia Mistress?"

L'ho accettato da altri in passato, ma con lui non posso.
"Sì, niente Mistress."

Annuisce e abbassa gli occhi, non mi sfida più.

Sorprendentemente, mi sento un po' delusa.

"Ti sei tolto l'anello vibrante."

"Sissignora."

"A terra, come prima."

Pianta i palmi delle mani sul pavimento e abbassa la fronte.

"Vediamo… Quale sarebbe una buona punizione per il mio cagnolino?" Faccio un passo avanti fino a quando le punte delle mie scarpe non sono nel suo campo visivo. "Ti sei tolto l'anello senza permesso. Mi hai toccato senza permesso. Mi hai sfidato. Hai svuotato il tuo seme dentro di me senza preservativo."

A quelle parole finali, il suo corpo si contrae.

"Non ti ho dato il permesso di farlo, e tu non me l'hai chiesto, vero?"

"No, signora."

"Non ti ho dato il permesso di toglierti le manette e la benda, vero?"

"No, signora."

"Davvero tante infrazioni. Hai mancato di rispetto alla mia autorità, non è vero?"

"Sì, signora."

"Cosa dovrei fare con te?"

"Come preferisce, signora."

"Dovrei mandarti via. Farti tornare in hotel."

Si irrigidisce alle mie parole. Immagino che voglia sedersi, per perorare la sua causa, forse, ma non lo fa.

"Forse dovrei porre fine a tutto questo. Perché mai dovrei ricompensare il mio cagnolino se non ha fatto altro che comportarsi male?"

"No. La prego, signora."

"No? Non vuoi andartene?"

"No, signora."

"Pensi di avere scelta?"

Esita. "No, signora." La sua risposta è talmente bassa che quasi non lo sento. Le sue dita, prima distese, ora si curvano chiudendosi in un pugno.

Lo sto di nuovo mettendo alle strette. Gli ricordo qual è il suo posto.

Se davvero non vuole continuare, può sempre alzarsi, vestirsi e andarsene, facile!

Non lo fa.

Non lo farà.

Ha bisogno di tutto questo tanto quanto me.

"Mettiti carponi," gli ordino.

Si mette immediatamente in posizione, tenendo gli occhi a terra. Io intanto studio le mie opzioni.

Deve essere punito, ma voglio che entrambi ci divertiamo. Lo lascio lì per andare verso la cassettiera e frugare nel cassetto superiore, tirando fuori un'ampia paletta rotonda in pelle. Un altro dei miei strumenti preferiti. Quello con i rivetti metallici piatti tutt'intorno al bordo. Per gli inesperti, sarebbe intimidatorio. Tuttavia, Noah non è inesperto.

Mi avvicino a lui, picchiettando il palmo della mano contro la paletta a ogni passo che faccio. Mi fermo davanti a lui.

"Guarda, mio cagnolino. Approvi?"

Non ho bisogno della sua approvazione, ma voglio comunque vedere la sua accettazione.

Quando posa lo sguardo sullo strumento nella mia

mano, apre le labbra e socchiude gli occhi più scuri. "Sì, signora. Lo approvo."

"Quante volte pensi che dovrebbe toccare la tua carne per compensare tutte le tue trasgressioni?"

"Tutte le volte che ritiene necessarie, signora."

Ottima risposta. Non sta più combattendo, accetta di essere nelle mie mani… proprio come accetta di essere in balia della paletta.

"So che hai già assaggiato i colpi di questo strumento, Noah. Ho visto quanto te lo facevano diventare duro. Ho visto che questi colpi possono farti perdere il controllo. Mi farai questo regalo anche stasera?"

Esita. So perché. È appena venuto, e non ha più diciott'anni. Per un uomo della nostra età ci vuole più tempo per riprendersi. Gli sto chiedendo qualcosa che ora non potrebbe darmi.

Potrebbe volerlo, ma non esserne capace.

Ma, *santo cielo*, io voglio vederlo. Voglio essere io a provocare quell'effetto in lui. Voglio esserci io, solo io al centro dei suoi pensieri, quando sentirà il bruciore della paletta dura e piatta contro la sua pelle.

Voglio cancellare dalla mia memoria e dalla sua tutto quello che ho visto dalla finestra aperta della signora Callahan.

Voglio invece che questo momento sia solo nostro.

Ho bisogno che lo sia, perché se così non fosse, non riusciremo mai a stare bene insieme. Lei sarà sempre lì tra di noi. Dobbiamo cancellare quella donna dal nostro passato, in modo da poter lavorare sul nostro futuro.

Sempre se decidiamo che questo futuro esista.

A ogni modo, al momento non è un problema. In questo momento, devo infliggergli una punizione esemplare, ricordargli i suoi errori.

"Non mi hai risposto, cucciolo mio."

"Brianna, farò del mio meglio."

"Non chiedo altro." Mi muovo dietro di lui, gli faccio scivolare la paletta sulle chiappe e guardo i muscoli flettersi sotto la sua pelle tesa.

Il senso di attesa è uno strumento potente.

"Abbassa la testa," gli ordino.

Abbassa di nuovo la testa, vedo il suo culo per aria. Le sue cosce sono strette, i muscoli tesi, le mani sono ancora strette nei pugni attorno alla testa. I suoi capelli sono abbastanza lunghi da coprirgli i lati del viso. Ancora una volta, penso che sia un peccato che qualsiasi parte del suo glorioso corpo sia coperta. Ma è così che deve essere.

La sacca scrotale gli pende pesantemente tra le cosce e dovrò stare attenta a non colpirlo lì. Non voglio ferirlo, voglio solo eccitarlo. Voglio vedere se i colpi della paletta provocheranno un'altra erezione, un altro orgasmo.

Sento crescere l'umidità tra le mie cosce man mano che il mio corpo si stringe per l'incontrollabile eccitazione.

"Sei pronto, mio bel cucciolo?"

"Sì," sibila lui mentre faccio un passo alla sua sinistra e alzo il braccio destro. Mentre mi muovo, il suo corpo ha degli scatti improvvisi.

Come ho detto, il senso di attesa è uno strumento potente. Può fotterti il cervello.

"Mississippi?"

"No."

Annuisco compiaciuta, anche se lui non riesce a vederlo, e sferro un colpo di paletta con quanta più forza possibile. Il suono acuto della sua pelle contro quella dello strumento riempie la stanza.

"Cazzo!" urla lui, balzando in avanti per l'impatto. I suoi pugni non sono più chiusi come prima. Ora ha il viso sepolto tra le mani. E io respingo il panico che sto provando.

"Mississippi?" gli chiedo, cercando di contenere il tremore della mia voce.

Geme, ma risponde: "No, signora."

Dannazione.

Il suo culo ha già preso una bella sfumatura di rosso al primo colpo. Solo guardarlo mi fa venire voglia di cavalcargli il cazzo.

Do uno sguardo al suo pene, ma vedo che non è ancora duro, quindi non potrò farlo.

"Sei pronto, Noah?"

Sento la sua imprecazione soffocata contro le dita. "Non chiedermelo, non avvertirmi… *per favore.*"

Lui non può stabilire le regole. Se non gli piacciono, è libero di andarsene.

Anche se spero che non lo faccia.

"Sei pronto?" Lo chiedo di nuovo perché devo.

"Sì, *cazzo!*"

Lo colpisco di nuovo, ma questa volta non troppo forte, e la paletta atterra su una sola natica. Anche se il rumore dello schiocco riempie ancora l'aria, lo sento tirare un sospiro di sollievo.

"Ti piace, tesoro?"

"Sissignora."

"Ne vuoi un altro?"

Esita. "Sì, se vuole che diventi duro, signora."

Sorrido. Certo che lo voglio.

Lo colpisco sull'altro gluteo. Queste ultime due sferzate gli colorano la pelle solo di un leggero rosa, non gliela arrossano come prima. Ma è comunque bellissimo.

Lui è davvero bellissimo.

Dio, quanto lo amo. In questo momento lo amo ancora di più, perché sta ubbidendo a tutti i miei ordini. E lo sta facendo perché è quello che vuole.

Desidera disperatamente compiacermi.

"Di nuovo?"

"Sì, la prego, signora."

"Sì," ripeto, "bravo il mio cucciolo."

Lo colpisco ancora e ancora, finché non vedo che l'uccello gli diventa duro mentre pende basso e pesante insieme alla sacca scrotale e la cappella brilla di alcune gocce di liquido preseminale. Si contrae a ogni sferzata, anche se le sto smorzando tutte perché mi sto divertendo e voglio che duri il più possibile.

Dopo averlo colpito un bel po', quando penso sia abbastanza, gli chiedo: "Basta?"

Non ha più il viso sepolto nelle mani, i suoi palmi sono di nuovo piatti sul pavimento, le dita sono distese sui lati della testa. "Non se vuoi che io venga," dice piano.

"Hai bisogno di un aiutino?"

Ancora una volta, esita un po' prima di ammettere: "Sì."

Glielo permetterò, perché voglio vederlo venire e non voglio dover usare questa paletta in modo compulsivo, al punto da fargli chiedere una tregua. Voglio che continui a essere piacevole per lui. Non solo per me.

"Toccati."

Avvolge una delle sue larghe mani intorno all'uccello gocciolante e lo tira, vedo i suoi glutei tendersi a ogni carezza.

Anche solo questa scena è sufficiente per mettere a dura prova la mia forza di volontà.

Il mio interesse passa dal desiderio di arrossargli il sedere a ciò che gli penzola tra le gambe. Senza nemmeno pensarci due volte, getto la paletta da un lato. "Seduto."

Fa come gli dico, si mette seduto sui talloni con il membro duro e lungo nel palmo della mano, anche se i suoi movimenti si sono fermati.

"Continua," gli intimo, e lui lo fa.

Guardarlo mentre se lo stringe nel palmo, mentre sbatte le palpebre sugli occhi persi nel vuoto, mentre inarca la schiena a un punto in cui quasi non riesco più ad ammirare la sua bellezza… Mi rendo conto che è arte.

Ho arte vivente, che respira, nel bel mezzo della mia stanza.

È squisito. Di un valore inestimabile. È mio.

Quando stringe la cappella fino a farla diventare scura prima di far scivolare le dita di nuovo verso la base, non riesco più a resistere. Avanzo, mi metto di fronte a lui, anche se il suo sguardo rimane abbassato.

Le mie dita trovano la piccola cerniera sul retro della mia gonna e la abbassano. "Guardami."

Lui alza lo sguardo, ma la sua mascella è stretta e incorniciata da una smorfia. Manca poco. Devo sbrigarmi.

"Rallenta, Noah. Risparmiati per me."

Il suo petto si alza e si abbassa allo stesso ritmo della sua mano. Ma alla fine rallenta.

Faccio cadere la gonna sul pavimento ed esco da quel cerchio di pelle, togliendolo di mezzo.

Non riesco a bagnarmi più di quanto non lo sia già. "Siediti."

Senza rilasciare la presa sul suo uccello, avanza per portare le gambe in avanti, fino a sedersi a gambe incrociate.

"Non muoverti."

Noah ferma la mano, la cappella è scivolosissima e lucida per la sua stessa eccitazione. Mi muovo sopra le sue gambe incrociate e, appoggiandomi con le mani sulle sue spalle, mi abbasso sulle ginocchia e poi, lentamente, mi immergo profondamente su di lui. Finalmente, toglie la mano dall'uccello per mettermela sulla schiena, poi sento anche l'altra mano, sento che scivola in alto, tra i capelli e sul mio cuoio capelluto, affondando, tirando, mentre io mi sollevo e mi abbasso sulla sua lunghezza.

"Toglimi il corsetto," dico molto più dolcemente del previsto. Le sue dita trovano la cerniera in alto e la fanno scivolare lentamente verso il basso, giù, sempre più giù, finché l'indumento non cade, liberandomi totalmente i seni. Lui lo getta di lato e spinge le dita tra i miei capelli.

"Ho sempre amato i tuoi capelli."

Gli concedo quell'uscita a sproposito, dato che non gli ho fatto nessuna domanda. Tuttavia, stasera nulla è andato secondo i piani.

Temo di aver perso la mia autorevolezza.

Ma ne sto guadagnando un'altra, quella di... Noah.

Anche se è lui a indossare il mio collare, sento di non possederlo. Al contrario, è lui che possiede me.

Ancora una volta, la situazione si è capovolta e adesso è lui che controlla me.

La botta di adrenalina che sento a causa di quel pensiero potrebbe essere causata dalla trepidazione o dall'eccitazione.

Con una mano ancora stretta tra i miei capelli, mi lascia cadere l'altra sul sedere, strizzandolo, stringendolo ogni volta che oscillo sopra di lui.

Il bisogno di venire e di andare in pezzi per il piacere mi travolge, facendomi inarcare la schiena. Ma temo che se mi lascio andare, lo farà anche lui, e voglio che questa volta duri un po' di più. Voglio godermi tutto di Noah mentre ce ne stiamo lì, seduti faccia a faccia l'uno contro l'altra. Sguardo su sguardo, con le labbra schiuse, i respiri che si mescolano.

E mi rendo conto che... non ci siamo ancora baciati. Non abbiamo fatto l'azione più intima di tutte. Qualcosa che abbiamo fatto tanto tempo fa e che ci è piaciuto fare. Una cosa in cui avevamo scoperto di essere bravi prima di quel fatidico casino. A quel tempo, i suoi baci da soli mi avevano fatto bagnare, mi avevano reso vogliosa. Il motivo per cui avevamo fatto il passo successivo.

Il passo falso.

Mentre gli fisso le labbra, ricordandone il dolce sapore, il suo dito medio mi scorre lungo la fessura del sedere e preme verso l'interno. Quando comincia a scoparmi lì, io lo divoro catturandogli le labbra, gemendogli in bocca, assaporando la sua lingua mentre ci aggrovigliamo insieme.

Mi sollevo e mi abbasso vigorosamente sulle sue ginocchia, oscillando con i fianchi mentre mi scopa con il cazzo e con il dito. Non sono più io a scoparmelo, adesso è il contrario. Ancora una volta, ha preso il sopravvento.

Se lo è preso senza chiederlo.

È un animale selvaggio, il mio Noah.

Ma, all'improvviso, non mi interessa.

Può farmi quello che vuole.

Sarò la sua schiava.

Lui può essere il mio Master.

Farò tutto quello che mi chiederà.

Striscerò ai suoi piedi.

Voglio solo che continui a fare quello che sta facendo.

Baciarmi.

Scoparmi.

Amarmi profondamente e pienamente.

Non mi molla le labbra finché, pochi istanti dopo, veniamo insieme.

Capitolo sei

Noah:

MENTRE RIPRENDIAMO FIATO, appoggio la fronte contro la sua, aspettando che i nostri battiti rallentino.

"Stasera ci siamo baciati per la prima volta," mormoro, a un pelo di distanza da quelle splendide labbra che ho appena assaggiato.

"Già," risponde lei, come se fosse del tutto normale.

"Di solito non lo fai," affermo.

"No."

Capisco perché non mi bacia. Anch'io non bacio quasi mai le ragazze con cui sto. Uso la bocca per fare tutto tranne che baciare. È curioso pensare che un bacio sembri più intimo di un vero rapporto sessuale. Per me, la persona che bacio dovrebbe significare qualcosa, non solo un corpo da cui ricevere piacere sessuale.

Forse è lo stesso per lei.

"Se te lo chiedessi, mi baceresti di nuovo?"

"Non me l'hai chiesto," mi risponde molto semplicemente.

È vero.

Posso chiederglielo o posso farlo e basta. Chissà cosa preferisce. Non importa quanto lei sia determinata a controllarmi, stasera ha vacillato già più volte, e in quei momenti il mio bisogno di prendere il sopravvento, di essere qualcosa che non sono stato per molto tempo, qualcuno che per oltre un decennio non avevo avuto bisogno di essere, è cresciuto in proporzioni epiche.

Onestamente, ho la sensazione che stia accadendo solo perché è lei. Averla tra le braccia mi infonde l'ardente desiderio di proteggerla, di prendermi cura di lei, di farla mia.

Decido di non chiedere nulla e prendermi quello che voglio, sfiorando dolcemente le sue labbra una volta, poi due. Poi, inclinando la testa, la bacio più intensamente, immergo la lingua in profondità, esplorando, mentre lei fa lo stesso. Mi geme in bocca mentre spingo le dita tra i suoi lunghi capelli setosi, stringendoli forte. La tengo ferma e le prendo la bocca come se fosse mia.

Perché *finalmente* è mia.

L'uccello è ancora sepolto dentro di lei quando Bree si sposta, inclina i fianchi e preme il clitoride contro di me. Faccio cadere una mano tra i nostri corpi per stuzzicarla con il pollice. Lo faccio girare premendo, e lei si struscia intensamente contro di me, stringendomi forte.

Poi le sento di nuovo, le onde del suo corpo che viene intorno a me. Le nostre bocche sono unite, i corpi fusi, non voglio lasciarla andare.

Quell'ultimo orgasmo era solo per lei, dato che sono stato fortunato a resistere tanto da restarle dentro. So che le cose cambieranno molto rapidamente, ma lei non si allontana dalle mie ginocchia e le tengo i fianchi stretti, desideroso di tenerla vicina.

Mi spinge il viso contro il collo e respira profondamente. Le infilo il naso tra i capelli, vicino all'orecchio.

"Bree..."

"Hmm?" mormora contro la mia pelle.

"Sei perfetta."

Si mette dritta e si siede, il suo viso è troppo serio per avere un orgasmo per la milionesima volta in una sera. D'accordo, forse sto esagerando. Ma la sua non è una bellezza passeggera.

"Le cose non sono andate come mi aspettavo," ammette.

Sono soddisfatto di quella ammissione e devo stringere le labbra per evitare di farle un grande sorriso sciocco. Mantengo il controllo e infine le chiedo: "È andata così male?"

"Da quando gli orgasmi multipli sono un male?"

A quel punto, non riesco più a trattenermi. Sorrido e le bacio leggermente le labbra. "Mai, e sono contento di riuscire a farti godere."

"Oh, sì che ci riesci," dice con un sospiro.

Finalmente. Sono passati solo tredici anni, ma sì, posso finalmente darle piacere.

Con rammarico, le dico: "Per quanto ami averti sulle ginocchia, le gambe mi si stanno addormentando."

Bree tocca il collare di pelle che indosso, facendo scivolare le dita lungo il bordo superiore. Mi fermo. Vuole dirmi qualcosa.

"Me lo stai chiedendo o mi stai ordinando di liberarti?"

"Te lo sto chiedendo."

Lei annuisce e, mettendomi le mani sulle spalle per restare in equilibrio, si alza in piedi. "Devo comunque pulirmi perché non hai usato il preservativo."

"È un problema?"

Inarca un sopracciglio e mi guarda. "Lo è per te?"

"No, non per me," la rassicuro.

"Allora non lo è neanche per me, ma comunque di solito lo uso."

Vorrei risponderle che è una bella notizia, ma mi trattengo. A ogni modo, è tutto molto notevole. Il bacio, l'intimità, la mancanza di lamentele per non aver usato il preservativo. Mi dimostra che per lei significo più degli altri.

Non che voglia conoscere il numero di uomini con cui è stata. Non voglio infliggermi un castigo. Il pensiero che un uomo possa possedere la mia Bree è inquietante, anche se sono realista. Non che io mi sia mai privato di qualcosa per lei.

Anzi.

La mia vita è stata un viaggio sessuale alla ricerca del piacere. Dai baci rubati per le strade fino a questo momento.

In ognuno di quei tanti incontri, ciascun partner mi ha reso un amante migliore, insegnandomi ad apprezzare meglio le curve di una donna e il potere che il suo corpo può avere su un uomo.

Quindi, ora osservo la mia compagna suprema. La persona con cui questo viaggio è iniziato e quella con cui voglio che finisca.

Si mette in piedi sopra di me con indosso delle autoreggenti nere, tacchi a spillo e uno sguardo interrogativo.

Scivolo di nuovo al mio posto. "Come mi vuoi, Brianna? "

Immediatamente i suoi occhi si scuriscono e un sorrisetto le inarca le labbra. Non è proprio un sorriso, ma più uno sguardo di soddisfazione. Come un gattino che ha appena finito una ciotola di latte caldo.

"Prima mi pulisco io, poi andrai a pulirti tu. Dopodiché ti voglio nel mio letto."

Io non vedo l'ora. Preferibilmente con Bree ma, per ora, andrà bene anche Brianna.

Brianna:

È MOZZAFIATO. Non posso sopportare di coprirgli di nuovo gli splendidi occhi verde-oro con una benda, e allora lui mi guarda attentamente. Ha le braccia ben toniche distese sopra la testa, ma stavolta non nei polsini in neoprene con velcro, no. Questa volta ha i polsi legati stretti in un laccio di pelle, attaccati al gancio sulla possente testiera, quella fatta appositamente per questo tipo di gioco. Questa volta dovrebbe fare uno sforzo sovrumano per liberarsi. Molto probabilmente causerebbe più danni a se stesso che a qualsiasi altra cosa.

Potrei starmene qui a osservarlo tutta la notte. L'ho fatto per mesi, tanti anni fa. Da quella finestra. In quella camera da letto. Con quella donna. Avevo guardato il suo corpo reagire a tutto quello che lei gli faceva, tutto quello che gli diceva. Anche se da un lato mi eccitava, comunque mi stringeva lo stomaco.

A quel tempo, non capivo perché non mi volesse più e sembrasse preferire ciò che lei gli offriva. Ma forse era meglio così. Forse doveva scoprire tutti i suoi veri desideri.

Così come io dovevo scoprire i miei.

Ora però il problema è che... voglio qualcosa di completamente diverso tra noi due. Non voglio il rapporto che avevano loro.

Voglio qualcosa che sia nostro.

L'ho aspettato a lungo. Lui dice che mi ha aspettata a lungo.

Forse dobbiamo riscoprire noi stessi. Capire cos'è che funziona per noi.

Di solito, non mi piace baciare.

Eppure, adoro baciare Noah.

Di solito, non mi esalto per i dolci momenti passati in compagnia dei sex toys.

Eppure, adoro essere stretta fra le braccia di Noah, che ovviamente è più di un sex toy.

Di solito, non lascio che un uomo mi domini. Mai.

Sorprendentemente, mi è piaciuto essere dominata da Noah.

Ma devo capire anche quello che vuole lui. Non voglio rinunciare a ciò per cui ho lavorato così duramente nel corso degli anni solo per poi scoprire che desidera ciò che ho da offrirgli, le competenze che ho sviluppato nel corso degli anni grazie agli esperti che ho cercato. Ma prima, quando si è liberato dalle manette e ha preso il sopravvento... Era da tempo, molto tempo, che non provavo una tale scarica di adrenalina.

Quella sensazione ha reso gli orgasmi ancora più intensi.

Anzi, hanno avuto un significato per me, sono stati più di una semplice funzione corporea, che avrei potuto ottenere da quasi chiunque con un po' d'impegno.

Lui lo ha reso facile.

Troppo facile.

Potrei abituarmi al fatto che lui prenda il sopravvento, che mi renda dolorante, che mi faccia gridare per lui.

È qualcosa che va contro la mia volontà? Forse.

Va anche contro la sua? È possibile.

È una conversazione che dovremo affrontare se ci vedremo ancora dopo stanotte.

Tuttavia, non sono sicura che sia possibile, o addirittura realistico. Domani è il matrimonio di mio fratello. Poi, Noah tornerà alla sua vita. Anche se non ho idea di cosa significhi davvero, visto che non ho mai parlato di lui con mio fratello. So solo che è a un volo di distanza e che è venuto al matrimonio da solo, ma tutto il resto è un mistero. Un mistero che prima o poi dovremo risolvere.

"Bree..." La sua voce è dolce, quasi un sussurro.

Deve aver visto qualcosa nella mia espressione. Sbatto le palpebre per tornare al qui e ora. "Brianna," lo correggo.

Perché è qui che ci troviamo, in questo momento. Qui. Nel mio letto.

"Brianna. Scusi, signora."

Quando mi chiama Bree, mi sciolgo. Quando mi chiama Brianna, divento più rigida.

Dopo il suo comportamento, sono piuttosto curiosa. "Avevi mai scambiato i ruoli?"

"No."

"Mai?"

"Mai."

"Allora cos'è successo prima?"

"Avevo un disperato bisogno di te."

Santo cielo. Quest'uomo sa come mettermi in ginocchio solo con le parole.

Oh, un momento. Sono già in ginocchio, a cavalcioni sui suoi fianchi, e lui è sotto di me, in attesa di vedere cosa accadrà.

Così, per la prima volta in assoluto, sono completamente inerme. Voglio quest'uomo. Lo voglio davvero. È solo che non sono più così sicura di volerlo in questo modo.

Voglio anche che sia felice. Voglio soddisfare i suoi bisogni e, se è questo ciò che desidera, allora voglio essere io a soddisfarli. Nessun altro. Mai più.

Gli trascino delicatamente un'unghia lungo il petto, sulla punta del capezzolo, e i suoi occhi si scuriscono mentre fissano i miei. Stuzzico l'altro capezzolo prima di disegnargli una linea lungo la pancia, fermandomi appena sopra il bacino.

Ce l'ha ancora morbido, ma non mi dispiace. So che ha bisogno di un po' di tempo per riprendersi.

Io sono paziente.

Ci sono molti altri deliziosi giochi che posso fargli, o che lui può fare a me, mentre aspetto.

Tuttavia, c'è una cosa che non ha ancora fatto. Ecco perché l'ho legato così. Braccia sopra la testa, corpo steso sul materasso, caviglie fisse e larghe ai piedi del letto. Vulnerabile. Delizioso. Come in precedenza, il suo corpo atletico, rifinito e asciutto, mi ricorda un'opera d'arte vivente.

Se dovessi fare come sempre, costringerei un uomo a inginocchiarsi, a stare sotto di me per ricordargli il suo posto, poi gli frusterei o bastonerei la schiena mentre esegue i miei ordini.

Ma ancora una volta, per qualche strana ragione, voglio che le cose vadano diversamente fra me e Noah.

Voglio che questo momento sia solo nostro.

Forse è semplicemente ridicolo. Ma non m'importa.

La passera mi pulsa all'idea di sentire la sua bocca su di me. Mi allungo sulle mani e le ginocchia restando sopra di lui, prendo un cuscino e glielo infilo sotto la testa. Voglio assicurarmi che possa vedermi senza difficoltà.

Dopo aver sistemato Noah nel modo giusto, frugo nel cassetto del comodino e tiro fuori uno dei miei giocattoli da domatrice.

Il miglior amico di una donna.

Mi alzo, mi sposto ai piedi del letto e mi fermo di nuovo per apprezzare tutto il ben di Dio davanti a me. Vengo travolta dalla fiducia che ha riposto nelle mie mani, permettendomi di legarlo ancora una volta.

Mi sistemo tra le sue gambe divaricate, avvolgendole con le mie, aprendomi alla sua vista. Con la testa inclinata in quel modo, non dovrà sforzarsi per vedere cosa gli stia offrendo, e non mi perderò il momento in cui i suoi occhi si staccheranno dai miei. Indosso ancora le calze autoreggenti, ma nient'altro. Ho lasciato i tacchi, la gonna e il corsetto dove giacevano da prima. Con gli occhi segue l'orlo superiore in pizzo fino ad arrivare al mio sesso.

Quando si lecca le labbra, lo sento fino al midollo prima che il calore s'irradi in ogni parte del mio corpo. I capezzoli mi s'induriscono, li sfioro con le dita prima di prenderne il peso nelle mani e strizzarli insieme.

Lui osserva ogni mia mossa, specialmente quando faccio roteare entrambi i capezzoli tra i pollici e gli indici.

"Ti piacciono le pinze per capezzoli, Brianna?" mi

chiede con la voce un po' rotta. Lui è già coinvolto, e io ho appena iniziato.

"Sì."

"Su di te?"

Non gli rispondo. Così lui continua coraggiosamente.

"Ti piace che ti pizzichino i capezzoli, Brianna? Quella trazione che ti attraversa il corpo quando te li pizzicano forte?"

Apro le labbra e mi faccio sfuggire un sospiro. Mi stringo i capezzoli più forte, immaginando la sensazione acuta che le pinze potrebbero provocare in me.

"Vuoi che le utilizzi sulle tue punte e che le tiri con una lunga catena con i denti, finché non mi implorerai di scoparti forte?"

Lo sta facendo di nuovo. Così lo respingo.

"Smettila di parlare," gli ordino. Adoro il modo in cui mi sta rendendo sexy e vogliosa. Ma sta cercando di ribaltare di nuovo la situazione, e sono curiosa di sapere perché.

"Lo vuoi," mormora.

Sì che lo voglio. Ma ora sta parlando a sproposito.

"Sei un cagnolino piuttosto disobbediente, lo sai, Noah?"

Non mi risponde, ma vedo quel luccichio nei suoi occhi. È determinato a disintegrare il mio controllo.

Potrei permetterglielo, ma non così presto. "Ti è piaciuta la sessione con la paletta?"

Di nuovo, non mi risponde.

"A quanto pare, non è stata abbastanza forte da insegnarti a comportarti bene."

Di nuovo, non dice nulla.

"Puoi parlare," gli dico.

"Sì."

Inarco un sopracciglio verso di lui. "Sì?!"

"Sì, mi è piaciuto il dolore della paletta. Ma no, non

voglio comportarmi bene con te. Quindi, puoi colpirmi a sangue, ma io resisterò con tutto me stesso."

"Hai avuto amanti che hanno sopportato questo tipo di comportamento, questa insolenza?" gli chiedo sorpresa.

"No."

"Quindi di solito non sei difficile?"

"No, mai."

Apro la bocca per chiedergli: "E perché adesso lo sei?", ma taccio perché conosco già la risposta. Perché mi eccita. Anche se mi succede solo con lui. Lui lo sa, e sta tentando di sfruttare la cosa a suo vantaggio.

"Mi stai forse mancando di rispetto in questo modo?" Non sono arrabbiata, la situazione mi diverte.

"No. Mai."

Annuisco con decisione e finalmente lascio andare i miei seni, portandomi le mani sulle labbra del mio sesso, separandone le pieghe, passandoci un dito in mezzo.

"Stavolta non puoi scappare, cucciolo mio." Quando vedo che non risponde, mi preoccupo. "Hai capito, vero? Sono sicura che hai già indossato polsini simili in passato, e sappi che il mio letto è specificamente realizzato per questo tipo di restrizioni. Non puoi scappare senza farti male. Se senti il bisogno urgente di essere liberato, usa la parola di sicurezza."

Mi chiedo se mi stia ascoltando. Devo assicurarmi che lo stia facendo.

"Qual è la tua parola di sicurezza, Noah?"

Solleva gli occhi verso i miei e poi li riporta giù, a quello che stanno facendo le mie dita, che stanno lentamente scendendo tra le mie labbra carnose e lisce.

"Mississippi," dice pianissimo, in modo quasi impercettibile.

Prendo il mio vibratore rosso preferito e faccio girare la parte superiore fino a quando il suo ronzio ci culla. Lui sussurra qualcos'altro, ma non riesco a capire cosa.

Mettendomi le dita a V lì in basso, apro le labbra e premo il vibratore sul clitoride. Le mie cosce si irrigidiscono, così come le sue. Il suo corpo si tende mentre continuo a far girare il sex toy e mi stuzzico al punto di dover aprire la bocca per rilasciare il mio respiro rapido e irregolare.

Un'ondata di calore mi attraversa mentre lo osservo guardarmi da vicino. Con un dito premuto sul mio clitoride, sposto il giocattolo più in basso, facendolo scivolare lentamente in profondità. L'intensità delle vibrazioni cambia mentre lo stringo forte e una miriade di sensazioni si irradia nel mio nucleo, portandomi vicina al limite, ma senza farmi raggiungere il picco.

Non proprio.

Faccio dentro e fuori con il vibratore, ancora e ancora, i miei fianchi si contraggono, le cosce si stringono, le dita si muovono più velocemente contro il mio clitoride. Potrei venire facilmente e velocemente. Ma questa volta voglio che duri un po' di più, voglio che sia pronto a prendermi con la sua bocca. Voglio che sia *affamato*.

"Quanto vuoi assaggiarmi, mio cagnolino?"

Noah ha le palpebre pesanti, la bocca aperta, il petto che si alza e si abbassa a un ritmo veloce. Dà uno strattone alle manette che gli bloccano le mani e i piedi, quasi allontanandomi.

Il suo uccello è di nuovo lungo e duro, una goccia di liquido preseminale gli luccica in cima. "Ti voglio adesso, Brianna."

"Non puoi pretendere nulla, mio caro," gli dico con calma, cercando disperatamente di ricompormi.

"*Adesso*, Brianna," grida come se stesse impazzendo.

Deglutisce a fatica mentre il suo pomo d'adamo guizza, attirando la mia attenzione sulla sua gola. Muoio dalla voglia di affondarci i denti e sentirlo gridare il mio nome.

I suoi occhi scattano e diventano selvaggi quando mormoro che sto per venire.

Poi si chiudono. Non posso accettarlo.

"Guardami," gli ordino.

Solleva il petto e tira ancora le manette. Il letto non cede nemmeno di un centimetro. "Cazzo," geme.

"Apri gli occhi, Noah," gli dico più fermamente.

Fa un respiro ma poi li apre, il suo sguardo quasi mi fulmina.

"Guardami mentre vengo."

Sollevo i fianchi mentre un orgasmo mi investe e mi attraversa, facendomi arricciare le dita dei piedi mentre lancio la testa all'indietro, ansimando.

Le sue gambe si sollevano sotto di me mentre continua a combattere contro le manette. È come se, quasi da lontano, lo sentissi ringhiare "Cazzo".

Tiro il vibratore fuori dal mio sesso e lo getto da parte mentre abbasso la testa per guardarlo.

Ha la mascella serrata, un muscolo che si contrae e si rilassa furiosamente, e le braccia tese mentre continua a ribellarsi alle restrizioni.

"Cazzo," ringhia di nuovo.

Eppure non mi chiede di liberarlo, non pronuncia la parola che metterebbe fine al suo tormento.

"Ti è piaciuto, cucciolo mio?"

"Cazzo," ripete di nuovo, sbattendo la testa contro il cuscino, dondolandola avanti e indietro.

Strisciando carponi verso il suo corpo, mi metto faccia a faccia con lui, trascinandogli un dito lungo la guancia, poi lungo le labbra, quelle che a breve saranno su di me. Apre la bocca e mi succhia il dito, stuzzicando il mio polpastrello con la lingua. È in quel momento che mi rendo conto che sta assaporando la mia eccitazione ancora latente sulle mie dita.

Un secondo dopo molla la presa. "Siediti sulla mia faccia," mi ordina.

Quello era il mio piano, ma questa richiesta è inopportuna. "Mi è sembrato un ordine, cucciolo mio. Sono sicura di essermi sbagliata."

Spalanca gli occhi mentre si sforza di dire con calma: "Sì, signora… Ti prego… Perdonami."

Gli faccio scorrere un pollice sull'altro zigomo. "Non so se posso lasciar perdere, Noah. Sei terribilmente disobbediente."

Il suo labbro si arriccia quasi come in un ringhio. "Sì. Puniscimi sedendoti sulla mia faccia." Scuote di nuovo le braccia. Alzo lo sguardo sul punto in cui sono agganciate le manette. Tutto è ancora dove dovrebbe essere… ancora ben saldo.

Stringo le labbra nel tentativo di non ridere della sua impertinenza. È determinato, questo è poco ma sicuro.

Gli infilo le dita tra i capelli e glieli sposto dal viso. "Il mio cagnolino," sussurro. "Il mio Noah. Cosa devo fare con te?"

"Non mi importa cosa farai con me purché possa averti."

Il cuore mi si stringe, parte della mia determinazione si scioglie. Gli affondo le mani tra i capelli, su entrambi i lati della testa, e, in ginocchio, mi sposto sul letto, sopra le sue spalle. Poi, mi abbasso e mi godo la sua bocca. Gli stringo i capelli mentre lui mi aggredisce con la lingua e mi sbrana come un uomo affamato. Di certo non descriverei come gentili le sue azioni, e mi godo ogni secondo di questa piacevole sensazione. I suoi denti, le labbra e la lingua mi fanno impazzire. I miei fianchi oscillano sopra di lui mentre mi struscio contro il suo viso, desiderando di più, desiderando intensamente tutto ciò che mi sta dando. Mi succhia forte il clitoride, ci struscia i denti, facendomi piagnucolare. Gli tiro su la testa prendendolo dai capelli, tenendolo stretto, e lui geme contro la mia passera bagnata. La sua barba ispida mi arrossa la pelle delicata sulla parte alta del mio interno coscia.

Cazzo. Da un momento all'altro mi farà venire di nuovo. Il mio corpo si stringe, inarco la schiena e il collo e grido il suo nome, ma lui continua a mordicchiarmi e succhiarmi mentre mi riabbasso.

Quando allento la presa delle dita, la sua testa ricade sul cuscino, ma io lo seguo, catturando le sue labbra con le mie, assaporando me stessa sulla sua lingua. Lui fa un verso gutturale e io interrompo il bacio.

"Mississippi," gli sfugge insieme a un sospiro.

Cosa? Adesso? Perché?

Non ha alcun senso.

Capitolo sette

Noah:

"Mississippi," dico stavolta, più forte e con più decisione, perché Brianna non agisce abbastanza velocemente. Anzi, non si muove affatto, ed è inaccettabile.

Deve sbrigarsi, deve lasciarmi andare, perché non ce la faccio più. Sono arrivato al limite e sono sfinito.

Completamente sfinito.

Un accenno di irritazione le attraversa il viso. "Non prendermi per il culo, Noah," mi avverte, e capisco cosa sta dicendo… *sarà meglio che non sia uno dei tuoi soliti giochi.*

Non ho intenzione di giustificare le mie azioni. Non lo farò, non posso, *cazzo.* "Mississippi," dico di nuovo, determinato a farle notare il mio desiderio.

Come se uscisse da uno stato di trance, si sposta frettolosamente ai piedi del letto, liberandomi prima le caviglie. Per tutto il tempo, la mia testa è come in preda a una montagna russa, e sento il bisogno di scendere. Sento il bisogno di raddrizzare il mio mondo.

Una volta che le mie gambe sono libere, piego le ginocchia in attesa di liberazione, di libertà. Per poter prendere le decisioni da me.

Non riesco a distogliere lo sguardo da lei mentre si avvicina ai miei polsi, sporgendosi sul letto nel tentativo di raggiungerli. I suoi seni pendono a pochi centimetri dal mio viso e dalla mia bocca, tentandomi, e allora gemo, il che fa sì che i suoi occhi si abbassino verso di me, ora più preoccupati che dispiaciuti.

Pensa che io stia soffrendo. Sì, in effetti sto soffrendo. Ma non per il motivo che pensa lei.

Mentre sento la tensione allentarsi sui miei polsi, riesco ad assaporarla proprio in quel momento… la mia libertà. E all'improvviso, non ho più… restrizioni. Prima che lei possa allontanarsi, le circondo la vita con le mani e capovolgo i nostri corpi, così mi ritrovo sopra di lei.

Le passo la mano tra i capelli e ne afferro una manciata, tirandole indietro la testa sino a scoprirle il collo. Premendo il viso sulla gola, le affondo con forza i denti nella carne.

"Noah," ansima. "Cosa…"

La zittisco buttandomi sulla bocca, spingendo la lingua tra le sue labbra, sento un verso vibrarle in gola e lo inalo, ingoiandolo. È mia. Tutte le parole che ora pronuncia mi appartengono, e tutti i rumori che emette sono miei. I suoi seni, il suo sesso, quel suo sedere, è tutto mio.

Non voglio essere il suo cucciolo. Voglio essere il suo uomo. Deve appartenere a me tanto quanto io devo appartenere a lei. Devo dimostrarglielo. Farle vedere quanto è importante.

Scendo lungo il suo corpo, mordicchiando, baciando, leccando, stuzzicando un capezzolo, succhiandole l'ombelico, poi scendo più in basso, afferrando la carne del suo monte di venere tra i denti, finché non grida. Poi, andando ancora più giù, le spingo le cosce in alto e all'infuori, seppellendo il viso nel punto in cui prima ero potuto passare solo con la bocca.

Ora posso toccarla come voglio. Ora non può fermarmi.

Questo è il mio momento.

È per me.

È anche per lei.

Ma niente di quello che faccio è gentile. In questo momento non sto cercando di corteggiarla. Piuttosto voglio soddisfarla, e ho bisogno di dimostrarle che posso farlo senza espedienti, senza giocattoli. Niente fruste, niente catene, niente manette, niente vibratori.

Solo il mio corpo.

Solo Noah.

Solo Bree.

Solo noi.

Il modo in cui avremmo dovuto essere allora, in quel cazzo di capanno, in quel momento che anni prima aveva cambiato tutto. In quel tempo e quel luogo che avevano cambiato le nostre vite.

Poteva sembrare qualcosa di stupido, di irrilevante, un episodio da ricordare ridendoci su, ma non lo era affatto. Era stato preso troppo sul serio da due persone che non sapevano come comunicare.

Non accadrà di nuovo. Non se vogliamo sopravvivere come un *noi*.

Sento i suoi fianchi oscillarmi attorno, strusciarsi contro la mia bocca mentre le faccio scivolare la lingua dentro e fuori e le mie dita seguono le oscillazioni del suo clitoride.

Mi sembra bellissima. Ha un sapore squisito. Lei *è* bellissima. Dentro e fuori. Lo è sempre stata.

Scambio la posizione di lingua e dita, le succhio forte il clitoride e curvo le dita in profondità dentro di lei, sapendo esattamente dove ha bisogno di sentirmi, cosa ha bisogno che io faccia.

Bree mi strattona i capelli, tirandomi il cuoio capelluto e urlando quando un orgasmo la squarcia, ma io non mollo nemmeno per un minuto.

Mi farò perdonare per ogni orgasmo che avrei dovuto darle in questi anni. Forse non riuscirò a darglieli tutti stasera. È impossibile riuscirci, ma magari… Magari recupererò il momento delle nostre vite in cui avremmo potuto stare insieme, amarci, stringerci l'uno contro l'altra, parlare, condividere… creare una famiglia.

Tutto quello che ci siamo persi perché io l'ho fatta piangere, dannazione.

Ora ho bisogno di sentirla piagnucolare in un modo diverso.

Mi mette le mani sulle spalle, mi graffia la pelle con le unghie e sorrido contro la sua carne mentre raggiunge di nuovo l'orgasmo.

"Smettila. Smettila," mi ammonisce in tono cantilenante, senza fiato. "Ho bisogno di una pausa."

Faccio un balzo in avanti coprendo il suo corpo con il mio. "Nessuna pausa, piccola," ringhio mentre spingo in profondità dentro di lei. Le sue braccia serpeggiano intorno al mio collo, le sue gambe con le autoreggenti si avvolgono intorno ai miei fianchi, i suoi talloni premono contro le mie cosce mentre la cavalco forte e veloce.

La sua testa sbatte contro il cuscino e il suo collo si inarca mentre geme: "Ah, Noah… Noah…"

"Sì, tesoro, così, di' il mio nome."

Un gemito le sfugge, poi si alza, mi afferra i capelli per tirarmi giù in un bacio profondo, ma entrambi dobbiamo romperlo in fretta perché stiamo respirando troppo forte, troppo velocemente. Faccio scivolare le mani sotto i suoi fianchi, sollevandola, inclinandola, e la tocco più in profondità possibile.

"Ci sono io dentro di te, baby, io. Noah. Non il tuo cagnolino. Non il tuo giocattolo e nemmeno il tuo sottomesso."

"Noah," grida. "Scopami, Noah, scopami."

"Lo sto facendo, piccola, ti sto scopando come se fossi

destinata a essere scopata. Da me e solo da me. Per me le altre non esistono, Bree. Ci sei solo tu. Senti questa connessione fra di noi? La senti come la sento io?"

"Sì… La sento."

"È tua?"

"È mia."

"È anche mia?"

"Sì, è anche tua."

"È nostra, piccola. Tutta nostra. Cazzo, vieni per me, Bree. Voglio sentirti pulsare intorno a me. Voglio venire con te. Fallo, vieni per me."

"Io… Non riesco a… Non riesco a… Oh, cazzo. Non riesco…" piagnucola, gettando gli occhi al cielo.

Le porto le labbra all'orecchio. "Puoi. Fallo. *Subito.*"

"Cazzo, Noah… Cazzo!" grida.

Il suo petto sbatte contro il mio mentre il suo corpo si piega sotto di me, e sento quello che sto cercando. I suoi muscoli mi stringono forte il cazzo, rapidamente, ed è allora che mi svuoto dentro di lei, incontrandola dall'altro lato dell'orgasmo.

Senza fiato. Svuotato. Soddisfatto.

Spingo il viso nel suo collo umido mentre sento l'energia sgorgarmi dal corpo, mentre faccio fatica a controllare il mio respiro, a inalare l'ossigeno di cui ho tanto bisogno. Inspiro il suo profumo e un senso di calma mi pervade.

Le sue dita si avvolgono dietro la mia nuca, lisciandomi i capelli, e io rimango in silenzio, ascoltando il suo respiro che pian piano rallenta.

A malincuore sfilo il pene e lascio il suo corpo, crollando al suo fianco, mettendole un palmo sul cuore e sentendo il suo forte battito sotto le dita.

Poi un'ondata di consapevolezza mi travolge, questa volta in modo più netto. Non ho mai voluto niente di tutto questo con lei. Non con Bree. L'unica cosa che ho sempre voluto è sentire il suo battito sotto le mie dita.

Sento il petto che mi si stringe e mi alzo su un gomito, guardandola un po' dall'alto. "Basta così. Basta con tutto questo." Indico le manette ancora appese alla testiera.

Bree sgrana gli occhi e, fissandomi, sbatte le palpebre. "Che succede?"

"Tutto. È tutto sbagliato."

"Ti ho fatto male prima?" mi chiede, con un tono di evidente sorpresa nella voce.

"Mi hai fatto male quando sei scappata dal capanno piangendo. Mi ha fatto male non aver avuto la possibilità di scusarmi. So che non l'hai fatto apposta, so che è successo e basta. È la vita. Ho cacciato le palle e sono andato avanti. So di aver ferito anche te. Con la mia inesperienza, con quello che hai visto in quella cazzo di casa, un rifugio in cui sono scappato solo per assicurarmi di non far più piangere una donna per lo stesso motivo. Ma ora, Bree, basta con queste stronzate."

Con le labbra tremanti, sussurra: "Mi dispiace. Pensavo che…"

"So cosa pensavi e so perché l'hai pensato. Tutto quello che pensavi è vero, ma non con te. Non posso essere così con te."

"Pensavo che fosse proprio questo quello che volevi."

Scuoto la testa. "No. Non è questo che voglio." Chiudo gli occhi per un momento, per rimettere insieme i miei pensieri sparpagliati. "D'accordo, è quello di cui avevo bisogno per capire cosa volevo. Ma, piccola," le prendo il viso tra le mani, "non ho mai voluto tutto questo da te."

"Cosa volevi da me?"

"Solo te. La mia dolce Bree. Con quel prendisole giallo. Mutandine rosa. Sorrisi. Risate."

Ora è tutto chiaro.

"Non ti piacciono gli abiti in pelle?"

Quello che non mi piace è l'insicurezza nella sua voce. Stona in quel posto, e non voglio essere il motivo di quell'insicurezza. "Mi piace la pelle. Mi piace il fatto di diventare duro come una roccia nel vederti con quel corsetto. Mi piace che tu mi faccia impazzire con le dannate calze autoreggenti mentre mi colpisci il sedere o mi succhi l'uccello. Ma io amo Bree, tesoro, *Bree*. Brianna è fantastica, ma non per tutti i giorni. Brianna mi piace molto, non fraintendermi. Ma, tesoro, io *amo* Bree. Ti ho sempre amato. Ti amo dalla prima volta in cui ti ho vista. Sapevo che saresti stata mia la prima volta che ti ho baciato nel tuo cortile e mi hai dato un pugno nello stomaco."

"Mi ami da allora?"

"Sì. Non ho mai amato nessun'altra tranne te."

"Ma…"

"Non fraintendere… Ci sono state altre donne. Ho avuto altre amanti. Ma con nessuna è durata perché dentro di me sapevo che dovevo stare con te. Solo con te, Bree."

"Noah," risponde a voce bassa.

"Va bene così. Nessun rimpianto, mettiamoci una pietra sopra. Voltiamo pagina."

Bree:

"Non so che direzione possiamo prendere," dico, perché davvero non lo so. Le nostre vite hanno preso due direzioni diverse in quel fatidico giorno.

"Abbiamo davvero bisogno di sapere dove andare? C'è davvero bisogno di seguire un sentiero battuto? O possiamo scoprirlo strada facendo?" ribatte lui.

So che sono disposta a fare tutto il necessario per stare con quest'uomo. Tuttavia, la logistica potrebbe essere un problema. Oltre al fatto che ci conoscevamo solo da bambini, da adolescenti, non da adulti.

"Stai pensando troppo," mi dice, allontanandomi una ciocca di capelli dal viso.

È vero. "Lo so. Ci sono un sacco di cose da valutare."

"Quali?"

"Il tempo, la distanza, il fatto che non so se riesco a essere solo Bree." È qualcosa che temo sul serio.

Si avvolge una ciocca dei miei capelli intorno al dito e la studia per un momento. Poi con il suo sguardo determinato incontra il mio. "Non possiamo fare nulla per il tempo. È passato. Abbiamo solo il tempo per andare avanti. Possiamo solo guardare al futuro. Per quanto riguarda la distanza… Ci penso io. Ti prometto che troverò un modo. E per quanto riguarda l'essere solo Bree…" esita, poi fa un respiro profondo prima di continuare. "Non sto dicendo che voglio che Brianna scompaia del tutto. Ci sono momenti in cui avrò voglia della mia Mistress. Tuttavia, la maggior parte delle volte avrò bisogno della mia Bree. Voglio essere ancora legato e sottomesso. Ma vorrò fare la stessa cosa con te."

"Mi sembra un'ottima soluzione."

Quando gli angoli delle sue labbra si arricciano, ancora una volta mi sento trascinata via dalla bellezza di quest'uomo. Si è offerto a me stasera e… forse per sempre.

Ha ragione, non possiamo tornare indietro e sistemare le cose, e forse è meglio così. Forse entrambi dovevamo seguire le nostre strade per dedicarci alla nostra individualità, per diventare delle persone migliori. Con le nostre esperienze di vita sotto le lenzuola, siamo diventate due persone più complete.

Tutto quello che è successo in questi anni ci ha reso come minimo degli amanti migliori, e si spera persone migliori in generale.

In tutti questi anni avrebbe potuto trovare qualcun altro. Non l'ha fatto, e non l'ho fatto nemmeno io. Quindi forse, alla fine, eravamo davvero destinati a stare insieme.

Un amore perduto e poi ritrovato.

Ripensando a quei giorni, ho odiato quella donna per

quello che mi aveva rubato. Ma ora mi rendo conto che all'epoca non ero pronta per lui.

La sua voce bassa mi fa tornare alla realtà. "Sappi solo questo… Non vedo l'ora di svegliarmi accanto a te, voltarmi e prenderti tra le mie braccia, baciarti fino a svegliarti, portarti la colazione a letto, fare l'amore con te lentamente, delicatamente, dolcemente. Amerò ogni singolo istante di quel momento. Poi, in altri momenti, tornerò a casa e mi metterai questo collare," si sfiora ancora il collo con le dita, "Mi costringerai a inginocchiarmi per eseguire i tuoi ordini. Poi scoperemo forte e con foga finché non saremo entrambi senza fiato, esausti e completamente soddisfatti, e amerò ogni singolo istante, anche di quel momento."

Oh, anch'io.

Ancora una volta, quest'uomo mi fa sciogliere con le sue parole. L'armatura che porto sul cuore si sta sciogliendo.

Noah:

Non ha esitato nemmeno una volta nell'ascoltare ciò che ho da offrirle, e farò tutto il possibile per mantenere la mia promessa.

Continuo a dirle: "Non partirò fino a domenica sera. Domani abbiamo il matrimonio di tuo fratello. Poi, domani sera e domenica mattina sarò tutto tuo. Ti lascio decidere se vorrai essere Bree o Brianna. Ma qualunque cosa accada, voglio stare con te. Che ne dici, me lo concedi?"

"Oh, sì. Certo che te lo concedo."

Bree mi ricambia il sorriso. Quella curva le illumina il viso e mi riporta a quando eravamo più giovani e non avevamo idea della piega che la nostra vita avrebbe preso.

"Devo ringraziare mio fratello," mormora.

Anch'io devo ringraziarlo. "Per quanto odi i matrimoni, sono contento che mi abbia trascinato al suo, e se dovrò camminare lungo la navata con qualcuno, sarò felice di farlo con te, Bree." Le sfioro le labbra con le mie. "È qui che dovevamo ritrovarci." Ci credo davvero.

Per far sì che questo accada, per essere finalmente dove dovrei essere, c'è ancora tanta strada da fare. Se dovrò spostare le montagne, lo farò, perché so cosa mi aspetta dall'altra parte della vetta.

Dicono che la prima volta non si scorda mai. Chiunque lo dica, ha ragione. Io non ho mai dimenticato Bree. Lei non ha mai dimenticato me.

Non ho mai smesso di amarla. Questa donna che ho desiderato così tanto, incredibilmente, ora è mia e, questa volta…

Lo sarà per sempre.

Una Novella Obsessed

Questa non è solo una storia d'amore:
è un'ossessione…

SEGRETAMENTE
LUI

USA Today Bestselling Author
JEANNE ST. JAMES

Capitolo uno

Skylar:

GUARDO IL SUDORE CHE, goccia dopo goccia, cade sul mio costoso tappetino da yoga. Il sole picchia da morire ed eccomi qui, come un'idiota nel mio cortile, piegata da secoli nella posizione del cane a testa in giù. D'accordo, forse non secoli… forse parecchi secondi. A ogni modo il mio corpo ha deciso di odiarmi (niente di nuovo) e comincio a sentire dei crampi e la testa che gira. Per non farmi mancare nulla, i pantaloni da yoga decisamente costosi mi stanno pian piano scendendo lungo le chiappe (così come su un altro punto), eppure…

Nessun'ombra del mio vicino.

Che diavolo sta succedendo?

Nonostante gli occhi stiano per uscirmi dalle orbite, do un'occhiata al mio orologio sportivo. Avrebbe dovuto essere qui già da due minuti e mezzo.

Cazzo.

Quell'uomo di solito è un orologio svizzero, corre vicino a casa mia il lunedì, il mercoledì e il venerdì pomeriggio, tutte le settimane. O quasi tutte. Tuttavia, i temporali sembrano scoraggiarlo dalla sua solita sessione di cardio. (Difficile immaginare il perché…)

In quei giorni, sarei disposta a raccomandargli un altro tipo di cardio per far allenare il cuore e magari anche i fianchi.

Comunque… Guardatemi! Faccio yoga nel mio giardino, sul prato irregolare, aspettando come una donna disperata. (Non lo sono, davvero, lo giuro! Sembra così ma non lo sono.)

Dannazione, quell'uomo è bellissimo e quando corre a torso nudo è grondante di sudore, il che mi fa venir voglia di trascinarlo dentro e fargli un bagno usando la mia lingua come spugna.

Le cosce iniziano a tremarmi mentre sbircio tra le gambe divaricate perché, naturalmente, il mio culo deve essere rivolto verso la strada. Voglio che dia un'occhiata a quello che gli sto offrendo.

Potrei anche scuotere un po' il sedere quando passerà da qui.

Sempre che prima non svenga accasciandomi al suolo.

Sospiro.

Poi sospiro di nuovo, stavolta un po' più forte, solo perché non si sa mai.

Forse sarebbe più facile se iniziassi a fare jogging. Potrei mettere uno di quei reggiseni sportivi sexy, legare i capelli in una graziosa coda di cavallo, stamparmi un sorriso in volto e seguirlo per tutto l'isolato a un ritmo sostenuto.

Penso che morirò prima.

Kade:

PERCHÉ IO ABBIA INIZIATO A FARE questa stronzata, non lo saprò mai. No, sto mentendo. Lo so. Ho pensato: "Kade, amico, non sarebbe una buona idea aumentare il cardio e iniziare a correre?"

Mi sono risposto: "Sì, amico, sarebbe un'idea *fantastica* e addirittura *divertente*!" E poi, forse, non sarò più affaticato quando giocherò a basket con i ragazzi. Avrò più resistenza, sembrerò e mi sentirò più giovane, e...

Stronzate.

Correre mi fa schifo. In più, non credo che quello che faccio possa essere chiamato correre. No, è più una corsetta leggera. O una camminata a passo svelto. O il trotto di un cavallo zoppo.

Inspiro. Espiro. Forse è la volta buona che spiro.

Il petto mi brucia, i muscoli delle gambe sono in preda a uno spasmo, sento le palle che galleggiano in una pozza di sudore, e la fessura fra le chiappe...

No, basta, non continuo. (Fidatevi di me, neanche voi volete sentire certi dettagli.)

Allora, perché non la finisco qui con questa tortura? (Bella domanda!)

Me lo sono chiesto spesso nell'ultimo mese.

E la risposta è sempre stata...

Lei.

Mi sacrifico tre giorni alla settimana solo per vedere una donna che non conosco.

Non so perché, ma sembra che se ne stia in giardino alla stessa ora del giorno. Per questo motivo, faccio in modo di andare a correre (o fare jogging, trotterellare, zoppicare) alla stessa ora.

Sono pazzo a torturarmi solo perché trovo qualcuno attraente e vorrei attirare la sua attenzione?

Beh... Forse sì.

Perché non busso alla sua porta e le chiedo di uscire? Un'altra ottima domanda.

Forse voglio impressionarla con il mio fisico e la mia abilità atletica.

Eppure qualcosa dovrà pur succedere, e dovrà succedere presto. Perché questa storia della corsa mi fa schifo e preferirei cavarmi gli occhi.

Almeno il mio trotto lento è la giusta velocità per osservarla senza sembrare inquietante. Camminare sarebbe troppo lento e ovvio. Se passassi in macchina sarebbe troppo veloce e inutile, per non dire pericoloso, dato che lei sarebbe una vera e propria distrazione.

Inoltre, il mio ritmo mi dà sempre abbastanza tempo per godermi lo spettacolo che lei mi offre.

Mercoledì era fuori a lavare l'auto con la maglietta fradicia e i capezzoli ben visibili attraverso il tessuto sottile. Quando si è chinata per strofinare il cofano della macchina, per poco il mio uccello eretto non è uscito dai pantaloni. Sapete, quei pantaloncini da corsa in nylon. Quelli con la fodera in rete, ovviamente poco idonei per l'eccitazione sessuale.

Comunque, non voglio divagare.

La settimana prima era fuori a innaffiare il prato e, ancora una volta, il suo top era più umido dell'erba attorno a lei.

Inoltre, cosa curiosa, tutti gli altri vicini hanno gli irrigatori automatici.

Forse i suoi sono rotti.

È possibile.

Ringhio per la fatica mentre volto l'angolo e cerco di aumentare la velocità dato che oggi sono troppo fiacco. Sono in ritardo rispetto al ritmo di sempre e voglio che la mia corsa sembri il più disinvolta possibile. Devo sembrare in forma e tranquillo, non deve notare che sto soffrendo in segreto.

Devio gli occhi verso sinistra mentre faccio jogging. È la quarta casa. Una villetta in mattoni con il garage per due posti auto.

Mancano ancora due case.

Una casa.

Spalanco gli occhi quando vedo il suo culo per aria strizzato in un paio di pantaloni da yoga neri. Il mio passo diventa incerto, ma non riesco a fermare il mio slancio.

Apro la bocca in una O, in parte perché sto per inciampare sui miei stessi piedi, in parte perché ora si è messa in ginocchio e si sta inarcando all'indietro afferrandosi i talloni, mentre le sue tette generose si spingono all'infuori contro il suo top.

L'ultima cosa che vedo è lei che sbatte le palpebre verso di me, con la testa che le ciondola sulla schiena.

All'improvviso mi ritrovo a un centimetro da terra, a fissare il marciapiede (e la mia perdita di virilità). Il poco ossigeno che ero riuscito a inalare ora è sparito.

Poi, dopo una manciata di secondi, o almeno credo, vedo un paio di piedi nudi, carini e smaltati di rosso.

Vorrei solo morire.

Avevo fatto tanto per impressionarla. Ho rovinato tutto. Vorrei solo strisciare via sulle mani e sulle ginocchia sbucciate per andare a nascondermi in un cespuglio.

"Stai bene?" mi chiede, mettendomi una mano sulla spalla, preoccupata. La sua reazione è quasi toccante. Peccato che vorrei essere toccato in altro modo.

Alzo gli occhi dalle dita dei suoi piedi che vorrei succhiare, guardo i pantaloni da yoga aderenti ed esito quando arrivo alla V delle sue gambe.

Ho la sensazione che non indossi le mutandine.

"Riesci ad alzarti?"

Cristo. Dovrei rispondere. Non posso far finta che non sia successo niente. O forse sì?

"Sì," le dico, ma il suono esce più sfiatato (e meno virile) di quanto vorrei. Come se fossi stremato o qualcosa del genere.

Non è possibile. Corro tre giorni alla settimana.

Certo, come no!

Improvvisamente, mi rendo conto che le sto ancora fissando l'inguine. Non va per niente bene. Sollevo a malincuore gli occhi sul top sportivo aderente che indossa ed esito per un breve e perverso secondo sulle punte turgide dei suoi capezzoli. Poi proseguo... no, aspetta un secondo... solo un'altra sbirciatina. Bene, alzo lo sguardo sul suo viso e noto che si sta mordendo il labbro inferiore e i suoi occhi sono increspati agli angoli, come se stesse cercando di non ridere.

Perché cadere da soli è buffo, vero?

Forse dovrei iniziare a ridere e potremmo sbellicarci insieme, poi potrei tornare a casa zoppicando e chiudermi dentro finché non trovo di nuovo la mia virilità perduta.

"Ti serve una mano?"

Una mano, sì, ma anche una bocca. Una...

"No, grazie," le rispondo, e cerco di dimostrarlo rimettendomi in piedi. Questa volta voglio rimanere in verticale.

Quando i suoi splendidi occhi blu cielo vagano sul mio corpo, presumo che si stia accertando che non ho ferite. Me ne sto lì come un manichino mentre mi scruta il petto (che mi auguro non le dispiaccia), passa lo sguardo sui miei pantaloncini (spero che il mio pacco non sia troppo sporgente) e poi lungo le gambe, che sono il mio pezzo forte (sì, me lo dico da solo) dato che faccio un sacco di squat (ehi, basta che non sia la corsa).

Quando lei ansima, io abbasso lo sguardo. Forse è scioccata dal mio pene gigante. Ma no... mi sta solo fissando le ginocchia. Senza preavviso, si accovaccia e mi mette le mani sulle cosce. "Stai sanguinando."

Fisso la parte superiore della sua testa bionda che è troppo vicina al mio uccello. Se non si alza in piedi e non mi toglie le mani dalle gambe, la mia erezione indisciplinata farà capolino sul suo viso.

Ma ha ragione, le ginocchia mi stanno sanguinando, anche se non è nulla di grave. "Tranquilla, non è niente. Posso tornare..."

Si alza di scatto, con gli occhi sgranati. "Oh no, lascia che me ne occupi io. Ho un kit di pronto soccorso in casa."

Improvvisamente, la immagino in un camice bianco da infermiera, attillato, corto (quello vecchio stile con la gonna – ricordate?), con lunghe calze bianche e tutto il resto. (Ma senza le zeppe da vecchia. Nella mia fantasia indossa un bel tacco dodici, a spillo.)

Poi *bam*...

Il mio uccello da barzotto passa a durissimo.

"Andiamo," mi esorta posandomi una mano sul braccio. Fisso le sue dita delicate avvolte intorno al mio bicipite e scopro che le sue unghie sono dipinte dello stesso colore di quelle dei piedi.

Mi rendo conto di quanto vorrei che quelle unghie mi graffiassero la schiena e mi affondassero nelle chiappe mentre lei mi incoraggia a scoparla più forte.

Porca miseria, sono appena caduto in un profondo baratro di depravazione.

A ogni modo, comincio a seguirla. Mi ha tentato per settimane e alla fine ho ottenuto la mia chance, anche se ho fatto la figura dell'inetto.

Mentre mi guida verso la sua porta d'ingresso, si getta i capelli biondi sulle spalle e mi dice: "Piacere, Skylar."

Skylar.

Le si addice, è a riporto con i suoi occhi azzurri come il cielo.

Mi schiarisco la gola, perché quando le rispondo, voglio sembrare molto più virile di prima. "Io sono Kincade."

Lei mi sorride da sopra la spalla e per poco non inciampo di nuovo.

Dannazione, ma perché mi sono presentato con il mio nome completo con cui nessuno mi chiama mai? Ah, perché tutto il sangue del cervello è sceso giù nell'uccello, ecco perché. "Per favore... chiamami solo Kade."

"Kade," mormora mentre apre la porta d'ingresso e,

lasciandomi il braccio, entra e si allontana abbastanza da farmi passare.

Mi ci vuole un momento per adattarmi al cambiamento di illuminazione, ma mentre aspetto, lei chiude (a chiave!) la porta dietro di me.

Quando mi guardo attorno e osservo l'*open space*, scopro che la sua casa è arredata proprio come la mia, come probabilmente la maggior parte delle case di questo quartiere, poiché sono state costruite tutte nello stesso periodo, dallo stesso costruttore.

Per questo motivo so esattamente dov'è la sua camera da letto, il che non aiuta ad alleggerire il flusso di sangue che mi irrora il membro. Per non parlare della mancanza di sangue vitale nel mio cervello.

Poi mi rendo conto che nessuno dei due si è mosso. Mi guardo alle spalle e lei si appoggia alla porta, fissandomi come se fossi una succosa bistecca alla fiorentina al sangue.

"Hai davvero un bel culo," mormora.

Mi giro lentamente per guardarla, cercando di reprimere lo shock dovuto al suo commento.

Ah, al diavolo. "Anche tu."

"Ti piace il sesso anale?"

Sbatto le palpebre. "Prego? Come hai detto?" Una fitta di dolore mi attraversa il cervello prima di espandersi.

"Sesso anale."

Porca troia. Sento forse delle voci? Mi do uno scossone, forse devo pulirmi le orecchie.

Cerco di deglutire, ma il pomo d'Adamo mi si conficca in gola. "Sesso anale," ripeto, cercando di mantenere la calma.

"Sì."

E io che pensavo che mi avrebbe disinfettato le ginocchia sbucciate. A ogni modo, il sesso anale suona molto meglio di salviette alcoliche, unguenti antibiotici e cerotti.

Intanto, lei sta aspettando la mia risposta.

"Io… ehm… Non mi dispiace," rispondo, chiedendomi dove voglia andare a parare con questa conversazione.

"Attivo o passivo?" Si stacca dalla porta e io faccio automaticamente un passo indietro, senza sapere perché. Dopotutto *sembra* innocua…

"Non capisco perché tu…"

Inclina la testa verso i miei pantaloncini. "Devi avere gli stessi pensieri che ho io, dato che sotto quei pantaloncini stretti ce l'hai duro come una roccia."

Impedisco alla mia mano di dirigersi in quella direzione poiché non ho bisogno di toccarlo per sapere quanto sono duro in quel momento. Non ho bisogno di vederlo. E, a quanto pare, non posso nemmeno nasconderlo.

In ogni caso, il mio primo pensiero non era uguale al suo. Di sicuro non avrei mai pensato al sesso anale, se lei non ne avesse parlato.

Tuttavia, devo ammetterlo, ora è diventato il mio pensiero fisso.

"Vieni con me," mi intima in modo talmente sensuale che all'improvviso sono disposto a fare tutto il sesso anale che vuole. Anche a costo di essere la parte passiva.

Capitolo due

Skylar:

NON AVREI POTUTO ESSERE PIÙ fortunata. La sua caduta in strada non solo è stata l'occasione d'oro per parlare al mio vicino, alias Kade, ma anche per invitarlo nella mia tana (voglio dire, casa).

Penso che andare dritta al punto e menzionare il sesso anale possa essere un buon test per vedere se è facilmente impressionabile. Non è scappato di casa urlando, è un buon segno.

Mentre mi sposto lungo il corridoio, vedo che mi segue (volentieri) e sento il corpo ricoprirsi di pelle d'oca.

Sono due mesi che spio quest'uomo e il mio appetito per lui è cresciuto in proporzioni epiche. (Ma, di nuovo, non sono disperata o altro, lo giuro!)

Oh, un momento. Ho dimenticato una cosa importante…

"Hai una famiglia, Kade?"

"Dovrei forse pensare che mi stai attirando lontano, a casa tua, per uccidermi e seppellirmi nel tuo cortile e perciò vuoi sapere se qualcuno verrà a cercarmi?"

"

Mi fermo bruscamente sulla soglia della cucina e lui sbatte su di me; la sua erezione (a proposito, non gli manca assolutamente nulla in quella zona) si schianta sulla mia zona lombare. Si allontana rapidamente e borbotta: "Scusa."

"Non scusarti, stavo solo cercando di conoscerti meglio," puntualizzo mentre mi volto per guardarlo negli occhi.

"Scusa," dice di nuovo, e sembra che dica sul serio. "Ho una famiglia, ma nessuno nelle vicinanze."

Spero significhi che è single. Poso lo sguardo sulla sua mano sinistra. La solleva e muove l'anulare, che per fortuna è vuoto.

"E tu?" mi chiede.

"No, siamo solo io e la mia bella micia."

Apre la bocca incredulo, poi la richiude di scatto e io sorrido alla sua reazione.

Chiarisco il malinteso. "La mia gatta. Si chiama Miagolosa."

"Miagolosa?" Contorce il viso, come se si stesse sforzando di nascondere certi pensieri.

"Sì, lo so. Ridicolo, vero? Sfortunatamente aveva già questo nome quando l'ho adottata. La chiamo semplicemente Monella per semplificare le cose."

"Ah."

A questo punto Kade potrebbe pensare che io sia un po' fuori di testa. Lanciandogli un'occhiata, mi giro e mi dirigo in cucina, prendo il kit di primo soccorso da sotto il lavandino e poi torno indietro.

"Le nostre case sono arredate in modo simile?" Glielo chiedo senza aspettare di vedere se mi segua.

"Sì."

Sorprendentemente, Kade è ancora alle mie calcagna mentre mi dirigo verso la camera da letto. Ora penso che potrebbe essere un tipo avventuroso. Spero davvero che lo sia. In ogni caso, ha uno spirito piuttosto temerario.

"Quindi sai dove sto andando?"

"Sì," risponde dolcemente.

Il mio sorriso si allarga mentre entro nella camera da letto e mi dirigo verso il bagno principale.

Chiudo il coperchio del water, poi lo indico. "Siediti."

Lui si siede. I suoi capelli scuri sono ancora leggermente umidi per la corsa e vorrei sfiorare con le dita quel taglio corto e setoso. Da militare.

Mhh. Mi sono sempre piaciuti gli uomini in uniforme.

Lui però non ha le piastrine al collo. Quindi potrebbe non essere in servizio attivo. Anche se fosse così, probabilmente starebbe bene in mimetica, e i miei capezzoli si induriscono ancora di più a quel pensiero.

Mi rendo conto che lui sta fissando me e io sto fissando lui. I suoi occhi marrone scuro sono accesi, le sue labbra piene e decisamente baciabili. Il suo petto nudo si alza e si abbassa a un ritmo rapido, anche se non dovrebbe più essere affaticato dalla corsa.

Potrebbe darsi che io gli faccia un certo effetto, così come lui lo fa a me? Mi ha guardata mentre correva, proprio come io ho guardato lui?

Mi inginocchio e apro il kit di pronto soccorso. È ora di mettersi all'opera. "Sei piuttosto costante con il tuo programma di corsa." Frugo nel kit per le salviette imbevute di alcol, ne trovo due e ne apro una.

"Devo tenermi in forma."

"Perché? Svolgi qualche attività particolare per cui devi tenerti in forma?"

"Io… uhm… lavoro per il governo."

Sollevo gli occhi verso i suoi. Mi sta osservando attentamente. "Farà un po' male," lo avverto, anche se probabilmente lo sa, dato che avrà quarant'anni e non quattro.

Sussulta un po' sotto le mie dita mentre inizio a pulirgli il ginocchio sinistro.

Abbasso lo sguardo sulla sua gamba per concentrarmi

sulle mie azioni. "Da quando i dipendenti del governo devono tenersi in forma?"

"La maggior parte non deve."

"Ma tu sei speciale."

"Non proprio."

Ora la sua voce è molto più profonda rispetto a quando è caduto. Si è ricomposto. La sua voce mi piace. Si adatta al suo fisico, alla mascella quadrata, agli ampi zigomi, alle spalle larghe.

Apro un'altra salvietta e gli pulisco accuratamente il ginocchio destro. "Ti fanno male?"

"Cosa?"

Alzo lo sguardo. "Le ginocchia."

"Non tanto."

Gli faccio un piccolo cenno con la testa. "Bene. Non vorrei che avessi problemi con il lavoro." Dopo qualche altra passata sul ginocchio, gli chiedo: "Agente Federale?"

Esita. "Sì."

Non mi sorprende. La Virginia è piena di dipendenti del governo federale.

Non mi sorprenderebbe nemmeno se fosse dell'FBI o delle guardie del Campidoglio.

"Sei nelle forze dell'ordine?" gli chiedo, gettando le salviette usate nel piccolo bidone della spazzatura nascosto dietro il water.

"Sì, sono un poliziotto."

Sorrido continuando a guardargli il ginocchio mentre gli passo una pomata antibiotica sulla pelle sbucciata. Non è messo così male, ma mi diverto a prendermi cura di lui, ed è un'ottima occasione per conoscerlo meglio.

"Devi avere degli orari flessibili se riesci a correre e passare davanti casa mia tre giorni a settimana."

"Quindi lo hai notato," afferma.

"Certo che sì." Ho entrambe le mani sulle sue cosce, proprio sopra le sue ginocchia piegate, e stringo delicatamente. Un piccolo segno che sicuramente capterà. Le forze dell'ordine tendono a cogliere sottili indizi più di altre persone. Anche se non posso dire di essere stata davvero sottile. (Ricordate la battuta sul sesso anale? Beh sì, c'era anche quella.)

"Anch'io ti ho notato."

Mi siedo sui talloni e lo guardo. "Non serve farti una fasciatura. I tagli non sono profondi né eccessivi. Vivrai senza nessuna amputazione, agente."

"Non sono un agente." Lo dice come se avessi davvero bisogno di quella correzione. Non vuole essere considerato un "agente" ambiguo.

"Allora cosa sei?"

Nel breve tempo che abbiamo trascorso in compagnia, non mi ha sorriso nemmeno una volta. Nemmeno una sola volta. Lo trovo molto strano.

"Faccio parte dei Servizi Segreti."

Con un sussulto, cado all'indietro sul sedere e lui salta immediatamente giù dal water, tendendomi una mano.

"Skylar."

Il mio cervello ha smesso di funzionare causando il turbinio dei miei pensieri e guardo l'uomo alto che mi tende la mano.

"Skylar, stai bene?"

Sbatto le palpebre un paio di volte, cercando di schiarirmi le idee. "Io… Sì, scusa." Gli stringo la mano e sento che è calda, larga e forte mentre mi aiuta a rialzarmi in piedi.

Il mio bagno è di discrete dimensioni, ma non abbastanza grande per stare entrambi di fronte al water e non essere premuti l'uno contro l'altra. Soprattutto ora che vedo la sua stazza così vicina a me; sembra essere più alto e più largo di quanto mi aspettassi.

Mi sta fissando mentre con una mano mi scosta i capelli dal viso e con l'altra mi sfiora la mascella finché non mi prende il mento e inclina il mio viso verso di lui. "Tutto bene?" sussurra, con evidente preoccupazione nei suoi occhi.

Tremo un po' ed espiro un "sì". Poi scuoto la testa per schiarirmi le idee, porto il palmo sul suo petto caldo (e ancora nudo) e dico più forte e con più convinzione: "Sì. Sto bene."

Sento il suo cuore sotto la mia mano, batte forte e veloce.

"Che ti è preso?"

"Niente…" (niente che io voglia ammettere.) "Ho avuto le vertigini per un secondo."

Lui aggrotta le sopracciglia. Non mi crede, ma non ha ancora abbastanza confidenza da contraddirmi.

Anche se glielo leggo in faccia.

Vedo bene che è un uomo a cui piace essere diretto.

Beh, anche a me piace esserlo, ma non in questo caso.

Faccio una rapida scansione mentale della mia casa per vedere se ci sia ancora qualcosa che possa rivelargli chi sono. O, meglio, chi ero una volta.

Perché se lo scoprisse, potrebbe andarsene e mandare all'aria tutti i miei piani.

Capitolo tre

Kade:

Trovo interessante la sua reazione alla mia carriera. Forse leggo in lei dei segnali inesistenti e ha davvero avuto le vertigini. Ma il mio istinto mi dice il contrario.

Forse dovrei solo andarmene…

Ma è dura (ed è anche duro) fare un passo indietro. La sua schiena è attaccata al muro e la mia erezione sta spingendo contro la sua pancia morbida. Quando la sua mano si flette sul mio petto, sento le sue unghie affondarmi nella pelle sopra al cuore.

Mentre la guardo negli occhi, che hanno il colore di un cielo senza nuvole, lei chiude le palpebre, schiude le labbra rosee e si fa sfuggire un lieve sospiro. I capezzoli sono duri come diamanti sotto il suo top da yoga e sono tentato dallo sfiorare quelle protuberanze con i pollici, solo per verificare quanto siano effettivamente dure.

Mi sforzo di non spegnere il cervello, ma la verità è che ho un unico pensiero fisso. "E *a te* piace il sesso anale?"

Le si blocca il respiro e praticamente si scioglie contro di me. È una sensazione bella, bellissima. Mi mancava, quel tipo di contatto intimo.

"Adoro il sesso anale," risponde, inclinando il mento verso l'alto, invitandomi a baciarla.

Abbasso la testa fino a portare le labbra appena sopra le sue. "Ti piace mordere, sculacciare, leccare, scopare?"

"Oh, sì," sussurra, con gli occhi fissi sui miei.

Faccio un lungo sospiro. "Posso baciarti?"

"Faresti meglio a far…," risponde lei.

La bacio, impedendole di pronunciare l'ultima parola. Non ho bisogno di spingere troppo, lei apre la bocca, mi invita a entrare, stuzzicandomi con la punta della lingua. Afferrandole i polsi, li alzo sopra la sua testa e li fisso al muro. Uso il mio ginocchio sbucciato per farle divaricare le cosce con una leggerissima spinta.

Ingoio il suo gemito e lei ingoia il mio, poiché non posso fare a meno di spingere contro di lei. Il mio cazzo ragiona di mente propria, questo è sicuro.

Liberandomi dalla tentazione di quella sua bocca calda, le strofino la carne morbida dei seni che straripa dal lembo superiore del suo top da yoga. È da quasi due mesi che voglio farlo, da quando ho posato gli occhi su di lei, fin dalla prima corsa.

Prendo i suoi polsi con una mano e sfrego finalmente il pollice su quelle punte turgide.

Ah, dannazione. Voglio mettermele in bocca. Voglio stringerle i seni e metterci l'uccello in mezzo fino a venirle addosso. Ma voglio anche venire dentro di lei, nella passera, nel culo, sulle labbra sensuali.

Ho davvero l'imbarazzo della scelta, e spero di poterle provare tutte. Ho la sensazione che sarà disposta a fare tutto quello che le chiederò.

Ovviamente anch'io sono disposto a fare tutto quello che mi chiederà.

Quel pensiero mi fa palpitare il cazzo.

"Doccia," mormora.

Senza sollevare la testa, con il naso sepolto tra le sue generose e morbide tette, le chiedo: "Cosa?"

"Andiamo in doccia. Eravamo entrambi sudati."

Fanculo la doccia. Prima devo metterglielo dentro.

"Prima scopiamo, poi facciamo la doccia e poi ti divoro fino a farti urlare."

Un sibilo mi rimbomba nell'orecchio mentre si inarca contro di me, ma non credo che si stia lamentando del mio piano.

So che se non avrò subito un orgasmo, non riuscirò a resistere e a godermi del tempo con lei. Quindi, ecco il piano: venire subito per svuotarmi una prima volta, poi prendermi il mio tempo e impegnarmi al massimo per darle i migliori orgasmi della sua vita. (No, non mi sto mettendo troppa pressione addosso.)

Gli ultimi due mesi, durante i quali mi ha tentato tre volte a settimana, sono stati come dei preliminari protratti nel tempo, e ora sono pronto per mettermi al lavoro.

Ma prima...

"Preservativo?"

Sbatte le palpebre verso di me, il suo cervello probabilmente si è rannuvolato come il mio, ma la protezione non la dimentico mai. Mai.

Prova a scuotere i polsi, ma io le faccio di no con la testa. "Dimmi dove sono. Vado a prenderli io. Quando ti lascerò andare voglio che ti spogli, che ti chini sul lavandino con gli avambracci sul bancone e che metti quel tuo bel culetto per aria. Sei bagnata?"

"Sì," mi conferma, con un leggero sorriso che le arriccia gli angoli della bocca.

Oh, sì. "Quanto?"

"Dovrai scoprirlo tu stesso."

"Lo farò." Le ricambio un ampio sorriso perché il suo atteggiamento sfottente mi piace. Non è affatto timida, il che era chiaro fin dall'inizio, quando mi ha chiesto del sesso anale. Non potrebbe essere più audace di così.

"Allora, questi preservativi?" le chiedo nuovamente. Lei inclina la testa verso un armadietto stretto accanto alla doccia.

La lascio andare, ma lei abbassa solo le braccia senza muoversi.

Neanch'io mi muovo. "Mettiti in posizione," le ordino.

Improvvisamente, vedo che si strappa di dosso il top, i suoi seni rimbalzano mentre salgono con la maglietta e, quando il reggiseno incorporato finalmente si sfila del tutto, cadono. Dannazione, sono impeccabili. Capezzoli rosa della dimensione perfetta per la mia bocca. Non ha le tette piccole e sode, dannazione, no, sono pesanti e grandi, tutte da strizzare. Da baciare, succhiare e mordere.

Non posso stare lì a fissarle. Devo darmi una mossa. Soprattutto quando inizia a togliersi quei comodi pantaloni da yoga, quelli che abbracciano la curva dei suoi fianchi arrotondati. Questa donna ha un sacco di carne a cui aggrapparmi quando la scoperò e, dannazione, questo mi fa impazzire. Quando mangio una bistecca, è la carne che voglio, non l'osso.

Esito abbastanza a lungo da confermare il sospetto che non indossi le mutandine. (Avevo ragione, quindi mi do il cinque mentalmente.)

Alla fine sblocco i piedi e apro la stretta anta dell'armadio, scrutando le varie mensole alla ricerca dei preservativi. Li trovo in fondo al secondo scaffale. Molto *in fondo*. Il che mi fa pensare a quanto tempo sia passato per lei.

Potrebbe essere scortese da parte mia chiederlo, quindi aspetterò e vedrò se vorrà parlarmene spontaneamente. Controllo la data di scadenza sulla scatola. Un senso di sollievo mi pervade quando vedo che sono ancora buoni. Altrimenti, sarei costretto a gettare il suo corpo nudo e lussureggiante sopra la mia spalla e a portarmelo a casa.

Guardatemi... fingo di poter caricare una donna in spalla e trascinarla a due isolati di distanza.

Bella fantasia. Bando alle ciance, diciamo solo che sono grato che i preservativi siano ancora utilizzabili.

Dopo averne estratto uno, lo strappo con i denti e lo giro, pronto a srotolarlo.

Skylar ha fatto quello che le ho chiesto. È piegata sul lavandino e mi guarda allo specchio.

Porca puttana, quel culo... ha la forma di cuore, e mi provoca, mi tenta. Vedo anche le pieghe gonfie della passera che mi chiamano. Non vedo l'ora di aprirle per bene, vedere se sono scivolose per l'eccitazione.

So che lo sono. Me lo sento.

Santo cielo.

Devo assolutamente controllarmi abbastanza a lungo da assicurarmi che sia soddisfatta di questo primo giro, poi possiamo prenderci il nostro tempo e giocare.

La buona notizia è che non dovrò andare al lavoro fino a lunedì. Ho tutto il fine settimana per esplorare la donna davanti a me.

"Toccati," le ordino, e mi prendo l'uccello in mano, segandomi e trovando la corona gocciolante di liquido preseminale. Non sono pronto a mettere il preservativo, non sono pronto a perdere quella sensibilità.

Nello specchio, vedo i suoi occhi che si abbassano per guardarmi mentre mi accarezzo. Intanto si infila la mano tra le gambe e fa scivolare un dito tra le sue pieghe.

Dannazione.

Le palle mi si stringono dolorosamente e un'altra perla di liquido trasparente mi fuoriesce dalla piccola fessura. Con il pollice, spargo il fluido setoso attorno a tutto il glande.

Devo prenderla.

Devo possederla *adesso*.

Eppure, forse mi piace aspettare.

Mi piace quel senso di impaziente attesa, indugiare su

certi pensieri, su come sarà bello sentirla intorno al mio uccello mentre affondo dentro di lei, su quanto saranno melodiosi i suoi versi quando la porterò all'orgasmo.

Quando spalanca le gambe, vedo quanto è bagnata.

"Dimmi cosa vuoi," la incalzo, sorprendendomi del mio stesso tono di voce. È profondo, rauco, denso di bisogno.

Io so bene cosa voglio. Sono un quarantenne in salute con un appetito sessuale insaziabile, ed è da un po' che non esploro i miei bisogni. È passato un anno. Come minimo. Forse di più. Da un lato sono stato stupido a non cogliere certe occasioni.

Lo riconosco.

È solo che non volevo seccature. I problemi di una relazione. Il mio lavoro ora è stabile, ma per molto tempo, prima di salire di grado, non lo è stato. Al minimo segnale dovevo partire immediatamente, prendere un volo, guidare per ore e ore. Alloggiare in alberghi, resort. Ovunque ci fosse bisogno di me, a seconda della persona a cui mi assegnavano.

I capi di Stato tendono a essere esigenti, puntigliosi. Proprio come può esserlo una donna. Non volevo quel ritmo in entrambi i lati della mia vita… professionale e personale.

Poi le cose erano cambiate in quel fatidico giorno. Ora…

Mi do uno scossone mentale. Non ha senso soffermarsi sul passato, mi lascerà solo l'amaro in bocca, e quello che sto guardando è proprio il contrario.

È pura dolcezza. Skylar è molto, molto dolce.

"Dimmi cosa vuoi," ripeto dolcemente, facendo rotolare il preservativo sulla mia lunghezza dura.

"Te."

"Sii più specifica."

"Dentro di me," dice guardandosi allo specchio mentre continua a giocare con il suo corpo, per stuzzicarmi. Si fa scivolare un dito dentro, poi un altro, e io soffoco un gemito.

Facendo un passo dietro di lei, guardo il nostro riflesso allo specchio. È completamente nuda ed esposta. Io invece porto ancora i pantaloncini, anche se sono abbassati per darmi accesso all'uccello, e indosso ancora i miei calzini e le scarpe da corsa.

Dato che non voglio che pensi che voglia scoparmela e andarmene subito, mi tolgo le scarpe, mi sfilo i calzini, mi tiro giù i pantaloncini e li butto via. Poi mi avvicino fino a spingermi contro il suo sedere mentre lei allontana la mano e la rimette sul davanzale.

Strofinando la cappella ricoperta di lattice tra le sue pieghe, chiudo gli occhi per un momento perché non riesco a credere di essere a casa di questa donna, nel suo bagno, pronto a fare davvero quello che ho fantasticato di farle negli ultimi due mesi.

Per un secondo, mi chiedo davvero se sto sognando.

Apro gli occhi, sollevo la mano (l'altra, non quella che tengo sull'uccello) e le accarezzo la schiena con le dita. Credo sia decisamente reale. Liscia e abbronzata, non un segno o un neo rovinano la perfezione della sua pelle. Mi chino, premendole l'uccello contro la fessura del sedere mentre le faccio scivolare la lingua lungo la schiena. Il suo gemito mi incoraggia, e allora passo sulle scapole, poi lungo le costole e la vita, e infine le mordicchio le curve superiori del culo.

"Hai del lubrificante?"

Mi fissa allo specchio per un paio di secondi prima di rispondere. "Sì. Per adesso?"

"No, per dopo."

Di sicuro non per adesso. Se sprofondassi in quel culo dolce e stretto in questo momento, sarebbe finita prima ancora di iniziare. Come ho già detto, ho solo bisogno di sfogarmi.

Sistemo un po' l'uccello in modo che la punta prema

contro il suo ingresso e, prima che io possa spingere in avanti, lei indietreggia il sedere e si impala su di me.

I miei occhi schizzano dal punto in cui ci siamo incastrati, fino allo specchio. Lei ha gli occhi chiusi e la bocca aperta mentre la riempio completamente.

Volevo andarci piano.

A quanto pare lei non vuole, ma posso passarci sopra.

Pianta i palmi delle mani sul bancone e inizia a dondolarsi contro di me, sbattendo il culo contro i miei fianchi.

Non va bene. Per niente. Devo controllare il ritmo o lei non sperimenterà il piacere che ho intenzione di darle.

Ho bisogno che lo voglia ancora, più volte.

"Ferma," urlo, poi le colpisco forte una natica. I suoi occhi si aprono, il suo sguardo è caldo e scuro mentre mi guarda con un'espressione dubbiosa. "Lascia fare a me," è tutto ciò che riesco a dire, sperando che capisca cosa intendo.

Il sedere sta diventando leggermente rosa nel punto in cui l'ho sculacciata. Santo cielo, questo non aiuta a farmi mantenere il controllo.

Più tardi, lo sculaccerò fino a farlo diventare rosso. Più tardi, la stuzzicherò finché non mi implorerà di farla venire.

Adesso... ho solo bisogno di sfogarmi. Cerco di ricordarlo a me stesso (di nuovo).

"Guardami," le dico mentre inizio a muovermi lentamente, perché la sua passera è come il burro fuso. Mi brucia l'anima. Mi attrae da pazzi.

Cazzo, è assurdo. Assolutamente spettacolare, cazzo. Perché la sto scoprendo solo ora? Perché mi sono privato di questa sensazione di voluttuoso calore tutt'intorno al mio sesso?

Capitolo quattro

Skylar:

Respiro mentre lui si muove con calma e lentamente dentro e fuori di me. Mi è mancata questa sensazione di pienezza e completezza: una connessione con un altro essere umano non solo fisica, ma anche mentale.

Per lungo tempo mi sono sentita sola, vuota.

Non so bene perché quest'uomo abbia attirato la mia attenzione (oltre al fatto che è sexy), ma ci è riuscito. Sono contenta di aver attirato a mia volta la sua attenzione.

Forse doveva succedere.

Forse era destino.

Scaccio quel pensiero ridicolo dalla mente. Non è altro che attrazione fisica, ricordo a me stessa. L'unica "connessione" che abbiamo è sessuale.

Anche questo è discutibile, dal momento che ci siamo rivolti la parola solo nell'ultima mezz'ora.

Sollevo gli occhi verso lo specchio. Non per guardare lui che mi scopa (e lo sta facendo molto bene, lo riconosco), ma per guardare me stessa.

Lo conosco da una mezz'ora scarsa ed è già dentro di me.

Dovrei vergognarmi.

Ma non lo faccio.

È esattamente quello che volevo da quasi due mesi, e io sono il tipo di donna che di solito insegue ciò che vuole. Semplicemente, era da un po' che non mi interessava nessuno.

Vedo attraverso lo specchio che i suoi occhi sono su di me e, qualsiasi cosa lui veda, lo fa esitare e gli blocca il ritmo.

Non possiamo permettere che succeda: sia io che lui dobbiamo venire. Solo in questo modo potremo passare a posizioni migliori ed esperienze più intense.

Una doccia. Un letto. L'opportunità di scoprire ciò che gli piace, ciò di cui ha bisogno, ciò che vuole. Quello che lo eccita e quello che non lo eccita (speriamo di non soffermarci troppo su questa parte).

Quanto è aperto di mente.

Quali sono i suoi limiti.

E fino a che punto può oltrepassare i miei.

Con quel pensiero e un sorriso, mi stringo contro di lui e sento i suoi fianchi tremare di nuovo. Il suo petto si alza e si abbassa come se stesse inspirando profondamente, e le sue palpebre si chiudono un po'. Lo faccio di nuovo, ma questa volta senza sorridere. Questa volta, mentre lo fisso dritto negli occhi, non posso fare a meno di respirare altrettanto forte.

L'ossigeno scivola dentro e fuori dai miei polmoni allo stesso ritmo con cui il suo uccello scivola dentro e fuori di me.

Devo incoraggiarlo ad andare più veloce. "Scopami più forte."

Lui scuote la testa, le sue dita mi affondano nei fianchi. "Lo farò, ma non adesso."

"Non aspettare. Adesso."

"Devo…"

"Devi scoparmi più forte."

"Cazzo," mormora e mi sbatte forte, spingendomi in avanti.

Si ferma dentro di me e chiude gli occhi. Mi stringo di nuovo intorno a lui, cercando di incoraggiarlo a muoversi.

"Devo solo…" Le parole rimangono in sospeso. Ci riprova: "Devo solo… *Cazzo.*"

Così comincia a sbattermi più e più volte, a spingermi i fianchi contro il bancone, mentre il suono della sua pelle contro la mia riempie la stanzetta.

Apre gli occhi. Sono offuscati, eccitati. La mascella sembra serrata, come se stesse tenendo i denti stretti.

"Sì, scopami e basta," gli dico. "Ecco, così. Scopami."

Lui abbassa la testa e fa un respiro profondo. Quando la solleva, mi scruta e vedo quella che sembra una vena di determinazione attraversargli il viso . Si è rimesso in sesto ed è pronto a passare al livello successivo.

"Appoggiati sulle mani."

La sua richiesta mi fa venire i brividi lungo la schiena.

Sì.

Proprio quello che voglio.

Raddrizzo le braccia, portando il petto più in alto, e dopo pochi secondi lui comincia a coccolarmi il seno, stringendo e strizzando. Prende entrambi i capezzoli tra le dita e la schiena si inarca, le mie labbra si schiudono.

Le parole "sì, proprio così," mi sfuggono debolissime. "Sì, Kade. *Sì.*"

Borbotta un'imprecazione, le vene del collo gli si gonfiano e mi godo il gioco delle contrazioni dei suoi muscoli lungo le spalle e il petto.

È un uomo bellissimo. Sembra impostato, ma non troppo. In forma, ma con un fisico mediamente muscoloso, non secco come un corridore, ma abbastanza atletico da farmi venire l'acquolina in bocca.

A ogni spinta mi colpisce in fondo, e per quanto ami le sue mani sui miei seni, ho bisogno di sentirle altrove.

Appoggiando tutto il peso su una mano, prendo la sua e me la infilo tra le gambe. "Toccami," sussurro.

Mi stringe il clitoride allo stesso modo in cui ha fatto con i capezzoli, e sento il sangue scorrermi dentro mentre mi spingo di nuovo contro di lui. "Sì, Kade, sì. *Sì!*"

Con l'altra mano trova di nuovo il mio fianco, lo stringe, ma non rimane fermo, anzi, mi sculaccia e poi trascina le dita verso le pieghe dell'ano.

Faccio un respiro profondo prima di emettere un lungo gemito mentre lui gira intorno al mio buco stretto. Mi sforzo di rilassarmi, anche se è un'impresa dato che allo stesso tempo sta continuando a scoparmi. Il mio cervello non sa dove concentrarsi: le sue dita sul mio clitoride, il suo uccello dentro di me, o il suo dito che vortica e mi stuzzica l'ano.

"Devo..." si interrompe, premendo più forte contro di me.

"Sì, fallo e basta," lo incoraggio. "Fallo..."

Mi infila un dito nella fessura e non riesco più a parlare. Non sarebbe meglio farlo con il lubrificante?

Sì, ma la sensazione è comunque bellissima e gloriosa, e non vorrei altro da Kade. Mi masturba in modo gentile, anche se mentre lo guardo allo specchio, vedo che sembra tutto tranne che gentile.

Ha un'espressione tesa e scura. Accelera il ritmo del dito per adattarlo a quello dei fianchi. Guardarlo muoversi, vederlo al limite, mi porta ad accelerare anche il mio ritmo.

"Sto per venire," gemo, cercando disperatamente di tenere gli occhi aperti, di sostenere il suo sguardo.

"Sì, tesoro, vieni su di me."

Sì, tesoro, vieni su di me, quelle parole mi riecheggiano nella testa e mi spingono a farlo una volta per tutte.

Il mio corpo si stringe sul suo e, finalmente... *finalmente* devo chiudere gli occhi per cavalcare l'orgasmo che mi travolge.

Wow. Wow. *Wow.*

L'intensità del momento mi fa perdere il fiato e Kade si ferma mentre mi sciolgo intorno a lui.

Appena posso, apro gli occhi e vedo i suoi completamente chiusi mentre si morde il labbro inferiore. Dev'essere pronto ad esplodere.

"Non trattenerti." La mia voce suona roca, bassa. "Guardami." Quando apre gli occhi, ripeto: "Non trattenerti. Lasciati andare."

Improvvisamente rimuove il dito e mi afferra forte i fianchi e mi martella forte una volta e poi due, prima di gettare la testa all'indietro e gemere.

Guardarlo in preda al piacere e al momento di rilascio mi eccita come nient'altro; mentre lo sento pulsare dentro di me, non vedo l'ora che questo nostro incontro continui, dopo che ci saremmo ripuliti.

Kade:

In questo momento, i miei testicoli mi stanno seriamente ringraziando. Non si svuotavano così intensamente da un sacco di tempo. Masturbarsi non è la stessa cosa. L'enorme onda di eccitazione che stavo cavalcando è ora appianata e possiamo continuare dopo la nostra doccia.

O anche… sotto la doccia.

O sul pavimento del bagno.

Una volta che mi sarò ripreso, però. Alla mia età, il mio corpo tende a metterci un po' più di tempo per ricaricarsi. Diciamo che non ci mette più cinque minuti come un tempo, forse… venti. O, dannazione, anche trentacinque.

Quando arriverà il giorno in cui non riuscirò a riprendermi affatto, sarà uno dei momenti più bui della mia vita. Ma quel giorno non è oggi, perciò è inutile preoccuparsi.

Inoltre, la giornata è ancora lunga. Finché sarà paziente e abbastanza desiderosa da aspettarmi, saremo a cavallo.

Quindi, i miei testicoli non solo mi ringraziano, ma sono anche felici e contenti. Proprio come me.

Mentre si inclina verso la doccia per girarne la manopola, mi colpisce il fatto che non abbia vergogna del suo corpo. Sembra che si ami e si accetti per quel che è. Lo apprezzo tanto.

In passato ho avuto a che fare con troppe donne che si coprivano, preoccupate di cosa avrei pensato dei loro corpi, donne che avevano una bassa autostima. Skylar non è così.

Mi sento sollevato.

Anche adesso, non posso fare a meno di apprezzare quello che vedo. Mi piace la donna con un po' di carne sulle ossa, con fianchi tondi e seni pieni, con una certa morbidezza femminile. Non è grassa, ma sinuosa, lussureggiante. Dolce.

Se volessi ossa e muscoli, mi scoperei un uomo, ma appunto, non è questo che voglio.

Quando Skylar si volta verso di me e i suoi occhi azzurri mi corrono lungo il corpo, capisco che anche lei apprezza ciò che vede.

"Non ti piace correre, vero?" mi chiede, cogliendomi alla sprovvista.

Provo a non mostrare il sorriso che mi sta spuntando al pensiero di quanto sia intuitiva. "No, lo detesto."

"Perché lo fai? Sembra che tu ti tenga in forma facendo anche altre cose."

"Sì, è così." Gioco a basket con gli amici, ho una squadra di baseball con dei colleghi e faccio regolarmente addominali, flessioni e squat. Ho una piscina e passo l'estate in ammollo. Non c'è niente di meglio che nuotare per tenersi in forma.

"Allora perché torturarti con la corsa?"

"Com'è la temperatura dell'acqua?" le chiedo, perché ci conosciamo a malapena, siamo in piedi, nudi, in procinto di farci la doccia insieme. Non che sia imbarazzante. Va bene, forse solo un po'. Ma la nostra conversazione può continuare sotto la doccia. (Sono multi-tasking).

Skylar mette la mano sotto al getto e quando si gira di nuovo verso di me dice dolcemente: "Perfetta."

Oh sì, lei è davvero perfetta.

"Vieni sotto."

Con un leggero sorriso solleva le gambe a una a una ed entra nella vasca-doccia mentre io, mettendole una mano sulla schiena, la seguo. La doccia è stretta, ma questo significa che ci conosceremo meglio e più velocemente.

Il getto caldo mi colpisce la schiena e mi coccola. Ma non tanto quanto il corpo di Skylar quando ero dentro di lei.

"Posso chiamarti Sky?"

"Certo," mi risponde mentre si gira. Ora siamo faccia a faccia in quella vasca angusta.

Comincio a pensare che fare la doccia insieme potrebbe non funzionare. Non sono piccolo. Occupo un bel po' di spazio e anche lei non è proprio uno scricciolo.

Faccio un passo indietro direttamente sotto il soffione della doccia e lascio che l'acqua mi scorra sulla pelle e mi sciacqui. Poi, mettendole una mano sul fianco, la faccio spostare un po' per scambiarci di posto, in modo che io sia fuori dal getto e guardi i rivoli d'acqua scorrerle sui capelli e sui seni per poi caderle dai capezzoli appuntiti.

Santo cielo, non voglio mai più bere acqua da un bicchiere. Voglio solo placare la mia sete dal ruscello che scorre dalle sue punte turgide. Come una fontana d'acqua sexy da cui solo io posso bere.

Quel pensiero mi congela.

Non ho legami con questa donna, non ci unisce nulla.

Sentire improvvisamente l'impulso di possederla completamente e farla mia, tenerla come mia, non è da me.

Sbatto le palpebre e fisso la donna che potrebbe essere la mia rovina, che potrebbe buttare giù il mio castello di carta.

La conosco a malapena, lo ricordo a me stesso. Forse devo scriverlo da qualche parte e attaccarmelo sulla fronte.

Spingo via quei pensieri folli, poiché ora la conosco solo da circa quarantacinque minuti. Ma perché mai tenere il conto?

"Girati e passami lo shampoo," le dico. Fa quello che le chiedo senza fare domande. Dopo aver messo una noce di prodotto sul mio palmo e averle riconsegnato il flacone, trascino le dita tra i capelli bagnati che le cadono sulle spalle e sulla schiena. I suoi capelli biondi sono più scuri, ora che sono fradici. Massaggio lo shampoo sulle sue ciocche e sento un gemito mentre le strofino i polpastrelli lungo il cuoio capelluto. "Ti piace."

"Sì," risponde lei, con voce ansimante.

"Bagnoschiuma," le ordino. Me lo porge da sopra la spalla insieme a una spugna di nylon rosa. La riempio di schiuma e, spostandole i capelli di lato, comincio a far scorrere la spugna su tutto il corpo, su ogni curva, in ogni angolo, lungo la linea delle costole, tra la fessura del suo fondoschiena a forma di cuore, lungo le gambe e di nuovo su. Lei non si muove, lascia che mi prenda cura di lei proprio come lei ha fatto con le mie ginocchia sbucciate. La sua testa è inclinata in avanti ed è piuttosto rilassata. Allungo una mano intorno a lei e, con il petto premuto contro la sua schiena, mi assicuro che anche i suoi seni, la pancia e tutto ciò che è più in basso siano puliti. Sono scrupoloso perché mi sto godendo questa vicinanza tanto quanto lei. E semplicemente perché mi piace toccarla. (Sì, potrei anche morire felice.)

Appendo la spugna al rubinetto e la aiuto a sciacquare i

capelli, poi le stampo un bacio sulla spalla prima di chiederle: "Perché non sono inciampato prima?"

Il suo corpo trema contro di me in una risatina silenziosa. "Non lo so. Non avrei mai saputo della tua esistenza se non fossi passato davanti a casa mia. Che ragazza fortunata che sono."

"No."

Gira il collo per guardarmi da sopra la spalla. "Come?"

"Non sei una ragazza." Faccio scivolare le mani lungo i suoi fianchi e li afferro. "Sei una donna."

"Ah." Mi risponde con un sospiro.

Sì, voglio sentire molti altri sospiri uscirle dalle labbra prima che la giornata finisca, e poi domani e ancora in settimana.

Ricordo a me stesso che la doccia era un'opportunità per conoscerla meglio, quindi le chiedo: "Sei mai stata sposata?"

Il suo corpo sobbalza leggermente sotto il mio tocco. Lo trovo curioso.

"Una volta," mi risponde con voce distante e tesa.

"Brutto divorzio?"

Scuote leggermente la testa. "No. Solo una brutta storia."

Aspetto che continui, ma lei rimane in silenzio.

"Tu?" mi chiede a sua volta, sempre dandomi le spalle che non riesco a smettere di baciare.

"No."

"Mai?" La sorpresa nella sua voce è evidente. "Non ci sei nemmeno andato vicino?"

"No."

"Ah, sei un perenne scapolo. Non concedi il cuore a nessuno. Lo tieni chiuso a chiave."

"Non necessariamente. Sono sempre stato alla ricerca della donna giusta." Scuoto la testa. "Forse sono troppo schizzinoso."

"Forse sì," concorda lei.

Forse ho aspettative irrealistiche. Voglio una donna a cui piaccia essere sottomessa a letto, ma emancipata in tutti gli altri campi, sicura di sé e con una gran forza di volontà. Intelligente e sexy. Dovrebbe saper pulire, cucinare e fare il bucato perfettamente? Dannazione, certo che no. Deve essere la mia partner, non la mia donna delle pulizie.

Allora perché non ho mai trovato nessuno nei miei quarant'anni di vita? Forse non ho cercato abbastanza. Forse mi piace questa costante ricerca. Eppure, di nuovo, avevo fatto della mia carriera la mia unica priorità, e avevo scoperto che molte donne si affezionano in fretta, ma io ero sempre in movimento.

Forse sarebbe stato più facile se avessi avuto un lavoro da impiegato. Ma non ho mai lavorato in ufficio e di certo non comincerò ora.

Almeno adesso ho una routine sana. E se trovo la donna giusta… Molto probabilmente, vorrà nuotare nella mia piscina con me. O mi permetterà di portarle la colazione a letto dopo che avrò passato la notte a sculacciarla, a scoparla forte e persino a venirle in gola.

Il mio uccello inizia a contrarsi, ma non è all'altezza giusta. O comunque non ancora, ma presto lo sarà.

Non c'è niente di meglio di una donna bella, bagnata e sinuosa premuta contro il tuo corpo, pronta a farti scorrere un fiume di sangue nelle vene.

"Girati, Sky." La guido per farla girare di fronte a me senza che scivoli. Dopo la mia caduta, di certo non ne vogliamo altre.

Quando siamo l'uno di fronte all'altra, si morde il labbro inferiore in una innocenza sexy, ma finta. I suoi occhi si sollevano per incontrare i miei. "Ehi, Kade?"

Sono ipnotizzato. "Sì?"

"Adesso voglio lavarti io."

Non posso nascondere il mio sorriso alle sue parole. "Va

bene, Sky." Improvvisamente, il mio uccello muore dalla voglia di indurirsi.

Presto, lo rassicuro, presto. Solo un po' di pazienza.

La guardo meravigliato mentre fa cadere un po' di bagnoschiuma sul palmo della mano senza usare la spugna e, partendo dalle spalle, comincia a insaponarmi.

Poi, con le mani, va più giù.

Più giù.

Ancora più giù.

Capitolo cinque

Skylar:

GLI AFFONDO le dita nei capelli bagnati e le unghie nel cuoio
capelluto. Il rubinetto della doccia è spento già da un po',
ora Kade è sulle ginocchia sbucciate, io ho le gambe spalan-
cate e la sua bocca su di me è semplicemente…

Irresistibile, dannazione.

Mi separa le pieghe con due dita, mentre con due
dell'altra mano fa dentro e fuori dal mio sesso. Sono fradicia. Non per la doccia che abbiamo appena fatto, ma per
come mi sta toccando. Con la punta della lingua mi
accarezza il clitoride, lo circonda, poi lo succhia forte. La
mia schiena si inarca contro il muro umido della doccia e mi
sforzo di rimanere in piedi.

I miei seni si sentono ignorati, quindi prendo l'iniziativa.
Stringendoli con le mani, li spingo l'uno contro l'altro e poi
prendo i capezzoli tra i pollici e gli indici, pizzicandoli forte,
torcendoli, tirandoli. Improvvisamente, sento come una
linea diretta che parte dalle punte dei miei capezzoli increspati fino ad arrivare al mio clitoride, dove lui sta ancora
facendo le sue magie.

Wow. Wow. Semplicemente *wow*.

Dov'è stato finora? Si è esercitato a leccare dei coni gelato? Ha scoperto questa abilità leccando le fruste di uno sbattitore?

Scaccio quei pensieri perché non mi interessa dove abbia imparato certe tecniche, so solo che quello che sta facendo mi fa impazzire.

"...Kade..." riesco a dire a fatica.

Solleva gli occhi ma non la bocca, e nel momento in cui nota dove sono le mie mani, cosa stanno facendo le mie dita, le sue palpebre diventano pesanti, i suoi occhi caldi. Geme contro la mia protuberanza sensibile e io gemo insieme a lui.

Sono vicinissima all'orgasmo.

Adesso ce l'ha barzotto. Non è ancora pronto, ma so che presto lo sarà. Non vedo l'ora.

Prima che io possa raggiungere l'orgasmo, Kade si alza in piedi e la sua bocca già mi manca. Mi allontana una mano dal seno, mi succhia il capezzolo e con i denti mi azzanna le areole facendomi sussultare per l'intensa sensazione.

Mi piace.

Sì, mi piace tanto.

Con le dita fa ancora dentro e fuori, il suo pollice prende il sopravvento nel punto in cui ha smesso di usare la lingua, e intanto tira il capezzolo più in profondità nella sua bocca. Incredibilmente in profondità.

Cazzo.

Sì.

Poi, mi affonda la mano nei capelli umidi e si raddrizza, risollevandomi la testa. Ora anche il mio seno sente la sua mancanza. Mi fissa, le labbra gli brillano sia per la saliva che per la mia eccitazione.

Finora ci siamo baciati solo una volta. Ho la sensazione che recupereremo.

Io... Non aspetto altro.

Quando abbassa la testa, apro le labbra e inclino il mento verso di lui. Mi prende la bocca come se fosse sua, come se fosse stata sempre e solo sua.

Come se fosse un territorio inesplorato che solo lui può scoprire.

Adoro tutto questo.

È come se prima di lui non ci fosse mai stato nessuno. Questo è il mio nuovo inizio. Ho voltato pagina. Ricomincio proprio da qui. Da questo momento, sotto questa doccia. Con quest'uomo.

Kade.

Porca miseria, mi sento come se ci fosse stato un cambiamento radicale dentro di me. Mi sento come se finalmente fossi tornata in vita.

Tutto grazie alla bocca di quest'uomo.

Com'è possibile?

La sua lingua si aggroviglia contro la mia e io gemo profondamente con un suono gutturale. Kade stringe la presa sui miei capelli e il cuoio capelluto mi formicola per il forte strattone.

Oh, Dio… Lo adoro, però. Mi fa sentire più viva che mai. La passera si stringe forte intorno alle sue dita. Quando mi accarezza per l'ultima volta il clitoride, sento come delle increspature esplodere dal mio centro e gli occhi si girano all'indietro.

Kade ingoia il mio respiro ma non si ferma, la sua lingua continua a razziare la mia bocca.

È troppo. Davvero troppo.

Ah, sì.

Mi stringo ancora più forte sulle sue dita mentre le intense increspature svaniscono.

Lui solleva la bocca dalla mia. "Sky, guardami."

Sbatto le palpebre per allontanare la mia temporanea follia e concentrarmi sull'uomo che si erge sopra di me. Mi chiedo cosa succederà dopo, che piani abbia.

Io so cosa farei, ma lo lascerò fare con le sue abili mani.

Voglio che prenda il controllo, che sia l'uomo di cui ho bisogno.

Voglio che mi domini.

Per farmi sua.

Solo sua.

Kade:

NON C'È NIENTE di più squisito di una bella donna ben legata con delle corde.

Non mi sorprende, quindi, di quanto stia apprezzando la scena che ho davanti. Sky è legata con le mani dietro la schiena, al centro del suo lettone matrimoniale, ma non le ho legato solo i polsi. È in ginocchio, con le cosce ripiegate sulle gambe e la guancia premuta sul materasso. L'ho legata in modo che i suoi seni siano fasciati come se portasse il top di un bikini, collegato alle corde sui polsi…

Che sia chiaro…

Lei aveva la corda. È stata lei a tirarla fuori per giocarci. Io comunque so come legarla, come bloccarla. E penso che entrambi siamo rimasti colpiti sia dal suo spirito d'iniziativa nel tirare fuori la corda di canapa, sia dalla mia bravura nel legarla.

Entrambi ci eravamo ripresi rapidamente e mentre le avvolgevo le corde tutt'intorno, facendo dei nodi dove necessario, lei non smetteva di fissarmi. Ha l'abitudine di mordersi il labbro inferiore, forse è un modo per mantenere il controllo, non ne sono ancora sicuro.

Quello di cui sono sicuro, però, è che non potrebbe essere più sexy di così.

Ora sfoggio un'erezione furiosa. Vederla lì, legata,

specialmente in una posizione da sottomessa, mi fa scorrere tutto il sangue dritto verso il cazzo.

I capelli lunghi ma ancora umidi le cadono sciolti intorno al viso e alle spalle. E quel suo sedere a forma di cuore…

È totalmente esposta. È un regalo con cui posso fare quello che voglio. Ho pensato persino di imbavagliarla e bendarla. (Sorpresa! Aveva anche benda e bavaglio. Dov'è stata questa donna per tutto questo tempo?). Tuttavia, possiamo sempre farlo più in là.

O… domani.

O dopodomani.

Con lo sguardo percorro la corda che segue la linea della sua spina dorsale fino all'altezza dei reni. La corda gira tre volte attorno a ciascun polso con un nodo speciale.

La sua parola di sicurezza è "lecca-lecca". Dopo aver saputo che aveva la corda, un bavaglio e una benda, non mi sorprende che abbia anche una parola di sicurezza. Mi chiedo quali altri giocattoli abbia e se me li farà vedere.

Nonostante abbia una parola di sicurezza, spero che non debba usarla. So che è strano fidarsi di un uomo che non si conosce affatto, e apprezzo sul serio questa opportunità, ma non sono sicuro che mi piacerebbe essere al posto suo, in questo momento. Legata di fronte a un vicino di casa che poco prima stava correndo sul marciapiede davanti.

Se si fosse trattato di un altro uomo, mi sarei preoccupato per la sua sicurezza, ma qui ci sono io, e sono fortunato.

Molto fortunato.

Tornando ai suoi giocattoli… È uno dei motivi per cui non l'ho imbavagliata. Non so dove sia la sua scorta (e sono sicuro che ne abbia una) e dovrò farle delle domande. Ad esempio…

"Lubrificante?"

Noto che contrae rapidamente l'ano per poi rilassarlo immediatamente. Sta già pensando a quello che accadrà.

L'impazienza è un grande afrodisiaco.

"Nell'armadio. Ripiano superiore. C'è una scatola blu…"

Vedo l'armadio di cui parla e vado in quella direzione. All'interno, in alto, proprio dove mi ha indicato, trovo una scatola decorativa abbastanza grande. La tiro giù e la metto vicino al letto. Quando sollevo il coperchio, un sorriso mi illumina il viso.

Sì.

Mi chiedo a che punto della vita si è resa conto che le piacevano giochetti di questo tipo. Io, invece? Me ne sono reso conto tanto tempo fa. Avevo appena ventun anni, ero ancora al college e aspettavo di ricevere la risposta alla mia domanda di ammissione ai Servizi Segreti. Mi ero imbattuto in quella che pensavo fosse una festa del college, che si rivelò essere tutt'altro.

Mi cambiò la vita.

Fissando la scatola delle meraviglie, le chiedo: "Quando?"

Anche se non la sto guardando, sento il suo sguardo su di me. "Cosa?"

"Quand'è che hai scoperto te stessa?"

Quando sento che non risponde, sollevo gli occhi verso di lei. Ora posa l'altra guancia sul letto e mi guarda.

"Non l'ho fatto," risponde dolcemente.

"Non hai fatto cosa?"

"Non ho scoperto me stessa."

Mi chiedo se sia timida con me, ma la sua espressione sembra distesa e onesta. Le credo.

Sta ancora cercando la sua identità.

Non ci vedo niente di male.

Glielo chiedo in modo diverso. "Quand'è che hai preso questa direzione?"

"Tanto tempo fa."

"E non ne sei ancora sicura?" le chiedo, sorpreso.

"L'ho tenuta in un angolo per un po'."

Beh, direi *un bel po'*… "Durante il tuo matrimonio?"

"Sì."

"Perché?"

Sono sicuro che farebbe spallucce se non fosse legata al letto. "Dovevo."

"Perché?"

Lei aggrotta la fronte. "Dovevo comportarmi in modo normale."

In modo normale. *Strano.*

"E questo non lo consideri normale?" le chiedo.

"Io sì, ma lui no. La situazione avrebbe potuto sfuggirgli di mano. Mi sono resa conto che non era…"

"Non era cosa?"

Chiude gli occhi, come se stesse reprimendo un ricordo. Improvvisamente rimpiango di averle fatto tutte quelle domande. Non posso sottoporla a un interrogatorio, quindi contengo il mio istinto di continuare. Dovrebbe essere piacevole per lei, non doloroso.

"Scusa, lascia stare," le dico. Alle mie scuse, i suoi occhi si spalancano e il suo viso sembra più rilassato.

"Grazie," sussurra, e il petto mi si stringe dolorosamente per la tristezza o per il vuoto che le intravedo negli occhi.

Santo cielo. Ora voglio davvero conoscere i suoi segreti. Ha degli scheletri nell'armadio. Ora sono curioso di sapere di cosa si tratta.

Io ho solo una cosa che mi perseguita davvero e, sfortunatamente, non è un vero e proprio segreto. Ma è qualcosa di cui evito di discutere, quando possibile.

Voglio esplorare con lei tutto ciò che è contenuto in quella grande scatola blu, ma per ora mi limito a estrarre il flacone di lubrificante e a lanciarlo sul letto accanto a lei. Non voglio tenerla legata troppo a lungo, specialmente in quella posizione. Poi, prima di raddrizzarmi, vedo qualcosa a cui non posso resistere.

È un dildo di vetro con perline. Mi ricorda le perline anali (ma di un livello superiore) e so esattamente cosa farò con quest'oggetto.

Lo afferro e mi inginocchio sul letto. Prima di fare quello che muoio dalla voglia di fare, mi sposto davanti a lei. Mi muovo fino ad avere la sua testa in grembo, allargo le cosce, le passo il pollice sul labbro inferiore, poi le stringo forte i capelli nei pugni.

"Apri la bocca," le ordino.

I suoi occhi scattano verso i miei e le labbra si aprono, Skylar spalanca la bocca. Poi quelle sue labbra rosa e piene mi avvolgono il membro e cominciano a succhiarlo intensamente. Le mie dita ondeggiano tra i suoi capelli e lei geme intorno al mio cazzo.

Cazzo, sì. Lo succhia da Dio.

È in una posizione in cui non è libera di muoversi come vorrebbe, quindi tenendole le mani tra i capelli, la guido su e giù per la mia lunghezza. Le sue guance si incavano e fa un rumore mentre spingo fino a toccarle la gola. Mi rendo conto che non può dire la sua parola di sicurezza, ed essendo legata non può nemmeno sbattere la mano. Ovviamente non voglio che mi morda se non ce la fa, quindi le dico: "Due battiti di ciglia per darmi un segnale."

Lei annuisce, ma continua, la lingua mi accarezza la parte inferiore dell'uccello mentre mi muovo dentro e fuori dalla sua bocca, dandole tutto ciò che ho, tutta la mia lunghezza, e lei continua a non darmi nessun segnale.

Sono impressionato e in soggezione, mentre guardo una lacrima caderle dalla coda dell'occhio. Una reazione naturale al fatto che mi stia succhiando in profondità.

Ancora nessun segnale.

La dura aspirazione della sua bocca calda e bagnata mette a dura prova il mio controllo. Voglio fare tante altre cose, e non voglio venire subito per poi dover recuperare di nuovo. Non ancora. Non adesso. Non finché è legata e sotto il mio comando.

Non riesco davvero a evitare di buttare gli occhi al cielo per il piacere. Le sensazioni, i suoni che emette mentre mi prende fino all'ultimo centimetro mi fanno stringere le palle e mi portano dritto sul ciglio pericoloso del limite.

Sono vicinissimo all'orgasmo. Pronto per il rilascio, ma le lascio i capelli e mi tiro indietro. Sono stupito di vedere la delusione nei suoi occhi.

"Ti piace prendermi in bocca."

"Sì," risponde lei, con le labbra lucide e bagnate. Un po' di saliva le gocciola dall'angolo della bocca, ma lei non la lecca via. Allora decido di farlo io con il pollice, poi glielo faccio scivolare in bocca. Mi succhia il dito fino a ripulirlo, suscitando in me una nuova erezione.

Cavolo.

Sono prontissimo a rimetterglielo dentro.

"Tutto bene con le corde? Ce la fai?"

Mi fa un sorriso che mi grida *scopami*. "Sì."

Sono sollevato. Le sfioro lo zigomo con una nocca, poi le passo le dita lungo la mascella. "Giù con la testa."

Skylar abbassa immediatamente la guancia destra sul letto. È un'amante obbediente, e la cosa mi piace.

Mi sistemo dietro di lei e lascio scivolare il mio sguardo su tutto ciò che mi sta offrendo così apertamente e sfacciatamente.

È davvero bello, direi anche sbalorditivo.

La sua vulva rosa e paffuta e la rosetta stretta e arricciata mi chiamano. Mi tentano. Mi implorano di ammirarle.

Prendo il dildo di perline nel palmo della mano e sento la freschezza del vetro. Non ci vorrà molto per riscaldarlo. So esattamente dove metterlo per farlo.

Ne faccio scorrere la punta dalla parte superiore della sua spina dorsale verso il basso, fino alla piega delle chiappe, poi di nuovo nel punto in cui ha le mani legate. Gliela strofino sulle dita.

"L'hai già usato prima?"

"Sì."

"E dove? Qui?" le chiedo, facendo scivolare la punta fredda sulle sue pieghe lisce.

"Sì."

La spingo leggermente contro il suo ano. "Qui?"

"No."

"Perché no?"

Esita. "Semplicemente non c'è stata occasione."

"Ma non ti dispiace, vero?" Non è una domanda, perché so quale sarà la risposta. Perché so che il famoso sesso anale (difficile da dimenticare) le piace.

"No."

Gioco di nuovo con la punta rotonda del dildo lungo la sua piega, questa volta fino al clitoride, poi ritorno indietro. "Bene," dico infine, e lei rabbrividisce visibilmente.

Le separo le pieghe e faccio scivolare lentamente il dildo dentro di lei, iniziando dall'estremità più larga. Skylar incurva la spina dorsale, la corda lungo la schiena si tende e lei grida, ma il suono è attutito, dato che sta girando la testa contro il materasso.

Mentre lo faccio scivolare dentro e fuori da lei lentamente, delicatamente, il vetro diventa più caldo tra le mie dita, assorbendo il calore del suo corpo. Lo stesso calore torrido che presto mi avvolgerà.

Non ce la faccio più. Le sue reazioni sono meravigliose e i versi che fa sono come musica.

Ora mi chiedo da quanto tempo viva qui, da quanto tempo siamo stati così vicini senza mai incrociarci. Per fortuna ho deciso di iniziare a correre. Se non fosse stato per quello, forse non l'avrei mai conosciuta. Non avrei mai saputo della sua esistenza.

Eppure, l'ho incontrata.

Ci sono riuscito.

Sono fottutamente felice di averlo fatto.

Tolgo il dildo e lei fa un piccolo gemito che suona come una protesta; non posso fare a meno di sorridere.

È avida e desiderosa.

Io, invece, sono uno stronzo dannatamente fortunato.

Capitolo sei

Skylar:

Il suono del lubrificante che viene aperto è inconfondibile e un brivido mi attraversa il corpo. Sto iniziando ad avere i crampi alle gambe dopo essere stata in quella posizione tutto quel tempo. Ma non mi interessa.

Non m'interessa affatto.

Era da molto che non giocavo così. Era da tanto che non avevo un partner. Non ho intenzione di sprecare questo momento, nemmeno un solo secondo, a lamentarmi per qualche piccolo dolore.

Le corde che mi legano i seni mi sfregano contro la pelle, sono ben consapevole di chi ha il controllo in questo momento.

È lui ad averlo.

Mi tiene alla sua mercé.

I seni premuti contro il lenzuolo mi fanno male; i capezzoli si induriscono dolorosamente. Non vedo l'ora che se li rimetta in bocca, che li stringa tra le dita, o anche che li stringa io con le mie mani. Sono pronta ad aspettare quel momento, perché so cosa succederà prima.

Oh, sì che lo so.

Kade fa gocciolare il lubrificante lungo la mia piega e lo shock del gel freddo contro la mia pelle calda mi fa sussultare e irrigidire forte, anche se non ho nulla da stringere dentro di me. Sono vuota. Niente dita, niente uccello, niente lingua, nemmeno il dildo.

Ma fra poco tutto sarà diverso.

Sì, ne sono sicura.

Aspetto, ma non per molto. Sento il suo pollice che con movimenti circolari sparge una generosa quantità di lubrificante intorno alla fessura anale e poi lo immerge rapidamente all'interno. Non tutto, ma quanto basta per provocarmi.

Ancora una volta, eccolo lì. Il mio nuovo giocattolo preferito. Ero rimasta delusa quando era arrivato per la prima volta. L'avevo ordinato d'impulso e, una volta scartato, non pensavo che mi avrebbe mai soddisfatta.

Oggi però potrei pensarla diversamente. Kade ha usato l'estremità più larga nella mia passera, mi chiedo se farà lo stesso anche dietro.

Quando sento la pressione del vetro smussato, capisco che non è la stessa estremità, ma è quella più stretta. Una dopo l'altra, sento le sfere del dildo spingersi dentro di me. Con il lubrificante il vetro è scivoloso, e mi rilasso per permettergli di andare più giù, più in profondità.

"Tutto bene?" mi chiede dolcemente.

Sorrido e giro la testa di lato. Sono commossa per la sua premura. "Sì."

"Continuo?"

"Oh, sì." Gemo mentre il dildo continua ad affondare dandomi sempre più piacere. Potrei venire anche solo per quei movimenti e toccandomi un po', se le mie mani fossero libere.

Sì, forse dovremmo sperimentare. Magari più tardi.

Non adesso.

Non ha ancora inserito tutta la lunghezza dentro di me, quando pian piano la tira fuori facendomi gemere. Ho già usato le perline anali in passato (o meglio, altri partner le hanno usate su di me), ma questo dildo di perline di vetro è ancora meglio. Sussulto mentre lo tira fuori, una sfera alla volta.

Prima di tirarlo fuori completamente, lo spinge di nuovo dentro con un po' di pressione, lentamente, una perla alla volta, dalla più piccola a una delle più grandi. Poi si ferma. Sento il suo respiro affannoso, più forte del battito che mi pulsa nelle orecchie. Lo sento ansimare contro la mia pelle.

"Fallo di nuovo," lo esorto, e chiudo gli occhi per godermi il viaggio che questo semplice giocattolo mi sta regalando. Beh, il giocattolo e ovviamente Kade.

Senza di lui non sarebbe la stessa cosa.

"Sei pronta per me?"

"Sì. Ti prego."

Lo strappo netto dell'involucro del preservativo mi risuona nelle orecchie e, per l'eccitazione, mi stringo attorno al dildo.

"Sta' buona," mormora.

No. Non voglio stare buona. Voglio che mi dia tutto quello che può darmi. Chissà quando avrò di nuovo questa opportunità. Chissà quando avrò un partner disponibile e competente a portata di mano, nel mio letto.

Sento la sua cappella liscia contro le mie labbra, dentro e fuori, picchietta delicatamente. Butto gli occhi al cielo prima ancora che me lo metta dentro, perché so quanto sarà bello. So che sarà fantastico sentirmi completamente piena in entrambi i buchi allo stesso tempo.

Tira fuori tutto il sex toy in vetro, poi lentamente, molto lentamente, mi mette l'uccello dentro e spinge di nuovo il dildo nell'ano. A poco a poco mi riempie finché non può darmi di più. Sono pienissima.

"Kade," gemo, scuotendo la testa avanti e indietro sul letto. "Kade." La voce mi si blocca.

"Sono qui, Sky," risponde con voce talmente bassa e rauca che sembra stia soffrendo.

Si curva sulla mia schiena in modo che i polpastrelli delle mie mani legate possano sfiorargli la pancia, sentire la sua pelle calda.

Improvvisamente, non voglio più essere legata e vincolata per farmi usare come vuole. Voglio toccarlo. Ovunque. Voglio esplorare il suo corpo, la sua mente. Scoprire i suoi segreti, i suoi pensieri.

Voglio toccarlo dentro e fuori.

"Kade," grido.

"Sì, piccola?"

Piccola. Adoro quel soprannome. "Scopami."

"Tra un secondo." Sembra che abbia la voce tesa.

"Scopami, per favore."

"Tra un momento, Sky." A questo punto, starà pensando che avrebbe fatto meglio a imbavagliarmi.

"Adesso, Kade."

Stavolta mi risponde solo con un grugnito, si stacca dalla mia schiena e mi preme la bocca sull'orecchio. "Ti scoperò quando sarò pronto."

Un brivido mi attraversa mentre le sue parole mi riempiono come il suo pene. Come il dildo.

"Io sono pronta," continuo con fare insistente.

"Sky," ribatte con un tono di avvertimento.

"Adesso, Kade."

"Mi stai mettendo pressione."

"Sì," sibilo. Ha ragione. Lo sto spingendo a reagire. Non voglio andarci piano. Non adesso. In questo momento ho bisogno che mi scopi forte e veloce, e ho bisogno di venire.

So cosa sta facendo. Gli piace rendermi impaziente, provocarmi, farmi vivere il brivido dell'attesa.

"Ho visto che hai un frustino."

Il respiro mi si blocca e riesco solo a gemere. "Sì, ce l'ho." Molti usano il frustino come punizione. Io preferisco usarlo come ricompensa, ma per ora non glielo confesserò.

"Allora continua a insistere," mi avverte.

Premo il viso sul materasso per nascondere il mio sorriso. Dopo essermi ricomposta, mi volto verso di lui. "Kade," ricomincio a dire.

"Sky."

"Scopami," ribatto.

"Se il frustino fosse a portata di mano, ti sculaccerei in questo preciso istante."

Faccio un respiro profondo, poi espiro. Il sangue mi scorre forte nelle vene, ho i nervi tesi. I capezzoli sono eccitati al punto da mandarmi una scossa di piacere fin nella pancia.

"Fammi venire."

"Quando sarò pronto," mi risponde con fermezza, allontanandosi da me e rimettendosi in ginocchio.

Mi manca il suo peso sulla schiena. Mi manca sentire la sua voce direttamente nel mio orecchio. Ora sembra così lontano.

"Ti prego," lo esorto.

Finalmente inizia a muoversi, a spingere dentro di me mentre con la mano controlla il movimento del dildo.

Ah, diamine.

Mi sta facendo impazzire. Mi farà venire prima ancora di iniziare.

Mi martella di nuovo, facendo lo stesso con il giocattolo. Grido per l'intenso piacere.

"Solleva il culo più in alto."

Senza pensarci due volte, sollevo un po' più il sedere spingendo forte il viso sul letto. Ho capito cosa vuole. Vuole di più da me.

Lasciando il dildo dentro, mi avvolge un braccio intorno al fianco e trova il clitoride con le dita. Con l'altro braccio mi avvolge attorno alle costole, accarezzandomi il seno con la mano. Stringe un capezzolo e poi l'altro, prima di sfiorare le corde che li incorniciano.

Un gemito di piacere gli sfugge dalle labbra, e io vorrei tanto vedere la sua faccia. È evidente che le corde lo eccitano. Non c'è dubbio che abbia esperienza nel legarle. Sa come fare i nodi giusti. Sapeva fino a che punto tenderle e stringerle senza ferirmi. Posso tranquillamente dire che sono rimasta impressionata dalla sua abilità.

È anche incoraggiante. Se continueremo dopo oggi, potremmo poi esplorare molte, molte altre opzioni.

Non solo corde, ma altri oggetti. Pensare a tutte le possibilità mi fa formicolare dalla testa alla punta dei piedi.

La mia eccitazione aumenta al pensiero che usi il frustino sul mio corpo in un futuro molto prossimo. Forse anche oggi. Anzi, non lo lascerò andare finché non lo userà.

Il mio sorriso scompare man mano che le sue spinte diventano più veloci, più dure, e devo concentrarmi per rimanere in ginocchio, per evitare di scivolare sul letto. Anche se è difficile, dato che ho le mani fuori uso.

Le spalle cominciano a farmi male, ma quando lui mi pizzica un capezzolo forte e fa lo stesso anche con l'altro, ogni dolore passa in secondo piano.

"Di più, Kade."

Mi tira il capezzolo fino ad allungarlo, poi lo torce al punto da farmi pensare che la mia pelle non può andare oltre. È esattamente quello che intendevo quando gli ho chiesto di più.

"Sì," sibilo. "Sì."

Con due dita mi circonda il clitoride, lo preme, lo stringe e lo pizzica. Sento ogni stimolazione nel profondo del mio sesso. Mi stringo intorno a lui e al dildo e sento un altro gemito sfuggirgli. È come un ringhio basso e lungo, e solo quel suono basta a portarmi oltre ogni limite.

"Kade, voglio venire."

"Dimmi di cosa hai bisogno."

"Di te. Solo di te," e, sorprendentemente, è vero. Abbiamo un feeling sbalorditivo. Non riesco a spiegarlo. Sentirlo dentro di me mi rende improvvisamente completa. Non ho mai provato questa sensazione con nessun altro.

Forse lo sto idealizzando, forse sento un legame che esiste solo nella mia testa.

Ho giurato di non essere una persona disperata, ma forse lo sono.

Forse sono alla disperata ricerca di attenzioni.

Di contatto.

Di una connessione intima.

"Va bene, sono tuo," dice finalmente, i suoi fianchi ora pompano forte dentro di me, il suo respiro è affannoso.

Sì, sei mio, ma per quanto tempo?

Solo per oggi? Domani? Questo fine settimana? Finché non ci stancheremo l'uno dell'altra? Finché non scoprirà chi sono?

Spingo via quei pensieri. Perché rovinare un momento così bello, anche se è solo temporaneo?

"Sky, sto per venire… Voglio che tu venga con me."

Sono d'accordo, anch'io devo cavalcare l'onda dell'orgasmo con lui. Chiudo gli occhi, mi isolo dal mondo esterno e mi immergo nelle incredibili sensazioni che sta suscitando in me, nel mio corpo. Kade rilascia il mio capezzolo e con due dita ancora sul mio clitoride, muove lentamente il dildo di vetro, fa dentro e fuori, ma a un ritmo molto più lento di quello del suo uccello.

"Voglio che tu venga quando te lo dirò."

"Sì." Sì. Lo voglio.

Sì.

Sì.

Io…

Il respiro mi si blocca quando mi ordina: "Vieni per me, Sky."

Così vengo, in modo davvero spontaneo e facile. Lui mi porta all'orgasmo e io esplodo intorno a lui, chiudo gli occhi per concentrarmi sul punto in cui i nostri corpi si uniscono. Lui è come immobilizzato, sepolto in profondità dentro di me, mentre il suo uccello pulsa e si svuota. Non si muove neanche per un momento. Il suo respiro caldo soffia contro la mia pelle, facendomi venire la pelle d'oca.

Gemo quando rimuove lentamente il dildo, poi scivola via da me e si allontana. Ora siamo separati e distanti. E sento la mancanza del suo contatto.

A ogni modo, non finisce qui.

Ovviamente no.

La giornata è ancora lunga, e abbiamo ancora così tanto da darci l'un l'altra.

Mi stampa un bacio su ciascuna delle natiche e altri due su ciascuna scapola, poi si rannicchia di nuovo contro di me, portando le labbra sul mio orecchio. "Comincerò dai polsi."

Con la punta della lingua mi lecca il lobo e la parte esterna dell'orecchio, prima di allontanarsi. Qualche secondo dopo, mi libera i polsi e mi tira su sulle ginocchia, mi avvolge un braccio sotto al seno e mi tira a sé. Sono di schiena di fronte a lui. Mi stringe i seni con entrambe le mani e li accarezza dolcemente prima di toccare, di nuovo, le corde che li legano.

"È incredibile quanto possa essere bella una donna legata con delle corde."

"Come mai?"

Non risponde subito, si prende il suo tempo. Formula i suoi pensieri. "Perché ti rende inerme e il potere passa tutto nelle mie mani; ma non è quello che mi eccita maggiormente. È che ti sei fidata al punto da lasciarti fare tutto. Da lasciare quel potere nelle mie mani, nonostante tu mi conosca a malapena… No. Non mi conosci nemmeno a malapena. Tu non mi conosci. Avrei potuto abusare di quel potere."

“Ma non l’hai fatto.”

“No, non l’ho fatto. Non lo farei mai. Ma come potevi saperlo?”

“Non saprei. Ho seguito il mio istinto.” Ancora una volta, penso a questa connessione strana ma naturale che abbiamo.

“Avrei potuto farti del male.”

Ha ragione. Anche perché il mio istinto, anni prima, mi aveva tradito. Mi aveva tradito alla grande.

Eppure, non credo che in questo caso andrà così.

“Dev’essere il tuo viso che ispira fiducia,” dico dolcemente, allungando un braccio dietro di me per accarezzargli la guancia. Mi afferra le mani, circonda il mio corpo con le braccia per tendere i miei polsi sotto ai miei occhi, ispezionando la pelle alla ricerca dei segni della corda.

Non ce ne sono. È stato attento, cosa che apprezzo tanto. Non mi sono neanche dimenata, perciò è impossibile che abbia dei segni. Con i pollici mi sfrega sotto ai polsi per riattivare la circolazione, ma anche questo non è necessario.

Mi stupisce vedere che quei piccoli movimenti, questo suo prendersi cura del mio corpo, siano di per sé erotici.

Inclino la testa all’indietro per appoggiargliela sulla clavicola e lui preme la guancia contro la mia. “Hai fame?” mi chiede.

“Sì, mangerei volentieri qualcosa.”

I suoi pollici si muovono più in alto e ora fa scorrere la punta delle dita su e giù per i miei avambracci. “Potrei correre a casa e...”

“No,” lo interrompo. Non voglio che se ne vada, anche se fosse solo per andare a prendere del cibo, anche se mi promettesse di tornare. Non adesso. Non ancora. “Sono sicura di avere qualche ingrediente da mettere insieme per cucinare.”

“Non è necessario.”

"No, ma sarebbe un piacere per me."

Kade fa scorrere i palmi delle mani sulle mie braccia e sulle mie spalle, annullando l'indolenzimento che sentivo nel tenere le braccia sotto di me. Non riesco a soffocare il lieve gemito che mi sfugge dalle labbra.

Lui strofina il naso contro il mio orecchio e poi mi succhia il lobo per un secondo, giocando con la lingua. "Sky," mi mormora contro il collo.

"Hmm?"

"Vuoi che ti liberi delle corde prima di andare a lavarmi e sbarazzarmi di questo preservativo?"

"No. Non ancora."

I baci che mi sta stampando sul collo e sulle spalle si interrompono e lui alza la testa. "Molto bene. Vado a pulirmi, ci vediamo in cucina."

Sembra soddisfatto della mia decisione. Allungo la mano all'indietro per trovare il suo viso, tirandolo a me mentre mi inarco all'indietro e mi volto per incontrare le sue labbra in un fugace bacio.

"Vai a lavarti, io preparo da mangiare."

Oggi lui ha nutrito la mia anima, quindi è il minimo che possa fare.

Kade:

LA SETA nera o il raso possono essere molto sensuali sul corpo di una donna. In una vestaglia, una camicetta o anche una gonna, il tessuto si aggrappa alle curve come la mano di un amante. In quanto indumento intimo, enfatizza la semplice bellezza di un seno, di un gluteo, delle anche. E guardare Sky muoversi nella sua cucina in nient'altro che una veste di raso nero che le abbraccia le generose curve, mi fa venire una fame che va oltre quella del cibo.

Ma non è solo la vestaglia. È quello che c'è sotto. Non le mutandine. No. So che non le ha mai messe; sarebbe stato difficile non notarlo quando si è chinata per frugare in un cassetto basso. Dopo aver intravisto una chiappa e aver dato una sbirciatina alla carne rosa, ne ero sicuro.

È il contorno della corda che indossa ancora a tenerle su il seno. I capezzoli sono duri come diamanti sotto il tessuto sottile e scivoloso, e anche solo pensare a cosa mi aspetta sotto quella veste, quando la toglierò, mi lascia senza fiato.

Soffio per raffreddare il caffè mentre la guardo muoversi in cucina da sopra l'orlo della tazza. Di tanto in tanto, mi lancia un piccolo sguardo da sopra la spalla. Lo sento tutto, fino alle dita dei piedi (per non dire altro).

I capelli biondi le cadono morbidi lungo la schiena e ondeggiano quasi quanto i suoi fianchi. Le inconfondibili note del rock classico ci circondano, provengono da uno stereo che non vedo. Improvvisamente, mentre mi rilasso su una delle sedie ai tavoli della cucina, ho come un'illuminazione.

Potremmo essere una coppia, il sabato o la domenica mattina. Lei prepara la colazione e io bevo del caffè mentre la musica risuona dolcemente in sottofondo.

Mi mancano solo il giornale della domenica, un paio di pantofole e un Golden Retriever ai miei piedi.

Una strana sensazione mi scuote mentalmente e guardo l'orologio sul muro. Sono le sei. Ho iniziato la mia corsa poco dopo le quattro di questo pomeriggio. Sono inciampato solo pochi minuti dopo.

Davanti a questa piccola scena di vita domestica, mi sento in preda a un improvviso brivido. Non ho mai vissuto con una donna. Mi è sempre piaciuta la mia indipendenza. E, naturalmente, a causa del mio lavoro, la mia compagna avrebbe dovuto sopportare i miei orari. Non sarei sceso a compromessi finché non avrei trovato la persona giusta.

Improvvisamente, sento la necessità di saltare il pasto

che sta preparando e soffrire la fame. Dovrei giocare con lei ancora un po', usare il frustino e andare via subito dopo.

Sento qualcosa di morbido intrecciarsi intorno alle mie caviglie nude e inclino la testa. Vedo la gatta, Miagolosa, che si struscia facendo avanti e indietro, sfregando la sua morbida pelliccia contro la mia pelle, accoccolando la testa contro il polpaccio, facendomi il solletico sui piedi con i baffi.

Strano.

Non ho mai avuto un animale domestico. Ma se decidessi di prenderne uno, non sarebbe un gatto. Adoro la micia, ma non quella a quattro zampe.

La risata gutturale di Skylar attira il mio sguardo su di lei. Sta guardando il suo gatto attorno a me. "Monella," la chiama. "Scommetto che sei pronta per la cena."

Lei alza la coda ed emette un forte *miao*. Sky scompare nel ripostiglio fuori dalla cucina per qualche minuto per poi riapparire con una piccola ciotola in mano.

È divertente vedere come il micio perda rapidamente interesse per me e attraversi velocemente la stanza fino al punto in cui Sky ha posizionato la ciotola. Ancora una volta, quando si china, vedo perfettamente la sua carne succulenta e tentatrice.

Cerco di immaginare quelle chiappe abbronzate arrossate dalle mie azioni e dall'uso del frustino, e l'uccello comincia ad agitarsi nei miei pantaloncini.

Il cibo prima del divertimento.

Qualunque cosa abbia sul fornello inizia a sfrigolare nella padella e lei si affretta a tornare indietro per scuoterla un po'.

"Ha un buon odore." Lo penso davvero. Qualunque cosa stia mettendo insieme ha un buon odore.

Se questa donna sa cucinare…

Potrei essere spacciato.

"Pollo saltato in padella. Spero che ti piacciano le verdure."

"Certo che sì, sono vegetariano."

Mantengo il viso il più serio possibile mentre la sua bocca si apre in una O. Lancia rapidamente un'occhiata alla padella, poi di nuovo verso di me.

"Sto scherzando," dico.

Il suo viso si distende per il sollievo e lei ridacchia, il che fa sorridere anche me.

Dopo aver mescolato gli ingredienti ancora una volta, si appoggia al bancone vicino, piantando entrambi i palmi sul bordo. La vestaglia si apre di nuovo quanto basta, riesco a vedere un po' di scollatura e un po' di corda.

"Cazzo, Sky," mormoro, scuotendo la testa. "Se non stai attenta, farai andare tutto a fuoco, me compreso."

Lei segue la direzione del mio sguardo e si stringe la vestaglia in vita prima di farmi un sorriso sensuale, intanto le sue dita scorrono sul raso e lungo il contorno del bordo trapuntato.

Mi chiede: "Sei sicuro di voler continuare a bere caffè invece di passare a un buon calice di vino?"

"Devo mantenere alto il livello di energia, il vino potrebbe farmi venire sonno."

"Mmm," mormora mentre afferra il suo bicchiere e beve un sorso del vino rosso che si è versata prima. "Quindi…" inizia a dire, inclinando la testa per scrutarmi. "Quando hai detto Servizi Segreti, intendevi dire che sei un agente, giusto?"

Bevo un sorso del mio caffè, che si è finalmente raffreddato tanto quanto basta per non ustionarmi la lingua. "Sì."

"Hai mai fatto fuori qualcuno?"

La fisso da sopra la mia tazza. Voglio essere sicuro di aver capito quello che mi sta chiedendo. Anche se lo so e sto solo tergiversando, perché di solito è una conversazione che non mi piace affrontare. Eppure la maggior parte delle persone è curiosa. Chiede innocentemente senza rendersi conto dell'impatto che può avere una domanda così semplice. Semplice se la si legge in modo superficiale, meno semplice se riguarda le conseguenze nella vita reale. "Fare fuori qualcuno?"

"Abbattere una minaccia, voglio dire."

"Intendi un combattimento corpo a corpo?"

"No."

La scruto e mi chiedo come reagirà alla mia risposta. Posiziono con cura la mia tazza sul tavolo. "Una volta."

La curiosità che era evidente nel suo viso scompare improvvisamente, il suo viso si spegne repentinamente. "Ci hai pensato bene prima?"

"No. Non c'è tempo di pensare. Si rischierebbe di perdere altre vite."

"Ma… una vita si è perduta?" Il peso del suo sguardo fisso su di me mi fa sentire in gabbia.

Togliere la vita a qualcuno non è mai una decisione facile, ma a volte è necessaria. Dover prendere misure protettive è il mio lavoro, ma a prescindere da ciò che faccio, qualcuno subirà una perdita. Che sia la vittima o chiunque la ami e la conosca, o la persona che cerca di eliminare il bersaglio. Così come chiunque conosca e ami *quella* persona, criminale o meno. La morte lascia sempre un segno nei propri cari. Quella persona ha una famiglia, aveva una vita.

Lascia un segno anche sull'agente incaricato di uccidere. È qualcosa che non si dimentica mai. Non *deve* essere dimenticata. Anche se è la cosa giusta e legale da fare, lascia sempre un segno.

Puoi muoverti come vuoi, ma tutt'intorno sarà sempre una tragedia. In quel lasso di tempo, quell'evento ha cambiato per sempre delle vite.

Compresa la mia.

Compresa l'unica e sola persona che stava cercando di

assassinare un senatore candidato alla presidenza. Un uomo che non piaceva molto a certi gruppi. Ma comunque…

"Ci pensi ancora?"

"Ogni dannato giorno," borbotto prima di prendere il mio caffè e buttare giù un altro sorso.

Con un cenno del capo, si volta di nuovo verso i fornelli, con la forchetta in mano.

Infilza qualcosa, poi si guarda alle spalle. "Vieni qui," mi dice dolcemente.

Mi muovo come se fossi un funambolo su una corda e lei ne stesse tirando l'estremità. Lei mi chiama e io la seguo. Quando la raggiungo si gira e solleva la forchetta verso la mia bocca, mettendomi una mano sotto il mento.

"Apri," esorta.

Prima di far scivolare la forchetta piena di pollo fritto tra le mie labbra socchiuse, increspa le sue e soffia. Poi lo fa di nuovo.

Porca puttana. È dannatamente piccante. (E non sto parlando del cibo.)

Prima che io possa proferire parola, mi infila la forchetta in bocca e assaggio il suo pollo fritto rimediato all'ultimo momento.

Sì, questa donna sa cucinare.

Deglutisco, le afferro i fianchi e mi avvicino. "Com'è possibile che tu sia ancora single?"

Gli angoli dei suoi occhi si increspano. "Potrei farti la stessa domanda…"

Touché.

Capitolo sette

Skylar:

KADE DOVEVA ESSERE PIÙ AFFAMATO di quanto pensasse. Dopo aver divorato un piatto e mezzo di pollo e verdure fritte, ha emesso un lungo sospiro soddisfatto. Presto anch'io sospirerò, ma per altre ragioni.

Tuttavia, ora tocca a me sedermi al tavolo mentre guardo Kade in piedi davanti al lavello della cucina con indosso solo quei pantaloncini da corsa striminziti, rossi e setosi. Mi ha sorpreso quando si è offerto di lavare i piatti. Naturalmente, ho accettato senza pensarci due volte, ma a una condizione...

Lo avrei guardato restando seduta al tavolo e indossando nient'altro che le corde con cui mi aveva legato. Il suo sguardo mi ha scottata quando, senza una parola, mi sono tolta la vestaglia dalle spalle facendola cadere sullo schienale della sedia.

Non appena l'ho fatto, si è allontanato dicendo soltanto: "Resta seduta fino a quando non ti dirò di fare il contrario."

Il cervello comincia ad andarmi in tilt, chiedendosi cosa stia progettando. L'impazienza mi fa diventare i capezzoli duri, fa soffrire il mio clitoride alla disperata ricerca della sua attenzione.

"Posso toccarmi?"

Senza voltarsi, dice: "Sì. È il minimo che mi aspetto."

Beh insomma… Siamo quasi telepatici…

Mi giro sulla sedia per rivolgermi verso di lui, anche se è di spalle e non mi sta prestando attenzione. Si sta concentrando sullo strofinare i piatti con la spugna.

Voglio chiamarlo per nome, ma resisto.

Penso che voglia solo immaginare cosa sto facendo. Mi faccio scivolare una mano tra le cosce, accarezzandomi fra le pieghe e portandomi il pollice contro il clitoride sensibile. Mi accarezzo i piccoli capezzoli con una mano, prima l'uno e poi l'altro.

Mentre gli fisso la schiena sperando che si volti, mi faccio scivolare il dito medio dentro la figa, emettendo un lieve gemito gutturale. Noto che ferma le mani solo per un momento prima di continuare a lavare.

Mi mordo il labbro, cercando di evitare di fare altro rumore, ma alla fine non riesco a trattenere un respiro tremante. So che lo sente anche lui, quando i muscoli della sua schiena nuda si contraggono leggermente.

Ora è una sfida e sono determinata a metterlo alla prova, per vedere per quanto tempo riuscirà a resistere. Riuscirò a farlo cedere prima che finisca di fare i piatti?

Un gemito basso mi scivola dalle labbra mentre mi strizzo i capezzoli e spingo un secondo dito in profondità. Stuzzicandomi il clitoride, mi scopo da sola, alzando e abbassando dolcemente i fianchi.

"Sì," sibilo.

Kade afferra il bordo del lavandino e piega la testa in avanti, la sua schiena si tende, i bicipiti si gonfiano.

Sono *vicinissima* a farlo crollare.

Sono anche *vicinissima* all'orgasmo. Stuzzico il capezzolo

tra l'indice e il pollice, poi lo tiro abbastanza forte da ansimare.

Pianto i piedi sul pavimento e sparo i fianchi dritti verso l'alto. La sedia dondola sotto di me, rilasciando un tintinnio mentre l'orgasmo mi travolge e prende il controllo di ogni muscolo del mio corpo, mi fa venire le convulsioni e mi fa chiudere gli occhi.

Proprio perché ho gli occhi chiusi, non lo vedo, ma lo sento.

Ci sono riuscita. L'ho fatto cedere. Sento qualcosa colpire il tavolo, ma prima che possa aprire gli occhi, sento la sua mano sotto al mento che mi tira la testa indietro, piegandomi il collo fino a tenderlo completamente. Alzo lo sguardo e lo vedo in piedi sopra di me. Il suo viso è scuro, gli occhi sono intrisi di passione.

Non ho idea di cosa abbia gettato sul tavolo, ma sono sicura che lo scoprirò presto.

A ogni modo, è il cubetto di ghiaccio che sento scivolarmi sulla gola tesa che mi fa sussultare. Lascia una scia fresca lungo la mia pelle, goccioline d'acqua che si accumulano sulla base della mia gola. Ma non solo. Lo fa girare sui capezzoli. Prima sull'uno e poi sull'altro, facendoli indurire in punte indolenzite. La sua lingua calda segue il cubo, prima lungo il collo, poi sui miei capezzoli turgidi che stuzzica con la punta della lingua.

"Kade..."

"Fa' silenzio."

Quell'ordine di sole due parole pronunciato con un filo di voce mi fa venire voglia di sorridere per la soddisfazione, ma non ci riesco. Non ci riesco. Il ghiaccio tra le sue dita affusolate ora viaggia intorno ai miei capezzoli ancora una volta, prima di scivolarmi lungo la pancia e poi fra le gambe.

"Apri le gambe."

Sono a corto di fiato e non riesco a rispondergli. Quindi, non ci provo nemmeno. Faccio solo come mi ha detto e separo le mie pieghe per dargli tutto l'accesso che mi chiede. Quando la scia fredda mi investe la protuberanza calda e gonfia, mi slancio in avanti, ma lui stringe la presa sul mio mento, impedendomi di muovermi, facendomi soccombere, non riesco né a guardarlo né ad allontanarmi. Il ghiaccio mi intorpidisce, ma prima che io possa lamentarmi, si precipita sulla mia bocca, fiondandosi dentro con la lingua, aggrovigliandola con la mia. Mi lascio sfuggire un lamento e lui lo inspira fino a inghiottirlo.

Poi all'improvviso mi rilascia e fa girare la sedia, facendola stridere lungo il pavimento. Anch'io sto per stridere altrettanto forte perché non me lo aspettavo. Si inginocchia, si mette in bocca ciò che resta del cubetto di ghiaccio e mi apre ancora di più le cosce.

Abbassa la testa su di me e io getto la mia all'indietro, spalancando la bocca mentre mi lecca, muovendo la lingua e il cubetto attraverso la mia fessura, sul mio clitoride e di nuovo giù fino a quando non resta altro che la sua bocca fredda e bagnata, perché ormai il cubetto si è sciolto.

In realtà, la sua bocca non è l'unica a essere bagnata. Anch'io sono fradicia. "Ti voglio dentro di me."

Lui si allontana leggermente. "È una domanda o un'affermazione?"

"Un'affermazione."

"Allora dovrai aspettare," ribatte, e leccandomi un'ultima volta la figa (anche quella leccata veloce mi fa dimenare), si alza, mi prende da sotto le braccia e mi solleva in piedi. "Sul tavolo."

Quando da sopra la spalla guardo il tavolo della cucina, vedo finalmente l'oggetto che ci aveva posato. Un cucchiaio di legno. Sebbene sia il più largo che ho, è comunque... *un cucchiaio di legno.* Il mio corpo trema al solo pensiero che possa usarlo su di me per quella che immagino sarà una punizione.

Onestamente, non capisco se il brivido che mi attraversa sia dovuto alla paura, all'eccitazione o a una combinazione di entrambi.

Non essendo mai stata colpita da un tale oggetto, provo a immaginare quanto farà male. O quanto sarà bello. Dipende dal modo in cui Kade mi colpirà.

Ho sempre una via d'uscita.

Lecca lecca.

Se pronunciassi la parola di sicurezza, dovrebbe fermarsi immediatamente.

Beh, forse *non dovrebbe davvero*, ma voglio fidarmi di lui abbastanza da crederci. Incontro i suoi occhi e cerco di decifrarli, ma non ci riesco. Il suo viso è impenetrabile e non lo conosco abbastanza bene da vedere cosa nasconda dietro quella maschera.

Finalmente dice: "Vado un minuto in camera da letto. Quando torno, voglio trovarti in posizione." Abbassando la testa su di me, mi dà un bacio fugace, ma profondo, poi mormora contro le mie labbra. "Farò in modo che ne valga la pena."

Oh sì. Sembra promettente.

Lo seguo con lo sguardo mentre le sue lunghe gambe lo portano rapidamente fuori dalla cucina e fuori dalla mia vista.

Mi giro e fisso il tavolo. È in rovere pesante, con quattro sedie *spindle* tutt'attorno. Un oggetto sul quale si mangia. Un luogo intorno al quale riunirsi, e il posto in cui vivrò la mia prossima avventura sessuale.

Sospiro mentre mi metto "in posizione". Sfortunatamente, quando mi piego sul tavolo, mi ritrovo faccia a faccia con il cucchiaio.

Kade:

Mi guardo intorno nella sua camera da letto, vedo il lubrificante che aveva gettato via prima e lo afferro insieme a un altro preservativo. Ma prima di precipitarmi di nuovo verso Sky (e quel suo dolce culo che farà meglio a piegare sul tavolo) mi fermo a pensare. Non sono ancora pronto a tirare fuori il frustino, anche se ho in programma di usarlo più in là. Piuttosto, cerco qualcos'altro.

Frugo nella scatola dei "giocattoli" e tiro fuori una benda di seta nera. Potrei usare altre corde, ma voglio cambiare. Mi volto verso l'armadio socchiuso dove teneva la scatola.

Mi chiedo cos'altro abbia nascosto.

Aprendo un'anta, do una rapida occhiata all'interno. I suoi vestiti femminili sono appesi in modo ordinato sugli appendiabiti, le scarpe sistemate ordinatamente sul pavimento su una scarpiera e altre scatole di varie dimensioni sono impilate sullo scaffale sopra un ripiano. Ne prendo una che sembra una scatola di documenti, la metto sul pavimento e sollevo il coperchio.

Mi ci vuole un secondo perché la mia mente capisca davvero cosa c'è nella scatola. Scartoffie, un sacco di scartoffie gettate a casaccio, mescolate a ritagli di giornale e foto. Una in particolare attira la mia attenzione... è una foto di Sky, ma con un uomo.

Probabilmente il suo ex marito.

La sfilo da sotto un documento per osservarla più chiaramente, poi strizzo gli occhi, sbatto le palpebre e guardo più da vicino.

Lei sembra molto giovane, forse poco più che ventenne, e fissa l'uomo che ha il braccio avvolto attorno alla sua vita. Entrambi ridono, ma lo sguardo di adorazione sul viso di Sky mi fa stringere il petto.

Lo amava. È evidente.

Poi, però, un'altra strana sensazione mi stringe il cuore.

Sollevo la foto dalla scatola e la inclino verso la luce fioca che filtra dalla finestra vicina.

Mi sembra di conoscerlo.

Ha un viso *davvero* familiare. Mi scervello. Conosco questo tipo.

Lo conosco, ma non riesco a ricordare dove l'ho visto. Mi spremo le meningi, ci penso con tutto me stesso.

Scuoto la testa e rimetto la foto nella scatola. Ne tiro fuori un'altra. C'è solo lui. Ha qualche anno in più, capelli scuri, ma qui non ride. Dal viso sembra alienato, distante. Sembra anche più magro.

Di sicuro è successo qualcosa negli anni trascorsi tra la prima e la seconda foto.

Prendo un'altra foto. In questa, l'uomo indossa una mimetica. È di sicuro oltreoceano, in un paesaggio pieno di sabbia e circondato da molti altri soldati tutti in posa con carabine M4. Vedo il senso di fratellanza che li lega, ma nessuno di loro sorride. Non scherzano. Niente. Sembrano sfiniti, stanchi della guerra. Sembra un gruppo che ha subito una perdita ed è pronto a tornare a casa.

Rimetto la foto a posto, sentendomi in colpa per aver curiosato. Forse il marito di Skylar è tornato a casa con il disturbo post-traumatico da stress e non ce l'hanno fatta come tante altre coppie dopo il ritorno del coniuge dal dispiegamento.

Eppure, ancora una volta, quel volto mi è familiare e mi turba. È come se mi ricordasse qualcosa di pesante e inquietante. È proprio lì, mi infastidisce, ma non ricordo altro.

Forse arriveremo al punto in cui potremo discutere del suo matrimonio passato. Ora però è troppo presto, questo è certo. Forse…

Forse se le cose andranno bene e… scopriremo di essere compatibili, entrambi vorremo esplorare meglio questa connessione che ci lega.

A questo punto, posso sinceramente dire a me stesso che

voglio fare un tentativo, vedere dove ci porterà questo rapporto.

Tuttavia, devo anche scoprire chi è quell'uomo nella foto. Mentre inizio a sfogliare i documenti alla ricerca di un indizio, sento Sky chiamare il mio nome con un leggero gemito.

Cazzo.

Lanciando un'ultima occhiata rapida e rammaricata alla scatola, la chiudo, la butto di nuovo sullo scaffale e faccio scorrere l'anta dell'armadio.

Ci penserò un'altra volta.

Capitolo otto

"Kade," gemo di nuovo, e all'improvviso lui è lì accanto al tavolo con le mani occupate, ma i miei occhi si concentrano sul lubrificante.

Si vede che ha già un piano.

"Ehi, bellissima," sussurra; il suo sguardo corre su di me, inclinata sul tavolo con il sedere nudo per aria e i seni legati e premuti contro la superficie liscia. La corda sta iniziando a conficcarsi nella mia pelle; dopo questa sessione gli chiederò di rimuoverla. Probabilmente potrei togliermela da sola poiché le mie mani non sono più legate, ma non sarebbe divertente.

Non lo sarebbe affatto. Sarebbe come togliermi il negligé.

"Ci hai messo così tanto a procurarti quei tre giochi?"

Alza un sopracciglio verso di me. "Ti stavo dando l'opportunità di ripensare alle tue azioni."

Sta dicendo solo un sacco di stronzate. Tutto quello che ho fatto gli è piaciuto. Questo è solo un gioco. Per lui. E anche per me…

Mi mordo il labbro inferiore fino a contenere il sorriso che mi sta spuntando in volto. "Ti riferisci a quando ti ho distratto mentre lavavi umilmente i piatti? Non sono affatto dispiaciuta."

"*Ah*," sospira. "Lo so bene." Mette il lubrificante e il preservativo sul tavolo, vicino al punto in cui sono abilmente esposta. Poi solleva la benda e allunga l'elastico che la terrà in posizione. "Per te."

Ora sì che sorrido. Più per soddisfazione che per gioia. Non avrei una benda se non mi piacesse usarla.

Mi scosta i lunghi capelli dal viso e poi mi fa scivolare la benda sugli occhi. Allungo la mano per regolarla e sento una sferzata acuta che mi fa bloccare a metà movimento.

"Palmi appoggiati sul tavolo di fronte a te, a meno che non ti dica diversamente."

Bene.

Più mi domina, più mi piace. Non sono affatto una persona sottomessa, nel mondo reale, pretendo sempre la parità, ma sotto le coperte (o su un tavolo da cucina) voglio che l'uomo prenda il comando.

Finora, Kade ha dimostrato che gli piace farlo.

Perfetto.

Poso le mani sul tavolo dopo aver allungato le braccia davanti a me. So che il cucchiaio di legno è lì in mezzo, appoggiato, in attesa di essere usato.

Ancora una volta, un forte brivido mi attraversa e già immagino il dolore acuto del legno contro il mio culo. La passera mi si stringe forte e il respiro mi si blocca, prima di trasformarsi in un sospiro che mi fa tremare come una foglia.

"Dimmi di nuovo la tua parola di sicurezza, Sky."

Sentendo da che punto arriva la sua voce profonda, riesco a capire che si è spostato dietro di me. "Lecca lecca."

"Molto bene."

Non sarebbe il massimo per lui, se dovessi usarla. (Non sarebbe il massimo neanche per me, se dovessi usarla).

Ora che sono bendata, il mio mondo è diventato buio. Devo affidarmi al mio udito e al mio senso del tatto per capire cosa sta facendo. Tuttavia, non mi sorprende quando con il dito mi accarezza la fessura del sedere.

La domanda che gli ho fatto prima mi fluttua nella mente: *Ti piace il sesso anale?* Quest'uomo non si tirerà indietro, questo è certo.

"Passami il cucchiaio."

Ah. Mi costringe a consegnargli lo strumento della mia punizione. Furbo.

Tasto il tavolo nel punto in cui ho visto il cucchiaio l'ultima volta e le mie dita trovano il manico stretto e lungo. Lo afferro e lo faccio oscillare dietro di me per offrirglielo.

Mi sembra di porgerglielo per dei minuti, ma probabilmente passano solo pochi secondi prima che dica: "Mostrami dove vuoi che lo usi."

Abbassando il cucchiaio, me lo passo sulla natica destra. "Qui."

Sobbalzo quando le sue mani improvvisamente mi afferrano i fianchi e le sue labbra toccano la mia pelle nel punto in cui ho passato il cucchiaio.

"Qui?" chiede. "E in quale altro punto?"

Lo sposto sulla natica sinistra. "Qui."

Mi bacia anche l'altra natica. "Lo vuoi da qualche altra parte?"

"No. Non ora."

"Fammi vedere quanto vuoi che ti sculacci."

Esito. Non mi sono mai sculacciata da sola. Tuttavia mi piace quando mi sculacciano, che sia con la mano, la cintura, la verga o con il frustino. Non sono schizzinosa. Dal momento che non ho mai sperimentato un cucchiaio di legno prima d'ora, non so cosa mi piacerà. *Sempre* che mi piaccia.

"Fammi vedere," mi chiede di nuovo, ma con più fermezza.

Sbatto leggermente il cucchiaio contro il mio culo. È indolore.

"Tutto qui?"

"No," espiro.

"Fammi vedere."

"Kade…" Comincio a dire, ma mi interrompo perché voglio che sia lui a prenderlo. Voglio che sia lui a usarlo. "Ti prego."

"Ti prego cosa?"

"Ti prego…" *Sculacciami, scopami, fammi venire.* "Fai quello che devi fare."

"E cos'è che devo fare, Sky?"

Gli porgo il cucchiaio e lui me lo sfila dalle dita. "Rimetti il palmo sul tavolo."

Mi rimetto in posizione, preparandomi mentalmente a quello che mi aspetta.

Ma mi rendo subito conto che, per quanto potessi immaginarlo, la realtà è diversa. Il duro schiocco del cucchiaio piatto e largo contro il mio sedere mi fa andare in affanno.

Sento un suo dito scendermi di nuovo lungo la fessura anale fino al clitoride e poi tornare su. Lo schiaffo del cucchiaio contro l'altra mia natica mi fa arricciare le dita, mi fa sollevare sulle dita dei piedi e spingere in avanti per lo shock del dolore.

Il dolore si attenua rapidamente e il tremore della pelle diventa più piacevole, facendo stringere forte il mio sesso. Voglio che me lo metta dentro, in profondità, prima che mi colpisca di nuovo.

"Sei bellissima," mormora. "Hai il sedere rosso, ed è solo l'inizio."

È solo l'inizio…

"Apriti le natiche con le mani."

Premendo la guancia sul tavolo, seguo il suo ordine afferrandomi il culo e allargandomi il sedere.

"Cazzo," geme, e io sorrido.

Picchia delicatamente il cucchiaio sulla parte superiore di entrambe le natiche. Inarco la schiena e lo incoraggio a fare di più. Ma non lo fa. Si ferma. Lo sento muoversi dietro di me e riconosco il suono del lubrificante che si apre. Un brivido mi attraversa. Non c'è motivo di usare il lubrificante se mi scopa e basta. La mia passera non può essere più bagnata di quanto non sia già.

Mi spalma il lubrificante intorno alla mia apertura stretta e io sussurro un "sì".

Immerge un dito fino alla prima falange, per rendere il mio ingresso scivoloso, pronto per accoglierlo. Mi rilasso e mi godo le sensazioni della spinta e della trazione del suo dito mentre va sempre più in profondità.

"Kade," gemo.

"Presto, piccola," mi assicura.

Non abbastanza presto.

Improvvisamente si allontana e sento lo strappo dell'involucro del preservativo che si apre, e nella mia mente lo vedo infilarselo lungo la dura lunghezza per poi spargere una quantità più generosa di lubrificante sul suo membro ricoperto di lattice.

Fa scivolare la cappella sul mio ano, poi lungo la fessura tra le mie labbra pulsanti, e la strofina sul mio clitoride. Si sposta leggermente scivolando dentro di me e io gemo sonoramente man mano che entra più in profondità, mentre con le dita scavo nella mia stessa carne.

"Apriti per me, Sky. Voglio vederti tutta."

Il graffio del cucchiaio contro il tavolo mi fa sussultare di nuovo.

Perché so cosa sta per succedere.

Sta per colpirmi.

Ora che è dentro di me, sarà ancora meglio.

Il cuore mi batte forte, mi arriva fino in gola e chiudo gli occhi, anche se sono bendata e comunque non vedrei nulla.

Mentre si spinge lentamente dentro e fuori di me, lo imploro: "Sculacciami, Kade. Fallo."

"Me lo stai chiedendo o me lo stai ordinando?"

Oh, dannazione. "Te lo sto chiedendo… *Per favore!*"

Con le dita sfiora la corda che corre lungo la mia spina dorsale, curvandosi poi intorno alle mie costole, e un brivido mi attraversa. Un nuovo schiocco del cucchiaio di legno sul culo mi fa sussultare e piagnucolare, ma Kade mi afferra il pezzo di corda lungo la schiena e mi tiene in posizione.

"Non muoverti."

Vorrei vedere *lui* non muoversi, se lo sculacciassero con un cucchiaio di legno. Facile a dirsi!

"Voglio sculacciarti la figa con il cucchiaio."

Merda. Se lo facesse, potrei urlare "lecca lecca" (così come un altro paio di parole ben scelte).

Quando noto che indietreggia, penso che quella sarà la sua prossima mossa e mi prende il panico più totale. "Kade!"

Ridacchia, si china su di me e mi sussurra all'orecchio: "Non ti farò del male. E no, non ho intenzione di farlo. Dovresti implorarmi per ottenere qualcosa del genere."

Non esiste. Forse con la mano. Ma non con il cucchiaio di legno, mai. Non sono così masochista.

Tiro un respiro di sollievo.

Sento di nuovo il tappo del lubrificante e lui che strofina la cappella lungo la mia piega, e ogni volta che lo fa si ferma al mio buco stretto.

"È questo che vuoi?"

Oh… "Sì." Certo che sì. Anche se mi innervosisco, dato che è passato un bel po' di tempo dalla mia ultima volta.

"Rilassati," sussurra spingendosi in avanti e spalancandomi lentamente le gambe. "Di' la tua parola di sicurezza se hai bisogno che mi fermi, piccola." Ora non c'è alcuna risata nella sua voce. No, è solo rauca.

Mi mordo il labbro inferiore mentre mi afferra forte i fianchi, affondando le dita nella pelle e spingendo oltre il mio buco stretto, poi scivola delicatamente dentro. Quella tensione interna e quel bruciore mi fanno sospirare, ma non voglio che si fermi.

Mi piace che mi chiami piccola. Non solo mi piace, ma voglio sentirglielo dire più spesso.

Butto gli occhi al cielo mentre si spinge più in profondità che può e si ferma. Si china di nuovo sulla mia schiena, baciandomi le scapole, le spalle e il collo, poi mi affonda i denti nell'incavo sensibile fra collo e spalla. Grido per incitarlo.

I morsi mi piacciono tanto quanto le sculacciate.

"Di più," gemo.

Leccando il segno del morso, torna indietro lungo la schiena, mordicchiandomi la pelle, stringendo la carne tra i denti, facendomi pulsare la passera nonostante sia vuota e mi stia riempiendo l'ano.

Wow. Wow. *Wow*.

Se è così bravo anche con un frustino in mano, forse è il caso che lo sposi. Sbuffo al mio stesso pensiero e lui esita.

"Tutto bene?"

"Sì. Tutto alla grande," dico mentre mi fa scorrere le dita intorno alla vita e mi avvolge un braccio intorno ai fianchi per allontanarmi leggermente dal tavolo. Solo quanto basta per trovare il mio clitoride e stuzzicarmi.

"Sei molto stretta," geme contro la pelle della mia schiena.

Lo so bene. Quando fa scivolare un dito dentro mentre il suo pollice volteggia sul mio clitoride come sulle corde di un violino, mi lascio andare.

"Così, piccola. Dannazione."

Piccola.

"Ti scoperò più forte," mi dice infilando un secondo dito e facendomi impazzire. Già da un po' ho lasciato andare i miei glutei e ho piantato le mani sul tavolo per prepararmi.

"Per favore," lo imploro.

"Per favore cosa?"

"Per favore scopami più forte. Fammi venire." Mentre mi sbatte forte, lascio sfuggire un grido che risuona come il ringhio di un animale selvaggio.

Poi, prima che mi renda conto di cosa stia succedendo, mi avvolge un braccio intorno alla vita e mi fa muovere all'indietro. Atterro sulla sua pancia mentre lui si sistema sulla sedia della cucina sulla quale ero seduta prima.

Ora sono su di lui, gli do le spalle e lui è dentro di me, con il pene nell'ano e le dita nella passera.

"Cavalcami." Sentire il suo ringhio nell'orecchio mi fa rabbrividire.

Facendo leva sui piedi, sul pavimento di piastrelle, mi alzo e poi riscendo. La sua mano libera mi pizzica uno dei capezzoli mentre mi succhia le dita e continua il suo assalto al mio clitoride.

Senza preavviso, vengo travolta da un'onda anomala che mi fa cadere più e più volte mentre gli vengo sulle dita, mi stringo sul suo cazzo e grido il suo nome.

"Così, tesoro. Dammi tutta te stessa." Sembra senza fiato, come se si stesse sforzando per mantenere il controllo. "Un'altra volta prima che venga io."

Strofina il naso contro il mio collo, mi passa i denti sulla pelle, facendoli affondare ancora una volta nelle spalle. Ma questa volta non si lascia andare. Morde più forte mentre io mi alzo e scendo più velocemente, incoraggiandolo a riportarmi in carreggiata per cavalcare una nuova onda. Non voglio un crescendo graduale, non voglio sapere che sta arrivando, voglio solo essere colpita, gettata a terra, rimanere senza fiato e lottare per rialzarmi.

È così che voglio venire.

Deve essere intenso, deve consumarmi.

Atterro pesantemente sul suo grembo e oscillo i fianchi con decisione.

"Cazzo, piccola," geme. "*Cazzo*."

Sì. Sì. *Sì*!

Sentirlo perdere la testa mi porta sempre più vicino al limite. Mi abbasso di nuovo e Kade grugnisce rumorosamente. Scuoto di nuovo i fianchi e lui impreca.

Mi rendo conto che è appeso a un filo sottile, un filo che non voglio spezzare finché non avrò raggiunto il mio secondo orgasmo.

Gli copro la mano che tiene sul clitoride con la mia, guidandolo, facendo scivolare un dito, poi due insieme al suo, spingendolo a muovere le dita più velocemente, più freneticamente.

E quando si irrigidisce, capisco che è arrivato. È finito. Si sta lasciando andare e io piagnucolo mentre le dita dei piedi si arricciano e l'onda mi attraversa ancora una volta, strappando una reazione dal mio nucleo verso l'esterno.

Quando chiama il mio nome, lo trascino con me nel piacere. Ancora, prima che l'onda ci risucchi entrambi. Siamo senza fiato, ansimanti, fremiamo per venire.

Wow. Wow. *Wow*.

Non appena riprendo fiato, emetto un lungo sospiro soddisfatto. Mi toglie la benda e la lancia sul tavolo, mi afferra il mento e mi gira la testa per darmi un bacio profondo e bagnato.

Quando infine si allontana dalla mia bocca, sussurra: "È stato fottutamente fantastico."

Beh sì, indubbiamente lo è stato.

Capitolo nove

Kade:

Scruto i capelli biondi e setosi sparsi sul mio petto mentre sono disteso di schiena sul letto di Sky. Tiene l'orecchio premuto sul mio cuore, il suo palmo scivola distrattamente avanti e indietro sul mio ventre, la sua coscia inchioda la mia al letto e le dita dei suoi piedi si agganciano al mio polpaccio.

Le passo le dita tra i capelli separandole le ciocche e mi chiedo come faccia a fare in modo che la chioma non si trasformi in un unico grande groviglio. Sono contento che non sia il tipo di donna che ha paura di rovinarsi i capelli. Mi piace poterli toccare, tastare con le dita quella morbidezza simile al miele.

I suoi seni morbidi e pieni premono sulla mia gabbia toracica e sento che il suo respiro è lento e costante.

È appagata.

Anch'io lo sono.

E ciò che è veramente folle è…

… che tutto questo non mi sembra affatto strano.

Sono nel posto giusto.

Sky non dovrebbe essere da nessun'altra parte se non rannicchiata contro di me.

Mi sento completato. Non pensavo di non esserlo. Almeno, non fino a questo momento.

Ora so perché non ho mai avuto una relazione seria. Semplicemente, non avevo trovato quella giusta per me.

Sky è quella giusta. È la *donna della mia vita.*

È un pensiero ridicolo. Scoprire tutto questo in un lasso di tempo così irragionevolmente breve.

Quella che doveva essere solo una relazione con una vicina bella e carina è improvvisamente diventata qualcosa di più.

Riesco a vedere i segni che le ho lasciato sulla guancia, così le passo il palmo sulla pelle. "Tutto bene?"

"Sì," mi risponde con un sospiro.

Anch'io sto alla grande.

"Non ti ho fatto male, vero?"

Solleva gli occhi verso i miei. "No. Niente affatto."

"Bene." Mi fa piacere. Voglio sicuramente fare più cose del genere con Sky. E quel suo frustino continua a gironzolarmi tra i pensieri. Fremo dalla voglia di provarlo e di lasciarle delle strisce rosse sul seno e sul sedere abbronzati.

Forse non oggi. Forse domani. Se vorrà continuare a giocare questo fine settimana.

Ma che dico, anche la prossima settimana, e il mese prossimo.

Non ho idea cosa provi lei nei miei confronti, se anche lei la pensi allo stesso modo.

"Hai intenzione di passare la notte qui?" mi chiede.

Ecco fatto.

"Beh, quel frustino *effettivamente* mi sta convincendo a restare." Abbasso lo sguardo sul suo corpo comodamente accoccolato contro il mio fianco. "Tu vuoi che rimanga?"

"Sì, mi farebbe piacere."

Un senso di sollievo mi pervade. Sollievo per il fatto che

non sia ansiosa di cacciarmi dopo qualche orgasmo. Sollievo che abbia voglia di andare più a fondo, di conoscerci, proprio come me. "Non ho il cambio per stanotte. Dovrò correre a casa." Dovrò letteralmente correre a casa e prendere una borsa per la notte che mi duri per tutto il fine settimana. Perché, onestamente, se lei vorrà, resterò fino a domenica sera o anche lunedì mattina presto.

A ogni modo, lascerò che decida lei con i suoi tempi.

"Chi ha detto che avrai bisogno dei vestiti?" Mi fa un sorriso malizioso.

Ricambio con lo stesso sorriso e le passo una nocca sullo zigomo. "Vero. Ma uno spazzolino da denti e un po' di deodorante non sarebbero male."

"Mmmh. Non hai tutti i torti."

Rido e il suo sorriso si allarga, illuminandole il viso.

Smettiamo entrambi di parlare e lasciamo che il silenzio ci faccia compagnia per alcuni istanti. Voglio conoscerla meglio. E non penso solo al frustino. Ci sono anche le foto che ho visto prima.

È un argomento che dovrò approcciare con cautela.

"È strano che non sappiamo molto l'uno dell'altra, ma eccoci qui, sdraiati, nudi nel letto insieme. Sembriamo molto a nostro agio. Mi sbaglio?"

Mi guarda sorpresa con quei bellissimi occhi azzurri. "No. Mi piace. Tu mi piaci."

Cerco di non farle un grande sorriso sciocco. (Mantieni la calma, Kade.) "Idem per me. Ma non so nemmeno il tuo cognome." Un punto valido per portare la conversazione nella giusta direzione.

Mi accarezza il capezzolo. "Neanch'io conosco il tuo, sai?"

È vero. Non gliel'ho mai detto. Tuttavia, non c'era mai stata occasione di parlarne. Fatta eccezione per il mio lavoro e il mio nome, non sapeva altro di me. "Il mio cognome è piuttosto comune. Harrison."

"È un cognome forte. Così come il tuo nome di battesimo." Abbassa la voce come un annunciatore di trailer cinematografici e dice: "Kincade Harrison, agente dei servizi segreti."

Poi il suo corpo sobbalza leggermente e, senza sollevare la testa, i suoi occhi ritrovano i miei e mi scrutano. Faccio fatica a mantenere la mia espressione vuota perché è quasi come se stesse cercando di guardare in profondità nella mia anima.

Un guizzo le balena negli occhi e mi incuriosisce.

"Schaeffer," mormora dolcemente.

Skylar Schaeffer. Quel cognome non mi dice niente in particolare. "È il cognome che hai preso dopo il matrimonio?" Continuo a toccarle pigramente i capelli con le dita.

"No. Io… Sono tornata al mio cognome da nubile."

Quindi, quello non è il cognome dell'uomo nelle foto. "Da quanto tempo hai divorziato?"

Distoglie lo sguardo dal mio e un formicolio mi attraversa la schiena.

Alzo un sopracciglio. "Non sei divorziata?"

Skylar piega il viso contro il mio petto, ora non riesco nemmeno più a guardarla in volto. "No, è morto."

Il mio respiro diventa superficiale. "Oh, mi dispiace. Dev'essere stata dura. Quanto tempo fa è successo?"

"Un paio di anni." Non è una risposta chiara. Aspetto, ma lei rimane in silenzio.

"Era malato?"

Esita per un attimo, due attimi. "Ha avuto delle complicazioni, sì."

Ora sono davvero curioso, ma non voglio farle l'interrogatorio. Non voglio affatto che si chiuda e non voglio nemmeno che mi lasci fuori.

Devo chiederglielo. "E qual era il tuo nome da sposata?"

"Perché me lo chiedi?"

"Per curiosità."

Skylar:

LA PAURA mi scorre nelle vene come un ruscello ghiacciato, perché credo che la mia risposta potrebbe rovinare tutto.

Mettere fine alla nostra storia prima che inizi davvero.

Kade mi piace. Mi piace avvolgermi intorno a lui nel mio letto. Mi è piaciuto quando mi ha piegato sul tavolo portandomi a uno squisito orgasmo. Amo la sua voce, il suo comportamento, il potere che ha su di me durante il sesso. Se su un sito di incontri dovessi scegliere l'uomo perfetto per me, sceglierei Kade.

Stiamo bene l'uno con l'altra. Anche nel breve lasso di tempo che abbiamo trascorso insieme, sento che è così, e da quello che posso vedere, lui prova la stessa cosa per me.

È forse destino, poi, che siamo vicini di casa?

Forse.

È destino che lui abbia deciso di iniziare a fare jogging?

È possibile.

È destino che io mi stessi allenando nel mio cortile quando era passato di corsa attirando la mia attenzione?

Molto probabile.

Se gli confessassi il mio cognome da sposata potrebbe riconoscerlo, anche se probabilmente ci sono un milione di persone con lo stesso cognome là fuori. Eppure, è davvero un cognome che potrebbe attirare l'attenzione di un agente dei servizi segreti.

Mentirgli, però, non farebbe decollare bene questa nostra storia. Una relazione, o anche solo la possibilità di averne una, crolla inesorabilmente se viene costruita su delle bugie.

Alla base di tutto c'è sempre la fiducia.

Posso evitare la domanda? Sì, per ora, ma prima o poi mi farà altre domande. È un agente federale. Le forze dell'ordine tendono a essere curiose per natura, com'è giusto che sia.

Qualunque cosa accada, alla fine la verità verrà a galla. Meglio strappare un piccolo cerotto ora che un'intera fasciatura più tardi.

Eppure…

Ho lo stomaco in subbuglio e il cuore mi batte all'impazzata.

Comincio a dire pian piano…

"Mio marito ha preso servizio in Afghanistan. Come molte truppe, ha visto cose che lo hanno perseguitato per sempre."

Kade non dice nulla, continua semplicemente ad accarezzarmi i capelli, cosa che vorrei mi calmasse i nervi, e, sebbene non succeda, *riesce* però a incoraggiarmi a continuare.

"Come molti altri militari, è tornato con il disturbo post-traumatico da stress."

Le dita di Kade si fermano. Anche se solo per una frazione di secondo, non mi sfugge. Ora l'altra sua mano sta scivolando lungo la mia schiena nuda.

Inspiro profondamente l'aria attraverso le narici e poi espiro, sperando che mi faccia calmare. Purtroppo non funziona.

"È stata… dura. Per entrambi." Pronuncio delle parole apparentemente semplici, ma vere. "Il nostro matrimonio ne ha risentito molto. Si chiudeva in sé stesso. Era spesso depresso, arrabbiato, diventava violento."

Alla fine, Kade mi chiede: "Ti ha fatto del male?"

Mi permetto di incontrare il suo sguardo, anche se solo per un momento. "No. Mai. Anche durante la 'guerra' personale che ha combattuto dopo essere tornato, ha continuato ad amarmi. Ha spesso rischiato di perdere il controllo, non ha mai sorpassato il limite, finché un giorno…"

Chiudo gli occhi e spingo il viso più in profondità nel

petto di Kade. I ricordi mi travolgono e non voglio singhiozzare, piangere o perdermi di nuovo.

Non posso perdermi perché ho appena ritrovato *me stessa*, e Kade. Spero davvero che non fugga dopo aver ascoltato la mia storia.

"Durante le ultime elezioni presidenziali…"

Kade si muove leggermente sotto di me. Si sposta di pochissimo, ma lo sento.

"Me lo ricordo bene. Ho protetto uno dei candidati." La sua voce suona un po' piatta, come se non volesse parlarne troppo apertamente.

In quel momento viene svelato tutto.

Espiro tutta l'aria che ho nei polmoni e, arrivati a questo punto, mi chiedo se posso fermarmi e se possiamo passare a un altro argomento.

Sono sicura che Kade non mi permetterà di cambiare argomento. Non adesso, né mai.

"Quale candidato?" *Oh, Dio, ti prego, ti prego, ti prego, non fare proprio il nome che ho paura che tu stia per fare.*

"Il candidato che ha vinto."

L'incubo è tornato. Anche se, forse, non è mai davvero andato via. Forse si nascondeva sotto la superficie.

Kade arriccia le dita tra i miei capelli e si blocca. La sua mano sulla mia schiena scompare. "Il cognome di tuo marito era Williams."

Dannazione.

Non me l'ha nemmeno chiesto, lo ha dichiarato apertamente.

Sa tutto.

Lui era lì.

Ha assistito all'orrore.

Ora sa chi sono. Anche se non ero a conoscenza dei piani o delle azioni di mio marito, sono ancora legata a *quella* persona.

Anch'io ero stata vittima di quella situazione, ma a nessuno era importato nulla.

"Landis voleva ridurre i benefici per i veterani," dico.

"E tutt'ora vuole farlo. Non è molto popolare fra i veterani."

"No. Mio marito ha perso la testa."

"Direi di sì." La sua mano si arriccia intorno al mio mento e solleva il mio viso contro il suo. "Sky…"

Scuoto leggermente la testa, non abbastanza da sottrarre il mio viso dalla sua presa, ma abbastanza da guardarlo con occhi vacui. Vedo la tristezza inondargli lo sguardo. La stessa tristezza che pervade me.

Cazzo. Sta andando tutto male.

Questo doveva essere un giorno felice, un giorno di gioia e di piacere.

Riuscirò mai a lasciarmi tutto alle spalle? Questa storia mi perseguiterà per sempre?

"Non hai nessuna colpa in tutta questa storia. Non sapevi che avrebbe avuto un tale scatto e che avrebbe cercato di far fuori il senatore."

"Avrei dovuto accorgermi che qualcosa… che *qualche dannata cosa* non andava. O per lo meno avrei dovuto essere in guardia più del solito."

"Non darti la colpa."

È difficile non farlo. Avrei dovuto cogliere dei segnali. Almeno un segno rivelatore che mi informasse che mio marito era andato fuori di testa. La sua mente era gravemente compromessa. E tentare l'assassinio di un senatore era stato il punto di non ritorno.

Una decisione fatale.

La fine per lui. La fine per noi.

Avevo lottato per andare avanti.

Alla fine, mi sono fatta strada fuori da quel buco nero con le unghie e con i denti. Pensavo di essere di nuovo al sicuro.

Poi un agente dei Servizi Segreti ha iniziato a fare jogging davanti casa mia. Lo stesso agente che aveva protetto il senatore che mio marito aveva cercato di uccidere. Non è pazzesco?

Il *destino* mi stava dicendo qualcosa.

Siamo tutti collegati in qualche modo. Alcuni più di altri.

"Immagino che tu conosca l'agente che ha sparato a mio marito?" gli chiedo.

Il suo petto si alza e si abbassa mentre i suoi occhi si incrociano con i miei.

In quel momento, ottengo la risposta senza che lui dica nemmeno una parola. Quindi, quando comincia a parlare, niente può più sorprendermi.

"Sky, devo parlarti. Ti prego, ti prego, perdonami…"

Chiudo gli occhi e lascio che la sua voce profonda mi travolga. Non mi muovo di un centimetro finché non smette di parlare.

Improvvisamente, mi rendo conto che… forse il *destino* ha un piano per noi. Forse ci ha fatti incontrare per un motivo… Per aiutarci a guarire.

Per superare il passato e andare avanti.

Vedremo cosa ha in serbo per noi.

Io, per esempio, voglio sapere.

Penso che voglia saperlo anche Kade.

Per rimanere aggiornati sul lavoro di Jeanne, iscrivetevi alla sua newsletter qui: (in inglese): http://www.jeannestjames.com/newslettersignup

Cicatrici

Due anime ferite: una nel corpo, una nella mente. Entrambe convalescenti, si nascondono dai loro passati...

Mace Walker non vede l'ora di tornare a casa.

Due anni di copertura profonda durante uno dei casi più complessi della sua carriera lo hanno massacrato fisicamente e mentalmente. Ora, l'agente dell'FBI è tornato a casa per riprendersi dopo una grave ferita alla gamba in seguito a una sparatoria. Quando arriva a casa a tarda notte, il suo sollievo dura poco, perché si ritrova a fronteggiare una sconosciuta che gli punta una pistola alla testa e lo tratta come se fosse lui l'intruso.

Colby Parks, biochimica presso l'università locale, è arrivata in città un anno fa per sfuggire a una relazione abusante. Si è ripromessa di non mettersi mai più in una situazione del genere.

Poi arriva l'occasione perfetta: badare alla casa della sorella di Mace mentre rende abitabile quella da lei acquistata. Ma Colby non poteva prevedere un piccolo intoppo, che indossa jeans aderenti e una vecchia giacca di pelle, e sembra appena scappato di prigione.

Dover condividere una casa fa scoccare scintille di ogni genere fra i due. Tuttavia, la situazione cambia quando i loro passati li raggiungono, minacciando di separarli per sempre.

Nota: questo romanzo è una storia d'amore autoconclusiva con elementi di suspense. Come in tutti i miei libri, non ci sono finali aperti o tradimenti, e il lieto fine è garantito.

Girate la pagina per leggere il primo capitolo di: Cicatrici

Cicatrici

DAMAGED

CAPITOLO UNO

Quando Mace Walker infilò la chiave nella toppa, un immediato senso di sollievo lo colmò. Non tornava a casa da… *Porca miseria,* da una vita. Sebbene la casa fosse di sua proprietà e lui la considerasse la sua dimora, si sentì uno sconosciuto quando aprì la porta d'ingresso. Buttò le chiavi sul tavolino accanto alla porta e sospirò. Era a casa da ben trenta secondi e l'irrequietudine aveva già cominciato a divorarlo.

La casa era silenziosa e lui si chiese dove fosse sua sorella. Probabilmente dormiva, *stupido,* dato che erano… Mace lanciò un'occhiata all'orologio. L'una di notte. La maggior parte delle persone normali dormiva a quell'ora. Ma lui non era normale. Non poteva esserlo, con il suo lavoro.

D'altro canto, in quel momento lui non poteva svolgerlo, il suo lavoro. Lo avevano costretto a tornare a casa per guarire. Contro la sua volontà.

Che stronzata.

L'ingresso era buio, ma Mace non aveva bisogno di

accendere la luce. Conosceva ancora bene la casa. Raggiunse le scale, dove lasciò cadere i borsoni sul pavimento e si passò una mano tra i capelli troppo lunghi.

Quei due piccoli borsoni contenevano ben poche testimonianze della sua vita nell'ultimo paio d'anni: solo qualche articolo da toeletta e il minimo indispensabile in fatto di vestiti.

Si voltò verso la cucina e l'ingresso si illuminò, accecandolo per un istante. Mace sbatté le palpebre contro la luce brusca e una voce giovane risuonò dalla sommità delle scale. "Fermo dove sei! Alza le mani e allontanati dalle scale."

Ma che cazzo?

Mace si era aspettato di vedere sua sorella scendere di corsa le scale della casa coloniale a due piani, entusiasta dato che non lo vedeva da due anni. Più precisamente, da un anno, undici mesi e quindici giorni. Non che lui avesse contato.

E invece, Mace si ritrovò a fissare nell'occhio letale di una Glock. A occhio e croce, l'arma sembrava un modello 27, calibro .40: una pistola compatta, ma di discrete dimensioni, in una mano molto piccola e molto incerta. Immediatamente, i capelli sulla sua nuca gli si rizzarono.

Porca miseria.

Aveva avuto a che fare con boss del crimine e i loro sgherri – dagli spacciatori ai pornografi – ed era riuscito a sopravvivere. E ora gli toccava morire per mano di un piccolo criminale che aveva sorpreso durante una rapina? La crudeltà dell'ironia gli fece venire voglia di ridere. Invece, Mace obbedì. Con prudenza, sollevò le mani sopra la testa prima di indietreggiare verso il centro dell'ingresso. Evitò di mettersi direttamente sotto la luce, cercando invece di vedere meglio la sommità delle scale. Ma non ebbe molto successo: il corridoio di sopra e la sezione superiore delle scale erano nascosti dalle ombre.

Se avesse giocato bene le sue carte, quel piccolo inconveniente si sarebbe risolto subito. Doveva semplicemente evitare che il ragazzino perdesse la calma e fargli credere di essere lui a comandare. La Glock non aveva una sicura convenzionale. Al ragazzino sarebbe bastato tirare il grilletto fino a quando l'intero caricatore non si fosse svuotato nel corpo di Mace. E da quel poco che lui poteva vedere nell'esigua luce a sua disposizione, le dita del ragazzino tremavano dal nervosismo.

Non era un buon segno.

Dov'era che un giovane delinquente si era procurato una pistola costosa come quella? Di sicuro non l'aveva trovata in casa. E anche se ci fosse stata una pistola in casa, sarebbe stata chiusa in un armadietto.

Se solo Mace avesse potuto scorgere la faccia del ragazzo. Aveva bisogno di vedere gli occhi, altrimenti non poteva farsi la minima idea di quali potessero essere le intenzioni del ragazzino.

"Non provare a muoverti o ti faccio saltare la testa!" La voce del ragazzino si alzò di un'ottava, facendolo suonare molto più… femminile.

Mace si irrigidì quando la persona cominciò a scendere i gradini. All'inizio vide piedi nudi, un polpaccio snello e poi un altro. Il suo sguardo corse alla pistola prima di tornare alle cosce nude e ben tornite che non appartenevano certo a un ragazzino. Decisamente no. Quelle gambe lisce erano sicuramente quelle di una donna e lui non vedeva l'ora di vedere il resto.

Fino a quel momento, lo spettacolo valeva quasi la minaccia armata. Quasi.

Si sentì stranamente deluso quando la maglia molto larga di un pigiama – *Con SpongeBob, cazzo?* – gli bloccò la visuale sulla pelle lattea. Aveva le braccia stanche, la gamba che pulsava dolorosamente e la pazienza in via di esaurimento. Ma non aveva intenzione di muoversi, dato che non aveva idea di chi fosse la donna che stava scendendo le scale.

Si incuriosì quando questa emerse alla luce, che mise in evidenza i suoi lunghi capelli rossi e ricci e fece luccicare e brillare due grandi e vistosi occhi verdi.

Un fulmine attraversò Mace e atterrò nel suo inguine. Non furono la paura o il dolore a fargli succhiare il fiato. No, a quello pensarono i seni liberi che ondeggiavano sotto la maglia di cotone a ogni passo. I capezzoli si stagliavano come due fari sotto il cotone liso.

Cristo.

Mace dovette schiarirsi la voce due volte prima di poterle chiedere: "Sei venuta a fare una rapina vestita in quel modo?"

Seriamente: se non fosse stato per la pistola puntata al centro del suo corpo, non avrebbe preso la situazione sul serio.

Quando la donna esitò a metà delle scale, un'espressione di incertezza le attraversò il volto prima di svanire rapidamente com'era comparsa. I suoi occhi si strinsero e lei lo guardò storto. "Una rapina? La vera domanda è: cosa ci fai tu qui?"

La gamba di Mace ricominciò a pulsare come aveva fatto durante il lungo viaggio in auto. Anche se lui preferiva sentire dolore piuttosto che non sentire niente. Era contento di avere ancora la gamba. Perdiana, era fortunato a essere vivo.

Beh, almeno per il momento. Non ci sarebbe voluto molto per cambiare la situazione.

"Ci vivo."

La donna si incupì, congiungendo le sopracciglia. Non c'era da stupirsi che non gli credesse.

"Posso abbassare le braccia, adesso?" Le mani di Mace erano strettamente chiuse a pugno sopra la testa e lui lottava non solo contro il dolore, ma anche contro l'impulso ad abbassarle per massaggiarsi la coscia.

"No! Non muoverti! Chiamo la polizia. Indietro." La donna agitò la pistola nella sua direzione.

Mace non si mosse. Invece, esalò un sospiro lungo, molto rumoroso e impaziente.

"Indietro, ho detto! Oppure sparo."

"Non sarebbe la prima volta," disse sarcastico Mace.

La rossa lo guardò stupita. I suoi piedi vacillarono sull'ultimo gradino. "Cosa?"

"Mi hanno già sparato in passato. Fai pure. A quanto pare, ho nove vite." Mace cercò di non sogghignare. Provocare una donna armata non era una cosa intelligente. L'esperienza, di cui lui aveva abbondanza, glielo aveva insegnato.

La donna aggiustò la presa sulla pistola e le sue nocche sbiancarono ancora di più. "Beh, la tua fortuna si è esaurita, stronzo."

Stronzo? Accidenti, che roba. Lui non aveva fatto nulla per guadagnarsi insulti del genere. "Che cos'hai nel caricatore?" La donna lanciò un'occhiata alla pistola; uno sguardo brevissimo, ma lui lo colse. "Hai mai sparato a qualcuno? Hai mai *visto* sparare a qualcuno? Tranne che in televisione o in un film, naturalmente. È un bel macello."

Il braccio che reggeva l'arma nera e leggera tremò.

"Hai mai sentito il detto 'Non tirarla fuori se non hai intenzione di usarla?' Se decidi di usarla, assicurati di impugnarla con entrambe le mani. Assicurati di uccidermi, non solo di ferirmi." Mace si batté il palmo sul petto. "Due colpi. Qui. Al centro del corpo. Se vuoi farlo, fallo bene."

"*Sta' zitto!*"

Mace obbedì.

La donna mise la mano libera sotto il calcio della pistola per sostenerla. Almeno sembrava aperta ai suggerimenti. Tuttavia, le parole di Mace l'avevano innervosita e lui preferiva evitare che tirasse il grilletto per errore. Non importava che genere di munizioni avesse in quel caricatore: tutti proiettili tendevano a fare male. Si accigliò.

"Sdraiati per terra! Metti le mani dietro la nuca! Subito!"

Cristo, la stronza cominciava a diventare fastidiosa. Ma a quel punto, era abbastanza vicino da ucciderlo anche nel caso avesse mirato male. Mace aveva scherzato a sufficienza. Esausto, non voleva altro che andarsene a dormire nel suo letto, nella sua casa.

Mace valutò la distanza. "Non posso." Aveva solo bisogno di fare qualche passo avanti. La donna agitò la pistola con noncuranza, avanzando il piede sinistro. "Fallo!"

Ancora un passo…

"Faccio fatica a inginocchiarmi. Ho una gamba malridotta." Che avesse una gamba malridotta era vero, ma che facesse fatica a inginocchiarsi era un po' esagerato. D'altra parte, lui non si faceva problemi a mentire quando qualcuno lo teneva sotto tiro. A volte, le menzogne erano più facili della verità. Anche di quello lui era molto esperto.

"Per via di tutte quelle volte che ti hanno sparato, eh?"

"A dire il vero, sì."

"A terra o ridipingo l'ingresso con le tue cervella." Quelle parole pronunciate lentamente, a denti stretti, gli fecero pensare che forse la donna faceva sul serio. Il piede destro di lei avanzò per mantenere l'equilibrio.

Ecco l'occasione.

Mace scattò. Colpì il braccio teso della donna con un pugno, strappandole un brusco grido di dolore. La pistola cadde, scivolò sul pavimento, e lei si afferrò il polso leso. Mace agguantò entrambe le braccia che si agitavano per i polsi e spinse la donna all'indietro. Quando lei ricadde sulle scale, i suoi polmoni si svuotarono e la sua testa mancò il bordo di un gradino per un centimetro scarso. Mace piantò le ginocchia all'esterno delle cosce nude della donna, immobilizzandole.

Mace fissò la donna intrappolata sotto di lui. Il suo peso la schiacciava contro la moquette dei gradini. E non gliene importava. Lui soffriva, per cui perché non avrebbe dovuto farlo anche lei?

"Oh Dio, ti prego. Non..." Bisbigliò la donna, la voce rotta. Con gli occhi spalancati, affondò i denti nel proprio labbro inferiore.

Mace si accigliò. "Cos'è che non devo fare? Farti del male? Dopo che mi hai puntato una pistola alla testa, non vuoi che io ti faccia del male?"

La giugulare del collo delicato pulsava come se volesse scappare.

"Se... se te ne vai subito, non chiamerò la polizia. Mi dimenticherò che questa cosa sia successa."

Bugiarda. Alla prima occasione, la sua assalitrice avrebbe preso il telefono più vicino e avrebbe chiamato il 911.

Mace non provava alcuna compassione per il disagio della donna, dato che lui stesso ne provava un pochino. Anzi, parecchio. I muscoli della gamba gli bruciavano tremendamente. "Se chiamerai la polizia, l'unica persona che porteranno via sarai tu."

La donna si contorse sotto di lui, strappandogli un sussulto di dolore. Mace strinse i denti per evitare di genere rumorosamente. Non sarebbe stato un gemito di piacere. Per niente. Ed era un peccato. Era da un pezzo che non andava con una bella ragazza come quella che aveva sotto. Avrebbe dovuto sistemare la questione, e presto. Ma al momento, aveva un problema da affrontare e quel problema continuava ad agitarsi. Lui non si sentiva particolarmente compassionevole, ma avrebbe dovuto permetterle di rialzarsi. Per il proprio bene.

Mace si alzò, sollevando la donna con sé, badando a non liberarle i polsi. Si angolò leggermente lontano da lei, scongiurando che gomiti o ginocchia potessero colpirlo in punti delicati. Soffriva già abbastanza.

"Chi sei e cosa ci fai qui?"

"Potrei chiederti le stesse cose." La donna esalò rumorosamente, riprendendo visibilmente il controllo.

Scuotendo la testa, Mace accentuò la presa sui suoi polsi, per ricordarle che la situazione era cambiata. "No. Adesso comando io. A meno che tu non voglia che ti trascinino fuori da qui in manette, farai meglio a rispondere alle mie cazzo di domande."

"Non ho intenzione di dire a un... a un *criminale* chi sono."

Se la situazione non fosse stata così seria, Mace si sarebbe messo a ridere. "Io non sono un criminale."

Lei lo guardò con aria scettica attraverso la lunga criniera di capelli rossi che le ricadeva sul viso. "D'accordo. Allora chi sei?"

Mace si lasciò sfuggire un altro sospiro impaziente. Forse avrebbe dovuto chiudere gli occhi e contare fino a dieci... *Nah, col cazzo.* "Te l'ho già detto: io vivo qui. Smettila di prendermi in giro. Rispondi alle mie domande."

"Non ti sto prendendo in giro. Chiama pure la polizia." La donna appiattì le labbra e inclinò il mento verso il soffitto.

Cristo, era proprio testarda. Mace avrebbe dovuto usare un'altra strategia per convincerla a parlare? Stava provando a essere ragionevole, ma le opzioni a sua disposizione erano limitate. Non voleva coinvolgere la polizia locale. Non se poteva evitarlo. E non era necessario farlo: se non fosse stato in grado di affrontare da solo una donna dal culo piatto, avrebbe dovuto rassegnare le dimissioni.

Anzi, probabilmente la donna non aveva il culo piatto. Magari aveva un bel posteriore che si abbinava all'ottima carrozzeria frontale. Non gli sarebbe dispiaciuto dare un'occhiata, tanto per stare sicuro. Adorava le donne sviluppate in maniera armoniosa: tette e culo.

"Se non mi dici chi sei e cosa ci fai qui, ti strapperò di

dosso quella magliettina e tutto il resto di quello che indossi... che probabilmente non è molto." Mace passò un'altra occhiata sul corpicino lungo, morbido, bollente di lei. *Cazzo.* Era trascorso troppo tempo. Il suo membro era già a mezz'asta al solo immaginarla nuda.

La sua minaccia era vuota, ma quel poco di colorito che la donna aveva in viso svanì.

Il suo labbro inferiore tremò e i suoi occhi si spalancarono. "Vuoi violentarmi?"

Occazzo. No. Nononononono!

Assolutamente no. Ma avrebbe potuto lasciare la minaccia in sospeso fra di loro, se essa poteva spingerla a parlare. Ma non chiarire l'equivoco lo fece sentire un grandissimo pezzo di merda.

E quando lui rimase in silenzio, lei fece lo stesso.

Mace non riusciva a crederci. La donna non voleva proprio saperne di parlare. Lui le afferrò entrambi i polsi in una mano e con l'altra cominciò a sollevarle lentamente l'orlo della maglia del pigiama, scoprendo mutandine rosa. *Accipicchia.* Il suo membro ora era completamente sull'attenti e, sfortunatamente, si ritrovava in una posizione scomoda. Ma lui non aveva la minima intenzione di sistemarselo e rivelare che razza di infoiato era.

Prima che potesse sollevare il morbido cotone sopra il ventre della donna – *Accidenti, che bella farfallina* – lei allontanò di scatto il bacino da lui e il suo volto riprese pienamente colore.

"Va bene, va bene! Mi chiamo Colby Parks." La donna chiuse gli occhi in un gesto che sapeva di sconfitta.

Sospirando, Mace lasciò andare con riluttanza la maglia del pigiama, soppresse un leggero rammarico e guardò il tessuto impigliarsi sul fianco. Per un attimo, rimpianse che lei non fosse stata più cocciuta, dato che palesemente non indossava il reggiseno. Gli sarebbe piaciuto vedere cosa c'era sotto quel ridicolo personaggio da cartone animato. Si diede uno scossone mentale.

"Colby Parks? È il tuo vero nome?"

"Sì," rispose lei, agitando la testa per allontanare i capelli dal viso.

Una spruzzata di lentiggini le attraversava il naso. Mace sapeva che non era il caso di farsi distrarre da una cosa tanto semplice come le lentiggini. Ma non riusciva a non chiedersi dove altro lei ce le avesse. D'accordo, doveva concentrarsi. Quella donna gli aveva puntato una pistola contro. Con il mestiere che faceva, lui non poteva permettersi di distrarsi. "Deve esserlo per forza. Chi mai si inventerebbe un nome così? Cosa ci fai qui?"

"Guardo la casa."

"Come no." Mace ridacchiò. "Non lo fai molto bene, direi." Il buonumore lasciò rapidamente spazio a una serietà letale. Avvicinò il viso a quello di lei. Il suo tentativo di intimidirla fallì ancora una volta quando il respiro sommesso della donna, che usciva rapido attraverso quelle labbra piene e schiuse, lo distrasse. Per un momento. O due. "Chi ti ha assunto?"

Gli occhi verdi di Colby Parks gli lanciavano pugnalate. Ecco da dove veniva il detto "se gli sguardi potessero uccidere."

"Se tu vivessi davvero qui, lo sapresti!"

Mace accentuò la presa sui polsi di Colby. Strinse gli occhi mentre borbottava: "Signora, non sto scherzando. Rispondi alla dannata domanda."

La donna esitò per un istante prima che Mace vedesse la rassegnazione attraversarle il viso. Accidenti, era un po' deluso che si fosse arresa così facilmente. Gli piaceva la sua focosità… Anzi, gli piaceva molto.

"Maxi… Maxine Walker."

Ah, ecco perché la sorella di Mace non gli era venuta

incontro. Era fuori città e aveva assunto la piccola vedetta prussiana perché tenesse d'occhio la casa.

Mace la lasciò andare senza preavviso e Colby si allontanò barcollando e sfregandosi i polsi, per poi voltarsi e correre in cucina. Mace la seguì a ruota, assicurandosi di rimanere frapposto fra lei e la pistola. Naturalmente, la donna fece esattamente quello che lui si era aspettato. Mace abbassò l'interruttore a gancio del telefono mentre lei digitava disperatamente. Mentre teneva abbassato l'interruttore, osservò rapidamente la zona alla ricerca di telefoni cellulari. Dubitava che Colby ne avesse uno nelle mutande.

"Evita pure di chiamare la polizia. Potrebbe non finire bene per te."

Colby si stringeva la cornetta al petto come se fosse la sua ancora di salvezza. Lo fissò con gli occhi spalancati. La pressione della cornetta contro il cotone sottile e liso non faceva che sottolineare ciò che lui faticava a non notare e che non voleva ammettere di aver notato. Mace si voltò, raccolse la pistola, se la infilò nella tasca della giacca e zoppicò fino al tavolo della cucina.

Gemendo, si lasciò lentamente cadere su una dura sedia di legno e si passò una mano fra i capelli. "Io sono Mace Walker. Il fratello di Maxi." Non fece lo sforzo di guardare Colby. Sperava che, a quel punto, lei avrebbe fatto la scelta giusta.

La cornetta ricadde rumorosamente sulla sua base alle spalle di Mace. E così, ci aveva visto giusto. Che fortuna. Si massaggiò la coscia destra, stringendo i denti per contrastare il dolore.

"Il fratello di Maxi." Un sussurro giunse da dietro le spalle di Mace, ma un istante dopo la donna gli apparve davanti, con le mani piantate sui fianchi e gli occhi stretti. "Lei non ha un fratello."

Mace guardò il cotone ammucchiato attorno alla vita, cercando di ignorare – ma fallendo miseramente – che l'orlo della maglia era ora storto, lasciando quasi scoperte le mutandine rosa. Che probabilmente avevano un profumo dolcissimo. Mace si massaggiò più intensamente la coscia.

"Beh, in tal caso io non sono altro che un frutto della tua immaginazione."

La donna gli lanciò un'occhiata incredula. "Conosco Maxi da più di un anno e lei non ha mai detto di avere un fratello. E di sicuro non mi aveva detto che lui sarebbe venuto a trovarla."

Colby rimase immobile per un momento e parve meditare sul da farsi. Sospirando esasperata, tirò indietro la sedia di fronte a Mace. E dopo essersi abbassata bruscamente l'orlo della camicia da notte, vi si sedette. L'abbassamento, un triste tentativo di coprire il lungo stacco di coscia, coprì il piccolo e dolce pacchetto avvolto nel tessuto rosa.

D'accordo, concentrati, porca miseria.

"Lei non dice mai a nessuno di avere un fratello, in modo che nessuno faccia domande." Mace si alzò e lasciò la cucina, tornando poco dopo con un flacone di pillole. Assicurandosi che Colby stesse prestando attenzione, tirò fuori la pistola dalla tasca, rimosse il caricatore ed espulse la cartuccia nella camera di scoppio. Un brivido gli percorse la spina dorsale quando il proiettile a punta cava rotolò sul tavolo della cucina. *Quella donna avrebbe potuto sp!* *Quella donna avrebbe potuto spargli davvero.* Lanciò la pistola vuota in grembo a Colby, facendola sobbalzare. Ti pareva se una donna non era più pericolosa della mafia. *Cazzo.*

"Spero che tu abbia la licenza per quella roba." Mace si infilò il caricatore nella tasca della giacca e andò a prendere un bicchiere in credenza.

Il sollievo lo travolse quando trovò il bicchiere nella stessa credenza dopo quasi due anni. Aveva avuto orribili visioni di sorella che prendeva possesso della casa e la ridecorava in maniera dissennata. Fortunatamente, Maxi aveva avuto il buonsenso di lasciare le cose com'erano.

Quando si recò al lavandino, si rese conto di essersi sbagliato. Maxi aveva cambiato qualcosa. Si accigliò alla vista della paperella di ceramica gialla con un nastro blu legato attorno al collo che conteneva una spugna. Quella doveva sparire.

Dopo aver riempito il bicchiere con acqua fresca di rubinetto, Mace inghiottì una pastiglia e bevve un sorso. Ripensandoci, prese un'altra pastiglia. Si sedette nuovamente di fronte a Colby, osservandola mentre aspettava che gli antidolorifici cominciassero a fare effetto. La donna aveva la bocca premuta in una linea sottile – peccato per quelle labbra piene – e lui riusciva a vedere gli ingranaggi che le giravano nella testa.

"Perché Maxi non dovrebbe voler far sapere che ha un fratello? Sei stato in prigione?" Le sue sopracciglia si sollevarono. "Sei evaso?"

Mace scosse la testa e non riuscì a trattenere un sorriso. La donna stava sicuramente scherzando. "Sì, sono evaso di prigione e tu sei mio ostaggio. Devi fare quello che ti dico. Spogliati e sdraiati sul tavolo."

Mace attese una reazione. Niente. Stava perdendo smalto.

Colby sembrava fredda come il ghiaccio. Nemmeno l'ombra di un sorriso. "Voglio vedere una qualche prova della tua identità."

Devono avertela fatta grossa se sei sfiduciata al punto da metterti a interrogare il fratello di un'amica. Oh, e da girare armata. Meglio non dimenticarlo. Ma onestamente, Mace non la biasimava. Lui sarebbe stato altrettanto prudente e sospettoso nei suoi panni... quei pochi che erano, si corresse dopo ultima occhiata.

"Sapere dove stavano i bicchieri non è una prova sufficiente?"

"Non prendermi in giro. Voglio vedere un documento."

La sua determinazione lo affascinò. Così come tutto il

resto. Non capitava tutti i giorni di incontrare una donna come lei: volitiva, che non temeva le armi da fuoco ed era un bel pezzo di ragazza... per di più rossa, con gli occhi verdi e le lentiggini. Colby gli ricordava una di quelle maestrine severe che la sera ci davano dentro.

Poteva darsi che fosse un'allupata, dietro a quella facciata cocciuta. Il suo genere di donna. Mace sorrise. La sua mente tornò alla loro conversazione e lui si rese conto che la donna attendeva una risposta. "Un documento? Come il tesserino della prigione con la foto segnaletica e il numero?"

"Va bene un documento qualsiasi."

"Scusami: l'ho lasciato in cella prima di scalare le mura. Dovevo viaggiare leggero. C'è una nuotata bella lunga da Alcatraz alla terraferma." Sfortunatamente, la donna non sembrava apprezzare il suo senso dell'umorismo asciutto. Il dolore alla gamba si attenuò lentamente e lui esalò un sospiro di soddisfazione. Ma il suo sollievo ebbe vita breve, dato che ora, per qualche motivo, gli era venuto mal di testa. Lanciò un'occhiata alla casa. "A proposito, dov'è la mia cara sorella?"

"Via."

"Grazie al... Non avrebbe avuto bisogno di qualcuno che le guardasse la casa se fosse semplicemente andata a un appuntamento."

"È in luna di miele."

Mace raddrizzò la schiena e strinse gli occhi. "È in luna di miele?" Cercò di leggere l'espressione della donna, ma essa era inesistente. Era come guardare un sasso.

"Sì. Hai presente quel viaggio che si fa dopo il matrimonio?"

Mace ignorò la battuta. L'umorismo della donna non era migliore del suo. "Si è sposata? Con chi? Quando? Dov'è andata?"

Colby si appoggiò allo schienale della sedia e incrociò le

braccia. Mace avrebbe voluto protestare, perché così non vedeva più i sassolini duri dei capezzoli attraverso la camicia da notte.

"Come fai a non saperlo, se sei suo fratello? Perché non eri al matrimonio? Avete litigato oppure eri davvero in prigione?"

"Nessuna delle due cose. Siamo stati separati dalla necessità." La spiegazione, vaghissima, suonava poco convincente persino alle orecchie di Mace.

"Separati dalla necessità," disse lentamente la donna, rotolandosi le parole nella bocca come se ne sentisse il sapore. "E quanto è durata questa cosiddetta separazione?"

"Non lo so." Certo che lo sapeva. Ma dirlo ad alta voce lo faceva suonare peggiore. "Due anni," borbottò.

"Due anni," ripeté accigliata la donna. "Allora mi sa che ti tocca aspettare che torni. Non credo di poterti raccontare faccende personali se non te ne ha parlato lei stessa."

Con un sospiro stanco, Mace si sfregò gli occhi. Troppo stanco per discutere, disse: "E quando tornerà?"

"Fra due mesi."

Mace imprecò sommessamente. Due mesi? Che razza di luna di miele durava due mesi? "Forse non riuscirò a fermarmi così a lungo."

"Non ti fermerai per niente. Nessuno mi ha detto di accogliere ospiti in sua assenza. Dovrei andare a nasconderti da qualche altra parte."

Mace inarcò un sopracciglio con stupore. *Col. Cazzo.* "Detesto dirtelo, ma la casa è mia."

Sorrise quando Colby si irrigidì sulla sedia e le sue mani atterrarono nuovamente in grembo.

Colby si alzò in piedi e posò la pistola sul tavolo, osservando l'uomo che aveva di fronte. La sola presenza di Mace Walker era bastata a scuoterla, inizialmente, ma ora, emozioni contrastanti la trascinavano in due direzioni diverse. L'uomo aveva detto di essere il fratello di Maxi. Che la casa apparteneva a lui, non a lei. Perché Maxi non glielo aveva detto? Colby poteva fidarsi di lui? L'uomo non sembrava molto affidabile.

I suoi occhi intensamente scuri, quasi neri, e il suo volto non rasato la turbavano. I suoi abiti scuri avevano un che di sospetto e la sua enorme giacca di pelle era grande a sufficienza per nascondere delle cose. Il fatto che si era intrufolato in casa dopo il calare del sole lo rendeva ancora più sospetto. Forse Colby avrebbe dovuto chiamare comunque la polizia. Anche se l'uomo mostrava effettivamente una somiglianza con Maxi, pur essendo più robusto e mascolino.

"Voglio comunque vedere un documento," ripeté Colby, più fermamente questa volta.

Brontolando, l'uomo tirò fuori il portafogli e lo aprì. Un tesserino era infilato nella tasca di plastica trasparente anteriore, ma lui non lo rimosse e lei non poteva vederlo chiaramente da dove si trovava. Invece, l'uomo frugò fino a trovare qualcosa di specifico.

Le porse una vecchia patente scaduta, nella quale aveva un aspetto molto più giovane… e un'espressione spensierata. Non c'erano rughe di espressione a segnare il volto dell'uomo che la guardava dalla fotografia, ma il documento dichiarava che costui era Macen Jeffrey Walker e l'indirizzo di residenza era proprio quello della casa.

"Ma come? Non rinnovi la patente da quando avevi…" Colby lanciò un'occhiata alla data. "Diciott'anni? Sei stato in galera così a lungo?" Fece un rapido calcolo. L'uomo doveva avere trentasei anni. Anche se ora lei dubitava seriamente che fosse mai stato in prigione, voleva ripagarlo per la paura che le aveva fatto prima. Era giusto.

"No. Non con il mio vero nome sopra."

"Ah. E che lavoro fai, signor Walker, per non aver visto o parlato con tua sorella da due anni, per non avere una patente valida con il tuo vero nome sopra e doverti intrufolare in casa tua di notte?" Colby gli lanciò la patente. Non vedeva l'ora di ascoltare la spiegazione. E voleva tanto vedere il documento più recente che l'uomo si rifiutava di tirare fuori dal portafogli. Che cosa le stava nascondendo?

L'uomo afferrò la patente al volo e la rimise con calma nel portafogli prima di risponderle. "Un po' di tutto. Sai, viaggio molto."

"No, non lo so."

"Peccato, Colby."

Lei non sapeva esattamente cosa intendesse. Ma una cosa era certa: sentire il suo nome sulle labbra dell'uomo la disturbava, per più motivi di quelli che lei era disposta ad ammettere. "No, io non credo. Il tuo lavoro non ha nulla a che fare con la fabbricazione di targhe false, vero?"

"Diciamo così. In un certo senso, mi occupo delle assunzioni." Mace si sollevò rigidamente dalla sedia e si passò le lunghe dita fra i capelli color caffè, il genere di caffè che probabilmente beveva. Nero e forte. "Beh, io sono a pezzi. Vado a letto."

"Aspetta…" Colby lo seguì all'ingresso e vide due borsoni posati vicino alle scale. Nella concitazione di prima, non li aveva notati. "Continuo a non credere che questa sia una buona idea."

Mentre l'uomo si chinava a raccogliere i borsoni, la sua mano strinse con forza il corrimano, così forte che lei non si sarebbe stupita se le dita avessero lasciato dei segni nel legno.

"Onestamente, non mi interessa quello che pensi. Sono stanco. Questa è casa mia. E io adesso me ne vado nel mio letto. Questi sono i fatti. Fatteli andare bene o vattene."

Era palese che l'uomo faticava a mantenere un'espressione neutra. Il solo salire i gradini gli faceva stringere le labbra fino a sbiancarle.

Ma non poteva semplicemente andarsene così. Colby

doveva restare? Doveva andarsene? E se lui voleva che lei se ne andasse, Colby doveva farlo subito o in mattinata? Lo seguì su per i gradini. Decise di metterlo alla prova. "Se per te va bene, domani mattina prenderò le mie cose."

Mace si fermò di colpo in cima alle scale prima di voltarsi a torreggiare su di lei. Colby si immobilizzò, aggrappandosi istintivamente al corrimano per non perdere l'equilibrio.

"Non sei costretta ad andartene. Dato che Maxi ti ha assunta, puoi restare e finire il lavoro. Non so quanto mi fermerò. Non vorrei dover cercare un'altra persona senza preavviso quando ce n'è già una."

Colby avrebbe voluto collassare per il sollievo. Non aveva un altro posto dove andare: la casa che stava ristrutturando non sarebbe stata abitabile per almeno altri due mesi. Era per quello che era tanto grata che Maxi le avesse lasciato guardare la casa. Il tempismo era stato perfetto… con l'eccezione di quel piccolo intoppo.

"Piccolo" non era la parola giusta per descrivere l'uomo. Doveva essere alto un metro e novanta, stivali compresi. Colby era sicura che la giacca lo facesse sembrare più robusto di quello che era davvero. Ma aveva le gambe lunghe e snelle, soprattutto fasciate com'erano da quei blue-jeans peccaminosamente aderenti e strappati. Accidenti, lei apprezzava gli uomini con un bel sedere e i jeans della misura giusta.

Mace si voltò all'improvviso per proseguire lungo il corridoio. Forse non gli piaceva che le donne lo fissassero. Ma era giusto così, dopo che con lo sguardo le aveva praticamente bruciato la pelle nuda.

Colby lo seguì fino alla fine del corridoio, mantenendo la distanza quando l'uomo tirò fuori un mazzo di chiavi e ne inserì una nella prima porta sulla sinistra. Colby si era chiesta perché la stanza di fronte alla sua fosse chiusa a chiave e aveva persino cercato di aprirla, un giorno mentre passava l'aspirapolvere. La stanza di Maxi era più in là e Colby dormiva in una delle camere per gli ospiti.

Ora, tutto aveva senso. La stanza segreta del fratello segreto.

Colby cercò di guardare oltre l'uomo quando questi spalancò la porta, ma vide solo la polvere sollevarsi alle sue spalle quando lui accese la luce. Avrebbe voluto seguirlo per vedere il luogo proibito, ma lui le bloccò la visuale e la strada quando si voltò verso di lei.

"Beh, buonanotte."

Colby allungò una mano per evitare che la porta le sbattesse in faccia. Mostrò la pistola vuota all'uomo. "E il caricatore?"

Mace si accigliò. "Lo riavrai quando mi dimostrerai che sai maneggiare e utilizzare quell'arnese. Vai a letto." Ciò detto, sbatté la porta.

Colby rimase per qualche momento a fissare la porta chiusa con un pugno piantato sul fianco. Ascoltò il frusciare sommesso e si chiese cosa stesse facendo l'uomo. *Probabilmente si sta preparando per andare a letto, genio.*

L'indomani, Colby avrebbe avuto il tempo di cercare qualche informazione su di lui. In quel momento, avrebbe accettato il suo consiglio e sarebbe andata a letto.

Tornata alla sua stanza, mise la pistola sul comodino in modo da averla a portata di mano. L'uomo poteva anche averle restituito una pistola vuota, ma...

Sorrise mentre apriva il cassetto del comodino. All'interno c'era un altro caricatore. Assieme a due scatole piene di munizioni.

***

MACE BUTTÒ i borsoni sul letto e vi si lasciò cadere accanto. Passò una mano nei capelli già arruffati mentre esalava un lungo sospiro sollevato. Osservò la stanza padronale. I mobili erano coperti da uno strato di polvere, alcune foto incorniciate dei suoi genitori defunti e di sua sorella erano sparse per la stanza e la sua sveglia non era più stata resettata dopo l'ultima volta che era saltata la corrente. Sullo schermo lampeggiavano incessantemente le 12:00. Mace lanciò un'occhiata all'orologio. Erano quasi le due e mezza. Accidenti.

Ma era a casa. *Davvero a casa.* Non in qualche strano motel di qualche cittadina sconosciuta, circondato da persone che non potevano essere classificate come esseri umani.

Era stufo della vita cittadina: il rumore, la fretta e lo stato di vigilanza costante. Buona parte della tensione nel suo corpo si era sciolta nel momento in cui era entrato a Malvern. Era un posto diverso, più rilassato, e pur essendo una grande cittadina universitaria, la sua popolazione era solo una frazione di quella di New York City.

Ma Mace era deluso. Aveva atteso con ansia di trascorrere del tempo con sua sorella, l'unica persona che lo capiva davvero. Una persona con cui lui poteva essere del tutto sincero.

Avrebbe voluto esporle la sua situazione, chiederle qualche consiglio. Anzi, parecchi consigli. Doveva capire cosa fare della sua vita. Ma ora avrebbe dovuto aspettare… aspettare di stare vicino a una persona che gli voleva bene per quello che era davvero.

Non che gli voleva bene o lo odiava per quello che fingeva di essere.

Non sapeva quanto a lungo avrebbe resistito facendo quello che faceva. Il lavoro gli era costato. Trascorrere tempo con persone che lo disgustavano e di cui non poteva fidarsi lo esasperava. Era stufo di dover imparare precisamente a memoria i dettagli di una vita immaginaria; stufo di un'esistenza nella quale una singola svista poteva costare la sua vita o quella di un collega.

Si massaggiò la coscia. L'ultimo incarico era stato devastante, tanto dal punto di vista emotivo quanto da quello fisico. Ora, Mace aveva solo bisogno di tempo.

Tempo per dimenticare.

Tempo per guarire.

Pensò alla rossa nella stanza di fronte. Avvertì una fitta di senso di colpa per il modo brusco in cui l'aveva trattata. D'altra parte, era difficile essere gentili quando qualcuno ti minacciava con un'arma carica. Anche se doveva ammettere che lei lo aveva colpito con il suo fegato e la sua determinazione, che fossero reali o una semplice recita per nascondere la paura.

Mace aveva pensato che il tempo trascorso a casa sarebbe stato noioso. Spento. Privo di eventi. Colby Parks poteva aver cambiato la situazione.

Acquistalo qui: mybook.to/Damaged-IT

Se ti è piaciuto questo libro

Grazie per aver aver letto il mio libro! Se questa storia ti ha appassionato, per favore fallo sapere ad altre lettrici e altri lettori scrivendo una recensione sul sito dove hai acquistato il libro e/o su Goodreads. Le recensioni sono sempre bene accette e anche solo un paio di righe possono dare un grande aiuto per una scrittrice indipendente come me!

Libri disponibili in italiano

Made Maleen: Una fiaba in chiave moderna
Cicatrici
Riaccendere Chase
Tutto di Te: Una storia d'amore gay di seconda possibilità

FRATELLI IN DIVISA:
Fratelli in divisa: Max (libro 1)
Fratelli in divisa: Marc (libro 2)
Fratelli in divisa: Matt (libro 3)
- Include Teddy: il capitolo finale (libro 3.5)
Fratelli in divisa: Natale dai Bryson (libro 4)

LA SERIE DI NOVELLE OBSESSED:
Eternamente Lui
Solamente Lui
Necessariamente Lui
Pazzamente Lei
Segretamente Lui

PROSSIMAMENTE NE ARRIVERANNO ALTRI!

Anche da Jeanne St. James (in inglese)

Trovate il mio ordine di lettura completo qui:

https://www.jeannestjames.com/reading-order

* Disponibile in audiolibro (inglese)

LIBRI INDIVIDUALI

Made Maleen: A Modern Twist on a Fairy Tale *

Damaged *

Rip Cord: The Complete Trilogy *

Everything About You (A Second Chance Gay Romance) *

Reigniting Chase (An M/M Standalone) *

Brothers in Blue Series:

Brothers in Blue: Max *

Brothers in Blue: Marc *

Brothers in Blue: Matt *

Teddy: A Brothers in Blue Novelette *

Brothers in Blue: A Bryson Family Christmas *

The Dare Ménage Series:

Double Dare *

Daring Proposal *

Dare to Be Three *

A Daring Desire *

Dare to Surrender *

A Daring Journey *

The Obsessed Novellas:

Forever Him *

Only Him *

Needing Him *

Loving Her *

Tempting Him *

Down & Dirty: Dirty Angels MC Series®:

Down & Dirty: Zak *

Down & Dirty: Jag *

Down & Dirty: Hawk *

Down & Dirty: Diesel *

Down & Dirty: Axel *

Down & Dirty: Slade *

Down & Dirty: Dawg *

Down & Dirty: Dex *

Down & Dirty: Linc *

Down & Dirty: Crow *

Crossing the Line (A DAMC/Blue Avengers MC Crossover) *

Magnum: A Dark Knights MC/Dirty Angels MC Crossover *

Crash: A Dirty Angels MC/Blood Fury MC Crossover *

In the Shadows Security Series:

Guts & Glory: Mercy *

Guts & Glory: Ryder *

Guts & Glory: Hunter *

Guts & Glory: Walker *

<u>Guts & Glory: Steel</u> *

<u>Guts & Glory: Brick</u> *

<u>Blood & Bones: Blood Fury MC®:</u>

<u>Blood & Bones: Trip</u> *

<u>Blood & Bones: Sig</u> *

<u>Blood & Bones: Judge</u> *

Blood & Bones: Deacon *

Blood & Bones: Cage *

Blood & Bones: Shade *

Blood & Bones: Rook *

Blood & Bones: Rev *

Blood & Bones: Ozzy *

Blood & Bones: Dodge *

Blood & Bones: Whip

Blood & Bones: Easy

Beyond the Badge: Blue Avengers MC™:

Beyond the Badge: Fletch

Beyond the Badge: Finn

Beyond the Badge: Decker

Beyond the Badge: Rez

Beyond the Badge: Crew

Beyond the Badge: Nox

<u>IN ARRIVO!</u>

Double D Ranch (An MMF Ménage Series)

Dirty Angels MC®: The Next Generation

SCRIVERE COME J.J. MASTERS:

The Royal Alpha Series

(A gay mpreg shifter series)

The Selkie Prince's Fated Mate *

The Selkie Prince & His Omega Guard *

The Selkie Prince's Unexpected Omega *

The Selkie Prince's Forbidden Mate *

The Selkie Prince's Secret Baby *

Informazioni sull'autore

Jeanne St. James ha pubblicato per USA Today e Amazon romanzi rosa che hanno avuto successo internazionale. Ama scrivere storie d'amore incentrate su donne dal carattere forte e uomini a cui piace dominare. Scrive da quando aveva tredici anni e ad oggi ha al suo attivo quasi sessanta romanzi di ambientazione contemporanea. Le trame dei suoi libri vertono su rapporti eterosessuali, rapporti omosessuali tra uomini e *ménages à trois* in cui sono coinvolti due uomini e una donna, e hanno per protagonisti personaggi di diverse provenienze. Sotto lo pseudonimo di J.J. Masters, Jeanne scrive anche storie d'amore omosessuali di ambientazione fantasy.

Per restare aggiornati sulle frequenti uscite dei suoi nuovi lavori, collegatevi al sito www.jeannestjames.com o iscrivetevi alla newsletter: http://www.jeannestjames.com/newslettersignup (in inglese).

www.jeannestjames.com
jeanne@jeannestjames.com

Newsletter: http://www.jeannestjames.com/newslettersignup
Gruppo Facebook di lettrici e lettori: https://www.facebook.com/groups/JeannesReviewCrew/

TikTok: https://www.tiktok.com/@jeannestjames

facebook.com/JeanneStJamesAuthor

amazon.com/author/jeannestjames

instagram.com/JeanneStJames

bookbub.com/authors/jeanne-st-james

goodreads.com/JeanneStJames

pinterest.com/JeanneStJames